profiler
II
feta

프로파일러 II 에페타 · 1

1판 1쇄 찍음 2017년 12월 6일
1판 1쇄 펴냄 2017년 12월 13일

지은이 | 김도경
펴낸이 | 고운숙
펴낸곳 | 봄 미디어

기획 · 편집 | 김민지, 김자우, 홍주희, 김현주
표지 디자인 | 김수지

출판등록 | 2014년 08월 25일 (제387-2014-000040호)
주소 | 경기도 부천시 원미구 길주로64, 1303(굿모닝 오피스텔)
영업부 | 070-5015-0818   편집부 | 070-5015-0817   팩스 | 032-712-2815
E-mail | bommedia@naver.com
소식창 | http://blog.naver.com/bommedia

값 9,000원

ISBN 979-11-5810-424-5 03810
       979-11-5810-423-8 03810(세트)

프로파일러 II éfeta

profiler II feta

김도경 장편 소설

Contents

※본 글의 소재는 미국에서 실제 발생한 [조디악 킬러] 연쇄 살인 미제 사건으로 작가의 상상력이 더해진 창작물입니다.
※「」는 영어, “”는 한국어입니다.

Prologue

캘리포니아주 산타바바라 북쪽에 위치한 작은 농경 도시인 롬폭(Lompoc).

주변에는 아름다운 풍광을 자랑하는 오션 해변이나 아빌라 해변 등 이름만 대면 알 만한 해변들이 있다. 그 외에도 크고 작은 해변들이 숨은 보석처럼 곳곳에 숨어 있다. 그러나 롬폭 자체가 널리 알려진 유명 도시나 관광지가 아닌 까닭에 찾아오는 이들은 그리 많지 않았다.

특히 외진 곳에 위치하거나 공간이 협소한 경우에는 롬폭이나 인근 솔뱅에 사는 사람들의 발길도 거의 닿지 않았다.

이곳도 그런 해변 중의 하나였다.

큰길가에서 멀리 떨어져 있어 접근하기도 힘들고 주변은 제멋대로 자라난 나무들로 둘러싸여 지저분하기까지 한 볼품없고 쓸쓸한 해변.

때문에 마이클은 이곳을 자신만의 아지트로 삼았다. 여기라면 어느 누구에게도 방해받지 않고 무슨 짓이든 내키는 대로 할 수 있었으니까.

그가 몇 달 전 이곳을 발견한 것은 우연이자 행운이었다.

일주일에 한두 번은 인사불성으로 취해서 주먹을 휘두르는 부친한테 흠씬 두들겨 맞았던 어느 날. 낡은 픽업트럭을 몰고 무작정 달리다 발견한 곳이었다.

처음엔 가슴속에서 들끓는 분노가 가라앉을 때까지 바다를 향해 목이 터져라 고함을 내지르며 빌어먹을 부친한테 쌍욕을 퍼붓기만 했었다. 그러다 보니 가슴속에 응어리진 뜨거운 불덩어리가 차츰 풀어지는 것 같았다.

그렇게 대여섯 시간을 보낸 뒤에 깨달았다. 혼자 미친놈처럼 고래고래 고함을 지르며 발광하는 동안 개미 새끼 한 마리도 주변에 얼씬거리지 않았다는 것을.

버려진 곳인가?

마음에 들었다.

그 후로 몇 번을 더 왔었다. 제멋대로 자라난 수풀 저 너머로 빠르게 달려가는 차들만 간간이 보일 뿐, 해변을 오가는 이들은 아무도 없었다.

순간 이동해서 무인도에 뚝 떨어진 것만 같았다.

나만의 공간.

나만의 아지트.

그날부터 이름 없이 버려진 지저분한 해변은 마이클의 아지트가 되었다. 답답할 때면 집에서 몰래 훔쳐 온 술을 진탕

마시거나 발가벗은 채 수영을 했다. 머리가 빈 대신 가슴은 빵빵한 제시를 꼬드겨서 첫 섹스를 한 곳도 바로 이곳이었다.

「나 정말 사랑하지? 졸업하고 큰 도시로 나갈 때 나도 꼭 데리고 가 줄 거지? 나 버리면 안 돼. 약속 꼭 지켜.」

앙큼한 년. 돈을 모아 튈 준비를 하고 있는 건 또 어떻게 알아선. 어쨌든 지금 생각하면 그땐 자신도 참 순진했구나, 싶다. 싫다고, 안 된다고 반항해도 강제로 그냥 해 버리면 됐을 것을, 뭐 하러 구차하게 그런 약속까지 했을까. 살짝 후회가 된다.

한 달 전쯤이었다. 그날도 밤늦게 고주망태가 되어 귀가한 부친한테 이유도 없이 두들겨 맞았다. 마이클도 이제 열여덟 살로 힘과 싸움이라면 나름 자신 있었다. 더 이상은 등신처럼 맞고만 있지 않겠다고 마음을 먹고 있던 터였다.

그런데 젠장!

잠결에 날아온 발길질에는 그야말로 속수무책이었다. 빨래처럼 밟히다가 이를 악물고 몇 번 반격이라는 것을 해 보기도 했다. 그러나 어림없었다. 역시 아무리 젊어도 80kg도 채 안 되는 체격에서 나오는 힘과 일평생 와이너리에서 힘든 노동으로 잔뼈가 굵은 120kg이 넘는 거구에서 뿜어져 나오는 힘은 상대가 되지 않았다.

11

「이 새끼가 감히, 아비한테 주먹을 휘둘러! 네가 누구 덕분에 편하게 학교 다니며 놀고먹는데! 내가 누구 때문에 이 고생을 하는데! 개새끼. 배은망덕한 놈. 죽어, 죽어!」

괜히 헛 주먹 몇 번 날렸다가 부친의 화만 더 돋우고 말았다. 정말 죽지 않을 만큼 밟혀 쪽팔리게 잠깐 기절까지 했었다.

정신을 차리고 보니 눈이 뒤집혀서 발길질을 해대던 부친은 거실의 낡은 의자에 널브러져 쿨쿨 자고 있었다. 마이클은 처음으로 그를 죽여 버리고 싶다는 생각을 했다. 저 피둥피둥 살찐 배에 칼을 쑤셔 넣고 싶다는 강한 충동을 느꼈다.

실제로 부엌에서 식칼을 가지고 오기도 했었다. 그러나 차마 쑤셔 넣지는 못했다. 그래도 하나 밖에 없는 가족이라고. 빌어먹을!

대신 부친의 주머니를 뒤져 돈 몇 푼을 챙기고 부엌에서 싸구려 양주 몇 병을 들고 집을 뛰쳐나왔다. 아무 일도 없었던 듯 그냥 잠들 수는 없었다. 어떤 식으로든, 누구에게든 자신이 당한 만큼 되갚아 주지 않으면 돌아 버릴 것 같았다.

낡은 픽업트럭을 몰고 밤거리를 빙빙 돌았다. 상대가 누구든 눈에 띄는 놈만 있으면 잡아서 죽기 직전까지 패 버릴 생각이었다. 그런데 누가 고리타분하고 답답한 촌구석 아니랄까 봐, 다들 집에서 처자빠져 자는지 나돌아 다니는 놈 한 명이 없었다.

초조함에 술만 연신 마셨다. 반병을 넘게 마시고 나서야 이대로는 안 되겠다는 생각이 들었다.

「기다릴 게 아니라 잡으러 가는 게 빠르겠어.」

그런데 누구를 잡으러 가지? 다른 사람들한테 들키지 않고 몰래 밖으로 잡아 올 놈이…… 아, 그래, 걔가 좋겠다!

마이클은 재빨리 핸들을 돌려 제시의 집으로 달려갔다.

그의 예상대로 제시는 창문을 두드린 사람을 확인하자마자 군소리 없이 몰래 집을 빠져나왔다. 마이클은 제시를 데리고 아지트인 해변으로 달려갔다.

많이 때리지는 않았다. 얻어터진 그의 얼굴을 보고 화들짝 놀란 제시가 '미친 새끼'라고 욕을 하기에 뺨이나 몇 대 후려친 게 전부였다. 자신이 욕하는 건 괜찮지만 그래도 자기 부친인데, 네가 뭔데 미친 새끼라고 욕하느냐고 화를 좀 내면서 말이다.

그 정도는 제시도 이해했다. 아차, 싶었던지 오히려 펑펑 울면서 잘못했다고 손이 발이 되게 싹싹 빌었다.

마이클은 너그럽게 용서해 주었다. 대신 속에서 부글부글 끓고 있는 살의가 사그라질 때까지 제시를 밑에 깔고 마음껏 범했다.

언제 울었냐는 듯이 제시는 거친 그의 섹스가 좋다고 까악, 까악 교성을 내질렀다. 그러더니 어느 순간부터 얼굴이 하얗게 질려선 아프다고, 그만하라고 빌어 댔다. 물론 마이클은 그녀의 애원을 귓등으로도 듣지 않았다.

멈추기는커녕 그럴수록 더욱 난폭하게 제시를 짓이겼다. 어디서 그런 힘이 나오는지 자신도 알 수 없었다. 쾌락이 아

닌 고통으로, 공포로 일그러져 울부짖는 제시의 얼굴이 그를
끝없이 흥분시켰다.

마치…… 신이 된 것만 같았다.

자신을 종이 인형처럼 바닥에 메다꽂던 거구의 부친보다
오만 배, 천만 배는 더욱 힘이 세고 막강한 능력을 지닌 전지
전능한 신!

그러나 수평선 너머에서 해가 떠오를 때쯤에는 마이클도
지쳐서 널브러지고 말았다. 온몸의 진액이 빠져나간 듯 손가
락 하나 움직일 수가 없었다.

하지만 기분만은 최고였다.

마이클은 기력이 회복될 때까지 조용히 기다렸다. 모래에
얼굴을 파묻고도 기분이 좋아서 미친놈처럼 히죽거렸다.

그렇게 얼마나 지났을까. 썰물처럼 빠져나갔던 힘이 발끝
부터 서서히 다시 차오르는 것이 느껴졌다. 그제야 고개를
들어 제시를 돌아보았다. 그녀는 그때까지도 시체처럼 축 늘
어져 있었다. 엉망으로 찢어진 헝겊 인형 같았다. 하룻밤 새
퀭해진 두 눈은 부릅떠진 채 깜박이지도 않았다.

죽었나? 왈칵 겁이 났다.

「제시?」

엉금엉금 기어가 그녀의 어깨를 툭 건드려 보았다. 움찔거
린 제시의 몸이 번개라도 맞은 양 펄쩍 뛰었다. 번쩍 정신이
든 듯 초점 없이 멍하던 눈동자가 그를 발견하고는 두려움에
바르르 떨렸다.

휴우, 다행이다. 죽지는 않았구나.

안심한 마이클은 움찔거리는 제시를 가만히 품에 끌어안았다. 축 늘어져 있던 그녀의 몸이 돌덩이처럼 뻣뻣하게 굳었다. 그러거나 말거나 마이클은 상관하지 않았다. 제시를 더욱 꼭 품에 끌어안고 뒷머리를 쓰다듬었다. 그리곤 다정하게 속삭였다.

「내가 너무 거칠었지? 미안해. 많이 아팠어?」

「……」

「그럴 생각은 아니었는데, 어젯밤에는 제정신이 아니었어. 좀…… 심하게 당했거든. 이렇게 살아서 뭐하나, 죽고 싶다는 생각까지 들더라. 그런데 불쑥 네 생각이 나더라고. 그러니까 더 이상 죽고 싶지 않아졌어.」

잔뜩 숨죽이고 있던 제시가 밭은 숨을 조금씩 뱉어 냈다.

「하아, 하아.」

「그래서 무작정 널 찾아갔던 거야. 제시, 네가 날 살렸어. 넌 나의 전부야. 날 다시 살게 해 준 나의 전부. 사랑해.」

「지, 진짜?」

「그럼. 난 너랑 영원히 함께할 거야. 절대 안 헤어져. 1년만 기다려.」

마이클은 제시가 가장 듣고 싶어 하는 얘기를 해 줬다.

「내년에 나 학교 졸업하는 대로 바로 같이 뜨자. 어디로 갈까? 너한테는 화려한 도시가 어울리는데. LA? 라스베가스? 아님 뉴욕?」

뻣뻣하게 굳어 있는 몸은 여전했지만 제시는 억지로 상체를 꿈틀거리며 그의 가슴에 파고들었다. 형편없이 쉬고 갈라진 음성으로 중얼거렸다.

「LA. 난 거기가 좋아. 할리우드가 있잖아. 가서 난 꼭 영화배우가 될 거야. 마릴린 먼로보다 더 유명한.」

마이클은 제시의 헛된 꿈을 조롱하고 싶었지만 꾹 참았다. 지금은 살살 달래 줄 때였다. 부친도 그러지 않나.

마이클은 '그럼, 그럼' 하며 크게 고개를 끄덕였다. 제시가 아직도 바들바들 떨리는 손으로 그의 어깨를 움켜잡았다.

「그러니까 나 꼭 데려가 줘야 돼.」

「말 잘 들으면.」

「잘 듣잖아!」

「약속해. 앞으로도 뭐든 시키는 대로 다 한다고.」

「어.」

「어젯밤 일은 비밀이다. 아무한테도 얘기하면 안 돼. 너의 부모님이 눈치채게 해서도 안 돼. 여기, 아지트에서의 일은 무조건 우리 둘만의 비밀이야, 알았지?」

「어. 그런데 어제는 정말 너무 심했어. ……또 그럴 거야?」

「아니. 어제는 너무 화가 나서 잠깐 미쳤었다니까. 다시는 안 그래. 널 아프게 하는 일은 절대로 없을 거야. 자, 약속.」

마이클은 다정하게 미소 지으며 제시와 새끼손가락을 걸었다.

그러나 그 약속은 지켜지지 않았다. 그때부터 마이클은 부친한테 심하게 폭행당한 날이면 제시를 불러내 번번이 똑같은 일을 반복했다. 심지어 횟수가 거듭될수록 그의 폭력성은 점점 더 난폭해지고 교묘해졌다.

자신이 부친한테 당했던 것처럼 겉으로 표시가 잘 나지 않는 복부나 등만 골라서 걷어차거나 짓밟기 시작했다. 그러고는 고통에 바르작거리는 제시 위에 올라타 강제로 범했다.

그 후에는 반드시 미안하다고, 다시는 안 그러겠다고, 사랑한다며 그녀를 안아 주고 달랬다. 비굴할 정도로 용서를 빌기도 했다. 그러나 항상 그때뿐이었다.

제시는 그런 마이클이 점점 무섭고 두려워졌다.

한 번은 자정 너머 창문을 두드리는 소리를 듣고도 못 들은 척 나가지 않았다. 한 방을 쓰는 여동생을 꼭 끌어안고 눈을 질끈 감았다. 덕분에 그날 밤은 무사할 수 있었다.

그러나 다음 날, 학교에서 마주친 그에게 질질 끌려가 결국에는 이전보다 더욱 심하게 당했다. 잘못했다고, 두 번 다시는 안 그러겠다고 용서해 달라며 빌고 애원해도 소용없었다.

그는 더 이상 예전의 마이클이 아니었다. 다른 사람이 된 것 같았다. 완전 미친놈이었다.

그날 밤에도 자정 너머 창문이 두드려졌다.

타닥, 탁탁, 탁탁탁.

마이클이 보내는 신호였다.

두 눈이 절로 번쩍 떠진 제시는 잠시도 지체하지 않고 홀린 듯 침대에서 일어났다. 덩달아 잠에서 깬 동생이 가지 말라고 말렸지만 제시는 울먹이는 동생을 달래고 창가로 걸어갔다. 걸어가는 내내 혼잣말을 중얼거렸다.

「1년, 아니 이젠 11개월 남았어. 11개월만 참으면 돼. 그때까지만…….」

죽었다고 생각하고 참고 견디자. 지독하게 아프고 무섭지만 악몽이라고 생각하자. 11개월짜리의 긴 악몽. 그럼 어떤 식으로든 반드시 끝난다. 마이클은 졸업하면 바로 여길 뜬다고 했으니까.

마이클은 약속했다. 여길 뜰 땐, 반드시 데리고 가 주겠다고.

할리우드에만 가면 자유다. 도착하는 즉시 도망쳐 버릴 거니까. 할리우드는 롬폭처럼 작은 시골이 아니다. 그러니 거기 가서 도망만 치면 마이클로부터도 자유다.

「그러니까 그때까지만 참아. 그때까지만 견뎌.」

제시는 창문을 열고 밖으로 나갔다.

「쌍! 뭘 그렇게 꾸물거려!」

마이클이 씩씩거릴 때마다 싸구려 술 냄새가 진동했다. 낡은 픽업트럭에 오르자마자 제시도 서둘러 술병부터 찾았다. 술병을 입에 대고 벌컥벌컥 들이켰다. 취하기라도 해야 견디지, 맨 정신으로는 너무 아프고 고통스러우니까. 빨리 취해야 한다. 해변에 도착하기 전까지.

「아이씨. 길을 잘못 들었잖아. 술 좀 그만 마셔, 이년아! 내가 너 마시라고 가져온 건 줄 알아!」

바보처럼 거의 매일 가는 길을 잃고 엉뚱한 곳으로 차를 몬 것은 자신이면서 마이클은 괜히 제시한테 화를 냈다. 그는 그녀의 손에서 술병을 확 채 갔다.

「야, 너도 좀 봐봐! 씨발, 대체 여기가 어디야.」

제시는 조심스럽게 고개를 들고 창밖을 살폈다. 너무 어두워서 잘 보이지 않았다. 그녀도 처음 와 보는 곳 같았다. 롬폭 근처에 이런 곳이 있었나? 울퉁불퉁 흔들리는 흙길의 오른쪽으로는 온통 나무뿐이고, 왼쪽으로는 허허벌판인 양 아무것도 보이지 않았다.

어? 잠깐. 저 앞에 보이는 저건…….

제시는 손가락으로 전방에 병풍처럼 빙 둘러져 있는 산을 가리켰다.

「저거 트랭퀼런 마운틴* 아니야?」

「뭐? 젠장. 그러네. 그럼 할라마 비치까지 온 거잖아.」

잘못 와도 한참을 잘못 들어왔다. 마이클은 씨근덕거리며 차를 세우고 내렸다. 길이 좁아서 차를 돌릴 만한 공간이 보이지 않았다. 왼쪽은 허허벌판이지만 지대가 너무 낮아서 어려울 것 같았다. 오른쪽 숲으로 들어갔다가 빼서 나오는 방법밖에는 없을 것 같은데, 나무가 많아서 공간이 될지 모르겠다.

마이클은 휘적휘적 오른편으로 걸어가 공간을 살폈다. 여기는 나무가 너무 빽빽하게 늘어서 있어서 안 되겠고, 아, 저 뒤에는 공간이 좀 있는 것 같은데?

마이클은 지나온 길을 성큼성큼 되돌아갔다. 다행히 그곳

---

*트랭퀼런 마운틴:과거 원주민이었던 인디언, 추마시 부족이 신성시하던 산.

은 나무가 듬성듬성 있어서 잘하면 후진할 만한 공간이 될 것 같기도 했다. 마이클은 내친 김에 조금 더 안으로 들어가 보았다.

그때였다.

바스락.

저쪽 뒤편에서 나뭇가지 밟히는 소리가 났다. 흠칫 놀란 마이클이 소리쳤다.

「누구야!」

아무런 대답이 없었다.

「누구냐니까!」

역시 아무런 대답이 없었다. 마이클은 괜스레 겁이 났다. 그래서 더욱 화가 났다. 마른침을 꿀꺽 삼킨 마이클은 소리가 들려온 곳으로 살금살금 다가갔다. 거의 다다른 순간, 나무 뒤에 숨어 있던 누군가가 흙길로 도망쳤다. 누군지 몰라도 엄청 재빨랐다. 쫓아가며 마이클이 소리쳤다.

「제시, 저거 잡아!」

시원한 공기를 쐬고 싶어서 밖에 나와 술을 마시고 있던 제시가 깜짝 놀라 뒤를 돌아보았다. 숲에서 쏜살같이 뛰쳐나온 누군가가 그녀가 있는 쪽으로 달려오려다 움찔 멈춰서는 것이 보였다.

그 순간, 마이클이 밖으로 뛰어나왔다.

뒤를 돌아본 누군가가 다시 움직였다. 제시 쪽으로 달려오다가 방향을 틀어 다시 숲으로 들어가려고 했다. 그러나 마이클이 한발 더 빨랐다. 제시를 보고 잠시 멈칫했던 순간 탓이었다.

온몸을 날려 누군가를 덮친 마이클이 의기양양하게 소리쳤다.

「잡았다!」

「윽! 왜, 왜 이래요. 놔줘요!」

「뭐야, 여자였잖아.」

새된 비명 소리에 깜짝 놀란 마이클이 버둥거리는 여자의 몸을 휙 돌려 얼굴을 확인했다. 헝클어진 머리카락 사이로 드러난 얼굴은 분명 여자의 얼굴이었다. 그것도 그나 제시와 비슷한 또래로 보이는 아주 젊은 여자.

더욱 놀라운 것은 어둠 때문에 흙빛으로까지 보이는 저 피부색과 독특한 이목구비였다. 저 얼굴은 분명……

「인디언?」

부모님이 일하는 농원에서 자기들끼리만 모여 일하는 인디언들을 봤던 제시는 그의 말에 깜짝 놀라 후다닥 달려갔다. 마이클의 어깨 너머로 여자의 얼굴을 확인했다.

「어머, 진짜네. 그럼 혹시 추마시?」

두려움에 동그랗게 뜬 여자의 눈이 한층 더 부릅떠지며 눈꼬리가 바르르 떨렸다. 마이클이 희귀 동물을 포획한 사냥꾼처럼 눈빛을 반짝이며 낮게 휘파람을 불었다.

「진짜 추마시인가 보네. 헤, 추마시가 아직 있었다니 놀라운데. 예전에 다 보호 구역에 끌려가서 격리되고 없어진 거 아니었나?」

얼마 안 남은 인디언들은 모두 농원에서 일하는 데다 그

근처에 작은 부락을 형성하고 자족하며 살기 때문에 마이클은 그들을 본 적이 없는 모양이었다. 그리고 지금 마이클 밑에 깔려 있는 인디언은 제시도 본 적 없는 자신들 또래의 인디언 여자애였다.

마이클이 킬킬거리며 말했다.

「야, 너 솔직하게 말해 봐. 보호 구역에서 도망쳤지?」

여자가 바르작거리며 몸부림쳤다.

「이거 놔. 놓으라고!」

「도망친 거 맞네. 큭큭. 이거 일이 재미있게 돌아가는데. 가만있어.」

마이클이 힘으로 여자를 제압하며 버둥거리는 그녀를 찬찬히 훑어 내렸다.

「흐음, 추마시치고는 꽤 예쁘게 생겼단 말이야. 스패니시 미션에 전시되어 있는 인형은 되게 못생겼던데. 아, 알겠다. 너 메스티소구나.」

인디언은 알아도 메스티소가 뭔지 모르는 제시가 물었다.

「메스티소가 뭐야?」

마이클이 한심하다는 눈빛으로 제시를 돌아보았다.

「등신. 그것도 모르냐? 아메리칸 인디언하고 유럽 인종의 혼혈 말이야.」

여자는 계속 왜 이러냐고 애원하며 소리쳤다. 그 순간 마이클의 성질이 폭발했다. 무자비한 주먹이 여자의 얼굴을 강타했다.

충격으로 여자의 가는 몸이 종잇장처럼 뒤로 휙 밀려가 바닥에 나뒹굴었다. 그러고도 분이 풀리지 않는지, 마이클은 여자의 배를 발로 차고 등을 우지끈 밟았다.

여자의 얼굴은 금세 피로 물들었다. 몇 번 꿈틀거리더니 이내 축 늘어져 버렸다. 정신을 잃은 듯싶었다. 마이클이 혼절한 여자의 뺨을 때리며 윽박질렀다.

「야, 엄살 부리지 말고 일어나.」

「…….」

「뭐야. 기절한 거야? 큭, 이제 보니 인디언 년도 별거 아니네. 셀 줄 알았는데. 시시해. 그럼 그것도 시시하려나?」

마이클은 어깨를 으쓱거렸다.

「그거야 해 보면 알겠지.」

인디언 년 속 맛은 어떨까. 궁금했다. 이런 기회도 흔치 않은데 오늘 밤은 이년으로 기분을 풀어야겠다. 보호 구역에서 도망친 인디언이라면 제 발로 보안관을 찾아갈 일도 없을 테지. 만에 하나 찾아가서 몹쓸 짓을 당했다고 고소를 해도, 가해자가 백인 남자라고 하면 그 고소를 받아 줄 백인 보안관은 이 근방에 아무도 없다.

씩 미소 지은 마이클은 자신의 벨트로 여자의 손목을 단단히 묶었다. 그리고 여자의 옷을 북 찢어서 돌돌 말아 피가 철철 흐르는 입에 억지로 쑤셔 넣어 물렸다. 그리고는 여자를 뒷좌석에 처박았다.

공포에 질린 제시는 온몸이 얼어붙은 듯 꼼짝도 할 수 없었다. 마이클이 운전석에 오르는 것을 보고서야 번쩍 정신을 차렸다. 그가 자신을 버려두고 가기 전에 후다닥 달려가 조수석에 올라탔다.

차를 돌린 마이클은 아지트인 해변으로 달려갔다. 해변에 도착해서 여자를 끌어 내리는데 그녀가 정신을 차렸다.

「읍읍읍!」

여자가 유일하게 자유로운 다리를 이용해 거칠게 반항했다. 웬일로 마이클은 이번엔 주먹을 날리지 않았다.

기절해서 축 늘어진 여자랑 하는 건 재미없다. 팔팔하게 살아서 버둥거리는 걸 데리고 노는 게 재미있지. 대신 바짝 얼어붙어 서 있는 제시한테 소리쳤다.

「뭐 해, 빨리 와서 돕지 않고.」

제시는 후다닥 달려가 마이클을 도와 몸부림치는 여자를 차에서 끌어 내렸다. 마이클은 여자의 긴 머리채를 한 손에 틀어쥐고 질질 끌고 갔다. 여자가 마이클에게서 벗어나기 위해 발버둥 칠 때마다 주변의 모래가 사방으로 튀었다.

주변의 울창한 수풀 중에서도 가장 깊고 으슥한 곳. 그곳은 마이클이 아예 커다란 시트까지 깔아 둔 아지트 중의 아지트였다. 그는 질질 끌고 온 여자를 시트 위로 집어 던졌다.

충격으로 떠는 여자의 위로 마이클이 잽싸게 올라갔다. 여자의 웃옷을 북 찢었다. 입맛을 다시며 눈을 반짝였다.

「생각보다 괜찮은데, 제시!」

「어? 어. 그런데 뭐, 뭘 어떻게 하려고…….」

「오늘은 너 대신 이년이랑 놀려고. 왜 싫어?」

「아, 아니. 내 말은 그게 아니고…….」

멀찍이 떨어져 있던 제시가 황급히 대답했다. 그런 제시를 못마땅하게 여긴 마이클이 버럭 소리를 질렀다.

「차에 가서 술이나 가져와.」

제시가 부리나케 차에서 남은 술을 모두 가져왔을 땐 이미 일은 벌어지고 난 뒤였다.

여자는 틀어막힌 입으로 살려 달라고, 하지 말라고 울부짖었다. 이미 당하고 있으면서도 끝까지 포기하지 않고 필사적으로 몸부림치고 있었다.

마이클은 그런 여자 때문에 더욱 흥분한 것 같았다. 뒤틀리고 역겨운 욕망에 사로잡혀 헉헉거리면서도 뭐가 그리 재미있는지 연신 낄낄대고 있었다.

제시는 그런 마이클을 말리지 않았다. 심지어 옆에 조용히 앉아 그의 시중을 들며 처참한 모든 광경을 지켜보았다. 짐승 같은 제 욕망을 채우기 위해 여자를 짓밟고 때리며 낄낄거리는 마이클을. 살려 달라고, 도와 달라고 울부짖는 여자의 외침을 모른 척했다.

제시는 핏줄이 터져 붉게 변한 여자의 간절한 눈동자를 보면서도 오직 자신만을 생각했다.

날 원망하지 마. 널 도와주면 내가 당한단 말이야. 원망하려면 네 자신을 원망해. 하필 마이클 눈에 띈 너를. 난 어쩔 수 없어.

마이클의 광란은 동이 터 올 무렵에나 끝났다.

여자의 몸은 온통 피투성이였다. 어디서 흘러나온 피인지도 알 수 없었다. 기괴하게 뒤틀린 채 뻣뻣하게 굳어 버린 몸에서 서서히 굳어 가는 검붉은 선혈. 희미하게라도 아직 숨이 붙어 있다는 것이 되레 기적이었다.

마이클은 누더기가 되어 겨우 숨만 붙어 있는 여자를 룸폭과 솔뱅 중간에 위치한 246번 도로변에 던져 버렸다.

엉망으로 짓이겨 버린 얼굴 때문에 어느 누구도 여자를 알아보지 못할 것이다. 척추든 어디든 부러졌을 몸뚱이에서 알아낼 수 있는 거라고는 고작 여자가 추마시라는 것 정도.

여자는 이미 죽은 것이나 다름없었다. 그가 굳이 끊어 버리지 않더라도 그녀의 얼마 남지 않은 숨은 곧 끊어질 터였다.

마이클은 여자를 길가에 던져 버리고 돌아서는 순간부터 그날 일을 머릿속에서 지워 버렸다.

그날 이후 마이클은 제시한테 더없이 다정하게 대해 주었다. 덕분에 두려움에 벌벌 떨던 제시도 어느 정도 안정을 되찾았다. 그녀는 마이클이 이대로만 계속 다정하게 대해 준다면, 그를 다시 사랑할 수 있을 것 같았다.

그렇게 평화로운 일주일이 지난 토요일. 두 사람은 아지트인 해변으로 향했다. 해변은 일주일 전 모습 그대로였다. 아무도 다녀간 흔적이 없었다. 두 사람은 마음 놓고 속옷 차림으로 수영을 하고, 여자의 피가 검게 굳어 있는 시트에 누워 느긋하게 잠을 청했다.

두 사람을 제외하고 아무도 없는 해변에 갑자기 차 소리가 났다.

뒤편 저 멀리 있는 도로에서 들리는 소리라고 하기에는 너무 가까웠지만, 막 잠에 빠져들려는 두 사람은 그냥 그런가 보다 했다.

그런데 제시는 불현듯 기분이 이상해졌다. 마치 누군가 바로 앞에서 무섭게 노려보고 있는 것 같은 기분이 들었다. 제시가 무거운 눈꺼풀을 들어 올렸다. 흐릿한 시야에 태양을 등지고 선 누군가가 보였다. 흠칫 놀란 그녀의 눈이 번쩍 떠졌다.

처음에는 꿈인가 싶기도 했다. 그런데 아니었다. 눈을 비비고 다시 봐도 그대로였다. 정말 누군가가 미동도 없이 바다와 태양을 등진 채 발치 끝에 서 있었다. 역광 때문에 얼굴은 자세히 보이지 않았다.

소스라치게 놀란 제시가 서둘러 마이클을 흔들어 깨웠다.

「마이클, 마이클!」

「으음.」

「마이클, 빨리 일어나 봐.」

「아이씨, 졸려. 깨우지 마.」

「누, 누가 여기 와 있어.」

「헛소리하지 말고 잠이나 자.」

마이클은 귀찮다는 듯 아예 돌아누워 버렸다.

누군가가 한 걸음 더 가까이 다가왔다. 그리고 천천히 한 걸음 더. 다가온 만큼 역광의 그림자가 조금 옅어지며 빛에 가려 보이지 않던 얼굴이 조금 보였다.

「어? 너, 너는…….」

아는 얼굴이었다. 그러나 제시를 더욱 놀라게 한 것은 눈

앞에 있는 이의 왼손에 들려 있는 검은색 물체였다.

기겁한 제시는 황급히 마이클의 어깨를 세차게 흔들었다.

「헉! 마, 마이클, 빨리 일어나. 빨리!」

「쌍! 왜 자꾸 깨우고 지랄이야! 죽고 싶…… 헉! 너 누구야!」

버럭 소리를 치며 상체를 세운 마이클의 두 눈이 부릅떠졌다. 동시에 본능적으로 위험을 감지한 그가 상대방을 향해 몸을 날리려던 순간 한 발의 총성이 울렸다.

탕!

바로 눈앞에서 섬광처럼 터지는 불빛, 고막이 찢어지는 것 같은 굉음에 두 눈을 질끈 감은 제시는 귀를 막고 비명을 질렀다.

「꺄악!」

하지만 순간 얼굴에 팍 하고 튀는 뜨끈한 무언가와 코를 찌르는 매캐한 화약 냄새, 그리고 비릿한 피 냄새는 막을 수 없었다.

이내 마이클의 몸이 뒤로 쿵 넘어가는 소리가 들렸다. 그는 꼼짝도 하지 않는다.

죽었어! 마, 마이클이 죽었어! 그럼 나는? 나는 어떻게 되는 거지?

죽음의 공포가 제시를 덮쳤다.

「제시 브라운. 넌 저 쓰레기보다 더 추악한 악질이야.」

「내, 내가 왜…….」

「너희가 죽기 직전까지 능욕하고 부숴 버린, 246번 도로에 버린 여자. 기억 안 나?」

헉! 그걸 어떻게 알고 있지?

「너와 같은 여자가 처참하게 당하고 있는데 어떻게 그걸 가만히 보고만 있을 수 있지? 넌 참혹한 폭행, 강간의 공범자야.」

총구가 제시를 향하자 제시는 두 손으로 빌며 살려 달라고 애원했다.

「나도 어쩔 수 없었어. 안 그럼 내가 당한단 말이야. 아니, 난 이미 저 새끼한테 수없이 당했어. 그런데 왜 걔는 안 되는데? 그깟 인디언 계집애가 뭐라고!」

「인디언도 사람이야. 너나 나와 똑같은 인격체를 지닌 사람, 인간, 여자. 아니지. 넌 이미 인간이기를 포기한 짐승이니까 우리와 같을 순 없구나. 너 같은 것들은 살 가치가 없어.」

마지막 발악을 하듯 제시가 눈을 번쩍 뜨고 살인자에게 달려들었다.

「아니야! 아니라고! 네가 뭘 알아. 넌 절대로 몰라. 우리 같은 사람들이 어떻게 사는…….」

탕!

또 한 발의 총성이 울렸다.

「컥!」

가슴속에서 불길이 이는 것 같더니, 제시의 왼쪽 가슴에서 시뻘건 피가 분수처럼 터져 나왔다. 콸콸 쏟아져 나온 피가 금세 그녀의 앞섶을 적시고 시트를 붉게 물들였다.

쿵!

믿을 수 없다는 표정으로 피가 쏟아져 나오는 제 가슴을 황망히 내려다보던 제시가 그대로 앞으로 푹 꼬꾸라졌다. 하얗게 질려가는 입술을 달싹거렸다.

「대, 대체 왜…… 그까짓 인디언 계집애가 뭐라고…….」

「지혜로운 달빛의 정령.」

「뭐……?」

「너희가 이기적인 욕망으로, 재미로 망가트린 사람의 이름이야. 그까짓 인디언 계집애가 아니라 세상에서 가장 아름답고 현명한 사람이지. 죽어서도 빌어. 잘못했다고, 죽을죄를 지었다고, 그 사람만은 제발 무사히 회복될 수 있게 해 달라고.」

제시의 눈동자가 크게 흔들렸다.

회복? 그럼 죽지 않았다는 거야? 아직 살아 있다는 거야? 그런데 왜 우리가 죽어야 돼? 어쨌든 걘 아직 살아 있는데 우리는 왜…….

묻고 싶었다. 그러나 물을 수 없었다.

그녀한테 허락된 시간은 거기까지였다.

무섭게 흔들리던 제시의 눈동자가 서서히 멈췄다. 가쁘게 내뱉던 숨도 완전히 멈춘 듯 더 이상 터져 나오지 않았다.

1983년 6월 4일 늦은 오후였다.

2017년 현재.

탁.

노트북 모니터에 영상이 떴다. 보스턴의 WHDH TV가 3년 전에 방송한 특집 시사 프로그램이었다. 유튜브를 통해 세계적으로 히트를 친 방송이기도 했다.

제목은 '콜드케이스(Cold Case)*를 쫓는 사람들'.

사회자가 보스턴에서 발생했던 콜드케이스를 중심으로 사건들을 하나씩 소개해 나갔다. 잔인하게 살해된 피해자 사진부터 의미를 알 수 없는 미스터리한 증거들까지, 꽤나 자극적이고 충격적인 장면들이 길게 이어졌다.

누군가 화면을 앞으로 빠르게 돌렸다. 그러다 3분의 2 정도 지난 부분부터 화면을 다시 재생시켰다. 끊어졌던 사회자의 멘트가 다시 시작되었다.

─……바탕으로 한 세 번째 책을 출간했습니다. 여러분도 다 아시는 바와 같이 그는 앞서 발간했던 범죄 분석 책에서 보스턴 경찰청이 해결하지 못했던 두 건의 콜드케이스를 혼자 분석해서 진범을 밝혀낸 바 있습니다.

화면에 두 개의 책이 등장하고, 소재가 되었던 사건들이 차례차례 소개되었다. 사건 당시의 사진과 각종 언론 보도들. 그리고 10년이 지나도록 범인을 검거하지 못했던 무능한

---

*Cold Case:장기 미제 사건.

경찰에 대한 비난 보도들이 화면을 채웠다.

마지막 장면은 작가의 책 덕분에 1년 전 당시 12년, 14년 동안 콜드케이스였던 사건의 범인을 검거하는 경찰들의 모습이었다.

—이 두 번째 사건 이후로 글로브 지는 그에게 '콜드케이스 헌터'라는 별명을 지어 주기도 했죠.

사회자가 한쪽 눈을 찡긋거리며 무거운 분위기를 살짝 순화시켰다.

—그 외에도 그에게는 예전부터 각종 언론을 통해서 붙여진 다양한 별명들이 있습니다. 그 중 몇 가지만 살펴보죠. 가장 많이 회자되는 것이 세계에서 두 번째로 IQ가 높은 사나이라는 말이군요. 그리고 그 다음으로는 언리미티드 지니어스, 최연소 NASA 연구원, 최연소 예일대학 교수, 학위 콜렉터……

사회자가 이마에 땀을 닦는 시늉을 했다.

—와우, 정말 대단하네요. 그런데 그는 자신의 이름 앞에 이 같은 수식어들이 붙는 것을 매우 싫어한다고 합니다. 그중에서도 가장 싫어하는 수식어가 바로 이 '콜드케이스 헌터'라는 별명이고요.

"후후."

스피커가 아닌 모니터 바로 위에서 짧은 웃음소리가 흘러나왔다. 영상에서는 사회자의 멘트가 계속 이어졌다.

—······극비리에 출간 기념회가 열렸습니다. 때문에 이시우 박사가 출간을 할 때마다 비난을 면치 못하는 보스턴 경찰청에 초비상이 걸렸다는군요.

사회자의 우측 어깨 위에 출간 기념회를 촬영한 영상이 걸렸다.

커다란 무대 위에는 젊은 남녀가 둥근 테이블을 사이에 두고 마주 앉아 있었다. 여자는 빨간 머리의 백인이고, 남자는 언뜻 보아선 나이를 가늠할 수 없는 묘한 분위기의 동양인이었다.

카메라가 남자를 클로즈업했다.

동양인이라고 하기엔 피부색은 무척 하얗고, 귀족적인 이목구비는 섬세하고 뚜렷했다. 칼로 재단한 듯한 예리한 턱선이 시선을 끌었다. 그보다 더욱 시선을 끄는 건 다소 신경질적으로 보이는 붉은빛의 입술.

그 때문일까. 남자의 얼굴에선 욕망이나 세속과는 거리가 먼 금욕주의자의 분위기가 풍겼다. 동시에 야릇한 퇴폐미가 느껴지기도 했다.

하지만 역시 가장 압도적인 건 전신에서 자연스럽게 흘러나오는 도도한 지성미. 그리고 깊이를 가늠할 수 없는 지적인 눈동자였다. 남자는 스물세 살 청년의 눈빛이라고는 도저히 믿기지 않는 현자(賢者)의 눈빛을 갖고 있었다.

남자는 수많은 청중과 카메라 앞에서도 전혀 긴장하지 않았다. 되레 느긋하고 여유로워 보였다.

콜드케이스 프로파일러가 된 것에 혹시 어머니의 영향이 있었느냐는 빨간 머리의 질문에 남자가 마이크를 입으로 가져갔다.

―어느 정도는 그렇다고 할 수 있습니다. 어렸을 때부터 어머니가 사건을 해결해 가는 과정을 지켜봤으니까요. 상당히 흥미로운 일이었습니다. 사회적으로도 의미가 깊은 일이었고요.

―그럼 모친이신 도정우 박사처럼 이시우 박사도 조만간 FBI의 프로파일러가 되시는 건가요?

―아니요. 어머니처럼 FBI의 프로파일러가 될 생각은 전혀 없습니다.

남자는 소파 등받이에 편히 기댄 채 다리의 위치를 바꿔 꼬았다. 비스듬히 쭉 뻗은 다리가 아찔할 만큼 길었다.

―세상에는 그 외에도 의미 있고 나의 지적 호기심을 충족시켜 주는 일이 많으니까요.

―그런데 벌써 보스턴 경찰청의 콜드케이스를 두 건이나 해결하셨죠. 단독 프로파일링으로요. 이번 책으로 또 한 번 사건을 해결하신다면, 이번엔 진짜 보스턴 경찰청이나 FBI에서 박사님을

가만 내버려 두지 않을 것 같은데요. 벌써 정식 자문 의뢰가 여러 번 있었다는 얘기도 있고요. 정말 가능성이 없는 얘기인가요?

—네.

너무 짧은 대답에 빨간 머리가 순간 당황했다. 하하하, 어색하게 웃었다.

—정말 확고하시네요. 혹시 보스턴 경찰청이나 FBI의 요청을 거절하시는 다른 특별한 이유라도 있나요?

—나는 누군가의 명령이나 규제 하에 통제받는 것도 싫어합니다. 당연히 누군가를 통제하는 것도 싫어하고요. 나는 자유로이 사고하고 연구하는 것이 좋습니다.

빨간 머리가 질문을 살짝 비틀었다.

—박사님이 첫 박사 학위를 따신 게 열네 살이라면서요? 칼텍에서 취득한 수학과 물리학 학위, 맞요?

—네.

—그 후로 하버드나 예일 등에서 계속 박사 학위를 따셨죠. 철학, 심리학, 사회학, 기호학 등 총 일곱 개 정도 되나요?

—네.

—열여섯에는 NASA의 화성 프로젝트에도 참여하셨고요. 스무 살에는 예일대 심리학과의 최연소 교수가 되셨죠. 1년 만에 그만두고 나오셨지만요. 그러고 보니 NASA에서도 1차 프로젝트가

끝나자 주변의 만류에도 불구하고 바로 나오셨네요. 흠, 그럼 이 모든 것들을 그만둔 이유가 명령이나 규제, 통제가 싫기 때문이다. 이 말씀인 거죠?

남자는 대수롭지 않다는 듯 어깨를 으쓱거렸다.

―그렇다고 할 수 있습니다. 또한 한 가지 학문만 연구하기에 세상에는 흥미로운 분야가 너무 많습니다. 그게 가장 큰 이유입니다.

모니터를 보고 있는 누군가가 작은 소리로 중얼거렸다.
「거짓말. 한 가지 학문만 연구하는 건 너무 시시하기 때문이면서. 교수직을 때려치우고 나온 건 학생들 가르치는 게 짜증나서 그만둔 거고.」
빨간 머리가 재차 물었다.

―그럼 그 수많은 관심 분야 중에 유독 콜드케이스 사건이 박사님의 관심을 계속 끄는 이유는 뭔가요?
―출발은 항상 왜?라는 의구심에서 시작합니다. FBI는 물론이고 각 주의 경찰청에는 내 어머니처럼 훌륭하고 능력 있는 요원들이 많습니다. 그런데 왜 콜드케이스가 발생하는 걸까. 비단 지금처럼 과학과 의학이 발전하기 전에 발생했던 사건들이라서? 사건 기록실과 증거 보관실에 있는 자료들이 현재의 기술로 재분석하고 입증하기에는 너무 부실해서? 아니면 시간의 흐름에 따라

증거 기능 자체가 훼손돼서?

남자는 피식, 웃으며 말을 이었다.

—확인해 보고 싶었습니다. 굳이 이유를 따지자면 그것이 전부입니다. 나는 궁금한 건 절대 못 참습니다. 내 스스로에게 납득할만한 답을 얻어 내기 전에는 절대 멈추지도 않죠. 다행히 내 경우에는 원하는 답을 찾는 데에 그다지 많은 시간이 걸리지 않습니다. 나는 그 해소된 의문들을 책으로 쓸 뿐입니다. 모든 연구나 분석은 반드시 기록을 남겨야 되니까요.

카메라가 남자의 얼굴을 좀 더 가까이 클로즈업했다. 그러자 노트북을 통해 영상을 보고 있던 누군가의 손이 모니터로 천천히 다가갔다. 중지 끝이 그의 얼굴을 그리듯이 훑어 내려갔다.

노트북 옆에는 한 장의 신문이 놓여 있었다. 제호는 'USA Today'. 그 밑에 인쇄되어 있는 날짜는 오늘이었다 신문 1면에 대서특필된 기사는 다음과 같았다.

희대의 미스터리 콜드케이스 '에페타* 킬러', 30년 만에 드러난 범인의 정체는?
— '에페타 킬러는 나의 양부였다'

---

*éfeta:스페인어로 고대 아테네의 재판관이라는 뜻.

부제 바로 밑에는 피 묻은 식칼과 검은색 후드 티, 점퍼를 자랑하듯 손에 들고 있는 30대 후반의 남자 사진이 실려 있었다. 그 아래에 깨알같이 인쇄된 기사 중에는 'FBI' 라는 단어와 '이시우 박사' 라는 이름이 몇 차례 언급되어 있었다.

……사건을 해결하면서 '콜드케이스 헌터' 로 불리기 시작했다. 그 후 이시우 박사는 보스턴 경찰청의 요청으로 콜드케이스 전담팀의 프로파일러 자문으로 활동하면서 총 8건의 장기 미제 사건을 해결한 바 있다.

이에 에페타 킬러 피해자 유가족들은 금일 기자 회견을 열고 FBI에 콜드케이스 전문가이자 최고 권위자인 이시우 박사의 합류를 강력히 요구한…….

모니터를 훑던 누군가의 손이 신문으로 향했다. 손끝이 시선을 따라 기사를 다시 한번 읽어 내려갔다. 두 장에 걸쳐 실린 기사를 모두 읽은 누군가는 신문을 탁 덮고 천천히 자리에서 일어났다.

1장

19세기 조지 왕조 시대의 건축 양식으로 지은 붉은색 벽돌 집들이 좁은 자갈길을 사이에 두고 늘어서 있다. 타임머신을 타고 2백 년 전으로 돌아간 듯, 거리에 서 있는 가로등은 온통 가스를 이용한 전등들이다. 밤을 재촉하는 불빛이 정취를 더했다.

보스턴을 대표하는 비컨 힐의 아름답고 클래식한 전경은 예나 지금이나 변함이 없다. 그중 한 붉은 벽돌집 앞에 검은색 승용차 한 대가 멈춰 섰다. 식료품이 가득 든 종이봉투를 한쪽 팔에 안고 차에서 내린 장신의 동양인 남자는 긴 다리로 성큼성큼 하얀색 계단을 올라갔다. 그리고는 열쇠로 검은색 현관문을 열고 안으로 들어갔다.

탁.

집으로 들어간 남자는 불도 켜지 않은 채 보안 시스템 비밀번호부터 눌러 불법 침입 비상벨을 해제했다. 정확히 3초 후 보안 설정 버튼을 다시 눌렀다.

그제야 집 안의 불을 밝힌 남자는 현관 옆 테이블에 있는 투명한 볼에 차 키와 열쇠 꾸러미를 툭 던져 넣고 주방으로 향했다. 종이봉투 안의 식료품들을 냉장고와 찬장에 차곡차곡 정리했다. 브랜드, 크기, 종류별로 일정한 간격을 두고 한 치의 흐트러짐 없이 질서 정연하게.

남자는 시장기가 느껴졌지만 그보다 샤워가 먼저였다. 잠깐이라도 외출하고 돌아오면 바로 샤워하고 새 옷으로 갈아입는 것은 오랜 습관이자 철칙이었다.

남자는 주방을 나와 계단을 올랐다. 두어 계단 오르다 말고 우뚝 멈춰 뒤를 돌아보았다.

쌍꺼풀 지지 않은 깊고 긴 눈매가 칼날처럼 가늘어졌다. 그의 시선은 테이블 위의 전화기에 꽂혔다. 동시에 남자의 길고 하얀 손가락이 계단 난간을 톡톡, 두드렸다. 시선만 들어 새삼 집 안을 쭉 돌아보았다. 지그시 두 눈을 감고 숨을 깊이 들이마셨다.

붉은빛이 도는 남자의 얇은 입술 끝이 보일 듯 말 듯 미세하게 말려 올라갔다. 남자는 손목시계를 내려다보며 낮은 음성으로 중얼거렸다.

"정확히 29,917,472초 만이군."

남자는 천천히 다시 계단을 올랐다. 계단 끝에 오른 남자는 왼쪽 복도 끝을 힐긋 한 번 쳐다보고는 오른쪽으로 방향을 틀었다. 느리지도 빠르지도 않은 규칙적인 구두 소리가 뚜벅뚜벅, 마룻바닥을 울렸다.

방문 하나를 지나쳐 복도 끝에 있는 방으로 들어간 남자는 등 뒤로 문을 닫으며 시선만으로 침실을 쓱 훑었다. 방주인의 성격을 그대로 반영하듯 군더더기 하나 없이 깔끔하고 심플한 침실은 외출 전과 달라진 것이 없었다. 모든 것이 있어야 할 곳에 그대로 있었다.

살짝 실망할 뻔했다.

침대 시트에 남아 있는 미세한 흔적만 없었다면.

협탁 옆 침대 가장자리에는 누군가 앉았다가 손바닥으로 탁탁 펴낸 듯한 흔적이 고스란히 남아 있었다. 너무 열심히 펴 도리어 흔적이 확실하게 남았다.

남자의 입술 끝에 만족스러운 미소가 언뜻 맺혔다가 사라졌다. 모든 감각은 방 밖의 기척에 곤두서 있었다. 잠시 후 남자는 어깨를 으쓱이며 옷을 벗었다.

남자가 샤워를 마치고 침실을 나올 때까지도 집 안은 쥐 죽은 듯이 고요했다. 아까 계단을 올라왔을 때와 다르게 그는 발소리를 죽여 1층 주방으로 내려갔다.

외과의처럼 니트릴 장갑을 착용한 남자는 베일 듯 날 선 식칼을 들고 무언가를 탁탁탁탁 썰기 시작했다.

"으음."

호정은 부스스 잠에서 깨어났다. 무거운 눈꺼풀을 느리게 깜박거렸다. 한 번 깜박거릴 때마다 물먹은 솜처럼 축 늘어져 있던 의식이 조금씩 깨어났다. 호정은 팔뚝으로 뻑뻑한 눈을 가리고 웅얼거렸다.

"왜 이렇게 캄캄해. 설마 벌써 밤이 된 거야? 도대체 몇 시간을 잔 거야."

호정은 서둘러 협탁 위에 있는 스탠드를 켰다. 옅은 레몬 색 불빛이 어둠을 저만치 밀어냈다. 휴우. 절로 안도의 숨이 나왔다.

그녀는 캄캄한 건 질색이다. 괜히 무섭고 불안하다. 그래서 잘 때도 꼭 스탠드를 켜고 잔다.

기지개를 켜며 몸을 일으키던 호정은 스탠드 옆의 탁상시계를 보고 깜짝 놀랐다. 시곗바늘은 10시 20분을 가리키고 있었다.

"끙."

호정은 이마를 감쌌다. 아무리 지난 하루 반나절 동안 너무 긴장되고 걱정돼서 잠도 못 자고 밥도 못 먹은 상태라지만, 어떻게 그리 쉽게 잠들어 버릴 수 있었는지 모르겠다.

덕분에 안 그래도 어색하고 서먹할 재회의 순간이 더욱 불편하게 생겼다.

"후우."

무거운 한숨을 토해 낸 호정은 흘러내린 머리카락을 쓸어 올렸다. 꼬르륵. 텅 빈 위장이 깨어나자마자 먹을 걸 내놓으라고 아우성쳤다. 그러고 보니 30시간 가까이 아무것도 먹지 못했다. 괜히 혼자 바짝 긴장해선 기내식도 마다했었다.

"아, 배고파. 뭐라도 먹어야겠다. 시우는 돌아왔을까?"

호정은 홀쭉한 배를 문지르며 침실을 나섰다.

복도로 나오자마자 풍기는 익숙한 음식 냄새.

그녀가 제일 좋아하는 살코기 넣고 푹 끓인 김치찌개 냄새였다. 텅 빈 위장이 더욱 난리를 쳐 댔다. 군침을 꼴깍 삼킨 호정은 홀린 듯 1층으로 내려갔다.

주방으로 들어서던 호정은 움찔 멈춰 섰다. 커다란 식탁 한가운데에 시우가 앉아 있었다. 언제나처럼 긴 다리를 꼬고 삐딱하게 앉아서 밥을 먹고 있었다. 밥보다는 두꺼운 책에 심취해 있는 모습도 변함없었다.

화려함과는 거리가 먼 고풍스런 샹들리에에서 쏟아지는 따스한 불빛, 그에 반짝거리는 짙은 갈색 머리, 투명하도록 새하얀 피부, 마른 듯 너른 어깨. 무언가에 집중하느라 반쯤 숙여진 얼굴, 가라뜬 눈, 긴 속눈썹, 곧은 콧대.

그를 생각하면 가장 먼저 떠오르는 모습이 바로 저 모습이었다. 책상에 앉아 책이나 서류에 열중하고 있는 모습을 가장 많이 봤기 때문인지도 모르겠다.

하나도 안 변했네.

호정의 입가에 절로 옅은 미소가 지어졌다.

불현듯 시우가 고개를 들어 그녀를 똑바로 바라보았다. 괜스레 흠칫 놀라 긴장한 그녀와 달리 시우는 조금도 놀라는 눈치가 아니었다. 세상을 담은 채 모든 걸 내다보는 것 같은 깊고 날카로운 눈빛으로 그녀를 고요히 응시할 뿐이었다.

때문에 호정은 더욱 당황하고 말았다.

시우가 특유의 냉랭하고 시니컬한 어조로 말했다.

"깼어?"

마치 어제도, 그제도 매일 함께했었던 사람처럼 아무렇지도 않게, 당연하다는 듯이.

"어? ⋯⋯어."

무심한 듯 날카로운 그의 시선이 호정의 발끝까지 천천히 내려갔다가 다시 거슬러 올라왔다. 시우는 시선을 거두며 혼잣말로 중얼거렸다.

"몰골하고는."

너무 낮은 음성이라서 잘 안 들렸다. 몰 뭐라고 한 것 같기는 한데. 내 몰골을 말하는 건가? 내 모습이 뭐가 어떻다고? 호정은 허리를 슬쩍 뒤로 젖혀 곁눈질로 현관 옆의 유리창에 비치는 제 모습을 살폈다.

헉!

헝클어진 머리와 피곤에 찌들어 자다 깬 얼굴, 구겨진 옷.

최악이었다. 유리창에 얼비친 모습도 저러할진대 실제로 보면 얼마나 형편없는 몰골일까.

올라가서 세수만 하고 다시 내려올까?

속으로 갈등하고 있는데 시우의 목소리가 들려왔다.

"일단 밥 먼저 먹어."

턱으로 제 건너편의 의자를 가리킨 시우는 다시 고개를 숙이고 책으로 시선을 옮겼다.

호정은 자신에게 화가 나 속으로 고시랑거렸다. 이게 아닌데. 괜히 잠드는 바람에 멋지게 등장하려던 계획이 다 꼬여버렸다.

그런데 이 녀석. 말 한 번 걸어 놓고는 쳐다보지도 않는

다. 누님이 1년 만에 오셨는데 잘 왔다, 반갑다는 말 한마디 없이.

눈을 아래위로 흘긴 호정은 이내 피식, 웃고 말았다.

하긴 그래야 이시우지.

시우가 반갑다고 감정을 드러내는 게 더욱 이상한 일이긴 하다. 세상에서 가장 똑똑한 천재일지는 몰라도 감정을 표현하는 것만큼은 세상에서 가장 서툰 사람이 바로 이시우니까.

호정은 싱긋 미소 지으며 건너편의 그를 내려다보았다.

"나 왔어, 시우야. 잘 있었니?"

"어. 앉아."

이번에도 역시 '누나는 잘 지냈어?'라는 흔한 인사말 한마디가 없다. 그저 유리컵에 물을 따라 그녀 앞으로 밀어 줄 뿐이다.

보스턴으로 오는 내내 그와의 어색하고 서먹할 1년 만의 재회를 상상하며 얼마나 긴장했었는지 모른다. 그런 제 자신이 우스워지는 순간이었다.

피식, 속웃음을 흘린 호정은 의자에 앉았다. 시원한 물로 마른입을 적시고 건너편의 그를 빤히 쳐다보았다. 고집스런 시선에 시우가 마지못한 듯 시선만 들어 그녀를 바라보았다. '왜?'라고 묻는 듯한 고요한 시선에 호정은 콧잔등을 찡그렸다.

"넌 한 살 더 먹었는데도 여전하구나. 하나도 안 변했어."

"어떤 의미로 여전하다는 말을 한 건지는 모르겠지만, 지금 이 순간에도 내 몸 안의 수천 개의 세포들은 활발하게 분열하고 있어. 나의 건강한 정상 세포들이 암세포처럼 무기한 분열하거나 짧아진 텔로미어(Telomere)*를 수리하는 텔로머레이스(Telomerase)*를 생성하지 않는 이상, 자연 발생적으로 기능이 정지되거나 죽은 세포들과 함께 나는 지금 이 순간에도 노화되고 있다는 얘기지. 그건 인간인 이상 누나도 마찬가지고. 그러니까 1년 전과 하나도 안 변했다, 똑같다는 말은 과학적으로 완전히 틀린 말이야."

시우는 시니컬한 어조로 날씨 이야기하듯 대수롭지 않게 말했다.

호정은 속으로 큭, 웃음을 터트렸다. 정말 징그러울 정도로 하나도 안 변했다. 호정은 항상 그의 천재성에 놀라면서도 어이없고 기막히고, 또 가끔은 짜증도 났었다.

하지만…… 그래서 그리웠다, 저런 모습의 시우가.

턱을 괸 호정이 눈을 가늘게 뜨고 말했다.

"이시우, 우리 지금 1년 만에 만나는 거거든?"

"346일."

"뭐?"

"1년, 아직 안 됐다고."

시우는 어깨를 으쓱거리고는 다시 책으로 시선을 돌렸다.

으이그, 하여튼 대충 넘어가는 법이 없지. 호정이 팔을 뻗

---

*Telomere:염색체의 말단소체.
*Telomerase:염색체의 양쪽 끝에 말단소립을 부착해 염색체를 보호하는 역할을 하는 효소.

어 식탁을 똑똑 두드렸다. 시우가 다시 시선을 들었다.

호정이 그의 연갈색 눈동자에 시선을 맞추고 어린아이 가르치듯이 다정하게 말했다.

"그래. 그럼 346일. 어쨌든 짧은 시간은 아니잖아, 그치?"

시우가 어깨를 으쓱거렸다. 호정은 그가 시선을 다시 내리기 전에 얼른 말을 덧붙였다.

"이럴 땐 너도 그냥 '안녕, 잘 왔어'라고 말해 주면 안 되니? 아니면 '잘 지냈어?', 혹은 '누나도 좋아 보인다'라고 하든가. 그래야 내가 좀 덜 민망하지. 아무리 내가 반갑지 않다고 해도 말이야."

"반가운데."

"정말?"

"어."

"그럼 책이라도 그만 보든가."

호정이 책을 슬쩍 잡아당기자 시우가 손바닥으로 책을 턱 눌러 잡았다. 특유의 속을 알 수 없는 묘한 시선으로 그녀를 빤히 바라보며 무미건조하게 말했다.

"안녕, 잘 왔어. 잘 지냈어? 누나도 좋아 보인다."

그녀의 말을 토씨 하나 틀리지 않고 똑같이 반복한 그가 싱긋 미소 지으며 몇 마디를 덧붙였다.

"눈 밑의 다크서클이나 8.81849파운드(약 4kg) 정도 빠져 보이는 것만 빼면 말이야."

호정이 얼른 눈가를 훔쳤다. 찌릿, 눈을 흘겼다.

"이게 다 너 때문이야."

47

"내가 뭘?"

"그거야 당연히……. 됐다. 그 얘긴 차차 하기로 하고. 그나저나 넌 어떻게 내가 2층에서 내려왔는데도 놀라지를 않니? 나 온 거 알고 있었어?"

시우가 당연하지 않느냐는 표정으로 고개를 끄덕였다.

"어떻게? 언제?"

"집에 돌아와서 바로. 현관 앞의 전화기 위치가 틀어져 있었거든. 그런데 보안 시스템은 울리지도 않았더군. 그럼 비밀번호도 알고 이 집 열쇠도 가지고 있는 사람이 들어왔었다는 얘긴데, 그 후보군에 속하는 사람은 딱 네 명뿐이야. 나, 부모님 그리고 누나."

시우에게 자신이 왔다는 걸 알릴까 싶어 전화기를 들었다가 그냥 내려놓았었다. 그때 전화기 위치가 살짝 틀어졌었나 보다. 그런데 그걸 바로 알아챘다니. 역시 이시우다웠다. 호정은 입술을 비죽이며 다시 물었다.

"그래서 바로 나라는 걸 알아챘다고?"

"냄새도 났고."

"냄새라니, 무슨?"

호정의 눈이 동그래졌다. 시우가 턱으로 그녀의 가슴께 부근을 가리켰다.

"향옥. 내가 준 목걸이, 지금도 하고 있잖아."

호정이 고개를 숙여 옷 속에 가려져 있는 펜던트를 내려다보았다.

그녀가 걸고 있는 향옥 펜던트에선 신기하게도 원석 자체

에서 독특한 초콜릿 향이 난다. 중국 청나라 시대부터 존재
했다는 전설의 '향기 나는 옥돌'이라나 뭐라나. 3년 전인가.
드디어 전설로만 전해져 오던 '향기 나는 옥돌'을 찾았다며
세계적으로 이슈가 된 적이 있었다.

그리고 1년쯤 지났을 때, 시우가 어디선가 이 목걸이를 선
물 받아 왔었다.

"와, 예쁘다. 어머, 돌에서 진짜 초콜릿 냄새가 나네? 신기
해."

"예뻐? 그럼 누나 가져. 난 필요 없으니까."

"정말? 에이, 그래도 그건 아니지. 선물 받은 거잖아. 그리고
이거 엄청 비싼 것 같은데……."

"싫으면 버리든가."

시우는 그녀 앞에 목걸이만 툭 던져 놓고는 제 방으로 올
라가 버렸었다. 그날 이후 호정은 한 번도 목걸이를 빼지 않
았다. 샤워할 때도, 잘 때도 늘 목에 걸고 있었다.

그런데 같이 있었던 것도 아니고 잠깐 머물다 간 공간에서
시우가 이 향기를 맡았다는 것이 놀라울 뿐이었다.

호정은 고개를 절레절레 가로저으며 중얼거렸다.

"뭐야, 개코도 아니고."

"개가 아니어도 그 정도 냄새는 누구나 맡을 수 있어. 그
원석 자체가 20cm 떨어진 곳에서도 초콜릿 향을 맡을 수 있
을 만큼 강한 향을 지니고 있으니까. 그리고 후각이 예민한

사람일수록 좋아하는 향과 싫어하는 향을 정확하게 기억하는 법이야. 유전자에 기억되어 후세에 전달될 만큼."

"그럼 넌 후자 쪽이겠네. 넌 초콜릿처럼 단 거 안 좋아하니까. 그래서 공기 중에 남아 있는 미세한 단 향도 바로 맡을 수 있었던 건가?"

고개를 갸웃한 호정이 손을 목 뒤로 가져갔다.

"그럼 적어도 네 앞에서 이 목걸이 하지 말아야겠다. 난 또 네가 그 정도로 싫어하는지는 몰랐네. 진작 말하지."

시우의 한쪽 눈썹이 미세하게 말려 올라갔다.

"빼지 마. 그 정도로 싫은 건 아니니까. 나 때문에 뺄 필요 없어. 누나, 그 목걸이 좋아하잖아. 아니야?"

"좋아는 하지. 예쁘니까."

"그럼 그냥 해. 누나하고 잘 어울려. 그래서 줬던 거고. 그리고 누나가 걸고 있으면 괜찮아."

"왜?"

"누나의 체향과 섞여서 이젠 단 향도 많이 나지 않거든. 완전히 달라졌어, 향 자체가. 그래서 바로 알 수 있었어. 외출한 사이에 집에 들어온 사람이 누나였다는 거. ……누나가 돌아왔다는 거."

호정의 심장이 쿵쿵, 엇박자로 뛰어댔다. 아, 또 시작이다. 가끔씩 보이는 시우의 저런 눈빛, 표정, 알 수 없는 말들이 그녀를 혼란스럽게 하고 또 헷갈리게 만든다. 그래서 그녀 혼자 가슴 설레고 오해하다가 낙담하고 가슴 아파했었다.

돌이켜보면 시우는 어렸을 때부터 늘 저랬었는데, 그녀 혼자서만 바보같이…….

호정은 어색하게 웃어 보였다.

"난 줄 알았으면 깨우지 그랬어."

"피곤해서 잠든 사람을 왜 깨워."

"그래도 연락도 없이 갑자기 와선 잠이나 퍼 자고 있으니까 좀 그랬을 것 같은데."

"돌아오고 싶으면 언제든 돌아와도 된다고 했잖아. 여기는 누나 집이기도 하니까. 벌써 잊었어?"

"여기가 네 집이지, 왜 내 집이야."

시우가 쓸데없는 소리 한다는 듯 책을 탁 덮었다. 앞 접시에 덜어 둔 찌개를 한 입 먹고는 미간을 찌푸렸다.

"식었다. 얘기는 나중에 하고 더 식기 전에 밥이나 먹어."

그녀는 시우가 식사하는 모습을 물끄러미 바라보다가 수저를 들었다. 김치찌개 맛을 본 호정은 깜짝 놀랄 수밖에 없었다. 그녀가 해 주던 맛과 거의 흡사했기 때문이었다. 처음 찌개를 끓여 줬을 땐 감정 표현이 거의 없는 그가 너무 맵다며 인상을 찌푸렸다.

그런데 지금은 스스로도 척척 만들어 먹는다는 사실이 그저 놀랍기만 하다. 풉, 그래도 여전히 맵긴 매운가 보다. 매끈한 콧잔등과 이마에 땀방울이 송골송골 맺혔다.

밥을 반쯤 비웠을 무렵, 시우가 무심한 투로 물었다.

"한국에서의 일은 다 끝난 거야?"

"그럭저럭."

"아직이란 말이군, 이번 책은 오래 걸리네."

"청운복지재단 아이들 이야기니까. 인터뷰할 사람도 많고, 게다가 내 자전적 이야기이기도 하잖아. 그래서 생각이 많았어. 그래도 쓰기는 다 썼어. 비행기 타기 직전에 원고도 넘겼고."

시선만 들어 그녀를 힐긋 쳐다본 시우가 다시 무심한 어투로 말했다.

"잘됐네. 출간 일정은?"

"아직. 원고를 이제 막 넘겼다니까. 이번에는 천천히 출간할 생각이야. 어차피 교정 보고, 표지 정하고, 출판사랑 홍보 일정도 조율하려면 시간이 꽤 걸리니까."

"작가가 자신의 글에 확신이 없군. 문제가 뭐야?"

찔끔한 호정이 속으로 낮은 한숨을 내쉬었다. 또 말 몇 마디로 속마음을 바로 간파당했다. 시우와 있으면 벌거벗고 있는 기분이 든다. 그 앞에서는 어떤 것도 감출 수가 없다.

그런데 왜 내 마음만은 간파하지 못하는 걸까.

"그냥 좀……. 나는 아이들한테 꿈과 희망을 주는 글을 쓰고 싶은데, 이번 건 아무래도 아픈 얘기들이 많이 등장할 수밖에 없는 기획이라서 그 점이 마음에 걸려."

청운복지재단은 태성조선의 상속녀이자 시우의 엄마인 정우가 설립한 재단으로 고아원이나 결손 가정의 아이들을 후원하는 곳이다. 호정과 오빠 호석도 청운복지재단의 후원을 받았다.

재단이 후원하는 고아원이나 결손 가정의 아이들의 이야기를 하자면, 그 아이들이 부모나 사회로부터 어떻게 버림받았는지에 대한 아프고 안타까운 이야기를 쓸 수밖에 없었다. 써 놓고 보니 아프고 어두운 이야기가 너무 많았다. 그녀 자신부터 마음이 너무 안 좋았다.

그런 이야기를 '아이들에게 꿈과 희망을!' 이라는 주제로 출간한다는 것이 어불성설인 것만 같았다. 물론 책을 덮고 나면 가슴이 따뜻해지는 글이긴 하지만. 아, 모르겠다.

호정은 화제를 바꿨다.

"너는? 그동안 어떻게 지냈어?"

시우는 그녀를 힐끔 쳐다보고는 어깨를 으쓱거렸다. 호정이 얼른 말을 이었다.

"몇 달 전부터 글도 안 쓰고 사건도 일체 안 맡는다며. 너야말로 뭐가 문제야?"

시우의 미간이 미세하게 꿈틀거렸다.

글도 안 쓰긴, 누가? 내가 지금 그거 쓰느라 얼마나 고생을 하고 있는데. 알지도 못하면서.

살짝 억울한 마음이 들었지만 시우는 입을 꾹 다물고 아무 말도 하지 않았다. 아직은 말할 수 없었다. 특히 그녀에게는.

여섯 달 넘게 끌어안고 있으면서도 끝내지 못한 미완의 작품.

사람들이 알면 '에이, 설마' 하며 믿지 못할 것이다.

'이시우가 정말 이런 글을 썼다고?' 혹은, '이시우가 이런 글을 쓰는데 그렇게 오래 걸렸단 말이야?' 라고 하면서.

어쨌든 이제야 알겠다. 호정이 왜 갑자기 돌아왔는지. 이제 보니 자진해서 돌아온 게 아니었다. 보스턴 경찰청의 릭 팀장과 출판사의 제이크 사장으로부터 시달리다 못해 할 수 없이 돌아왔을 뿐.

젠장.

지들 힘으로는 날 움직일 수 없으니까 한국까지 전화를 걸어서 호정을 귀찮게 했나 보다. 나름 머리를 써서 번지수는 제대로 찾았지만 두 사람은 큰 실수를 저질렀다.

이시우와의 약속을 어기는 실수.

어리석다. 이로서 보스턴 경찰청은 최고의 프로파일러를, 해밀턴 출판사는 자신들을 세계적인 출판사로 만들어 준 작가를 잃었다. 어리석은 조급증과 약속을 망각한 멍청한 잔머리 때문에.

시우는 입에 든 밥을 천천히 씹어 삼키고 입을 열었다.

"문제없어. 단지 흥미를 끌만 한 사건이 없었을 뿐이야."

"에페타 킬러 사건도?"

이런. 호정이한네 SOS를 친 사람들은 비단 그들뿐만이 아니었나 보다. 어머니는 또 왜…….

시우는 시큰둥하게 대답했다.

"어."

"왜?"

"일단 에페타 킬러 사건은 보스턴 주 사건이 아니라 연방 사건이라서 나와는 상관이 없어. 그리고 자신의 양부가 진범이라고 주장한 사람과 새로운 증거물의 등장으로 이미 FBI에서 자체적으로 재수사가 시작됐지. 결론은 내가 관여할 일도, 등장할 타이밍도 아니란 얘기야. 그리고 결정적으로 내가 그 사건에 흥미가 안 생겨."

"그러니까 흥미가 안 생기는 이유가 뭔데?"

호정은 이해할 수 없었다. 그녀가 아는 한 에페타 킬러 사건만큼 그의 구미에 딱 맞는 사건도 없었다. 날고 기는 수사관이나 FBI 요원들조차 30년 동안 해결하지 못한 전대미문의 미스터리가 바로 에페타 킬러 사건이니 말이다. 게다가 아직 해독하지 못한 암호문이 네 개나 되고.

그런데도 흥미를 못 느낀다고? 오로지 자기 만족과 재미를 위해서 남들은 죽어도 못 푸는 복잡하고 어려운 문제나 최악의 콜드케이스만을 골라 척척 해결하시는 오만하고 괴팍한 천재님께서? 말도 안 돼.

"좋아. 그렇다고 쳐. 흥미 여부야 전적으로 네 마음이니까. 하지만 그래도 그렇지. 피해자 유가족들이 너에게 도움을 청한다는데 좀 도와주면 안 되니? FBI도 네 의견을 듣고 싶어 한다며. 그리고 무엇보다 아줌마가, 네 어머니가 부탁하시는 일이잖아."

식사를 마친 시우가 끽, 의자를 뒤로 밀고 일어났다. 개수대에 빈 공기를 놔두고 그녀를 스쳐 지나갔다.

"식사 마치면 물에 담가만 놔. 설거지는 내가 할게. 누나는 본인 몸부터 씻어."

더 이상 얘기하고 싶지 않다는 뜻이었다. 주방을 나가는 그를 돌아보며 호정이 큰소리로 말했다.

"아줌마가 보냈다는 서류를 보기는 했어?"

"어."

55

"거짓말. 아줌마가 그랬어. 네가 그걸 봤다면 가만있을 리가 없다고. 이시우, 너 솔직하게 말해 봐. 보지도 않았지?"

시우는 속으로 짧게 웃었다.

역시, 그녀는 나를 너무 잘 안다. 내가 남들은 풀지 못하는 흥미로운 난제를 봤다면 절대로 가만있을 놈이 아니라는 것을. 그래서 볼 수 없었다. 아직 끝내지 못한 일이 남아 있으니까.

하지만 그녀가 원한다면, 그녀가 돌아온 이유가 그 때문이라면…….

시우는 그녀의 말이 끝나기도 전에 주방을 쌩하니 나가 버렸다. 이내 현관 테이블의 서랍장이 열렸다가 닫히는 소리가 들리는가 싶더니, 천천히 계단을 올라가는 발소리가 들렸다.

"쟤가 정말 왜 저래?"

호정은 미간을 좁히고 혼잣말을 중얼거렸다. 이제야 '우리 시우가 이상해'라고 걱정하시던 정우 아줌마의 말씀이 어떤 의미였는지 감이 잡혔다. 원래 남다른 사고의 소유자라 예측 불허에, 이해 불가능한 위인이지만 저런 모습은 또 처음 본다.

어머니를 사랑하고 존경하는 것과는 별개로, 아장거리며 걸어 다니던 꼬꼬마 시절부터 어머니를 최고의 지적 경쟁자로 여기며 토론하고 경쟁하는 것을 즐기던 시우였다. 그런 그가 어머니와의 대결을, 아니 도움 요청을 마다하다니! 해가 서쪽에서 뜨겠다.

게다가 누구보다 지적 우월감으로 똘똘 뭉친 이시우가 최고의 미스터리 사건을 해결할 기회가 왔는데, 기밀 수사 보고서가 손에 들어왔는데 쳐다보지도 않았다니.

결코 그녀가 지금껏 보아온 시우의 모습이 아니었다.

"설마 어디가 아픈 건…… 아니겠지?"

안 되겠다. 올라가서 다시 확인해 봐야지.

식탁에서 일어서려는 순간, 시우가 다시 주방 입구에 모습을 드러냈다.

"내일 아침에 버지니아로 갈 거야. 혼자 있어도 괜찮겠어?"

"생각이 바뀐 거야?"

"다시 생각해 보니까 재미있을 것 같아. 흥미 있는 부분도 몇 군데 있고. 어머니가 일부러 내 관심을 끌기 위해서 몇 군데 손보신 것만 아니라면."

"서류, 읽었어?"

"아까 읽었다고 했잖아."

그런데 이제껏 없던 관심이 몇 분 만에 갑자기 생겼다고? 호정은 그의 말이 살짝 의심스러웠다. 어딘가에 처박아 두고 있다가 지금 올라가서 후다닥 읽어 본 건 아닌가 싶다. 그러고 보니 좀 전에 서랍장 열리는 소리가 들렸었다.

황당한 얘기로 들리겠지만 시우라면 가능했다. IQ225의 소유자로 완전 기억 능력에, 1분에 20,000개의 단어를 읽어 내는 놀라운 독해 능력까지 갖춘 천재 중의 천재니까.

호정은 가슴 앞으로 팔짱을 끼고 시우를 올려다보았다. 좀 전까지만 해도 짜증날 정도로 정적이고 고요하기만 하던 연갈색 눈동자가 지금은 아주 반짝반짝 빛이 나고 있었다.

그의 유일한 유희거리라고 할 수 있는 지적 호기심이 제대로 발동했다는 증거였다.

흥, 내 생각이 맞네, 맞아.

다년간 이시우의 하숙생이자 보호자, 거기다 매니저이자 비서, 전속 편집자까지 온갖 일을 두루 거치며 쌓은 경험으로 미루어 짐작컨대, 그가 저 정도로 눈빛을 반짝이는 건 남들은 찾지 못한 굉장한 무언가를 찾아냈다는 것이었다.

호정도 그것이 무엇일지 무척 궁금해졌다. 그녀까지 덩달아 아드레날린이 바짝 솟구치는 것 같았다.

이런, 또 시작이네. 이러려고 보스턴까지 날아온 건 아닌데.

그러고 보면 이것도 일종의 직업병이 아닌가 싶다.

그렇게 끔찍하고 힘들어서 도망쳐 놓고서…… 후우.

호정은 시우가 콜드케이스 사건을 해결하고 책을 낼 때마다 그 옆에서 모든 과정을 지켜보며 전력을 다해 도왔었다. 힘들었지만 보람도 있었다. 늦게라도 범인과 진실이 밝혀져 다행이라고, 이젠 마음 편히 눈 감을 수 있을 것 같다고 흐느끼는 유가족들의 눈물을 볼 때마다 그녀는 커다란 보람을 느꼈더랬다.

하지만 그런 과정 중에 인간의 어둡고 악한 면을 너무 많이 봤다. 호정은 그것이 너무 끔찍하고 힘들었다. 선한 아이들을 위한 동화 작가가 되기로 결심하고 한국에 있는 오빠 곁으로 돌아갔던 이유도 바로 그 때문이었다. 물론 그보다 더욱 근본적인 이유가 따로 있기는 하지만.

그런데 또 시우의 반짝이는 눈빛에 가슴이 뛴다. 호정은 등 뒤로 테이블을 꽉 움켜잡았다.

"나도 같이 가."

시우의 미간이 미세하게 찌푸려졌다.

"안 돼. 누나는 집에 있어."

"나도 어차피 아줌마, 아저씨 뵈러 가야 하는데 따로 갈 필요 없잖아. 오빠가 재단 일로 아줌마한테 전해 드리라는 서류도 있고, 1년이나 못 봬서 너무 보고 싶어. 같이 가."

시우의 깊은 눈매가 가늘어졌다. 호정은 시우가 안 된다고 하기 전에 재빨리 선수를 쳤다.

"내일 몇 시에 출발할 거야? 일찍? 그럼 난 빨리 올라가서 좀 자야겠다. 아직 시차 적응이 안 돼서 너무 피곤해. 몇 시에 출발하든 한 시간 전에만 깨워 줘. 설거지는 네가 한다고 했지? 그럼 부탁해. 잘 먹었어. 내일 아침에 보자."

호정은 팔랑팔랑 손을 흔들고 재빨리 2층 자신의 침실로 올라갔다. 혹시 몰라 오전 7시에 알람을 맞춰 놓고 얼른 잠자리에 들었다.

그런데 초저녁에 4시간이나 자서 그런가. 피곤한데도 잠이 오지 않았다. 무거운 눈꺼풀을 끔벅이며 엎치락뒤치락하던 도중 계단을 올라오는 발소리가 들렸다.

설거지가 이제 끝났나 보다. 호정은 괜스레 숨소리까지 죽이고 귀를 쫑긋 세웠다.

뚜벅뚜벅.

멀어져야 할 발소리가 점점 가까워져 온다. 그러다 그녀의 방문 앞에서 우뚝 멈췄다. 올까 말까 약만 올리던 잠기운이 싹 달아났다. 호정의 심장이 쿵쿵, 뛰어 댔다.

쓰윽.

마룻바닥 쓸리는 소리와 함께 반으로 접힌 하얀 종이가 방문 틈 밑으로 미끄러져 들어왔다.

잠시 후, 멈췄던 발소리가 다시 들리고 점점 멀어져 갔다. 저쪽 복도 끝 방문이 열렸다가 닫히는 소리가 났다.

커다란 눈만 깜박이던 호정은 그제야 침대에서 내려와 하얀 종이를 펴 보았다.

오전 8시 출발. 알아서 일어나. 5분이라도 늦으면 알지?

인쇄라도 한 듯 정자로 쓰여진 힘차고 수려한 필체에 비해 내용은 까칠하고 오만했다. 딱 이시우스러웠다.

"하여튼 예쁘게 말하는 법이 없다니까."

호정은 입술을 비죽였다. 다시 잠자리에 든 그녀는 시트를 목 끝까지 끌어 올리고 두 눈을 감았다. 입가에 옅은 미소가 어렸다.

2장

시우는 새근새근 잠든 호정을 돌아보았다. 얇은 입술 끝이 부드러운 호선을 그리며 올라갔다.

안 졸리다고 하더니, 금세 잠들었군.

"자. 도착하면 깨워 줄게."
"안 졸려."

토끼처럼 빨간 눈으로 연신 하품을 하면서도 그녀는 졸리지 않다고 우겼다. 그래 놓고는 금세 잠들어 버렸다.

다행이었다. 이렇게라도 깊이 잠들 수 있어서.

보스턴에는 아침 5시 무렵부터 갑자기 폭우가 쏟아졌었다. 예고에도 없던 폭우였다. 뉴스에선 소나기라고 했다. 하지만 곧 그칠 것 같지 않았다. 심지어 천둥까지 쳐 댔다.

우르르 쾅!

"젠장."

시우는 거친 욕설을 터트리며 서둘러 침실을 나섰다. 출발을 앞당겨야 했다.

바뀐 일정을 알리기 위해 그녀의 방문을 노크했을 때, 호정은 그의 예상대로 이미 깨어 있었다.

방문을 열어 준 그녀의 모습 또한 예상대로였다. 애써 태연한 척 웃고 있지만 이미 차갑게 굳어 버린 얼굴, 흔들리는 커다란 눈, 이마에 송골송골 맺혀 있는 땀방울.

모두 그가 우려한 대로였다.

"계획이 바뀌었어. 30분 뒤에 출발할 거야. 같이 갈 거면 서둘러."

현관에서 차까지 가는 짧은 거리에도 바짓단은 흠뻑 젖었다. 축축하고 서늘한 빗물이 발목을 적실 때마다 그녀의 굳은 어깨가 움찔 떨리는 것이 보였다.

차에 타고서도 호정은 쉬이 긴장의 끝을 놓지 못했다.

시우는 차에 타자마자 음악을 틀었다. 쇼팽의 녹턴 2번 피아노 연주곡이 차 안에 울려 퍼졌다.

그는 보스턴 시내를 완전히 벗어날 때까지 액셀러레이터에서 발을 떼지 않았다.

다행히 시내를 벗어나자 빗방울은 점차 가늘어졌다. 가늘어진 비만큼 햇살이 비쳤다. 저 뒤편 어딘가에서 다시 한번 천둥이 쳤다.

그러나 멀어진 거리만큼 천둥소리는 그들을 따라오지 못했다.

가늘어진 빗방울, 그 사이로 스며드는 푸르른 아침 햇살, 그리고 잔잔하고 아름다운 피아노 선율.

이제 호정은 안전했다. 힐끔 돌아본 그녀의 얼굴은 한결 편안해져 있었다.

얼마 지나지 않아 졸리지 않다던 그녀는 스르르 잠이 들었다. 다행이었다. 그녀가 이렇게라도 잠들 수 있어서.

호정은 자신이 왜 거센 빗줄기와 축축한 빗물, 천둥소리에 히스테릭한 반응을 보이는지 알지 못한다.

그러나 시우는 아주 오래전, 그녀를 처음 만났던 그날부터 알고 있었다.

천둥 번개가 치던 그날 밤부터.

"잘 자. 우리 아들, 사랑해."

"응. 나도 사랑해. 엄마 아빠도 잘 자."

시우는 이마에 굿나잇 뽀뽀를 해 주고 방을 나서는 엄마, 아빠에게 빠이빠이, 고사리 같은 손을 흔들었다. 평소와 달리 순순히 일찍 잠자리에 든 아들이 영 미심쩍은지 엄마가 뒤를 슬쩍 돌아보았다.

시우는 재빨리 눈을 감았다. 진짜 피곤하다는 듯 시트를 목 끝까지 올리고 후우, 깊은 숨까지 내쉬었다.

딸깍.

그제야 방문 닫히는 소리가 들렸다. 그리고 연이어 들려오는 엄마, 아빠의 낮은 목소리.

"쟤가 정말 웬일이죠?"

"피곤하다잖아. 낮에 호석이하고 호정이하고 그렇게 뛰어놀았는데 당연하지."

"그래도 난 쟤 낳고 이런 적이 처음이라서 너무 이상해. 이시우가 요즘 한창 재미 들려 있는 방정식이랑 적분 문제도 안 풀고, 독어랑 불어 사전도 안 보고 그냥 잠자리에 든다? 난 안 믿겨요."

"후후. 실은 나도 그래. 이럴 줄 알았으면 진작 이 방법을 써 볼 걸 그랬지?"

타닥타닥. 창문을 때리는 빗소리에 덧입혀진 아빠의 깊고 중후한 웃음소리가 더없이 근사했다.

"쟤가 어디 나가 놀려고 해야 말이죠. 세상에서 책 보는 게 제일 재미있다는 앤데. 당신이 데리고 나가야 마지못해서 겨우 옴짝거리지, 이젠 내 말도 잘 안 듣는다니까요. 대체 누굴 닮아서 저런지 몰라."

"누구긴 누구야. 당신 닮았지."

"난 네 살 때 저 정도는 아니었다고요. 쟨 나보다 몇 배는 심해. 뭐, 그만큼 나보다 뛰어나니까 그런 거지만."

"그거 알아? 당신, 이럴 때 보면 꼭 시우 질투하는 것 같은 거."

엄마가 입술을 비죽거리는 모습이 눈앞에 훤히 그려졌다.

"질투가 아니라…… 흐음. 진짜 걱정돼서 하는 말이에요."

엄마의 목소리가 부쩍 작아졌다.

"사실 요즘 같아선 나조차도 시우가 버거울 때가 있거든
요."

"당신이?"

"지식을 습득하는 속도가 너무 빨라요. 무서울 정도야. 저
속도면 내년엔 수학 올림피아드에 나가도 우승할 걸요. 언어
도 한두 개정도는 더 마스터할 테고. 한계를 모르겠어요. 아
니, 한계가 없는 것 같아."

"당신이 바라던 거잖아."

"그렇긴 한데 내 예상이나 기대를 훨씬 뛰어넘으니까 좀
당황스러워요."

"며칠 전에 해부학 책 보면서 웃었다는 것 때문에 그래?"

아빠한테는 비밀로 하기로 해 놓고 그새 말씀드렸나 보다.
나한테는 거짓말하지 말라고 하면서. 시우는 불쾌감에 미간
을 찌푸렸다.

"그것도 그렇고…… 모르겠어요. 그냥 머리가 좀 복잡해
요."

잠시간 정적이 흘렀다. 1층으로 내려가셨을까? 아니다. 분
명 심각한 표정으로 닫혀 있는 방문을 보고 계실 터였다. 시
우는 눈을 꼭 감은 채 새근새근 규칙적인 숨소리를 냈다.

잠시 후, 아빠의 나지막한 음성이 들려왔다.

"걱정 마. 우리 아들이잖아. 시우는 머리만 뛰어난 천재가

아니라 가슴이 따뜻한 사람이 될 거야. 아까 애들하고 뛰어 놀 때 봐봐. 영락없는 네 살배기 아이던데, 뭐."

"그건 정말 다행이에요. 어울리지 못하면 어쩌나 했는데 형아, 누나야 하면서 잘 놀더라고요. 정말 귀여웠어. 어르신 하고 호석이, 호정이 다 건강해 보여서 그것도 다행이고요."

"그러게. 그나저나 호석이네는 어쩌나. 당분간은 여기서 지내면 된다지만, 우리 가기 전에 마땅한 집이 빨리 구해져 야 할 텐데 말이야."

"윤 이사장님이 알아보고 계시니까 곧 좋은 소식 있을 거 예요."

"이번 일은 재단 일도 아닌데 번거롭게 해서 죄송하네."

다음 말은 너무 작아서 잘 안 들렸다. 잠시 후, 아빠의 목소리가 다시 들려왔다.

"앞으로는 한국에 자주 나오자. 그 편이 사회성을 기르는 데에는 효과적이니까."

두런두런 담소를 나누는 두 분의 음성이 점점 멀어져갔다. 이내 조심조심 1층으로 내려가는 발소리도 들렸다.

그렇게 얼마나 흘렀을까.

시우는 천천히 눈꺼풀을 들어 올렸다. 네 살배기 아이의 눈이라고는 믿기지 않을 만큼 깊고 조숙한 눈동자에는 잠기운 하나 묻어 있지 않았다. 시우는 그대로 고른 숨을 내쉬며 방 밖의 기척에 귀를 기울였다.

저녁부터 부슬부슬 내리던 비는 폭우로 변해 있었다. 유리창을 때리는 소리가 제법 요란했다. 빗소리 외에는 사방이 조용했다. 엄마, 아빠도, 우리가 미국 집으로 돌아갈 때까지 여기 한국 집에서 당분간 같이 살게 됐다는 호석 형네도 모두 깊이 잠든 것 같았다.

시우는 조용히 침대에서 내려왔다. 협탁 위 스탠드의 불빛에 의지해 벽 하나를 가득 채우고 있는 책장의 맨 아래 칸의 책들을 모두 빼냈다. 안에는 노트와 시사 잡지책 몇 개가 숨겨져 있었다. 그중에는 영문으로 된 잡지도 있었다.

기대감에 두 눈이 반짝이고 입가에 절로 미소가 지어졌다. 시우는 그것들을 품에 꼭 껴안고 재빨리 침대로 돌아왔다. 협탁에 책들을 쭉 늘어놓고 중얼거렸다.

"뭐부터 읽을까?"

아빠의 의학 논문이 실린 네이처 지도 읽고 싶고, FBI의 천재 프로파일러인 엄마의 활약상을 실은 뉴스위크 지도 빨리 읽어 보고 싶었다. 그러나 아무래도 아빠가 엄마의 기사들만 정성껏 모아 둔 스크랩북이 제1순위였다.

다른 잡지들이야 오늘 밤에 다 못 보면 얼른 가족 서재에 갖다 놓고 나중에 기회 봐서 다시 읽으면 된다. 하지만 스크랩북은 날이 새기 전에 빨리 보고 아빠의 책상 서랍에 돌려 놔야만 한다. 그래야 몰래 꺼내 봤다는 사실을 들키지 않을 테니까.

치사하게 엄마, 아빠는 서재에 있는 다른 책은 뭐든 다 읽게 해 주면서 엄마가 저술한 범죄 심리학 책이나 해결한 사건에 대해서는 신문이든 잡지든 절대로 안 보여 준다.

"네가 아무리 IQ가 높고 천재라고 해도 이것들은 안 돼. 아직은 너무 어려. 지식을 습득하기보다 너의 인격 형성에 악영향을 줄 수가 있거든. 나중에 더 커서 봐."

"언제?"

"글쎄, 적어도 열다섯 살은 되어야겠지?"

맙소사! 열다섯 살이라니!

열다섯 살이 되려면 앞으로 11년이나 남았다. 지금도 빨리 읽고 싶어서 안달이 나 죽겠는데 어떻게 11년이나 기다리라는 말인가.

그래서 시우는 할 수 없이 엄마, 아빠 몰래 그것들을 슬쩍했다. 형네 할머니, 형, 누나가 와서 정신없는 틈을 이용해서. 나쁜 짓이라는 건 인정한다. 변명할 생각은 없었다. 굳이 변명을 하자면 주체할 수 없는 탐구력과 학구열, 호기심이 문제였다.

시우는 침대에 엎드려 스크랩북의 첫 장을 펼쳤다. 첫 장에는 아주 오래된 신문 기사들이 스크랩되어 있었다.

다섯 살에 4개 국어를 유창하게 구사하는 천재 소녀의 등장!

타이틀 아래 꼬마 여자아이의 사진도 한 장 실려 있었다. 카메라를 똑바로 응시하고 있는 눈빛이 당돌하고 도전적이었다. 사진 밑에는 태성조선의 도운성 회장의 손녀딸, 도정우라고 적혀 있었다.

시우가 씨익, 미소 지었다.

"이것 봐. 내가 엄마보다 빠르지."

난 지금 네 살인데도 4개 국어를 할 수 있다. 엄마보다 1년이나 빠르다.

"또 이겼다."

기분이 우쭐했다. 페이지를 넘겼다. 모두 엄마의 유년 시절에 대한 기사들이었다. 열 살에 정규 교육을 이수하고 열두 살에 S대 법학과를 마친 후 MIT에서는 화학, 하버드에서는 의학 박사 학위를 땄으며, 마지막으로 열일곱 살에 스탠퍼드에서 심리학 박사 학위를 취득했다는 기사들이 페이지마다 빼곡하게 스크랩되어 있었다.

조금도 놀랍지 않았다. 그 정도는 엄마와 아빠한테 이미 여러 번 들었으니까. 궁금한 건 엄마가 프로파일러가 된 이후의 활약상이었다. 한 장, 한 장 페이지를 넘기다 보니 드디어 찾던 기사들이 나왔다.

"찾았다!"

제일 먼저 스크랩되어 있는 사건 기사는 엄마가 한국 경찰들과 공조해 한국에서 해결한 첫 번째 사건이었다.

발단은 장마철에 서울 외곽의 저수지에서 발견된 여고생의 사체.

납치 후 겁탈당한 후 살해된 것으로 추정되는 여고생의 사체는 발견 당시 커다란 통 속에 들어 있었다고 한다. 머리카락 한 올 없이 손톱, 발톱이 모두 뽑히고 지문까지 오려진 채. 심지어 알몸인 사체와 통 모두 소독용 알코올로 깨끗하게 닦여 있었다고 한다.

옷이나 소지품은 주변에서 발견되지 않았다. 어떠한 증거도 남아 있지 않았다. 대신 왼쪽 귀 안쪽에 칼로 새긴 작은 표식이 남아 있었다.

표식은 히타이트 문자.

사체에서 이 표식을 처음 발견한 사람이 엄마라고 한다.

장마철이라는 범행 시기, 마른 체형에 단발머리인 젊은 여자만을 노리는 범행 대상, 증거를 남기지 않는 치밀하고 잔인한 범행 수법, 그리고 왼쪽 귀 안쪽에 새겨져 있는 히타이트 문자.

이 같은 공통점들을 찾아내어 범인이 10년 간 범행을 저질러 온 연쇄 살인마라는 것을 밝혀낸 사람도 당연히 엄마였다고 한다.

기사에는 아빠의 이름도 자주 등장했다. 아빠가 존스홉킨스 병원 연구실로 옮기기 전에 병원장으로 있었던 고구려 병원도 등장했다. 그 병원의 이전 원장과 부인, 내연남(이건 무슨 뜻인지 모르겠다. 자존심이 상한다. 아직도 내가 모르는 단어가 있다니! 기사 다 보고 빨리 사전을 찾아봐야겠다), 괴물로 변한 아들이자 범인에 대한 이야기도 상세하게 나와 있었다.

"아, 이렇게 된 거였구나."

엄마, 아빠가 어떻게 만나서 부부가 됐는지 이제야 정확하게 알았다.

"엄마가 범인으로 의심받고 있던 아빠의 무죄를 증명하고, 나중에 아빠가 범인한테서 엄마를 구했구나. 와, 우리 엄마, 아빠 진짜 멋있다."

그런데 아빠한테 그런 아프고 슬픈 과거가 있었다니…….
아빠가 너무 불쌍하고 가엽다. 잔인한 살인마지만 범인도 조
금은 딱하고 불쌍하다. 괴물이 되기 전에는 그 또한 학대받
은 피해자였다니까.

"아기 알버트 실험이라……."

얼마 전 서재에서 몰래 훔쳐 본 심리학 책에서 본 기억이
난다. 그땐 '옛날에는 이런 실험도 했었구나' 하고 그냥 넘
겼는데, 아빠가 실험 대상이었다니! 화가 났다.

시우는 화를 가라앉히기 위해서 잠시 눈을 감고 깊은 숨을
몰아쉬었다. 거친 숨이 가라앉기에는 생각보다 많은 시간이
걸렸다. 간신히 화가 가라앉자 시우는 다시 스크랩북을 넘겼
다.

이런 저런 기사들이 나오다가 아는 이름을 또 발견했다.

주호석, 주호정.

시우의 눈이 흠칫 커졌다.

"어? 이건……."

아까 같이 놀았던 호석이 형과 호정이 누나임이 분명했다.
엄마와 관련 있는 주호석, 주호정 남매가 그들 외에 한 쌍 더
있을 확률은 자신이 평범해질 만큼 불가능한 일일 테니 말이
다.

"두 사람도 엄마가 해결한 사건의 피해자들이었구나."

몰랐다. 지금 처음 알았다.

기사에 적혀 있는 나이를 보니 호석이 형은 열 살, 호정이

누나는 세 살 때였다. 무려 4년 전 일이었다.

"내가 엄마 배 속에 있었을 때네."

호석이 형과 할머니는 실종, 납치된 아이의 가족이었고 호정이 누나는 놀랍게도 피해자 중 한 명이었다.

꿀꺽.

마른침을 삼킨 시우는 기사를 따라 빠르게 읽어 내려갔다.

"인면수심의 아동 성착취범의 전모, 취약 계층의 아동만을 골라 납치, 성폭행한 후 살해 및 사체를 유기한 인면수심의 살인마 홍수창의 범행 전모가 모두 밝혀졌다."

엄마의 활약상도 자세하게 소개되어 있었다. 지리적 프로파일링으로 홍수창의 근거지를 정확하게 알아냈다는 기사 등.

"……검거 당시 극렬히 저항하다 도주하던 홍수창은 기동대가 쏜 총에 맞아 병원으로 이송했으나 결국 사망했다. 경찰은 홍수창의 자택 지하에서 납치, 감금되어 있던 세 명의 아동 피해자를 발견, 구출했다. 구출된 아동은 두 달 전 실종됐던 주호정(3) 양을 비롯해 이난희(7), 박진아(14) 양인 것으로 밝혀졌다. 박진아 양은 2년 전 실종됐던……."

시우는 침을 한 번 더 삼키고 마저 읽었다.

"발견 당시 지하실은 지난 보름간 한반도를 강타했던 태풍으로 20cm 이상 침수된 상태였던 것으로 알려졌다. 그러나 피해 아동들은 그곳에 방치되어…… 수인성 질환 및 발진, 심한 탈수 증상과 쇼크 상태를 보여 병원으로 긴급 호송되었다."

그래도 박진아라는 사람은 그중 상태가 가장 양호했었나 보다. 홍수창의 2층 집에도 또래의 여자아이가 한 명 있었고, 어린아이의 울음소리도 들었다고 증언한 것을 보면 말이다. 경찰도 홍수창의 자택 2층에서 10대 소녀의 옷가지와 어린아이의 물품을 다수 발견했다고 한다. 그러나 안타깝게도 그들의 생존 여부는 확인할 수 없었다고 했다.

이유는 홍수창이 3세에서 13세 사이의 여아들을 납치해 짧게는 두 달, 길게는 3년 동안 지하실에 감금해 놓고 성폭행을 한 후 살해하여 마당에 유기한 것으로 확인됐기 때문이란다.

"홍수창 자택의 앞마당에서는 유기된 어린아이의 사체 수십 구가 발견…… 주로 16세를 전후한 여아들로서 백골화가 진행된 사체와 사망한 지 수 개월이 안 된 사체도 다수…… 그중에는 주호정 양과 함께 실종되었던 언니 주호연(5) 양의 사체도 발견되어 안타까움을 더하……."

그때였다.

창밖이 번쩍 하더니 하늘이 반으로 갈라지는 굉음이 났다.

우르르 쾅!

천둥과 동시에 방 밖에서 누군가의 자지러질 듯한 새된 비명 소리가 들려왔다.

"꺄악! 아악, 아아악!"

여자아이의 비명 소리였다. 화들짝 놀란 시우는 고개를 번쩍 들어 닫혀 있는 방문을 쳐다보았다.

"무슨…… 누구 비명 소리지?"

여기저기서 방문 열리는 소리가 들리고 후다닥 달려가는 다급한 발소리들도 들려왔다. 그다음에 들려온 것은 호석이 형의 기겁한 외침이었다.

"호정아!"

울부짖는 할머니의 음성도 들려왔다.

"아이고, 야가 또 이라네. 호정아, 할미 봐라. 할미 좀 봐. 이를 우얄꼬. 불쌍한 내 새끼……."

"아아악!"

"호정아, 괜찮아, 진정해."

어, 어건 엄마 목소리다.

시우는 침대에서 폴짝 뛰어내렸다. 까치발을 들어 닫힌 방문을 열고 밖으로 나갔다. 물론 그 전에 스크랩북과 잡지를 책장 맨 아래 칸에 도로 숨겨 두는 것도 잊지 않았다.

어른들의 음성과 비명 소리는 복도 끝에 있는 방에서 들려오고 있었다. 비어 있던 손님 방 중의 하나였다. 동시에 아까 낮에 엄마가 호석이 형네 할머니와 호정이 누나한테 당분간 머물라고 한 방이기도 했다.

시우는 그곳으로 천천히 걸어갔다. 방문은 활짝 열려 있었다. 집 안에 있던 사람들이 모두 그 방에 있었다. 가장 먼저 눈에 들어온 것은 침대가 있는데도 바닥에 깔려 있는 이불들과 누군가를 부둥켜안고 있는 할머니의 뒷모습이었다.

할머니의 오른팔 밑으로 비죽 튀어나와 있는 가는 다리도 보였다. 다리는 모터를 단 듯 쉴 새 없이 떨리고 있었다.

할머니가 울며불며 엄마와 아빠한테 매달렸다.

"선상님들요, 울 아 좀 살려 주이소."

엄마와 아빠는 할머니를 달래며 호정이 누나의 상태를 살폈다. 엄마가 빠른 어조로 말했다.

"전형적인 PTSD(Post Traumatic Stress Disorder)*로 인한 발작이에요. 여보, 지금 집에 SSRI(Selective Serotonin Reuptake Inhibitor)* 있어요?"

"없어. 페노바비탈(Phenobarbital)*밖에는. 일단 그거라도 투여하도록 하지."

돌아서는 아빠와 눈이 마주쳤다. 깜짝 놀란 아빠가 빠른 걸음으로 다가왔다. 커다란 몸으로 시우의 시선을 가리며 다정하게 머리를 쓰다듬었다.

"놀랐니? 괜찮아. 겁먹을 것 없어. 누나가 조금 아파서 그래. 그런데 엄마랑 아빠가 금방 낫게 해 줄 거야. 알지?"

안다. 엄마와 아빠가 있으니까 별다른 문제가 없으리란 건.

시우는 고개를 끄덕였다. 아빠는 자신을 방에 들여보내고 재빨리 아래층으로 내려갔다.

커다란 눈을 깜박이던 시우는 다시 밖으로 나갔다. 이번에는 방 밖에 멀뚱히 서서 보고만 있지 않았다. 방 안으로 들어갔다. 엄마와 호석의 옆에 작은 몸을 웅크리고 앉았다. 깜짝

---

*Post Traumatic Stress Disorder : 외상 후 스트레스 장애.
*Selective Serotonin Reuptake Inhibitor : 외상 후 스트레스 장애 고유의 증상을 호전시키는데 우선적으로 고려되는 약물.
*Phenobarbital : 진정제의 일종.

놀란 엄마가 시우를 돌아보았다.

"시우야."

시우는 엄마를 한 번 슬쩍 보고는 호정이한테 시선을 고정했다. 아까 낮에 같이 뛰어놀던 사람 같지 않았다. 쏟아질 듯 커다랗던 눈은 질끈 감겨 일그러져 있었고, 잘 익은 복숭아 같던 뺨은 창백하게 얼어 있었다.

"네가 시우구나? 사진으로 보던 것보다 훨씬 더 예쁘게 생겼다. 꼭 인형 같아."

저가 더 예쁘게 생겼으면서.

"내 이름은 호정이야, 주호정. 일곱 살이야. 너보다 세 살 많아. 그러니까 누나라고 불러. 아이, 예뻐!"

얼마나 꽉 끌어안고 볼을 비벼 대던지, 숨이 막혔었다. 그러고는 연신 '시우야, 시우야' 하며 시우의 손을 꼭 잡고 여기저기로 끌고 다녔다.

"시우야, 너 이게 뭔지 알아? 몰라? 너희 집 마당에 있는 건데도 몰라? 에이. 너 엄청 똑똑하다고 하던데, 아니었구나. 이건 강아지풀이야. 여기 봐봐. 꼭 강아지 꼬리처럼 생겼지? 그래서 이름이 강아지풀이래."

그래서 개꼬리풀이라고도 하고, 한자로는 구미초(狗尾草)라고도 해. 학명은 Setaria viridis, 계는 식물, 문은 속씨식물이며, 강은 외떡잎식물, 목은 벼목, 분포 지역은 전국이고, 서식 장소 또는 자생지는 길가, 들이다. 화분과의 일년초 식물로 꽃은 한여름에 피고 원주형의 꽃이삭은 길이 2~5cm로서 연한 녹색 또는 자주색이야.

시우는 그 외에도 강아지풀에 대해서 얼마든지 더 읊어 댈수 있었다. 그러나 웬일인지 아무 말도 하고 싶지 않았다. 또래 아이들과 잘 어울리는지를 지켜보고 있는 부모님 때문이기도 했지만, 그보다는 그냥 그러고 싶었다. 그저 속으로만 중얼거렸다.

"시우야, 이리와 봐."
"아, 간지러워."

무심코 다가갔던 시우는 호정이 강아지풀로 뺨과 귀가를 간질이자 깜짝 놀라 소리를 질렀다.

"까르르, 그렇게 간지러워? 너 표정 진짜 웃겨. 진짜 귀여워."

그렇게 까르르, 까르르 웃던 입에서는 괴상한 비명 소리만 흘러나오고 있었다.

시우는 자신도 모르게 손을 뻗어 호정의 바들바들 떨리는 손을 잡았다. 엄마가 누나의 상태를 살피면서도 자신을 유심히 관찰하고 있다는 것을 알았지만 신경 쓰지 않았다.

작은 손에 잡혀 있는 누나의 손은 얼음처럼 차가웠다. 아까 낮에 자기의 손을 꼭 잡고 연신 끌고 다니던 보드랍고 따스했던 감촉이 아니었다.

문득 그런 생각이 들었다.

시체……. 죽은 사람을 만지면 이런 느낌일까.

좀 전에 읽었던 기사들이 떠올랐다. 소독용 알코올에 씻겨 버려져 있던 여자들의 사체, 땅속에 묻혀 있었다는 호정의 언니 주호연. 호연은 당시 다섯 살이었다고 했다. 시우 자신과 한 살밖에 차이가 나지 않았다.

그리고 호정은 자신보다 한 살 어렸던 세 살에 언니와 함께 납치되어 축축하고 어두운 지하실에 감금되어 있었다고 했다. 하필 그때도 기록적인 폭우를 동반한 태풍이 보름이나 한국을 강타했다고 했다.

아빠의 응급 처치 덕분에 호정은 빠르게 진정되어 갔다. 아빠와 엄마가 할머니를 데리고 복도로 나갔다. 호정의 상태가 언제부터 저랬는지 물어보는 소리들이 들렸다.

침대에 눕혀진 호정의 곁은 시우와 호석이 지켰다. 울음이 잦아든 호석은 분노했다. 이미 죽어 버린 범인에 대한 분노를 터트리는 호석을 엄마가 다가와 꼭 안아 주었다. 엄마 품에 안겨 호석은 다시 울음을 터트렸다. 엄마가 그를 안고 방을 나갔다.

잠시 시우와 호정 둘 만이 방에 남았다.

무서운 집중력으로 호정의 얼굴만 바라보던 시우의 손이

움직였다. 고사리 같은 손으로 여전히 창백하고 차가운 뺨을
어루만졌다. 또르륵. 눈가에 흐르는 눈물을 닦아 주었다.

"울지 마, 누나. 누나는 이제 안전해."

호정의 귓가에 속삭여 주었다.

시우는 잠든 호정을 돌아보며 22년 전의 속삭임을 다시금
되뇌었다.

보스턴을 벗어나자 하늘은 거짓말처럼 푸르렀다. 창문에
기대어 잠든 그녀의 얼굴이 햇살에 반짝였다. 반짝이는 햇살
이 긴 속눈썹 끝에 눈물처럼 맺혔다. 눈부신 듯 그녀의 미간
에 작은 홈이 파였다.

핸들을 잡은 길고 하얀 손가락이 꿈틀 움직였다. 제멋대로
뻗어 나갔다.

긴 속눈썹 끝에 눈물처럼 맺힌 햇살을 가렸다. 차체의 흔
들림인 양 실수인 양, 기다란 중지가 보드라운 속눈썹을 건
드렸다.

"으음."

호정이 뒤척였다. 눈을 비비며 무거운 눈꺼풀을 힘겹게 들
어 올렸다. 뿌연 시야에 달려오는 햇살을 가로막는 기다란
판 같은 것이 보였다.

선바이저…… 내가 저걸 내렸었나?

기억이 나지 않는다. 잠결에 내린 모양이다.

비는?

힘없이 고개를 옆으로 돌렸다. 아직 채 떠지지도 않는 눈

꺼풀을 뚫고 망막을 찔러 오는 것은 빗물이 아닌 눈부신 햇살이었다.

……그쳤구나.

절로 옅은 숨이 입새로 흘러나왔다.

힘없이 고개를 반대편으로 돌렸다. 여전히 뿌연 시야에 정면만 바라보며 운전 중인 시우의 옆모습이 들어왔다. 출발할 때와 조금도 달라진 것이 없는 모습.

길고 가는 목을 곧추세우고 도도하게 물 위를 떠다니는 우아한 백조 같다.

큭, 아니다. 겉만 하얗지, 풍기는 분위기는 영락없는 흑조다. 어쨌든 백조든, 흑조든 물 밑으로는 열심히 물장구를 치는 건 마찬가지. 그렇다면 그것도 아니다. 이시우가 경박스럽게 물장구치는 모습은 상상도 할 수 없으니까.

그럼 이시우는 뭘까.

시우는…….

호정은 무거운 눈꺼풀을 감고 고개를 다시 돌려 버렸다. 쉽게 답을 내릴 수 없는 마음이 시끄럽다. 애써 정리하려 이젠 내 글을 쓰겠다는 핑계를 대고 한국으로 도망쳐 놓고선 아직도 마음은 시끄럽다.

음악은 어느새 녹턴에서 드뷔시의 꿈으로 바뀌어 있었다.

내 꿈도 이처럼 감미롭고 아름답다면 좋을 텐데.

하지만 그녀의 꿈은 기억나는 순간부터 늘 칠흑처럼 어둡고 축축하고 춥고 음산했다.

이유는 모른다. 세찬 빗소리에, 하늘을 찢는 천둥소리에

왜 그토록 유별나게 히스테릭한 반응을 보이는지 그 이유를
모르는 것처럼.

한때는 그 이유를 찾고자 지쳐 쓰러질 때까지 내 안의 심
연을 바라본 적이 있었다. 그러나 결국 찾지 못했다.

기억나지도 않는 몇 번의 발작.

그 후로는 그냥 이대로 살기로 했다. 그게 벌써 스물한 살
때, 8년 전 일이다. 대학을 졸업하자마자 도망치듯 미국으로
유학을 갔었다. 그리고는 다시 한국으로 도망쳤다가 1년 만
에 다시 이곳으로 돌아왔다.

하아.

그만 생각하자. 시우한테는 미안하지만 조금 더 자야겠다.

신기할 정도로 호정은 금세 잠들었다. 그제야 정면만 죽일
듯이 노려보던 시우의 시선이 옆으로 향했다. 목구멍에 걸려
있던 숨도 그제야 넘어갔다. 헛헛한 웃음이 소리 없이 흘러
나왔다.

시우는 오디오의 볼륨을 줄였다.

두 사람이 탄 차는 감질날 정도로 천천히 도로를 달렸다.

3장

「오늘 강의의 마지막은 바바라 에런라이히의 말로 대신하겠습니다. 도시에서 벌어지는 범죄는 계층과 인종의 상징으로 받아들여진다. 그러나 교외 지역에서 벌어지는 범죄는 사적이고 심리학적이며 일반화되기를 거부하는 인간 정신의 비밀을 상징한다. 이상입니다.」

강의를 마친 정우는 일찍 쉰 머리 탓에 은발이 된 짧은 머리카락을 휘날리며 서둘러 자신의 사무실로 달려갔다. 급한 마음에 마주치는 동료나 신입 요원들과의 인사도 하는 둥 마는 둥 대충 지나쳤다. 달려가는 그녀의 입가에서 미소가 떠나지 않았다.

벌컥, 문을 열고 들어간 정우의 미소는 더욱 환해졌다. '아줌마!' 하고 의자에서 벌떡 일어나는 호정을 와락 끌어안았다.

"호정아, 이게 얼마 만이니. 너 한국 들어가기 전에 본 게 마지막이니까 1년이 다 되어 간다, 그렇지?"

"네. 그동안 잘 계셨어요? 아저씨는요, 건강하시죠?"

"그럼. 우리야 늘 건강하고 해피하지."

정우가 어디 보자, 하며 호정의 양손을 맞잡고 위아래로 훑어보았다.

"여전히 예쁘네, 우리 호정이."

"후후. 감사합니다. 아줌마도 여전히 아름다우세요. 그런데 염색 좀 하시라니까. 1년 새 머리가 더 하얘졌잖아요. 이젠 완전히 은발이 다 됐네."

"그게 내 노림수야. 이상하니?"

호정이 활짝 웃으며 엄지를 척 들어 보였다.

"아니요. 완전 멋져요."

"고맙다. 그래서 요즘 내 별명이 은발의 여제야. 후후."

두 사람은 마주 보고 키득거리며 웃었다.

"그런데 우리 호정이, 어째 1년 전하고 분위기가 많이 달라진 것 같다? 헤어스타일이 달라져서 그런가. 너 머리 이렇게 긴 거 처음 봐. 일부러 기르는 거니?"

정우가 어깨너머까지 길게 자란 호정의 머리카락을 다정하게 쓸어내렸다.

"아니요. 귀찮아서 내버려 뒀더니 이렇게 됐어요. 전 먹는 게 다 머리로만 가나 봐요. 엄청 빨리 자라는 거 있죠. 조만간 자르려고요. 관리하는 것도 귀찮고, 안 어울리는 것 같아서."

"어머, 아니야, 얘. 자르지 마. 잘 어울려."

"정말요?"

정우가 그럼, 하며 흐뭇하게 미소 지었다.

"꼭 여신 같아."

"에이, 아줌마도 참. 그건 아니다."

"진짜라니까. 나 거짓말 못 하는 거 알잖아. 그런데 바쁠 텐데 뭐 하러 왔어. 너까지 와 달라고 전화한 건 아니었는데. 이러면 내가 너무 미안하잖니."

"안 그래도 탈고해서 한 번 오려던 참이었어요."

두 여자가 이런저런 얘기를 나누며 반갑게 회포를 푸는데 시니컬한 음성이 툭 끼어들었다.

"일종의 후버링(Hoovering)*이었겠지."

그제야 정우가 시우한테 시선을 돌렸다. 시우는 여전히 회의용 탁자 의자에 비스듬히 앉아 있었다. 정우는 그의 뒤통수를 찌릿 노려보았다.

"저 녀석은 말을 해도 꼭 저렇게 고약하게 한다니까. 이시우, 오랜만에 보는 엄마한테 한다는 말이 고작 후버링이니? 그럼 내가 소시오패스나 나르시시스트란 말이야? 호정이는 그런 나한테 낚인 불쌍한 피해자고?"

시우는 어깨를 으쓱였다.

"그래서 일종이라고 했잖아요."

---

*Hoovering:소시오패스나 나르시시스트가 피해자를 다시 한번 관계 속으로 빨아들이기 위해 사용하는 수법.

시우는 천천히 자리에서 일어나 정우에게 다가갔다. 여섯 달 만에 만나는 모자(母子)이건만, 두 사람은 반갑게 안기는 커녕 날카로운 눈빛으로 서로를 바라보기만 했다. 카메라로 찍듯 눈 깜박임 한 번으로 서로의 전신을 정밀 스캔했다.

　정우가 먼저 못마땅한 투로 말했다.

　"웬일로 살이 좀 붙었나 했더니, 도로 싹 빠졌네."

　시우가 바로 정우의 말을 받았다.

　"어머니는 4.409245파운드(약 2kg) 정도 찌셨네요. 아버지 가 좋아하시겠어요."

　"그럼. 아주 좋아하시지. 네 아빠의 낙이 나하고 너, 살 찌 우는 거잖니. 그런데 넌 어쩜 그렇게 싹 빼 버렸니. 네 아빠 가 어떻게 늘린 건데. 보시면 실망하시겠다. 운동 좀 그만 해, 얘. 그리고 정확히 말하자면, 4.409245파운드가 아니라 4.629708파운드(약 2.1kg)야."

　그래도 정우는 여전히 60대를 앞둔 중년 여성이라고는 믿 기 힘들 만큼 날씬했다. 삐쩍 말랐던 예전보다 훨씬 보기 좋 았다. 깐깐하고 까칠해 보이던 인상이 훨씬 부드러워졌다. 이게 다 모든 걸 너그럽게 포용해 주고 사랑해 주는 남편 덕 분이었다. 3년 전에 현장에서 물러난 점도 약간은 작용했지 만.

　문제는 저 녀석이었다. 두뇌만 자신을 닮고 다른 건 전부 아빠를 닮았으면 했는데. 그래서 이름도 이시현의 '시', 도 정우의 '우', 한 자씩 따서 지어 준 것이 아닌가.

　그런데 애석하게도 제 아빠한테서는 하드웨어와 운동 신

경만 물려받았다. 나머지는 모두 엄마인 자신을 닮았다. 그 것도 그대로 물려받은 게 아니라 배로 더욱 좋거나 혹은 나쁜 쪽으로.

가슴 앞으로 팔짱을 낀 정우가 눈을 가늘게 뜨고 아들을 올려다보았다. 그러고는 이내 품! 웃음을 터트렸다. 아들을 향해 두 팔을 활짝 벌렸다.

"이리 와. 한 번 안아 보자, 우리 아들."

시우도 피식, 웃음을 흘리며 정우를 가만히 끌어당겨 안았다. 아들 품에 안긴 정우가 말했다.

"와 줘서 고마워, 시우야."

시우의 입가에도 잔잔한 미소가 어렸다. 자신의 가슴 높이 밖에 닿지 않는 어머니의 정수리에 가만히 입을 맞췄다. 그의 가슴에 코를 박고 그리웠던 아들의 체취를 깊이 들이마신 정우가 속삭이듯 말했다.

"조쉬 홉킨스가 에페타 킬러의 진범일 거라고 생각하니?"

"어머니 생각은요?"

"내가 먼저 물었다."

정우가 어림없다는 표정으로 눈을 한 번 찡긋거렸다. 세 사람은 둥근 테이블을 사이에 두고 마주 앉았다. 시우가 먼저 입을 열었다.

"제 의견을 말씀드리기 전에 확인할 사항이 몇 가지 있어요."

"뭔데. 말해 봐."

"첫째, 저한테 보내 주신 조쉬 홉킨스와 사이먼 홉킨스에 대한 보고서에서 어머니가 임의로 누락시키거나 수정하신 부분이 있나요?"

"에페타팀에서 받은 내용 그대로야."

정우의 눈빛이 반짝였다. 그럼 그렇지. 시우라면 보고서를 검토하자마자 미심쩍은 부분을 바로 발견할 줄 알았다.

"비록 보안 레벨 스텝3 기준에서 작성된 보고서이긴 하지만."

정우가 씨익 미소 지으며 말을 보탰다.

"기분 나빠하지 마. 너한테 그걸 공개한 것으로도 엄청난 일이니까. 넌 아직 FBI의 공식 자문 요청을 수락하지 않았잖니."

"그래서 일부러 허술한 보고서를 보내신 겁니까? 절 자극하기 위해서?"

"통상적인 내부 절차와 규율에 따랐을 뿐이야. 아무리 너라고 해도 해당 사건에 정식으로 참여하지 않은 이상, 그 이상의 정보 공개는 불가능해. 나도 거기까지밖에는 모르고. 알다시피 난 이제 더 이상 BAU(Behavioral Analysis Unit)*의 자문도, 요원도 아니잖니. 애석하게도 나도 이젠 스텝3 이상의 정보에는 접근할 권리가 없단다."

시우는 피식, 헛웃음을 흘렸다.

"그러시겠죠, 표면상으로는."

비록 현장에서 손을 떼고 은퇴를 앞두고 계신 분이라지만,

---

*Behavioral Analysis Unit:FBI 행동 분석팀.

어머니는 그 정도의 정보만을 받고 움직일 분이 아니다. 그러나 시우는 그 부분을 놓고 갑론을박할 생각은 없었다. 중요한 건 그게 아니니까.

시우가 자리에서 일어났다. 정우와 호정이 얘기하다 말고 갑자기 일어난 그를 의아하게 올려다보았다. 바지 주머니에 양손을 찔러 넣은 시우가 귀찮다는 표정으로 말했다.

"시간 낭비하지 말고 빨리 끝내 버리죠. 그놈의 절차라는 거."

웃음을 삼킨 정우가 입술을 비죽였다.

"서두르긴. 잠깐만 기다려."

책상으로 걸어간 정우가 어딘가로 전화를 걸었다.

「국장님, 저 도정우 박사입니다. 지금 제 방에 이시우 박사가 와 있는데 국장님을 뵙고 싶어 하는군요. ……후후, 별 말씀을요. ……지금 가죠.」

전화를 끊은 정우가 두 사람을 돌아보며 찡긋, 윙크했다.

"몸이 엄청 달았는데. 가자."

호정이 깜짝 놀라 말했다.

"저도요?"

"당연히 같이 가야지. 너흰 환상의 드림팀이잖아."

환상의 드림팀? 호정의 심장이 콩콩, 뛰었다. 재빨리 시우를 힐끔 쳐다보았다. 그는 굉장히 못마땅한 듯 미간을 잔뜩 찌푸리고 있었다. 시우의 얇은 입술이 달싹거렸다.

"아……."

아니라고 말하려는 모양이다. 호정은 그보다 자신이 먼저 대답했다.

"네, 맞아요! 환상의 드림팀!"

시우가 고개를 휙 돌려 그녀를 내려다보았다. 놀랐나? 눈이 흠칫 커져 있었다. 감정을 드러내는 데에 인색한 그에게서는 보기 드문 반응이었다. 그러고는 이내 못마땅한 듯 미간을 찌푸렸다.

호정은 시우를 똑바로 쳐다보았다. '뭐? 왜?' 하는 표정으로 그의 눈을 직시했다. 정우가 후후, 웃었다.

"고맙다, 호정아. 역시 저 녀석 잡는 건 너밖에 없다니까. 이번에도 잘 부탁한다. 자, 그럼 가 볼까?"

정우가 양쪽에 두 사람의 팔짱을 하나씩 끼고 척척, 사무실을 나섰다.

❈❈❈

면담을 가장한 시우와 국장의 협상과 계약 절차는 생각보다 빨리 끝났다. 국장의 입장은 확고했다. 지금 이 시간에도 미국 전역에서는 국가 안보를 위협하는 범죄부터 약취 유괴, 두 개 주(州)에 걸친 강도 살인 및 연쇄 살인, 테러 등등 온갖 범죄가 일어나고 있는데, 30년 전 사건에 오래 매달릴 수 없다는 것이 그의 입장이었다.

국장은 사이먼 홉킨스의 제보 때문에 이 사건이 수면 위로 다시 떠오른 것 자체를 탐탁지 않아 했다. 이전에 진행됐던 재수사처럼 이번에도 진범을 밝혀내긴 어려울 거라고 결과를 예단하고 있는 것 같기도 했다. 때문에 그는 언론의 관심이 지나치다며 인상을 찌푸리기도 했다.

그럼에도 국장은 전권에 준하는 시우의 조건을 모두 수용하면서까지 그가 수사에 참여하는 것에 매우 적극적이었다.

국장은 그 이유를 굳이 감추려고도 하지 않았다.

「짐작하고 있겠지만, 우리가 이시우 박사를 모신 이유는 박사가 콜드케이스 최고 권위자이기 때문만은 아닙니다. 우리는 이번 재수사를 계기로 박사와의 인연을 계속 이어 갔으면 합니다.」

「알고 있습니다. 하지만 2년 전에도 말씀드렸다시피 나는 FBI에서 일할 생각이 전혀 없습니다. 이번 일이 끝나면 내가 있던 자리로 돌아갈 겁니다.」

「어머니이신 도정우 박사님도 처음에는 그러셨죠.」

국장은 어디 두고 보자는 듯 의미심장하게 웃었다.

「그 얘기는 여기서 그만하기로 하죠. 지금은 에페타 킬러 사건에만 집중해야 하니까. 이시우 박사, 우리는 박사의 조건을 모두 수용했습니다. 그리고 전폭적인 지원과 권한을 약속했죠. 이는 FBI 역사상 매우 파격적이고 이례적인 경우입니다.」

그는 '그렇죠?' 하고 동의를 구하듯 정우를 바라보았다. 그러나 정우는 어깨만 으쓱하고 말았다. 속으로 혀를 찬 국장이 말을 이었다.

「대신 BAU의 전설인 도정우 박사님을 능가하는 천재 프로파일러의 능력을 보여 줘야 합니다. 기대해도 되겠죠?」

시우는 피식, 웃으며 국장과 악수를 했다.

국장실을 나온 정우와 시우, 호정은 에페타 킬러 재수사를 위해 한시적으로 꾸려진 특별 수사 에페타팀이 있는 건물로 향했다. 에페타팀은 특별 수사팀 전용 공간인 건물의 동쪽 라인에 위치하고 있었다.

시우와 호정 그리고 팀원들과의 인사가 끝나자 국장과 정우는 팀원들끼리 얘기하라며 먼저 자리를 떠났다.

팀장인 헨리 블레이크는 40대 중후반의 요원으로 FBI 샌프란시스코지부 형사 팀에 있다가 특별 수사팀에 자원했다고 했다. 대머리가 벗겨지기 시작한 그는 한눈에 봐도 FBI 요원이었다. 깐깐한 인상뿐만 아니라 정장에 가려져 있는 다부진 체격. 팍팍 풍기는 고압적인 분위기가 딱 그랬다.

FBI 뉴욕지부 소속이라는 신입 요원 찰리 세이린 역시 자원한 케이스로 30대 초반인 그는 뉴욕주립대 출신으로 서글서글한 인상에 선한 미소가 인상적인 사람이었다. 댄디하고 세련된 고급 슈트도 인상적이었고.

「이시우 박사의 명성은 잘 알고 있습니다. 박사가 쓴 책도 다 읽어 봤어요. 보스턴 킬러의 진범을 밝혀낸 세 번째 책은 압권이었어요. 한 번은 꼭 만나 보고 싶었습니다. 그런데 이렇게 같이 일하게 될 줄은 몰랐네요. 반갑습니다.」

그는 시우를 보자마자 자리에서 벌떡 일어났다. 커다래진 눈을 깜박거리며 한동안 그에게서 시선을 떼지 못했다. 인사를 나누면서도 목소리가 살짝 떨렸다. 아마도 시우의 팬인 모양이었다.

매기 크로닌은 유일한 여성 요원으로 군인 출신이라고 했다. 그래서인가. 눈빛하며 체격이나 행동, 분위기가 딱 군인다웠다. 온몸에 각이 잡혀 있었다. 남자 두세 명은 한 방에 해치우고도 남을 것 같았다.

시우의 자리는 팀원들 맞은편에 이미 준비되어 있었다. 언제든 바로 일할 수 있도록 모든 세팅이 완벽하게 갖춰져 있었다. 한 가지 흠이라면 호정의 자리가 없다는 것 정도.

뭐, 괜찮았다. 내일 아침이면 그녀의 자리도 바로 세팅될 거라고 했으니까.

아쉬운 대로 호정은 둥근 회의용 테이블에 앉아 필기를 시작했다. 자신이 느낀 감정들, 팀원들과 사무실 분위기 등을 하나도 빼놓지 않고 모두 기록해 두고 싶었다.

이럴 땐 녹음기가 있어야 하는 건데. 아쉽다.

혹시 몰라 녹음기를 챙겨 오기는 했었다. 그런데 아까 정문 검색대에서 보안 요원한테 휴대폰까지 전부 빼앗겼다. 그러니 아쉬운 대로 직접 쓸 수밖에.

내일부터는 다른 요원이나 연구원들처럼 녹음기나 휴대폰 소지가 가능해진다니, 그나마 천만다행이었다. 시우가 국장한테 요구한 여러 조건 중의 하나였다.

분위기 등을 재빨리 스케치한 호정이 마침표를 탁, 찍은 것과 동시에 스크린에 떠 있는 보고서들을 쳐다보고 있던 시우가 입을 열었다.

「조쉬 홉킨스의 칼과 상하의에서 채취한 혈흔들의 유전자 검사 결과는 아직 나오지 않았습니까?」

‘아, 그게’ 하고 대답을 하려던 찰리가 허락을 구하듯 헨리의 눈치를 봤다. 헨리가 탐탁지 않은 표정으로 고개를 끄덕이자 그제야 대답했다.

「증거품들이 너무 오랜 시간 동안 외부 환경에 노출되고 방치되어 있었기 때문에 시료 채취가 쉽지 않은 상황입니다. 부식이 너무 심해요.」

스크린 앞으로 걸어간 찰리가 여러 보고서 중 하나를 손가락으로 가리켰다.

「하지만 여기서 보다시피 증거품들이 단일 이상의 복수의 혈흔들로 중복 오염되어 있다는 사실은 밝혀냈습니다. 현재 응고점을 기준으로 개별 분리 작업 중입니다.」

시우가 무언가 마음에 들지 않는 듯 미간을 살짝 찌푸렸다.

「단층 정밀 분석 결과를 볼 수 있을까요?」

찰리는 이번에도 헨리의 눈치를 먼저 봤다. 헨리의 허락이 떨어지고 나서야 스크린에 시우가 요청한 결과지를 띄웠다.

시우는 스크린을 유심히 살폈다.

부식된 칼의 단층을 촬영한 단면은 마이크로(micro) 단위로 총 다섯 섹션에 나눠 세분화되어 있었다. 그중 혈흔으로 짐작되는 섹션은 총 세 개였다.

그렇다면 저 칼이 최소 세 번 이상은 몸속에 피가 흐르는 생물체 속에 들어갔다 나왔다는 얘긴데…….

시우가 대상을 사람이라고 규정하지 않는 이유는, 1차 검사에서 피브린(Fibrin) 평판 검사 결과가 명확하지 않았기 때문이었다.

정우가 보낸 스텝3 보고서는 허술하기 짝이 없었지만, 몇 가지는 참고할 만한 정보였다. 예를 들면, 1차 검사 결과 같은 것.

인혈 증명을 위해 진행한 1차 검사 결과지에는 증거품에서 채취한 1차 시료가 스트렙토키나아제(Streptokinase)*에 일부는 주변이 투명하게 녹고 일부는 녹지 않았다며 결과가 분명치 않다고 기록되어 있었다.

일부가 녹지 않았다는 건 곧 인혈이 아닐 수도 있다는 얘기였다. 물론 일부는 녹았기 때문에 인혈일 가능성도 배제할 수는 없지만.

그렇다면 다음 단계는 당연히 단층 정밀 분석 결과에 따라 개별 분리를 해내는 것이다. 그래야 섹터별 혈흔 검사 및 유전자 검사를 할 테니까. 그중 하나의 시료에서만이라도 래리 클락의 DNA와 일치하는 혈흔이 검출된다면, 이번 재수사는 의외로 빨리 종결될 수도 있었다.

그것이야말로 조쉬 홉킨스가 에페타 킬러라는 것을 가장 확실하게 증명할 수 있는 물증이니까.

래리 클락은 에페타 킬러의 네 번째 범행이자 칼을 이용한 첫 번째 사례에서 살아남은 생존자다. 동시에 그는 에페타 킬러가 두건을 쓴 6피트(약 182cm) 가량의 건장한 남자라는 사실을 증언한 첫 번째 목격자이기도 했다.

---

*Streptokinase:연쇄 구균에서 채취한 피브린 용해 효소계를 활성화시키는 물질.

그런데 과연 래리 클락의 DNA와 일치하는 혈흔이 검출될까.

확률은 5대5. 그러나 거기까지 가기가 쉽지 않을 것이다. FBI가 보유한 첨단 장비로도 한 달 넘게 고전을 면치 못하고 있다면 판독 불가로 결론지어질 확률이 높으니까. 시우는 속으로 쓴웃음을 지었다.

FBI 입장이 꽤나 난처해지겠군.

언론이 조쉬 홉킨스가 에페타 킬러의 진범이라는 것을 밝혀 줄 가장 유력한 증거라며 연일 떠들어 댄 게 바로 그 혈흔이 잔뜩 묻어 있는 칼과 옷이었다. 그런데 한 달 넘게 질질 끌다가 고작 내놓는다는 발표가 '판독 불가'라면 여론의 질타가 쏟아질 것이 뻔했다.

가뜩이나 26년 동안 도피 행각을 벌이다가 최근 체포된 갱단 두목과의 뒷거래 의혹 때문에 요즘 FBI 체면이 말이 아닌데 말이다.

일이 재미있게 돌아가는군.

재미있는 일은 그뿐만이 아니었다. 이 방의 분위기도 꽤 흥미롭게 흘러가고 있었다. 바짝 긴장해선 연신 팀장의 눈치를 살피는 신입 요원들과 시큰둥한 표정으로 딴짓이나 하고 있는 헨리 블레이크.

헨리 블레이크는 그가 온 것이 꽤나 마음이 들지 않는 모양이었다.

뭐, 이해는 한다. 나름 언론에서 주목받는 사건의 팀장으로 한 달 넘게 팀을 이끌어 왔는데, 갑자기 정식 요원도 아닌

새파랗게 젊은 놈이 팀장에 버금가는 권한을 쥐고 나타났으니까.

처음 보스턴 경찰과 일할 때도 겪었던 일이라서 새삼스럽지는 않았다. 그런 일에 일일이 신경 쓸 그도 아니고.

시우는 스크린에서 시선을 떼지 않은 채 말했다.

「현재까지의 모든 수사 자료를 봐야겠습니다. 30년 전의 수사 자료와 증거 물품들부터 스텝1으로 지정되어 있는 FBI 자체 기밀 자료까지 모두.」

「아, 그건 모두 VICAP(Violent Criminal Apprehension Program)* 에 있습니다. 보안 코드는 받았죠?」

「받았습니다. 그런데 난 지금 서버에 저장되어 있는 데이터가 아니라 그것들을 종이로 출력한 문서가 필요합니다. 따로 출력해 놓은 건 없습니까?」

「네? 30년 전 사건 보고서까지 전부 다요?」

찰리가 도저히 이해할 수 없다는 얼굴로 시우를 쳐다보았다.

「미안하지만 그걸 다 따로 출력해 놓은 건 없어요. 검색하면 뭐든 바로 확인할 수 있는데, 왜 그 많은 걸 굳이 출력을 하겠어요. 시간 낭비에, 전력 낭비에, 너무 비효율적이잖아요.」

시우의 미간에 작은 홈이 파졌다. 호정이 얼른 나섰다. 시우가 또 컴퓨터로 확인하는 건 너무 느리다, 자신이 더 빠르

---

*Violent Criminal Apprehension Program:FBI가 1985년부터 미국 전역의 미해결 살인 사건과 실종자들에 대한 정보를 전산화시킨 데이터 베이스.

다는 등의 모르는 사람들이 들으면 뜨악해할 얘기를 하기 전에.

「알았습니다. 그럼 그 부분은 우리가 알아서 할게요.」

호정은 시우를 돌아보았다.

「우리가 직접 출력하자. 보스턴에서야 서버 접근 권한이 없어서 요청해서 받을 수밖에 없었지만, 지금은 아니잖아.」

시우가 호정을 조용히 응시했다. 그녀의 제안이 마음에 안 든다는 듯 미간의 미세한 주름은 아직 그대로였다. 그러나 이내 어깨를 으쓱이며 순순히 따라 주었다.

「알았어. 그렇게 하지.」

책상에 걸터앉아 시우를 유심히 관찰하던 헨리가 피식, 웃음을 흘렸다.

「듣던 대로군.」

종이로 봐야 신기에 가까운 독해력과 분석력이 제 실력을 발휘한다는 소문이 사실이었나 보다. 헨리는 가슴 앞으로 팔짱을 끼고 시우를 삐딱한 시선으로 응시했다.

「출력물이라면 내가 해 놓은 게 있는데. 그거라도 빌려줄까요, 이시우 박사?」

시우가 스윽, 헨리를 돌아보았다. 헨리가 씨익, 미소 지으며 말을 이었다.

「그런데 문제가 있어요. 이 사무실 밖으로 가져가면 안 된다는 것과 두 번째는 내일 오전까지는 돌려줘야 한다는 거. 나도 봐야 되니까. 나도 컴퓨터보다 종이를 선호하는 타입이거든.」

「그러죠.」

시우가 고개를 까딱하자 헨리가 돌아보지도 않고 찰리와 매기한테 지시를 내렸다.

「내 방에 가면 기밀 레벨이 붙어 있는 박스가 4개 있을 거야. 가지고 와서 이 천재 양반한테 드려.」

「네.」

찰리와 매기가 잽싸게 팀장실로 뛰어가 박스들을 들고 나왔다. 커다란 박스 4개가 긴 테이블 위에 차곡차곡 놓였다. 손목시계를 힐끔 확인한 헨리가 걸터앉아 있던 책상에서 내려섰다.

「이런, 벌써 7시가 넘었군. 찰리, 매기, 오늘은 더 이상 할 일 없지?」

「네? 네.」

「그럼 이만 퇴근하자고. 그래야 내일 더 열심히 일할 것 아닌가. 든든한 천재 프로파일러 박사님도 합류하셨는데.」

주름진 재킷을 탁탁 털며 걸음을 옮기던 헨리가 아직 제자리에 서 있는 찰리와 매기를 돌아보았다.

「뭐 해, 퇴근하자니까.」

「하지만 이시우 박사가…….」

「내버려 둬. 속으로는 우리가 빨리 가 주기를 바라고 있을걸. 안 그렇소, 박사?」

헨리가 뒤를 돌아보았다. 이내 헛웃음을 터트렸다. 자신들이 퇴근을 하든 말든 신경도 쓰지 않고 이미 박스 속의 서류를 꺼내 읽고 있는 시우 때문이었다. 헨리가 저 보라는 눈빛을 보냈다. 그제야 두 사람은 책상을 정리하고 헨리를 따라 나섰다.

"후우."

호정은 낮은 한숨을 쉬었다. 아무래도 여기서도 팀원들과 친해지기는 힘들 것 같다. 보스턴 경찰청과 일할 때도 처음에는 엄청 삐걱거렸었는데. 타인에게 곁을 안 주는 시우도 문제지만, 그런 그를 삐딱하게만 보려는 수사관들한테도 문제가 있었다.

그 과정을 여기서 또 반복해야 할 모양이다.

호정은 벌써 박스 안의 서류를 반 이상 읽고 있는 시우를 물끄러미 바라보다가 그의 책상으로 걸어갔다. 사무실에서 두 사람이 오기만을 기다리고 있을 정우한테 전화를 넣기 위해서였다.

지금쯤 아저씨도 집에서 시우를 기다리고 계실 텐데. 섭섭해 하시겠다.

호정은 전화기로 손을 뻗었다. 그런데 시우가 언제 온 건지 그녀의 손에서 전화기를 확 채 갔다.

호정이 미간을 찌푸리고 시우를 올려다보았다.

"뭐 하는 거야? 이리 줘. 아줌마한테 먼저 집에 가시라고 말씀드려야지. 기다리시잖아."

"그럴 필요 없어."

"왜?"

시우의 눈매가 가늘어졌다. 칼날처럼 날카로워진 눈빛이 그녀의 머릿속을 해부라도 할 듯이 깊숙이 응시했다. 수없이 보아 왔음에도 불구하고 절대로 익숙해지지 않는 눈빛. 시우가 저런 눈빛으로 바라보면 왠지 숨이 막힌다. 호정은 슬며시 주먹을 움켜쥐었다.

피를 머금은 듯한 시우의 붉고 얇은 입술이 움직였다. 감정 따위 느껴지지 않는 시린 음성이 낮고 깊게 흘러나왔다.

"난 아직 누나가 이번 사건에 참여하는 것에 동의하지 않았어."

아, 그럼 그렇지. 저 말은 또 언제 나오나 했다. 호정은 기다렸다는 듯이 빙긋 웃으며 되받아쳤다.

"하지만 안 된다고 한 적도 없지. 국장한테는 내 업무 범위까지 승인받았고 말이야. 게다가 팀원들한테 내 소개까지 끝냈는데 이제 와서 그런 말하기에는 너무 늦은 것 같지 않니?"

"누나는 내가 아끼는 몇 안 되는 사람 중의 한 명이야. 그래서 배려를 해 줬을 뿐이야. 다른 사람들 앞에서 무안하게 만들고 싶지는 않으니까. 그렇다고 배려를 동의로 착각하면 곤란해. 국장의 승인 따위, 나한테는 아무 의미도 없어. 취소시키면 그만이야."

또 시작이다. 이시우 특기인 신랄한 말투. 가슴 한쪽이 욱신거렸다. 한때는 그의 무심한 표정과 신랄한 말투 때문에 상처도 많이 받고 오해도 했었다. 진심이 아니라는 것을 알면서도 어쩔 수 없이 생기는 상처와 오해였다. 때문에 혼자 가슴 아파하기도 했었다.

하지만 이젠 그녀의 상처에도 굳은살이 꽤 많이 박혔다.

여린 속살을 지그시 깨문 호정은 시우 못지않은 신랄한 어투로 말했다.

"너야말로 뭘 단단히 착각하고 있는 거 아니니? 이 일 시작할 때부터 네 동의 같은 건 필요 없었어."

역사는 예기치 않은 우연으로부터 시작된다고 했던가. 거창하게 역사까지 들먹이는 게 웃기기는 하지만 그들의 시작도 그랬었다.

4년 전, 며칠 동안 서재에 틀어박혀 꼼짝도 하지 않던 시우가 이틀 동안 죽은 듯이 잠들었던 어느 날이었다.

호정은 호기심에 서재에 들어가 보고는 깜짝 놀랐다. 서재는 서류 폭탄이라도 맞은 듯 사방이 서류들 천지였다. 그것들을 대충 수습해 정리하다가 우연히 그가 써 놓은 글을 보았다.

12년 전 보스턴에서 벌어졌던 연쇄 살인 사건에 대한 글이었다. 소문만 무성했을 뿐 진범은 잡지 못했던 콜드케이스. 하지만 시우의 글 속에는 분명 진범이 있었다.

시간 가는 줄 모르고 그 글을 읽었다. 반 정도 읽었을 때에야 어렴풋이 깨달았다. 바닥 여기저기에 엉망으로 뿌려놓은 것 같았던 서류들이 일정한 규칙을 가지고 있다는 것을.

뒤늦게 그것들을 시기별, 언론 보도별로 다시 정리했다. 정리가 얼추 끝나갈 때쯤 시우가 서재로 들어왔다.

그렇게 무서운 시우의 표정은 그때 처음 봤던 것 같다. 낚아채 듯 서류를 뺏어간 시우는 무서운 속도로 그것들을 확인했다. 말 한마디 없이, 눈길 한 번 안 주고.

잠시 후 그녀를 돌아본 시우의 눈동자에는 묘한 이채가 어려 있었다. 그녀를 처음 보는 사람마냥 살피는 것도 같고, 놀란 것도 같은 묘한 눈빛이었다.

그때부터였다. 석사 과정을 밟으면서 틈틈이 시우의 비서 겸, 매니저 겸 편집자 노릇을 한 것이.

따라서 '동의'라는 단어는 처음부터 존재하지 않았다. 그녀 역시 그에게 동의를 구한 적도 없었다. 그저 어쩌다 보니 물 흐르듯이 자연스럽게 함께 일하게 된 것뿐이었다.

아, 그때 시우가 뜬금없는 말을 하기는 했었다.

"괜찮아?"

허락 없이 서재에 들어와 제 것 좀 봤다고 사람을 죽일 듯이 노려보면서 뜬금없이 뭐가 괜찮으냐는 건지.

"뭐가?"

"이걸 읽었는데…… 괜찮으냐고."

"음, 좀 으스스하기는 한데 흥미롭더라. 특히 네가 분석해 놓은 부분. 그걸 보니까 확실히 알겠어. 누가 범인인지. 역시 천재는 달라. 대단하다, 이시우."

"정말 괜찮은 거야?"

사람을 얼마나 해부하듯이 살펴보던지. 눈빛만으로 머릿속을 투시당하는 기분이었다.

하지만 분명히 피차 '동의'를 구하거나 얻는 일 같은 건 없었다. 그리고 '배려'라니! 누가, 네가 나를?

호정이 다시 한번 확실하게 그의 기억을 상기시켰다.

"그리고 솔직히 나 아니었으면 보스턴 경찰청이나 출판사하고 계속 같이 일할 수 있었을 것 같아? 넌 너대로, 그 사람들은 그 사람들대로 서로 질려서 진작 갈라섰을 걸. 그런데 배려는 무슨 배려. 누가 누구를 배려해. 도와준다고 할 때 고맙습니다, 하고 가만히 있어."

시우를 힐끔 쳐다보았다. 표정만 봐서는 무슨 생각을 하는지 알 수 없었다. 이상하다. 이럴 땐 또 사람 심장 후벼 파는 신랄한 몇 마디를 해야 정상인데, 조용히 쳐다보고만 있다. 그게 더 불안했다.

"훗."

순간, 옆에서 웃음소리가 들렸다.

뭐야. 설마 지금 웃은 거야?

호정은 그를 휙 돌아보았다. 아무래도 잘못 들었나 보다. 가라뜬 속눈썹 밑으로 그녀를 내려다보는 서늘한 눈빛과 무표정한 얼굴. 웃음의 흔적 따위는 찾아볼 수 없었다.

시우가 전화기를 내려놓으며 말했다.

"알았어, 그럼 누나 마음대로 해. 하지만 오늘은 내 말 들어. 나 대신 어머니 모시고 집에 좀 가 줘. 아버지가 기다리고 계실 거야. 나도 가고 싶지만, 보다시피 봐야 할 서류들이 너무 많아서 가고 싶어도 못 가. 아버지한테 말씀 좀 잘 드려 줘."

"그렇게 확인해 봐야 할 것들이 많은데 출력에, 복사까지 혼자 다 어떻게 하겠다는 거야."

"할 수 있어. 누나가 날 도와주는 거라고 했지? 그럼 제발 가. 난 누……가 옆에 있으면 집중이 안 돼. 신경 쓰여."

"그러니……!"

말하다 말고 호정이 멈칫했다. 순간 '누가'가 아니라 '누나'라고 들렸기 때문이다.

"누나가 옆에 있으면 집중이 안 돼. 신경 쓰여."

바보같이. 또 별말도 아닌 말에 혼자 덜컥해 버렸다. 더구나 지금은 누나라고 한 것도 아니었는데. 호정은 아랫입술을 슬며시 깨물었다.

그녀의 귓가에 시우가 나지막이 속삭이듯 말했다.

"내일 봐, 누나."

흠칫.

호정은 깜짝 놀랐다. 갑작스런 그의 속삭임 때문만은 아니었다. 귓바퀴를 달구는 깊고 은밀한 음성에 귀밑 솜털이 일제히 곤두서 버렸기 때문이다. 당황한 호정은 황급히 귀를 가리고 한 걸음 뒤로 물러났다.

"뭐, 뭐 하는 거야. 놀랐잖아."

시우가 내가 뭘 어쨌다고? 하는 뻔뻔한 얼굴로 한쪽 눈썹을 힐끗 추켜올렸다. 그녀의 얼굴을 뚫어지도록 빤히 응시하더니 검지로 호정의 눈가를 가리켰다.

"많이 피곤한가 봐. 진짜 빨리 가서 자야겠다. 눈가까지 빨개."

호정은 얼른 빨개진 눈까지 가리고 싶었지만 꾹 참았다. 그녀의 반응을 모두 예상하고 일부러 그러는 게 분명했다. 당황시켜서 빨리 집으로 보내 버리려고.

시우가 그녀를 아는 만큼 이젠 호정도 그를 잘 안다. 그 정도 속내쯤은 이제 호정도 훤히 읽을 수 있다. 다만 알면서도 매번 당하고, 얼굴을 붉히며 당황하는 것이 문제일 뿐.

곁눈질로 눈을 흘긴 호정은 일부러 소리 나게 필기도구 등을 챙겼다.

❧

정우는 호정이 혼자 돌아온 것을 보고도 놀라지 않았다. 그럴 줄 알았다는 듯 따로 이유를 묻지도 않았다. 호정이 '시우는……' 하고 말씀드리려고 하자 됐다는 듯 손을 내저었다.

"걔가 그렇지, 뭐. 우리나 빨리 집에 가자. 아저씨가 너 먹인다고 맛있는 거 잔뜩 만들었대. 기대하라고 아주 큰소리야."

"정말요? 안 그래도 아저씨 표 파스타가 엄청 그리웠는데."

"그랬어? 그럼 파스타도 빨리 만들라고 해야겠다."

정우가 잠깐만, 하며 휴대폰을 찾았다. 호정이 얼른 정우

105

의 팔을 잡았다.

"하지 마세요. 파스타야 다음에 먹으면 되죠. 전 아저씨가 만들어 주시는 음식이라면 뭐든 다 맛있어요."

"하긴 오늘만 날은 아니니까. 당분간 계속 같이 있을 텐데, 뭐."

싱긋 미소 지은 정우가 호정의 어깨를 한 팔로 끌어안았다.

"가자."

"그런데요, 아줌마. 시우도 저녁 먹어야 하는데 어쩌죠? 샌드위치라도 사서 갖다 주고 올까요?"

"걱정 마. 내가 이럴 줄 알고 미리 조치해 놨어. 좀 있으면 구내식당에서 도시락 올라갈 거야."

다행이라며 미소 짓는 호정을 바라보는 정우의 눈빛이 더없이 깊고 따스해졌다. 호정의 긴 머리칼을 귀 뒤로 넘겨 주며 다정하게 말했다.

"시우보다 네가 더 걱정이다. 많이 피곤하지?"

"아니요."

"아니긴. 눈이 빨간데. 하긴 피곤하지 않은 게 더 이상하지. 탈고하자마자 열네 시간을 날아와서 또 여기까지 달려와 줬는데. 미안하다, 호정아. 그리고 고마워."

호정은 괜스레 뜨끔해져선 눈가를 재빨리 훑었다.

"아줌마도 참, 그런 말씀하지 마시라니까요."

호정은 정색하고 손을 내저었다. 아저씨나 아줌마가 미안하다, 고맙다는 말을 할 때면 어찌할 바를 모르겠다. 두 분한테 받은 도움이 얼마인데. 지금의 자신과 오빠가 있을 수 있는 건 모두 두 분 덕분이었다.

단순히 재단의 후원만을 얘기하는 게 아니다. 그보다 더욱 크고 감사한 건 하늘 아래 단둘이 된 남매를 한 가족처럼 살뜰하게 보살펴 준 두 분의 그 깊은 마음이었다.

돌아가신 할머니도 눈 감는 그 순간까지 두 분을 은인처럼 생각하며 고마워하셨다. 그나마 두 분 덕분에 어린 손자, 손녀를 두고도 편히 눈 감을 수 있을 것 같다고.

그런데 고작 이 정도 가지고. 더구나 다른 일도 아니고 시우 일인데……. 더 큰 도움과 힘이 되어 드리지 못한다는 것이 죄송할 뿐이었다.

서로를 바라보는 두 여자의 눈동자에 각기 다른 의미의 고마움과 미안함이 깃들었다. 서로를 친딸처럼, 친엄마처럼 아끼고 사랑하는 마음은 한 치도 다름없었다.

두 사람은 정다운 모녀처럼 그동안 밀려 있던 이야기를 두런두런 나누며 건물을 나섰다. 간간이 터지는 웃음소리가 밤바람처럼 싱그러웠다. 서로 꼭 잡은 손바닥의 체온은 따스했다.

가슴까지 스며드는 온기에 두 사람의 미소는 더욱 깊어졌다.

4장

새벽 3시.

모두 퇴근하고 어둠에 묻혀 있어야 할 에페타팀 사무실이 환한 불빛에 휩싸여 있었다. 바삐 움직이는 소리도, 사람들의 목소리도 들리지 않았다.

들리는 소리라고는 쉐엑, 쉐엑, 세 개의 복합기가 쉴 새 없이 돌아가는 낮은 소음뿐. 그 사이로 차락차락, 종이 스치는 소리만 가끔씩 끼어들었다.

팀장실을 제외한 모든 공간이 종이들로 이내 빼곡히 뒤덮였다. 테이프로 반을 나눈 긴 테이블은 말할 것도 없었고 회의용 테이블, 심지어 바닥에도 이런저런 서류들이 잔뜩 쌓여갔다.

그 한가운데에 장신의 한 남자가 우뚝 서 있다.

그는 바지 주머니에 양손을 찔러 넣은 채 서류들로 뒤덮인 사무실 중앙에 서서 그것들만 무섭게 내려다보고 있었다. 움직임도 거의 없었다. 바삐 움직이는 거라고는 그의 날카로운 눈동자뿐.

옅은 갈색의 눈동자가 무서운 속도로 그것들을 읽어 갔다. 1초에 서너 장씩. 그러다가 가끔 한곳에 오래 머물기도 했다. 그러나 그렇게 머무는 시간도 결코 3분을 넘지 않았다.

눈동자의 움직임에 따라 그의 몸도 시계 방향으로 천천히 돌아갔다. 그때마다 수많은 서류들은 분석을 거쳐 그의 기억 회로에 차곡차곡 저장되었다.

그렇게 40여 분이 흘러갔다.

더 이상 토해 낼 서류가 없는지, 밤새 돌아가던 복합기들이 마침내 동작을 멈췄다. 그는 그것들을 가지고 와 얼마 남지 않은 빈 공간을 채웠다. 공간이 발 디딜 틈도 없이 빼곡하게 채워지자 남은 서류를 다른 서류들과 섞이지 않도록 다시 차곡차곡 쌓았다.

그는 다시 서류들로 도배된 사무실 중앙에 섰다. 4시 방향을 향해 서 있던 몸이 시간의 흐름에 따라 해시계처럼 5시 방향으로 조금씩 움직였다.

잠시 후, 6시 방향까지 돌아간 몸이 고장 난 시계 초침처럼 우뚝 멈췄다. 빠르게 움직이던 눈동자도 어느 한 서류에 못 박힌 듯 고정됐다. 가는 눈매가 더욱 가늘어지고 눈빛은 더욱 날카로워졌다.

그의 얼굴이 2시 방향으로 돌아갔다. 무언가를 찾듯 눈동자가 빠르게 움직였다. 순간 짙은 눈썹 한쪽이 추켜 올라간다 싶더니 왼발이 2시 방향을 짚고 휙, 틀어졌다. 서류들을 다시 한번 단숨에 확인한 그의 입가가 미세하게 실룩였다.

그로부터 두 시간이 흐른 새벽 6시가 조금 넘은 이른 시간.

땡, 하는 소리와 함께 복도 끝 엘리베이터의 문이 활짝 열렸다. 검은색 단화에 검은색 팬츠를 입은 늘씬한 다리가 문밖으로 나왔다. 그러나 그보다 먼저 달콤한 초콜릿 향기를 품은 향긋한 플로랄 향기가 복도로 퍼져 나왔다.

달콤함 때문에 더욱 향긋하고, 향긋함 때문에 더욱 달콤해진 향기.

호정은 젖은 머리카락을 털며 엘리베이터에서 내렸다. 그녀의 손에는 커다란 쇼핑백 하나가 들려 있었다. 호정은 불이 환하게 켜져 있는 에페타팀 사무실을 향해 천천히 걸어갔다.

복도 끝 모퉁이를 돌기 전부터 그녀의 입에서는 낮은 한숨이 흘러나왔다. 모퉁이 너머 바닥까지 깔려 있는 서류들을 발견했기 때문이다.

저럴 줄 알았어.

보나마나 또 바닥이든 어디든 할 것 없이 서류들로 도배를 해 놨을 것이다. 분석해야 할 서류가 복잡하고 많을수록 저렇게 쫙 펼쳐 놓고 한눈에 쭉쭉 읽으면서 분석해 내는 것이 이시우만의 방식이었다.

오로지 눈과 머리로만.

그를 모르는 사람들에게는 괴벽으로 보일 수도 있었다. 그녀도 서류로 도배되어 있는 시우의 서재를 처음 봤을 땐 기겁을 하지 않았었나. 그런데 팀원들이 저 모습을 보면…….

호정은 시우를 잘 알지도 못하는 사람들이 뒤에서 이런저런 말들을 하는 것이 싫다. 시우가 공감 능력과 사회력이 부족한 건 사실이지만 그렇다고 정말 괴팍한 천재나 심장이 없는 사이보그는 아니었다.

그저 지나치게 머리가 좋고 냉철하며 이성적인 사람일 뿐.

그나저나 서류가 복도까지 저렇게 삐져나와 있을 정도면…… 서류 정리하는 데만 못해도 두 시간은 걸리겠다.

서둘러 오길 잘 했네.

시우는 무엇이든 자신이 정한 확고한 규칙과 기준에 따라서만 행동한다. 서류들도 마찬가지였다. 때문에 정리도 그만의 규칙과 기준에 따라 정리해야만 한다. 멋모르는 사람들이 도와준다고 건드렸다가는 큰일 난다.

그녀는, 아니 4년 전 그 일은 특별한 케이스였다. 호정이 시우의 서류를 허락도 없이 정리했음에도 불구하고 한바탕 난리가 나기는커녕 그녀에게 정리를 맡기기 시작했다는 사실을 알고 아줌마, 아저씨도 얼마나 놀라셨는지 모른다.

깊은 숨을 몰아쉰 호정은 씩씩하게 모퉁이를 돌았다. 씩씩하게 미소 지으며 아침 인사를 건넸다.

"굿모닝! 시우야, 나 왔……어."

활기찼던 그녀의 음성이 차츰 잦아들었다.

시우는 대형 투명 보드 앞에 서 있었다. 투명 보드에는 에페타 킬러의 유명한 편지와 다섯 개의 암호문이 순서대로 붙어 있었다. 그 옆에는 너무 복잡해서 무슨 공식인지도 알 수 없는 수학 공식들이 빼곡하게 적혀 있었다. 풀이 중간중간에는 빨간색 동그라미가 쳐져 있기도 했다.

시우는 암호문과 자신이 풀이한 수치들을 번갈아 가며 뚫어지게 노려보고 있었다. 그러다 갑자기 풀이를 3분의 2만 남기고 뒷부분을 싹 지워 버렸다. 그러고는 빠르게 다시 채워 나갔다.

시우의 상체가 아래로 숙여질수록 그에게 가려져 안 보이던 부분이 보이기 시작했다. 그녀의 눈이 놀라움으로 부릅떠졌다.

암호문만 덩그러니 붙어 있는 네 번째, 다섯 번째 암호문과 달리 첫 번째, 두 번째, 세 번째 암호문 밑에는 깨알 같은 글씨들이 잔뜩 쓰여 있었다.

멀어서 자세히 보이진 않지만 이렇게 쓰여 있는 것 같았다.

내 이름은 에페타 킬러다.

혹은,

동물에게도 금기는 있다.

설마 하룻밤 새에 저 암호문들을 해독한 거야?

호정은 눈으로 보고 있으면서도 믿기지 않았다.

시우라면 가장 먼저 암호문 해독에 손을 댈 거라는 것 정도는 예상했었다. 그러면 지난 30년 간 어느 누구도 풀지 못한 암호문들을 반드시 해독해 낼 거라고 믿어 의심치 않았다.

하지만 이렇게 빨리 해낼 줄은 몰랐다. 적어도 한 달, 아니 최소 보름은 걸릴 줄 알았다.

그런데…….

이시우의 한계는 어디까지인 걸까. 정말 대단하다.

호정은 마치 자신이 전대미문의 미스터리를 해결한 것처럼 심장 박동이 빨라지며 짜릿한 희열이 일었다. 아드레날린이 솟구치며 손끝까지 저릿해져 왔다. 뭐라고 쓰여 있는 건지 빨리 확인하고 싶어서 애가 다 탔다.

목을 길게 빼고 보드에 쓰여 있는 문구를 열심히 살폈다.

첫 번째 암호문 밑에 풀이해 놓은 문구는 대충 빨리 읽고 넘겼다. 그건 이미 당시에도 아마추어 수학 선생 부부에 의해서 한 번 해독된 바가 있었기 때문이었다. 인터넷에 쳐 보기만 해도 나오는 부분이기에 그녀도 어젯밤에 검색해 한 번 쭉 읽어 봤었다. 시우가 보드에 적어 놓은 것과 내용이 거의 비슷했다.

역시 궁금한 건 두 번째와 세 번째 암호문의 해독문이었다.

두 번째 암호문도 2001년에 한 번 해독됐다고 언론을 탄 적이 있었다. 하지만 전문가들이 확인해 본 결과, 첫 번째 암호문의 해독 규칙에 맞춰 억지로 짜 맞춘 수준이라는 평가가

지배적이었다. 엉터리 해독이라는 얘기였다.

그런데 세 번째 암호문부터는 그런 식으로라도 해독된 적이 없었다. 그러니 호정이 첫 번째보다는 두 번째, 두 번째보다는 세 번째 해독문이 궁금한 건 당연했다.

그 내용이 있을 만한 부분이 시우의 등에 가려 잘 안 보였다. 호정은 자신도 모르게 사무실 안으로 한 걸음, 두 걸음 들어갔다.

바스락.

발밑에서 종이 구겨지는 소리들이 났다.

아차, 서류들!

호정이 후다닥 뒤로 발을 물렸다. 재빨리 바닥의 서류들을 확인했다. 이런. 서류 몇 개에 선명한 발자국이 남았다. 그래도 다행히 크게 구겨지거나 찢어진 건 없었다. 가슴을 쓸어내리며 시우를 살폈다.

시우는 암호문 해독에 집중한 상태라 그녀의 기척은커녕 바스락거리는 소리도 듣지 못한 것 같았다. 휴우, 다행이었다.

호정은 아쉽지만 해독문 확인은 잠시 뒤로 미루기로 했다. 지금 급한 것은 바닥에 널려 있는 서류들이었다. 어차피 바닥의 서류들을 정리하지 못하면 사무실 안으로 들어갈 수도 없다.

호정은 가방과 쇼핑백을 바닥에 조용히 내려놓았다. 일단 가까이에 있는 서류들부터 유심히 살폈다. 시우가 어떤 규칙으로 배열해 놨는지를 알아야 효과적으로 정리를 할 수 있으니까.

그녀의 까만 눈동자가 빠르게 움직이며 바닥의 서류들을 훑어갔다.

아, 이쪽 라인은 전부 언론 보도 순이구나.

오른쪽은 샌프란시스코 경찰청의 당시 수사 자료들, 왼쪽은 FBI가 사건에 개입하면서부터 새로 작성된 자체 수사 보고서들. 그리고 그 옆은……. 아, 너무 멀어서 잘 안 보인다.

어쨌든 여기서부터 역순으로 차곡차곡 정리해 들어가면 되겠네.

머릿속으로 대충 라인 파악이 끝나자 호정은 니트 소매를 걷어 올리고 단화까지 벗어 버렸다. 바닥에 쪼그리고 앉아 본격적으로 서류 정리를 해 나가기 시작했다.

사각사각.

바스락 바스락.

너른 공간에는 한동안 빠르게 보드에 펜이 긁히는 소리와 종이 스치는 소리들만 울렸다.

그러다 불현듯 사각거리던 펜 소리가 우뚝 멈췄다. 시우의 미간이 꿈틀 좁아졌다.

이상해. 패턴이 어그러졌어. 왜? 설마 또…….

형형하게 빛나는 옅은 갈색 눈동자의 동공이 한층 더 작아졌다. 잠시 후 그의 입가에 예리한 미소가 스쳤다.

그렇군, 키(key)가 또 바뀌었어.

재미있는 놈이다. 두 번째 암호문부터 패턴을 완전히 바꾸더니, 네 번째 암호문에서는 또 키를 바꿨다. 왜? 암호 체계에 대한 자신의 해박한 지식을 자랑하기 위해서?

그 점은 인정한다. 에페타 킬러의 암호문은 결코 단순하지 않았다. 매우 정교하고 복잡하며 변화와 발전을 거듭하고 있었다.

일단 다섯 개의 암호문은 모두 다른 규칙과 키에 의해 작성되었다. 그중 세 번째 암호문은 두 번째 암호문보다 정교해지기는 했지만 동일한 규칙과 키를 사용하고 있었다. 그러니 총 세 개 이상의 패턴과 키에 의해 작성됐다고 하는 것이 맞았다.

또한 하나의 암호문에는 두 개의 패턴이 숨어 있고, 그 패턴을 횡으로 배치하는 순서는 다중 단일 문자 치환 암호법인 비즈네르 암호 패턴으로 출발했다.

그 단점을 보완하며 곱셈과 덧셈을 결합한 아핀 암호 패턴으로 점점 발전했어.

암호문 해독에 있어서 반드시 알아내야 할 것은 몇 개의 키가 활용되었고, 그 키가 무엇인가 하는 점이었다.

첫 번째 암호문의 경우에는 비교적 단순했다. 그 후의 복잡한 암호문을 만든 이와 동일인이 맞나 싶을 만큼.

당시 샌프란시스코 경찰이 암호문을 언론에 공개하고 몇 달 지나지 않아서 아마추어인 고등학교 수학 선생 부부가 그것을 해독해 낼 수 있었던 이유도 아마 그 때문이었을 것이다.

때문에 범인은 당황했을까? 아니면 자존심이 상했을까?

어쨌든 첫 번째 암호문이 해독된 후 에페타 킬러는 암호의

116

수준을 놀라울 정도로 끌어올렸다. 지난 30년 동안 아무도 풀지 못했을 만큼의 수준으로.

여기서 드는 의문 하나.

그 정도로 수준 높은 고차원적인 암호문을 만들 수 있었던 사람이 왜 첫 번째 암호문은 상대적으로 단순하게 작성했을까. 그 정도만으로도 풀 수 없을 거라고 자신해서? 아니면 처음이니 재미 삼아 일부러 쉽게 만들어 미끼처럼 던져 준 건가?

두 가지 가설 모두 가능성은 있지만 시우는 두 가지 가설에 모두 동의할 수 없었다. 그 정도로 뛰어난 두뇌의 소유자라면 자신과 견주어도 손색이 없을 텐데, 스스로 자신의 지적 수준을 떨어트린다는 건 말이 안 되니까.

자신과 비슷한 부류의 인간들은 절대로 그런 짓은 하지 않는다. 그렇다면 혹시…….

에페타 킬러는 두 명이 아니었을까.

첫 번째 암호문을 만든 사람과 그 후 고차원의 암호 체계를 만든 사람.

그렇다면 둘 중 직접 살인을 저지른 사람은 누구일까.

에페타 킬러의 살인 형태는 크게 두 가지로 구분된다. 원 샷 원 킬로 생명을 앗아 가는 냉철한 총기형과 칼로 찌르는 리퍼형.

리퍼형의 범행 때에는 감정과 충동을 제어하지 못해서 여러 번 사람을 난자했다. 그런데도 피해자 중 한 명이 살아나는 실수를 저질렀지.

한마디로 살인의 충동은 강했으나 살해 수법이 난잡하고 완벽하지 못했다. 주변 상황을 완벽하게 통제하지도 못했다. 리퍼형의 경우만 보면 지적이고 냉철한 살인마라고 보기가 어렵다.

시우는 그 부분이 유독 이상했다. 그전에 벌써 세 건의 범행을 완벽하게 저질렀는데 왜 갑자기 수법을 바꿨을까. 범행 대상은 한 건당 두 명씩, 10대 커플을 겨냥한 건 똑같았는데 말이다.

총으로만 죽이다 보니까 지겨워져서?

아니, 연쇄 살인마의 수법은 횟수를 거듭할수록 진화하지, 결코 퇴화하지는 않는다. 리퍼형으로 수법을 바꾸기로 결심했다면 보다 잔인하고 완벽하게 처리했을 것이다.

생각할수록 에페타 킬러는 한 명이 아닐 거라는 의심이 강하게 들었다.

조쉬 홉킨스. 그렇다면 그가 에페타 킬러 중 리퍼형 공범일까.

글쎄. 그 물음에도 시우는 고개를 가로저었다.

시우는 그가 에페타 킬러의 네 번째 범행이라고 알려진 사건의 범인일지는 몰라도 공범이었을 것 같지는 않았다.

이유는 조쉬 홉킨스를 고발한 양아들인 사이먼 홉킨스의 증언과 주변인들의 증언, 증거물로 확보한 그의 유품들 중에서 자신이 알아낸 암호문 키와의 연관성을 그 어떤 것에서도 찾을 수 없었기 때문이었다.

시우의 머릿속에서 30년 동안 베일에 가려져 있던 에페타 킬러에 대한 조각들이 빠르게 맞춰져 갔다. 그 조각들에 의하면 에페타 킬러의 첫 번째 살인은 1987년 12월 19일이 아니었다.

따라서 첫 범행 장소는 샌프란시스코 베니샤시 외곽의 허먼 로드 호수도 아니고, 데이트 중 살해당한 17세의 브라이언 애셔, 16세의 크리스틴 페린도 아니었다. 그조차도 어렵게 발견해 낸 암호문의 키가 맞는다면 에페타 킬러의 첫 살인은…….

바뀐 비밀 키의 단서도 틀림없이 거기에 있을 것이다.

씩, 미소 지은 시우는 오래된 낡은 서류철을 다시 확인해 보기 위해서 몸을 돌렸다. 순간 생각지도 못한 무언가와 강하게 어깨를 부딪혔다.

"아!"

동시에 누군가의 짧은 비명 소리도 터져 나왔다. 시우는 자신이 누구와 부딪쳤는지를 후각으로 바로 알아차렸다. 상큼한 플로랄 향은 낯설었지만, 그와 함께 콧속으로 스며든 달콤한 초콜릿 향은 무척이나 익숙한 것이었기 때문이다.

세상에서 단 하나뿐인 향기.

그녀였다!

이성보다 몸이 먼저 반응했다. 본능적으로 팔이 뻗어 나갔다. 중심을 잃고 뒤로 넘어가려는 얇은 팔뚝을 낚아챘다. 보드라운 니트의 감촉이 손바닥을 자극했다.

그보다 자극적인 것은 부서질 듯 잡히는 여인의 말랑한 감촉. 자신을 올려다보는 커다래진 검은 눈동자, 그녀만의 달콤한 향.

흠칫 커졌던 시우의 눈이 실낱처럼 가늘어졌다. 커다란 손에 필요 이상의 악력이 실렸다. 시우는 움켜잡은 팔뚝을 거칠게 잡아당겼다. 갑작스런 충돌에 뒤로 넘어가는 와중에도 악착같이 서류 뭉치를 끌어안고 있던 호정의 품에서 종이가 우르르 쏟아졌다.

호정은 시우의 품으로 훅 끌려 들어갔다. 단단한 가슴에 얼굴이 파묻혔다.

모든 일은 삽시간에 벌어졌다.

호정은 잠시간 아무 생각도 할 수 없었다. 정신을 차렸을 땐 이미 그에게 단단히 안겨 버린 후였다.

강한 충격이 아니었음에도 불구하고 머리가 띵해지고 어지러웠다. 귀가 멍할 만큼 심장이 무섭게 뛰어 댔다. 얼굴로 느껴지는 그의 심장도 무섭게 뛰고 있었다. 아프도록 팔뚝을 조이고 있는 커다란 손바닥의 체온이 뜨거웠다. 짙어진 시우의 향기가 코로, 입으로 마구 밀려들어 왔다.

아찔한 현기증이 전파처럼 관자놀이를 관통했다.

그때였다. 그녀의 허리를 휘감고 있는 단단한 팔에 힘이 실린다 싶더니, 등허리에 닿아 있는 기다란 손가락들이 꿈틀거리며 움직였다.

아직 시우에게 잡혀 있는 팔 때문에 밀려 올라간 니트와 팬츠 사이. 그 작은 틈새로 드러나 버린 속살을 기다란 손가락들이 어루만지기 시작했다.

헉! 관자놀이를 관통했던 아찔한 현기증이 이번에는 허리를 관통하고 척추를 따라 올라왔다. 찌르르한 감각이 머리를 울렸다. 호정은 두 눈을 질끈 감아 버렸다.

아, 눈을 감은 건 실수였다. 시야가 닫혀 버리자 모든 감각이 시우의 손이 닿은 허리춤으로만 집중됐다. 은밀한 살갗을 보다 은밀하게 어루만지는 서늘하고 긴 손가락, 그것의 움직임과 그것이 자아내는 짜릿한 감각에만 온 신경이 곤두서 버렸다.

호정은 이럴 때마다 무척 혼란스럽고 당혹스럽다. 한창 예민하던 사춘기 시절에 비하면 많이 나아졌다지만 그녀는 여전히 성, 섹스란 단어만 들어도 손바닥에 식은땀이 찬다. 덩치가 크거나 모르는 남자가 필요 이상으로 가까이 다가와도 마찬가지였다.

그래서 호정은 이제껏 연애를 해 본 적이 없다. 마음이 끌리는 남자도 없었고 불편한데 굳이 연애라는 것을 해야 할 필요성을 느끼지 못했다.

그녀가 마음 편하게 대할 수 있는 남자는 단 세 명.

친오빠인 호석과 한 가족이나 다름없는 지낸 시현 아저씨, 그리고 시우였다. 그녀에게 시현은 아빠와 다름없었고, 시우는 친동생이나 진배없었다.

그런데 어느 순간부터 시우가 남자로 느껴졌다. 매력적이고 근사한 남자.

처음에는 몇 년 동안 못 봤던 시우가 꼬마에서 남자로 훌쩍 커 버려서 그런 줄로만 알았다. 놀라고 당황스럽고 어색해서. 그런데 이제는 확실하게 안다. 자신의 마음이 어떤 것인지.

하지만 시우의 마음은 어떤 것인지 도통 알다가도 모르겠다. 정상 범위를 한참 벗어난 뛰어난 두뇌의 소유자로 원체 감정 표현에 인색한 사람이라 그의 머릿속을 이해한다는 것은 거의 불가능한 일에 가깝지만 그래도 그렇지. 그는 그호정을 자주 헷갈리고 혼란스럽게 만들었다.

시우는 괴팍하다는 오해를 받을 만큼 타인에게 곁을 안 주는 사람이었다. 그럼에도 그녀에게만은 곁을 내어 주고 많은 부분을 함께 공유했다. 때로는 가슴이 쿵 떨어질 만큼 강렬한 시선으로 그녀를 바라보기도 한다.

호정이 시선을 느끼고 돌아보면 언제 그랬냐는 듯 서늘한 표정으로 돌변해선 고개를 휙 돌려 버린다.

그래 놓고는 가끔 이렇게 훅 다가와 그녀를 자극하고 혼란스럽게 만든다. 어느 순간 가슴 한구석에 따뜻함이 스며드는 것 같으면 또 갑자기 차갑게 돌변해서는 멀찍이 떨어져 버린다.

겉모습만 보고는 그 사람이 어떤 사람인지 단박에 알아내는 사람이 자신을 향한 그녀의 마음을 알아채지 못했을 리도 없으면서. 그녀의 마음을 가지고 장난칠 사람도 아닌데…….

그런데도 왜 그러는지 호정은 정말 알 수 없었다. 몇 번은 대놓고 이유를 물어보려고도 했었다. 그러나 결국 물어보지 못했다. 한집에 살면서 일도 같이 하는데 굳이 문제를 만들어 시우와 어색해지고 싶지 않았다.

누나였던 자신에 대한 감정을 시우가 인정하고 받아들이

는 데 시간이 필요한가 싶기도 했었다.

그렇게 기다리기를 한참 결국 스스로 지쳐 한국으로 도망치듯 떠나 버렸었다. 한국에서 혼자 내내 그리워하다가 돌아올 빌미가 생기자 냉큼 돌아와 버렸다.

결국 또 예기치 않은 순간에 이런 상황이 발생했다. 이전의 그 어떤 순간보다 갑작스럽고 강렬했다. 이렇게 가까운 거리에서 서로를 안고 느끼는 것은 처음이었다.

작은 원을 그리며 살갗을 희롱하던 시우의 중지가 점점 더 큰 원을 그리며 척추를 따라 조금씩 위로 올라오기 시작했다.

한달음에 그녀의 뜨거움을 따라잡은 뜨거움이 미세하게 움직이기 시작했다. 마치 살갗을 느끼고 어루만지듯 부드럽고 은밀하게 점점 위로…… 하아.

척추를 더듬으며 올라오는 야릇한 움직임에 호정은 숨이 막혀 왔다. 호흡이 점점 가빠졌다. 아니, 그녀 혼자만의 달뜬 호흡이 아니었다. 가쁘게 터져 나오는 호흡은 분명 하나가 아닌 둘이었다. 얼굴로 느껴지는 세찬 고동 소리도 하나가 아닌 둘.

그녀의 정수리를 뜨겁게 달구고 있는 가쁜 호흡이 그 증거였다.

"하아, 하아."

어쩌다가 이렇게 됐을까. 모르겠다.

다만 터질 것 같았다.

그것이 무엇이든 온몸에 닿아 있는 뜨거움에 몸 안의 무언가가, 머릿속의 무언가가 점점 무섭도록 팽창하다가…….

턱!

순간 호정은 어이없게도 그의 품에서 뒤로 획, 밀쳐졌다. 너무 순식간에 벌어진 일이라서 그녀는 무슨 일이 벌어졌는지 순간적으로 깨닫지도 못했다.

그저 시우를 멍하니 바라보기만 했다. 예전처럼 돌연 차갑게 돌변한 그의 굳은 얼굴을.

그때였다.

땡.

어디선가 낮은 차임벨 소리가 이명처럼 아득하게 들려왔다. 바로 누군가의 음성이 이어졌다.

「와, 일찍 오셨…… 어? 이게 다 뭡니까?」

소스라치게 놀란 호정이 뒤를 돌아보았다. 깜짝 놀란 표정의 찰리가 입구에 서 있었다. 빠르게 공간을 둘러보는 그의 시선을 따라 호정도 시선을 돌렸다.

바닥의 3분의 1 가량은 여전히 서류로 뒤덮여 있었다. 특히 굳은 듯 서 있는 그와 자신의 주변에는 한 무더기의 서류들이 어지러이 흩어져 있었다.

시우와 시선이 마주쳤다. 그녀를 내려다보는 옅은 갈색 눈동자는 언제나처럼 아무 일도 없었던 듯 한겨울 호수처럼 차갑고 시렸다. 아무리 들여다봐도 깊이를 알 수 없는 얼음 밑의 세상처럼.

호정의 꽉 깨문 입술이 바르르 떨렸다.

또…… 시작이야.

혹여 또 이런 일이 생긴다고 해도 예전처럼 혼자 상처 입고, 오해하고, 낙담하지 말자고 굳게 마음을 먹었음에도 가슴 한쪽이 쿡쿡 쑤셔 오는 것은 어쩔 수 없었다.

호정은 쓸쓸한 미소를 삼켰다. 아무래도 시우에게는 아직도 시간이 더 필요한 모양이다. 제 마음을 정리한 호정이 시선을 돌려 버렸다. 여전히 벙 찐 표정으로 서 있는 찰리를 향해 옅게 미소 지었다.

「일찍 오셨네요. 바닥이 많이 어지럽죠? 금방 치울 테니까 조금만 기다려 주세요.」

호정은 무릎을 굽히고 재빨리 서류를 줍기 시작했다. 시우는 여전히 무표정한 얼굴로 장승처럼 서 있기만 했었다. 가라뜬 시선으로 그녀의 자그마한 뒤통수를 무섭게 내려다보기만 했다.

입구에 어정쩡하게 서서 두 사람의 모습을 살피는 찰리의 눈동자가 아주 잠깐 반짝였다. 의외의 재미난 무언가를 발견이라도 한 듯 눈매가 살짝 가늘어지기도 했다.

찰리는 서둘러 자신의 자리에 재킷을 벗어 두고 호정에게 다가갔다. 머리 위로 드리워지는 그림자에 호정이 시선을 들어 올렸다. 찰리는 특유의 순하고 선한 미소를 짓고 있었다. 그녀 옆에 한쪽 무릎을 꿇고 앉아 한쪽 눈을 찡긋했다.

「같이 해요. 그래야 빨리 끝나죠. 주호정 씨는 그쪽, 난 이쪽…….」

찰리가 말을 내뱉으며 돌아앉아 서류로 손을 뻗었다. 호정이 '아, 잠깐만요!' 하며 다급하게 소리쳤다.

그러나 시우의 움직임이 한발 빨랐다. 순식간에 위에서 뻗어 나온 길고 가는 손가락들이 찰리의 손목을 갈고리처럼 확 틀어잡았다. 흠칫 놀란 찰리가 시선을 번쩍 들어 올렸다.

시우의 얼굴이 그의 얼굴 바로 앞에 있었다. 청교도적이라고 해도 좋을 만큼 금욕적이고 새하얀 얼굴. 소름 끼칠 만큼 지적이고 냉랭한 눈동자, 그래서 아름답게까지 느껴지는 연갈색 눈동자가 찰리를 매섭게 노려보고 있었다.

남자치고는 지나치게 붉은 입술이 달싹거렸다.

「함부로 건드리지 마.」

굵고 낮은 음성은 음산하기까지 했다. 그래서 처음에는 잘못 들은 줄 알았다. 그런데 자신을 여전히 무섭게 노려보는 눈빛을 보니, 잘못 들은 게 아닌 모양이었다.

찰리는 당황스럽기 보다는 어이없었다.

내가 뭘 어쨌다고? 도와주려고 한 것뿐인데, 왜? 아무리 천재들 특유의 괴팍함이라고 해도 이건 좀 심한 거 아냐?

불쾌했다. 시우에 대한 언론 보도, 영상, 집필 책들을 꼼꼼히 찾아봤던 팬심마저 일거에 사라지는 것 같았다. 찰리의 얼굴에서 순한 강아지 미소가 서서히 사라졌다.

「이봐요, 이시우 박사. 지금 이게 뭐 하자는 겁니까? 뭐 때문에 이러는지는 모르겠지만, 일단 이거 놓고 얘기하지?」

순하고 선하게만 보이던 찰리의 얼굴도 인상을 쓰니까 꽤 살벌했다. 분위기가 더 험악해지기 전에 호정이 얼른 끼어들었다.

「미안해요, 세이린 요원. 내가 대신 사과드릴게요. 이해하기 힘드시겠지만, 그럴 만한 사정이 있어서…….」

서둘러 찰리의 손목을 움켜잡고 있는 시우의 손등 위로 자신의 손을 포갰다. 차갑게 굳어 있는 시우의 옆얼굴을 바라보며 나지막이 말했다.

"시우야, 손 놔."

"……."

"이시우."

그녀를 힐끔 쳐다본 시우가 다시 찰리를 노려보았다.

「나는 누가 함부로 내가 정리해 놓은 걸 건드리는 것을 아주 싫어합니다. 도와주겠다는 건 고맙지만, 필요 없으니까 두 번 다시는 내 것에 함부로 손대지 마십시오. 알겠습니까, 세이린 요원?」

일종의 경고였다. 오늘은 처음이라 이 정도로 넘어가지만, 한 번만 더 자신의 것에 손을 대면 가만두지 않겠다는.

찰리는 기가 막혔다. 더욱 기가 막힌 것은 순간적으로 움찔하고 만 자신이었다. 여자처럼 하얗고 예쁘장한 얼굴에, 그것도 머리밖에 쓸 줄 모르는 일곱 살이나 어린놈한테 FBI 요원인 자신이 순간 압도당하고 말았다는 사실이었다.

심지어 저도 모르게 고개까지 끄덕이고 말았다. 머저리처럼!

젠장!

불쾌한 건 둘째치고 창피했다. 자존심이 있는 대로 상했다.

시우는 그제야 찰리의 손목을 놔주었다. 찰리는 벌떡 일어나 뒤로 몇 걸음 물러났다. 호정도 같이 일어나 벌게진 얼굴로 잡혀 있던 손목을 어루만지는 찰리를 향해 시우 대신 정중하게 사과했다.

「죄송합니다.」

그러거나 말거나 시우는 바닥의 서류들을 빠른 속도로 걷어 내기만 했다. 한숨을 푹 내쉰 호정도 그의 옆에 다시 쪼그려 앉으려고 했다. 그런데 시우의 단호한 음성이 그녀의 움직임을 가로막았다.

"됐어. 하지 마."

호정의 동작이 주춤 멈췄다. 시우는 그녀를 돌아보지도 않은 채 차갑게 말했다.

"내 컴퓨터 보면 열어 놓은 자료들과 작업 중이던 파일이 있어. 하나씩 다 읽어 보고 핵심만 정리해 줘."

"내가? 네가 작업 중이던 걸 내가 어떻게……."

"그냥 좀 해."

호정은 미간을 찌푸리고 시우의 뒷모습을 물끄러미 바라보았다. 아, 모르겠다. 이럴 땐 그를 상대하는 것이 어렵다. 어쩌면 그렇게나마 시우와 떨어져 다른 일에 집중하는 것이 더 나을지도. 비정상적으로 빠르게 뛰던 심장 박동도, 몸속에서 부풀어 오르던 뜨거운 무언가도 아직 제자리로 돌아가지 못했다.

속으로 한숨을 푹 내쉰 호정이 시우 못지않게 최대한 표정을 담담하게 굳히고 말했다.

"알았어. 저건 내가 알아서 할 테니까 넌 좀 쉬어. 아줌마가 그러는데, 지하 1층에 피트니스 센터랑 샤워실이 있대. 그 옆에 수면실도 있고. 가서 씻고 좀 자. 밤새 한숨도 못 잤을 거 아니야. 자, 이거."

호정은 그에게 입구 바닥에 내려놓았던 커다란 쇼핑백을 내밀었다.

"갈아입을 옷하고 속옷, 세면도구, 그리고 얇은 담요야. 너 이삼일은 여기 틀어박혀서 꼼짝도 하지 않을 거잖아. 아, 그리고 이건 야채수프하고 샌드위치. 아저씨하고 아줌마가 너 갖다 주라고 새벽부터 만드셨어. 나도 아까 하나 먹었는데 진짜 맛있더라."

시우는 속으로 중얼거렸다.

어머니가 아니라 아버지가 혼자 다 만드셨겠지. 어머니는 돕겠다고 옆에 서서 아버지 바라기만 하셨을 테고.

어렸을 때부터 그랬다. 병원 일로 바쁘신 와중에도 아버지는 늘 가족들의 음식을 도맡아 챙기셨다. 이유는 단 하나. 그가 어머니가 만든 음식은 맛이 없다며 잘 안 먹었기 때문이었다. 만든 어머니 본인조차 맛이 이상하다며 남기기 일쑤였고.

IQ187의 천재 프로파일러로 FBI의 전설이 되신 분이지만, 어머니는 요리엔 천부적으로 소질이 없었다.

반면 아버지가 만들어 준 음식은 그나 어머니 모두 바닥까지 싹싹 긁어 먹었다. 왜? 당연히 맛있었으니까.

언제부턴가 병원 일로 바쁘신 와중에도 주방 일은 모두 아버지 차지가 되어 버렸다. 어머니는 보조한답시고 그 옆을

졸졸 따라다니기만 하셨고.

"나도 이렇게 똑같이 했는데, 왜 내가 만들면 맛이 없지?"

하고 고개를 갸웃거리면서.
그러면 아버지는 어머니를 사랑 가득한 눈빛으로 바라보며 이렇게 말씀하시곤 했다.

"난 그래서 너무 좋아. 내가 만든 음식을 세상에서 가장 사랑하는 두 사람이 맛있게 먹어 주잖아. 그 모습을 보는 게 난 가장 행복해."

그럼 어머니는 또 새삼 사랑에 빠진 소녀 같은 얼굴이 돼서는 아버지 품을 파고들었다.

"난 당신이 내 남자라서 행복해. 사랑해요, 여보."

쇼핑백 안을 내려다보는 시우의 굳은 표정이 조금은 부드럽게 풀어졌다.
하지만 시우는 바로 사무실을 뜨지 않았다. 바닥에 쌓인 서류들을 자신의 것과 팀장한테 돌려줄 것으로 분류해 빠르게 정리했다.
9시가 되자 팀원들이 모두 출근했다. 설비팀에서도 호정의 책상과 랩톱 등을 가지고 왔다.

「어디에 세팅할까요?」

호정이 얼른 자리에서 일어났다. 사무실 공간을 둘러본 호정이 맞은편 빈 공간을 가리켰다. 새로 책상을 놓을 만한 빈 공간은 찰리 옆밖에는 없었다. 찰리도 '여기' 하며 손가락으로 제 옆 공간을 가리켰다.

「아, 그건 저기······.」

시우가 그녀의 말을 중간에 잘라먹고 끼어들었다.

「이 큰 테이블을 뒤로 빼고 여기에 세팅해 주세요.」

호정이 깜짝 놀라 돌아보았다.

"네 옆에?"

"당연한 거 아니야? 그래야 내가 하는 일을 하나도 빠짐없이 기록할 거 아니야."

"그건 그렇지만······."

시우는 더 이상의 말은 필요 없다는 듯 고개를 휙 돌려 버렸다. 그러고는 설비팀과 함께 직접 큰 테이블을 옮기고 제 옆에 그녀의 자리를 만들었다.

랩탑 설치는 자신이 할 테니 다른 사람의 도움은 필요 없다며 혼자서 다 했다.

호정이 자신이 하겠다고 나섰지만 그조차도 일언지하에 거절당했다.

"됐어. 누나는 하던 거나 빨리 해. 중요한 거야."

어찌나 쌀쌀맞게 굴던지, 선뜻 뭐라고 할 수가 없었다. 저럴 때의 시우는 가만히 내버려 둬야 한다. 신경이 있는 대로 날카로워져 있다는 증거니까.

지금 그에게 필요한 것은 약간의 휴식과 수면일 터였다.

시우가 호정의 책상 세팅을 끝내기가 무섭게 국장이 사무실로 뛰어 들어왔다. 투명 보드에 적혀 있는 해독문 때문이었다.

헨리의 보고를 듣고 쏜살같이 달려온 국장은 상기된 얼굴로 질문을 쏟아 냈다,

「이게 뭐죠? 정말 하룻밤 만에 저 암호문을 해독한 겁니까? 이시우 박사, 설명 좀 해 봐요. 어디까지 진행된 겁니까.」

성미 급한 국장이 보드에 걸려 있는 해독문에 손을 대려고 했다. 시우가 날카롭게 소리쳤다.

「손대지 마세요!」

국장이 깜짝 놀라 우뚝 동작을 멈췄다. 시우는 그를 뒤로 밀치고 보드에 붙여 놓은 종이들을 모두 떼어 버렸다.

「뭐 하는 겁니까!」

그러나 시우는 거기에 한 술 더 떠 쇼핑백 안에 있던 얇은 담요를 꺼내 보드를 아예 가려 버렸다. 그의 이해 불가능한 행동에 모두 기가 막혀 할 말을 잃었다.

시우는 그런 그들을 쳐다보지도 않은 채 차갑게 말했다.

「아직 공개할 단계가 아닙니다. 사건 파일 분석도 60%밖에 진행되지 않았고요.」

「하지만 두 번째, 세 번째 암호문은 전부 해독이 된 거 아닙니까?」

「내가 아니라면 아닌 겁니다. 국장님, 어제 나와 약속한

걸 벌써 잊었습니까? 내가 합류하기를 진심으로 원한다면 그쪽 자료는 모두 공개하되, 내가 내 입으로 분석 완료를 언급하기 전까지는 어느 누구도 내 자료, 내 시간을 침범해선 안 된다고 했잖습니까.」

상기되어 있던 국장의 표정이 싸늘하게 식었다.

「그랬지.」

「그래서요?」

시우와 국장은 서로를 무섭게 노려보기만 할 뿐, 잠시간 눈도 깜박이지 않았다. 국장이 먼저 시선을 거두며 낮은 한숨을 내쉬었다.

「좋아요, 내 실수를 인정하지. 이시우 박사가 합류한 지 하루도 안 됐는데, 암호문 두 개가 벌써 해독된 것 같다는 보고를 받고 내가 너무 흥분한 것 같소. 와서 보니까 내가 보기에도 해독된 것 같았고.」

국장이 한 걸음 물러났다.

「하지만 박사하고 한 약속을 어길 생각은 없었소. 잊은 적도 없고.」

국장이 피식 웃으며 시우를 재미있다는 눈빛으로 바라보았다.

「정말 듣던 대로 성격이 보통이 아니군요, 이시우 박사.」

「괴팍한 성격은 다 알고 있다. 알고서도 부른 건 그만큼 당신의 능력이 절실하게 필요하기 때문이다. 어떤 조건이든 모두 수용하겠다. 전폭적인 지원도 약속하겠다. 사건만 해결해 달라. 그러면서 먼저 손을 내민 쪽은 다른 사람이 아닌 바로 국장님이었습니다.」

「후후, 누가 아니랍니까. 모두 기억한다니까. 그리고 그 약속은 사건이 해결될 때까지 계속 유효할 겁니다.」

어깨를 으쓱인 국장이 양손을 바지 주머니에 찔러 넣었다.

「그런데 이거 하나만 물어봅시다. 하룻밤 만에 저 정도 성과를 냈다면 분석이 꽤 됐다는 얘긴데. 완료까지는 얼마의 시간이 더 걸릴 것 같습니까?」

시우의 한쪽 눈썹이 힐끗 추켜 올라갔다. 국장이 어허, 하며 말을 이었다.

「그 정도는 서로 묻고 답해 줄 수 있는 것 아닙니까? 예상일 뿐인데.」

「늦어도 3일이면 충분합니다.」

국장의 눈이 반짝였다.

「늦어도 고작 3일? 기대 이상이군. 좋아요. 기다리죠. 원하는 만큼 마음껏 해요, 이시우 박사. 아무도 방해하지 않을 테니까.」

국장은 팀원들한테 시우를 방해하지 말 것을 단단히 일러두고 사무실을 나갔다.

한바탕 난리가 난 후 사무실은 쥐 죽은 듯이 고요해졌다. 호정은 재빨리 시우의 손에 쇼핑백을 쥐여 주고 등을 떠밀었다.

"빨리 가. 가서 단 몇 시간이라도 좀 쉬고 와. 한 시간도 안 돼서 돌아오기만 해. 그럼 내가 가만 안 둬."

시우는 마음에 안 든다는 듯 인상을 찌푸렸다. 그럼에도 웬일로 호정의 말에 순순히 따랐다.

그는 샤워실에 가서 몸을 씻고 새 옷으로 갈아입었다. 물론 아버지가 정성껏 만들어 주신 야채수프와 샌드위치도 깨끗하게 먹어 치웠다.

먹으면서 아버지한테 전화를 했다. 아버지는 벨이 울리자마자 바로 전화를 받았다.

―Hi, son.

아버지의 첫 마디는 항상 똑같다. 'Hi, son'. 당신의 아들이자, 태양이라는 의미였다. 후후, 시우는 낮은 웃음을 흘렸다.

"아버지, 정말 저랑 동업 안 하실래요? 2주 후부터는 안식년이라서 할 일도 없으실 텐데, 저하고 샌드위치 가게나 하나 내시죠. 대박은 제가 장담합니다."

―안 돼. 우리 정우 씨와 여행 다니기로 했어.

"아들의 청을 단칼에 거절하시다니, 너무하신 거 아닙니까?"

―너무한 건 너지. 도착했다는 전화 한 통화만 달랑 해 놓고는 집에 들어오지도 않고. 내가 너희 먹이려고 음식을 얼마나 많이 했는지 알아?

"죄송해요. 봐야 할 서류들이 너무 많아요."

―죄송할 것까지는 없다, 그럴 줄 알고 3인분밖에 안 했거든.

서로를 너무 잘 아는 부자는 큭큭, 낮은 웃음을 터트렸다. 붕어빵처럼 닮은 부자는 웃음소리까지 비슷했다.

—그래, 그럼 이제 1차 검토는 얼추 끝난 거냐? 샌드위치 먹으면서 전화하는 걸 보니 그런 것 같은데. 만족할 만한 결과는 얻었어?

"60% 정도요."

—그럼 오늘도 네 얼굴 보기는 글렀구나.

"하루만 더 참아 주세요. 내일 저녁에는 얼굴 보여 드릴게요."

—됐어. 서두를 것 없다. 하루 이틀 더 늦어지는 게 무슨 문제라고. 천천히 해. 억지로라도 생각을 멈추고 일어나서 휴식도 취하고, 잠도 자고, 뭐라도 좀 챙겨 먹고.

어렸을 때부터 귀가 따갑도록 듣던 얘기였다. 뭐에 한 번 꽂히면 먹는 것도, 잠자는 것도 잊어버리고 무섭게 집중하는 어린 아들을 억지로 책에서 떼어 놓으면서 부모님들이 하시던 말씀.

"그만. 이젠 좀 쉬어야 할 때야."

"그만, 식사 시간이야."

"그만, 잠 잘 시간이야."

"뇌도 쉬게 해 줘야 돼. 그래야 네가 원하는 결과에 더욱 빨리 도달할 수가 있어. 먹고 놀고 쉬고 잠자는 시간을 아깝다고 생각해서는 안 돼. 적당한 휴식과 운동, 수면 시간과 균형 잡힌 식단과 식습관은 네 몸을 건강하게 해 주지. 그래야 뇌도 더욱 활발하게 움직이는 거란다."

"더 많은 지식과 학문을 습득하고 싶니? 그럼 잊지 마, 시우야. 뇌에도 휴식과 영양이 필요하다는 것을."

시우는 남은 샌드위치를 빨리 씹어 삼킨 후 대답했다.

"하지만 그 정도 시간이면 충분해요. 걱정하지 마세요."

―걱정 안 해. 호정이가 옆에 있는데 무슨. 너, 우리보다 호정이 말에 더 꼼짝 못 하잖아.

"꼼짝 못 하다니요, 그런 거 아닙니다. 전 그저……."

―알았다, 알았어. 이 녀석 발끈하긴. 넌 꼭 호정이 얘기만 나오면 반응을 보이더라? 꼭 도둑이 제 발 저린 것처럼. 하하하.

시우는 끙, 낮은 신음을 흘렸다.

아버지와의 즐겁고도 난처한 통화를 마친 시우는 서둘러 사무실로 올라가려고 했다. 아직 확인해 봐야 할 사건 파일들이 많았다. 그 속에 아직 풀지 못한 네 번째, 다섯 번째 암호문의 키가 숨어 있을지도 몰랐다.

모처럼 구미에 딱 맞는 사건을 접한 뇌는 물 만난 고기처럼 잔뜩 흥분해서는 쉴 새 없이 돌아갔다. 잠깐 쉬는 이 시간도 아까워 발을 동동 굴러 댔다.

걸음이 절로 엘리베이터로 향했다.

문득 시우는 걸음을 멈췄다. 방금 전 통화했던 아버지의 음성과 좀 전에 그의 등을 떠밀던 호정의 음성이 귓가에 맴돌았다.

잠시 고민하던 시우는 재빨리 걸음을 돌려 수면실로 향했다.

한 줌도 되지 않을 가녀린 체구에 아무리 인상을 써도 무섭기는커녕 귀엽기만 한 누군가의 자그마한 얼굴을 떠올리면서.

5장

그로부터 정확히 이틀 후.

혈흔 분석팀으로부터 조쉬 홉킨스의 칼에 굳어 있던 혈흔들에 대한 개별 분리 작업이 완료되었다는 반가운 소식이 날아왔다.

이제 남은 것은 개별 분리된 혈흔들에 대한 DNA 검사뿐. 그중에 래리 클락의 DNA와 동일한 DNA가 검출되기만 한다면 이번 재수사는 더 이상 할 필요도 없을 터였다.

헨리는 흥분했다. 조쉬 홉킨스의 총기나 필적이 에페타 킬러의 그것과 다르다고 할지라도, 그의 칼에서 에페타 킬러의 네 번째 범행에서 살아남은 래리 클락의 혈흔이 발견되었다는 것은 조쉬 홉킨스가 에페타 킬러였다는 것을 입증하는 가장 강력한 증거이니 말이다.

그렇게만 된다면 이번 재수사 팀은 전 세계적으로 가장 유명한 콜드케이스 중 하나인 '에페타 킬러'의 진범을 30년 만에 밝혀낸 수사팀으로서 요원 한 명, 한 명의 이름이 역사에 길이 기억될 터였다.

하지만 거기에 이시우라는 이름은 없을 터였다. 콜드케이스 헌터, IQ225의 천재 프로파일러라는 명성만 요란했을 뿐, 실상 그가 팀에 합류하고 나서 한 일이라고는 이틀 내내 사무실에 틀어박혀 사건 파일만 들여다 본 것이 전부니까.

두 번째, 세 번째 암호문 해독?

흥! 알고 보면 그것도 아닐 것이다. 만약 진짜로 해독에 성공했다면 아무도 보지 못하게 하고 감춰 둘 리가 없지 않은가. 이틀 전 시우가 국장과 그 난리를 피웠던 순간, 헨리는 시우가 암호 해독에 실패한 것이 분명하다고 저 혼자 결론을 내렸었다. 그래서 헨리는 시우가 뭘 하는지 관심도 두지 않고, 쳐다보지도 않았다.

기껏 초빙한 천재 프로파일러도 소용이 없게 된 이상, 헨리는 자신들이 믿을 것은 역시 혈흔 분석팀 밖에 없다고 생각했다. 헨리는 FBI로서의 자부심이 대단했다. 그만큼 FBI의 능력을 믿었고, FBI가 보유한 최첨단 장비와 박사 학위가 몇 개씩이나 되는 연구실의 요원들을 믿었다.

FBI 자체 능력만으로 에페타 킬러의 진범을 밝혀낼 수 있을 것이라고 굳게 믿었기에 혈흔 분석팀의 결과만 초조하게 기다렸었다. 그러던 중 마침내 개별 분리에 성공했다는 보고를 받은 것이다.

한껏 고무된 헨리는 부리나케 혈흔 분석팀으로 달려갔다.

그런데 뒤에서 들려온 시우의 목소리가 그의 발목을 잡아챘다.

「팀장님, 암호문 분석 완료됐습니다. 30분 후 브리핑 시작하겠습니다.」

타이밍 한 번 기가 막혔다. 왜 하필 지금 저놈의 분석도 완료가 됐단 말인가!

그러든가 말든가, 헨리는 무시하고 싶은 마음이 굴뚝같았지만 그럴 수 없었다. 시우의 분석이 완료되는 대로 자신한테 바로 보고하라는 국장의 엄명이 있었기 때문이다.

헨리는 씨근덕거리며 국장한테 전화를 걸었다.

「국장님, 이시우 박사의 분석이 완료되어 30분 후 브리핑 시작하겠답니다.」

❧❦❧

30분 후, 에페타 사무실의 투명 보드 앞에 요원들이 모두 모였다. 당연히 국장도 참석했다. 드디어 시우의 브리핑이 시작되었다.

「에페타 킬러의 암호문은 총 다섯 장, 모두 영어와 그리스, 로마 문자. 점성술 기호와 모스 부호 및 날씨 기호들이 혼합되어 작성되어 있습니다.」

그거야 이미 모두 알고 있는 주지의 사실이었다. 다만 해독이 되지 않을 뿐.

시우의 말은 계속 이어졌다.

「에페타 킬러는 첫 번째 암호문과 편지를 1988년 6월 6일 샌프란시스코 지역 신문사들 앞으로 보냈습니다. 에페타 킬러의 두 번째 범행이라고 알려져 있는 1988년 6월 4일의 블루골프클럽 사건이 발생 날로부터 정확히 이틀 후였습니다.」

편지에는 1987년 12월 19일에 하몬 호수에서 벌어진 10대 남녀의 총격 살해 사건과 1988년 6월 4일에 블루골프클럽 주차장에서 벌어진 10대 남녀의 총격 살해 사건의 범인은 자신이며, 자신의 이름은 에페타 킬러라고 적혀 있었다.

헨리가 삐딱한 어조로 말했다.

「편지와 암호문을 신문 1면에 실으라는 협박도 했지. 안 그러면 주말마다 열세 명을 죽이겠다고 말이야. 뭐, 그 덕분에 시골에 사는 칼렙 하스 부부가 첫 번째 암호문을 해독할 수 있었지만.」

매기가 헨리의 말을 이어받았다.

「하지만 두 번째 암호문부터는 해독하지 못했죠. 2001년에 잭 스테인 스타리퍼 교사가 두 번째 암호문을 해독했다고 주장했지만, 전문가들에 의하면 칼렙 하스 부부의 해독 규칙에 따라 억지로 끼워 맞춘 것에 불과하다는 평가가 지배적이고요.」

잭 스테인은 두 번째 암호문에서 에페타 킬러가 자신의 이름을 밝혔다고 주장했었다.

'내 이름 리 알랜'이라고 적혀 있다고 말이다.

그렇다면 리 알랜, 그는 누구인가.

잭 스테인은 자신이 푼 암호문의 '리 알랜'이 바로 에페타 킬러가 활약하던 당시의 용의자 중 한 명이었던 '이든 리 알 랜'이라고 주장했다.

이든 리 알랜은 당시 두 번째 범행의 피해자 중 한 명과 가까운 곳에 살고 있었고, 무엇보다 1년 후인 89년 8월 7일에 발생했던 미쉘 테이튼 모녀의 납치 미수 사건 이후 작성된 몽타주와 매우 비슷한 외모를 가지고 있었다.

때문에 당시 수사관들은 그를 강력한 용의자로 보고 검거도 했었다. 하지만 그는 조사 결과 편지와 필체가 다르고 거짓말 탐지기도 무사히 통과했다. 그 직후 이든 리 알랜은 무혐의로 풀려났었다.

그러나 그는 지난 2001년, 잭 스테인의 주장과 여론에 힘입어 FBI에서 재수사팀이 꾸려지자 수사가 진행되기도 전에 자살로 사망해 버렸다.

헨리가 짜증난다는 듯 쯧, 혀를 찼다.

「그때도 지금과 상황이 거의 똑같았지. 조쉬 홉킨스처럼 이든 리 알랜은 이미 사망한 상태였고 에페타 킬러로 의심되는 유품들까지 잔뜩 나왔었으니까.」

하지만 이든 리 알랜의 피 묻은 칼에서는 리퍼형 범행의 생존자인 래리 클락의 유전자는 검색되지 않았다. 총기 또한 이전 범행에 사용된 루거 9mm가 아니었다.

때문에 2001년의 1차 재수사팀은 어떠한 결론도 내지 못한 채 수사를 종결지을 수밖에 없었다.

뒤에서 팔짱을 낀 채 헨리와 매기의 이야기를 조용히 듣고만 있던 국장이 처음으로 입을 열었다.

「이시우 박사, 보드에 적혀 있는 걸 보면 박사도 첫 번째 해독문에는 이견이 없는 것 같군요.」

「칼렙 하스 부부의 해독 방법과 내가 해독한 방법이 다르긴 하지만 내용은 대체적으로 동일합니다. 첫 번째 암호문은 다른 암호문에 비해서 비교적 단순한 구조라서 해독하는 데 그리 많은 시간이 걸리지 않습니다. 이 암호문을 FBI와 CIA 등의 암호 전문가들이 칼렙 하스 부부보다 먼저 해독하지 못했다는 게 더욱 의아할 뿐이죠.」

국장 이하 팀원들의 얼굴이 살짝 굳었다. 대놓고 '너희들 너무 무능해'라고 하는 비난에 자존심이 상했다. 하지만 반박할 수 없었다. 과거 자신들의 선배들이 해독하지 못한 것을 수학 교사인 칼렙 하스 부부가 해독해 낸 것은 엄연한 사실이니까.

시우는 그들의 얼굴이 굳어지든 말든 상관하지 않고 말을 이어 나갔다.

「그리고 그보다 더욱 의아한 것은 추후 검증 작업에서도 중요한 점을 놓쳤다는 겁니다.」

그는 암호문을 손으로 가리켰다.

「이 암호문을 해독하기 위해서 가장 먼저 선행되어야 할 것은 여기에 쓰인 기호들이 감정이나 사물을 상징하는 것인지, 아니면 알파벳의 대체 문자로 활용된 것인지를 파악하는 겁니다.」

시우는 손끝으로 몇 개의 기호들을 찍었다.

「보다시피 여기에는 많은 기호 체계들이 혼합되어 있습니다. 그리스, 로마 기호 같은 중세 기호와 알파벳이 혼재되어 있죠. 따라서 이 기호들은 상징이 아닌 대체 문자로 활용되었다는 것을 알 수 있습니다.」

매기가 질문했다.

「점성술 기호나 날씨 기호들은요? 그것들은 감정이나 상태, 사물 등을 상징하는 기호잖아요. 상징하는 단어도 하나가 아닌 유사한 의미를 지닌 여러 개의 단어로 해석될 수도 있고요.」

「그런 기호들은 일단 관련된 모든 단어를 파악한 뒤, 첫 철자부터 순서별로 배치해 보면 됩니다. 그럼 다수의 의미로 해석될 수 있는 상징 기호가 어떤 의미로 쓰였으며, 암호 작성자가 그 의미의 단어 중 몇 번째 단어를 뽑아 쓰는지를 알아낼 수가 있죠.」

「그러자면 경우의 수가 셀 수 없이 많을 텐데…….」

「그건 걱정하지 않아도 됩니다. 이미 정확하게 계산되어 내 머릿속에 저장되어 있으니까.」

국장 이하 팀원들의 얼굴이 뜨악해졌다. 못 믿겠다는 듯 고개를 절레절레 저은 헨리가 혹시나 하는 표정으로 물었다.

「그건 그렇다고 치고. 그럼 어떤 기호가 사용됐는지, 그 기호가 상징하는 단어가 무엇인지는 어떤 방법으로 이렇게 빨리 알아냈다는 겁니까?」

시우가 무슨 그런 멍청한 질문을 하느냐, 한심하다는 눈빛으로 헨리를 쳐다보았다.

「기호학은 흥미로운 학문입니다.」

다소 뜬금없는 답변에 헨리가 '뭐?' 하고 되물었다.

「비언어적인 수단으로 자신 혹은 특정 집단만의 새로운 언어 체계를 만들어 낸다는 것은 매우 매력적인 일이니까요. 내가 기호학과 암호학에 흥미를 느꼈던 이유도 바로 그 때문이었죠.」

시우는 검지 끝으로 자신의 관자놀이를 톡톡 쳤다.

「덕분에 그동안 출간된 관련 서적과 논문들은 여기에 모두 저장되어 있습니다. 때문에 칼렙 하스 부부는 일주일 넘게 도서관에 파묻혀 기호들을 찾아내야 했지만 나는 그럴 필요가 없습니다.」

호정을 제외한 사람들의 커다래진 눈이 끔벅거렸다. 그녀는 놀라는 사람들을 살피며 속으로 중얼거렸다.

저 정도로 놀라면 곤란한데.

시우는 사람들의 반응 따위에는 신경도 쓰지 않았다. 그들이 충격에서 헤어날 시간도 주지 않고 계속 말을 이어 갔다.

「반면 칼렙 하스 부부는 아주 원시적인 방법으로 시간과 노력을 할애했죠. 그런 방법으로 84%에 달하는 해독률을 보였다는 것 자체가 놀라울 뿐입니다. 그들은 영어에서 가장 흔하게 쓰이는 이중 자음인 'LL'을 찾는 데 중점을 뒀습니다. 이유는 살인자가 쓸 만한 가장 적합한 단어가 'KILL'이라고 생각했기 때문입니다.」

시우는 동일하거나 거의 동일한 부분에 동그라미를 쳤다.

「그래서 찾아낸 부분이 바로 여기와 여기. 그들은 이런 식으로 K와 I, LL의 대체 문자를 찾아냈습니다. 그러고는 도서관에 가서 기호학에 관한 온갖 관련 서적들을 뒤져 봤죠.」

그럼에도 그중에는 확인되지 않는 기호들도 꽤 많았다. 중세 시대부터 작성된 각종 기호 및 암호 관련 서적들이 너무 방대했기 때문이었다. 칼렙 하스 부부는 그 부분은 과감하게 포기하고 확인 가능한 기호들만 골라 알파벳으로 치환했다.

시우는 보드에 한 장의 서류를 붙였다.

종이에는 각종 알파벳과 기호 등이 어떤 알파벳으로 치환 가능한지가 적혀 있었다. 예를 들면, S=A, Q=F, ▲=S 혹은 A, ■=L, ⊙=N, ꓘ=I, ⊖=H, ꟼ=E, Ɜ=C, Я=R, ⊕=D 등이 표시된 일종의 치환 목록이었다.

「그들은 이와 같은 패턴으로 암호문을 해독했습니다. 치환되지 않는 기호는 무시했죠. 어쨌든 그들만의 방식으로 408개의 문자를 산출해 냈습니다.」

찰리가 반론을 제기했다.

「잠깐만요. 박사 말대로 하자면 미치환 기호가 상당히 많았다는 얘긴데 그래도 해독에는 큰 문제가 없었다, 이거 아닙니까? 방금 박사도 그랬잖아요. 크게 다르지 않았다고.」

「그래서요?」

「그건 우리 측 전문가들의 입장도 동일했습니다. '미치환 기호가 있기는 하지만 그 때문에 해독이 잘못됐다고 보기는 어렵다. 때문에 미치환 기호는 에페타 킬러의 실수, 혹은 혼선을 빚기 위해서 중간에 적어 놓은 무의미한 기호일 것이다' 라는 것이 전문가들의 최종 의견이었습니다. 그런데 뭐가 문제라는 거죠?」

「암호는 그 암호를 공유한 사람끼리의 약속입니다. 때문에 일정한 패턴이 반드시 지켜져야 합니다. 그래야만 암호를 보고 누군가는 해독할 테니까요. 패턴이 없는 암호, 그래서 해독이 안 되는 암호는 암호가 아닙니다. 그저 개인의 낙서일 뿐이죠.」

「그거야 그렇겠죠. 그렇다면 박사 말은 저 미치환 기호들이…….」

「실수도, 무의미한 기호도 아닙니다. 그렇다면 그 또한 일정한 패턴을 지니고 있어야 하는데 나는 암호문에서 그런 패턴을 발견하지 못했습니다.」

국장이 다시 물었다.

「좋아요. 그렇다고 합시다. 그래서 결론이 뭐요? 박사는 그 기호들을 치환하는데 성공했다는 겁니까?」

시우가 고개를 까딱였다. 국장이 다시 물었다.

「그럼 내용이 달라집니까?」

「그렇기도 하고 아니기도 합니다.」

「그건 또 무슨 뜻입니까?」

「그 부분은 나중에 얘기하기로 하고, 일단 이걸 먼저 보시죠. 이건 인터넷에도 널리 퍼져 있는 그 유명한 칼렙 하스 부부의 해독문입니다.」

시우는 보드에 또 다른 종이 한 장을 붙였다.

나는 살인이 즐겁다.

사람 죽이는 일이 사냥보다 훨씬 더 재미있다.

왜냐하면 인간은 가장 위험한 동물이기 때문이다.

사람을 죽일 때의 짜릿함은 섹스보다 황홀하고 가장 스릴 넘치는 일이다.

나는 낙원에서 다시 태어났고 그곳에서 나는 내가 죽인 자들을 노예로 부리고 살 것이다.

당신들에게 내 이름은 알려 주지 않겠다.

내 이름을 알려 주면 내가 노예를 수집하는 일을 막으려고 할 테니까.

그리고 그 옆에 다른 해독문 하나를 붙였다.

「이건 내가 해독한 문서입니다. 치환 불가로 분류되어 있던 기호 중 일부를 추가해서 해독한 겁니다.」

두 개의 해독문은 언뜻 보면 동일한 내용인 것 같았다. 그러나 자세히 보면 몇 군데 다른 의미를 가지고 있었다.

「내 해독문과 칼렙 하스 부부의 해독문이 다른 부분은 바로 이 부분입니다.」

시우는 칼렙 하스 부부의 해독문과 다른 부분에 붉은색 밑줄을 쳤다.

나는 낙원에서 태어났다.
언젠가는 그곳으로 다시 돌아갈 것이다.
그곳에서 나는 내가 죽인 그것들로 제사를 지낼 것이다.

「그리고 여기.」

내 이름을 알려 주면 나의 신성한 일을 막으려고 할 테니까.

미간을 찌푸린 호정이 자신도 모르게 중얼거렸다.
「비슷한 것 같지만 의미가 완전히 달라. 앞의 해독문이 의미하는 그곳은 사람을 죽임으로서 얻은 현재가 바로 낙원이라는 뜻이지만, 시우가 해독한 것에 따르면 낙원은 현재나 과거 같은 시공간을 의미하는 것이 아니라 어떤 특정한 장소를 의미하는 거니까.」
사람들의 시선이 일제히 호정에게 향했다. 하지만 호정은 깊은 생각에 빠져 그들의 시선을 알아채지 못했다. 그녀가 또다시 중얼거렸다.
「그렇다면 그 특정한 장소가 어디일까. '나는 낙원에서 태어났다'라……. 자신이 태어난 고향? 아니면 연쇄 살인마가 되기 전에 심적으로 위안을 받았던 곳?」
시우의 입매가 미세하게 말려 올라갔다.

「맞아. 두 곳 모두 가능성이 있어. 그리고 그 두 곳이 동일한 장소일 가능성도 있지.」

그제야 호정은 자신이 생각을 입 밖으로 흘려보냈다는 것을 깨달았다. 흠칫 놀라 시선을 들어 올렸다. 사람들이 모두 자신을 쳐다보고 있었다. 호정은 겸연쩍게 웃었다. 사람들의 시선이 다시 시우에게로 돌아갔다.

찰리만 빼고.

찰리는 그녀를 향해 한쪽 눈을 찡긋하며 엄지를 들어 보였다.

오, 멋진데요. 잘했어요.

소리 없이 입술만 벙긋거렸다.

훗. 호정은 손등으로 웃음을 막았다. 찰리 세이린 요원, 알게 된 지 고작 만 3일밖에 안 됐지만 괜찮은 사람 같다. 서글서글한 눈매에 선한 미소처럼 친절하고 재미있는 사람. 호정도 그에게 빙긋 미소를 보냈다.

「하지만!」

순간 갑자기 날카로워진 시우의 음성이 공간을 채찍처럼 때렸다.

무형의 채찍에 어깨라도 맞은 듯 호정이 움찔했다. 시우를 힐끔 쳐다보았다. 그와 눈이 딱 마주쳤다. 호정은 다시 한번 움찔했다. 어쩐지 그가 자신을 무섭게 노려보는 것 같았다.

브리핑에 허락 없이 끼어들지 말라는 경고인가? 하긴 자신의 자료에 다른 사람이 손대는 것을 싫어하는 만큼이나 브리핑할 때 끼어드는 것도 엄청 싫어하니까.

치사하긴. 다른 사람은 가만두면서.

그럼에도 호정은 '알았어, 미안' 하는 뜻으로 입에 지퍼를 채우는 시늉을 했다. 그리고 입모양으로 '됐지?' 하며 어깨를 으쓱였다. 시우가 휙, 시선을 돌렸다.

「문제는 이와 동일한 방법으로 다른 암호문을 해독하는 것은 불가능하다는 겁니다.」

시우는 보드에 공식 하나를 빠르게 적었다.

「두 번째 암호문부터는 패턴이 다중화되면서 매우 복잡해졌습니다. 예를 들어 첫 번째 암호문이 $e^{i\pi}$ = cos t + I sin t, $e^{i\pi}$ = 1 = 0 으로 정의되는 오일러 항등식이라고 한다면, 두 번째 암호문부터는 단일 연결인 3차원 다양체는 구면과 같은 것인가 하는 의문에서부터 출발한 '푸앵카레의 추측' 수준이라고 할 수 있습니다.」

그러고는 슬쩍 미소 지으며 '물론 첫 번째 암호문이 오일러 항등식만큼 아름답거나 완벽하다는 건 아닙니다' 라는 말을 덧붙였다. 그 딴에는 적절한 예에 적합한 농담이라고 한 말이었을 것이다. 하지만 사람들의 얼굴은 다시 뜨악해졌다.

잘 나가다가 여기서 갑자기 왜 오일러 항등식이 나오고 세계 7대 수학 난제 중 하나였던 '푸앵카레의 추측'은 또 웬 말인가 하는 표정들이었다.

그러자 시우의 미간에도 미세한 주름이 졌다. 답답하다는 음성으로 자신이 얼마나 적절한 예를 들었는지에 대해서 자세히 설명하기 시작했다.

「생각해 보세요. 푸앵카레의 추측을 정의하려면, 미분 기하학*을 반드시 알아야 합니다. 그리고 그 전에 미적분은 기본이고 이변수함수, 경사도나 미분법이나 적분법. 미분 방정식, 실해석학과 선형 대수, 위상 수학에 대해서도 모두 알아야만 하죠. 왜냐면, n다양체는 계속 확장되기 때문에⋯⋯.」

사람들의 얼굴이 점점 더 뜨악해졌다. 호정은 속으로 한숨을 폭 내쉬었다.

또 시작됐군.

어째 오일러 항등식이 어쩌고저쩌고할 때부터 불안하다 했다. 시우의 입장에서는 복잡하고 고차원적이라는 예를 들기 위해선 페럴만 박사가 증명한 '푸앵카레의 추측'이 가장 적합하다는 생각이 들었을지 몰라도, 그걸 설명해 봐야 누가 알아듣는다고 저럴까.

저럴 땐 바로 끊어 줘야 한다. 안 그러면 언제 끝날지 모르니까.

「흠흠.」

호정은 일부러 큰소리로 헛기침을 했다.

시우의 시선이 다시 그녀에게로 향했다. 호정은 재빨리 그 얘기는 거기서 그만 끊으라는 신호를 보냈다. 짙은 눈썹을 꿈틀거린 그가 눈치도 없이 소리 내어 물었다.

「왜?」

사람들의 시선이 다시 호정에게 쏠렸다. 하하하. 어색한 웃음을 터트린 호정이 주변을 슬쩍 돌아보며 말했다.

---

*미분 기하학:미분법을 응용하여 공간의 성질을 연구하는 기하학의 한 분야.

「그야 푸앵카레의 추측이 어떻게 정의되는가가 궁금한 사람은 지금 여기에 아무도 없는 것 같으니까요. 그 부분은 그쯤에서 그만 건너뛰고 본론으로 들어가죠.」

국장 이하 팀원들이 동의한다는 듯 고개를 크게 끄덕거렸다. 그러자 이번에는 시우의 표정이 떨떠름해졌다. 못마땅한 눈빛으로 좌중을 한 번 쭉 훑어보았다. 곧 뭐 그러던가, 하는 표정으로 어깨를 으쓱거렸다.

「두 번째부터는 하나의 암호문에 두 개의 패턴이 숨어 있고 그 패턴을 횡으로 배치하는 순서는 피보나치 수열을 따르고 있습니다. 두 개의 패턴 중 하나는 비즈네르 암호고 다른 하나는 아핀 암호입니다.」

눈동자만 돌려 사람들을 힐끗 쳐다봤다.

「비즈네르 암호법은 다중 단일 문자 치환 암호법 중 가장 대표적인 것이고 아핀 암호는 비즈네르 암호의 단점을 보완하여 곱셈과 덧셈을 결합한 건데, 거기에 대한 구체적인 설명도 필요 없겠죠?」

시우는 자신이 밤새 계산한 복잡한 풀이를 턱으로 대충 가리켰다.

「구체적인 과정이 궁금한 사람은 보드에 적힌 수식을 보고 참고하세요. 아핀 암호에서는 $ax+b \pmod{26}$로 암호화를 한다는 것 정도는 모두 알고 있을 테니까.」

그가 다음으로 넘어가려고 하자 매기가 '저기요!' 하며 재빨리 끼어들었다.

「그래도 복화화되는 과정은 간단하게라도 설명해 줘야 하는 거 아닙니까?」

시우는 우월한 신장을 이용해 그녀를 거만하게 내려다보았다.

「푸앵카레의 추측에 대한 정의만큼 복잡한데 설명해 주면 알아는 듣습니까?」

「네?」

「f(x)=ax+b(mod 26)일 때 역함수는 뭡니까?」

갑작스런 질문에 당황한 매기는 입술만 달싹거릴 뿐 대답하지 못했다. 시우는 매기를 똑바로 내려다보며 자문자답했다.

「f—1(x)=a—1(x—b)(mod 26). 그리고 a · a—1≡1(mod 26), 따라서 f(x)=5x+8(mod 26)이라면 5 · 21=105≡1(mod 26)이므로 f—1(x)=21(x—8)(mod 26).」

그는 눈 한 번 깜박이지 않고 복잡한 공식을 순식간에 술술 읊었다. 여전히 어버버거리고 있는 매기에게 다시 한번 질문을 던졌다. 물론 이번에도 답을 바라고 던진 질문은 아니었다.

「몰라요? 아핀 암호의 가장 기본적인 공식인데?」

매기의 대답을 기다리지도 않고 국장에게 시선을 돌렸다.

「복화화 과정과 패턴 분석에 대한 설명은 이쯤에서 그만하겠습니다. 어차피 더 말해 봐야 복잡해서 알아듣지도 못할 테니까. 대신 구체적인 내용은 브리핑 끝나는 대로 바로 서면으로 제출하도록 하겠습니다. 암호 전문가들한테 전해 주십시오.」

헨리와 매기의 얼굴이 와그작 일그러졌다. 또다시 대놓고 무시를 당했다. 하지만 화를 낼 수도 없었다. 그의 말이 틀린 건 아니었으니까.

국장과 찰리도 불쾌해하기는 마찬가지였지만 반응은 조금 달랐다. 두 사람은 어이없어 하면서도 보드에 적혀 있는 복잡한 공식을 나름대로 열심히 따라가느라 여념이 없었다.

두 사람의 표정이 점차 변해 갔다. 처음에는 '나도 저 정도쯤은 안다'는 표정이었다가 흠칫 놀라는 표정이더니, 이내 감탄하는 표정으로 변했다. 살짝 벌어진 입에서는 '와우'라는 작은 탄성도 흘러나왔다.

그러다 찰리가 불현듯 심각한 표정으로 고개를 갸웃거리다가 왼손을 살짝 들었다.

「잠깐. 저 풀이 과정들을 보면 a와 b의 키 값이 총 여섯 개인데, 그 키 값은 대체 어디에서 나온 거죠? 아무리 봐도 산출 근거가 없는데요.」

국장도 심각한 표정으로 한마디 보탰다.

「나도 아까부터 그 점이 의아했어요. 박사, 도대체 어떤 근거로 키 값을 산출한 겁니까? 다른 건 몰라도 그 부분에 대한 설명은 지금 들어 보고 싶군요.」

두 사람을 쳐다보는 시우의 눈동자에 의외라는 빛이 잠시 스쳐 지나갔다. 국장이 피식, 웃었다.

「전문가 수준은 아니지만, 나도 그 정도는 압니다. 아핀 암호에서는 키 값에 따라 내용 자체가 완전히 달라진다는 것. 때문에 어떤 키 값이 주어졌는지를 알아내는 것이 해독하는 데에 가장 중요한 핵심이라는 것 정도는 말이에요.」

수많은 암호 전문가들이 매달렸어도 네 개의 암호문을 해독하지 못했던 이유도 따지고 보면 바로 그 때문이었다.

어깨를 으쓱인 시우가 첫 번째 암호문 중 미치환으로 분류되었던 기호들을 턱으로 가리켰다.

「아까 내가 뭐라고 했습니까. 기호학에서 무의미한 기호는 없다고 했죠.」

「저 중에 힌트가 있다는 겁니까?」

「미치환 기호로 분류되어 있던 기호들은 크게 두 개의 그룹으로 분류할 수 있습니다. 한 그룹은 한 문장 내에서 다른 기호들과 어울려 새로운 단어를 형성하는 그룹이고, 다른 하나는 문장과 문장 사이에서 독자적인 의미를 갖고 존재하는 그룹입니다.」

사람들의 눈동자가 미치환 기호와 그 기호로 치환되는 알파벳에 표시해 둔 동그라미를 찾아 빠르게 움직였다. 시우는 그중 두 번째 그룹에 해당하는 알파벳에만 세모 표시를 했다.

「보다시피 하나의 문장을 형성하는 기호들의 그룹은 총 일곱 개입니다. 따라서 문장 끝에 단어가 되지 못하고 독립적으로 존재하는 기호도 총 일곱 개죠. 그리고 이 알파벳들이 바로 일곱 개의 독립 기호를 치환한 알파벳들입니다.」

요원들이 그의 설명에 따라 세모로 표시된 알파벳들을 찾아 순서대로 읽었다.

「J, U, N, E, D, H…… C?」

「아!」

순간 호정이 낮은 탄성을 터트렸다. 동시에 다른 사람들도 일곱 개의 알파벳이 무엇을 의미하는지 알아챘다. 헨리의 눈이 부릅떠졌다.

「J, U, N, E는 6월. 그럼 그 뒤의 D, H, C는…… 일자와 년도를 의미하는 거야.」

그 뒤를 이어 매기가 흥분한 음성으로 말했다.

「D, H, C는 알파벳 순서에 따라서 숫자로 대체할 수 있고요. D는 네 번째 알파벳이니까 4, H는 8, C는 3…….」

「48일이라는 일자는 없지. 그러니까 4, 8, 3은 4일과 83년을 의미하는 거야. 그럼 J, U, N, E, D, H, C가 의미하는 날짜는…… 83년 6월 4일이야.」

매기가 눈을 반짝이며 시우를 바라보았다.

「알았어요! 두 번째 암호문의 키. 8364 혹은 6483. 맞죠?」

모두의 시선이 시우에게 향했다. 모두 그의 입만 바라보았다. 그의 얇은 입술이 움직였다.

「두 번째 암호문의 키는 총 여섯 자리로 10, 21, 14, 5, 4, 8, 3이었습니다. J, U, N, E도 알파벳 순서대로 숫자로 치환해야 비즈네르 암호 표에 대입했을 때 정확한 문장이 만들어집니다.」

「아!」

한 번만 더 생각했으면 맞힐 수 있었는데, 하는 아쉬움과 감탄하는 탄성이 요원들 입에서 작게 터져 나왔다.

그들의 기분은 아랑곳하지 않고 시우가 곧장 보드에 두 장의 종이를 또 붙였다.

「이게 바로 그런 과정을 통해 최종적으로 해독된 두 번째, 세 번째 암호문의 해독문입니다.」

두 번째 암호문의 내용은 다음과 같았다.

나는 에페타 킬러다.
첫 번째 암호문을 해독했더군.
완벽하진 않지만 대단해. 솔직히 놀랐어.
그런데 창피하지 않나.
아마추어 수학 선생이 푸는 걸 너희는 못 풀었잖아.
창피한 줄 알아.
실추된 명예를 회복할 기회를 주지.
이걸 풀어 봐.
쉽지는 않을 거다.
세상에서 가장 현명한 정령이 만든 거니까.
너희는 나를 잡지 못해.
어젯밤에 기회가 있었는데도 너희는 스스로 그 기회를 놓쳤다.
무능한 경찰.
나는 인간 사냥을 멈추는 않는다.
제물은 많을수록 좋으니까.

세 번째 암호문 역시 FBI와 샌프란시스코 경찰에 대한 신랄한 조롱이 거의 대부분이었다.

동물에게도 금기는 있다.

그러나 인간에게는 없다.

인간은 추악하고 더럽고 야비하며 멍청하다.

나는 그것들을 심판하는 에페타다.

때문에 너희는 나를 잡을 수 없다.

그것들은 추악하고 더럽고 야비하며, 너희는 멍청하니까.

나는 그것들을 죽였고 또 다른 그것들은 나의 제사를 모욕했다.

하지만 그것들의 잘못은 눈감아 주겠다.

그것들의 모욕이 인간의 추함과 야비함을 증명하고

너희의 멍청함을 더욱 증명해 주니까.

나의 약간의 거짓말을 탓하지 마라.

너희가 멍청한 탓이니까.

「하, 미친 사이코 새끼!」

매기의 입에서 저도 모르게 욕설이 터져 나왔다. 헨리와 찰리의 얼굴은 딱딱하게 굳었다. 하지만 국장은 달랐다.

「대단하군요. 단 이틀 만에 저 암호문들을 해독해 내다니. 정말, 정말 대단해요.」

감탄한 눈빛으로 시우를 바라보며 매우 흡족한 듯 고개를 크게 끄덕였다.

「수고했어요, 이시우 박사. 덕분에 다섯 개의 미스터리 중 두 개는 풀렸군요. 그럼 이제 네 번째, 다섯 번째 암호문과 진범이 누구인가 하는 것만 남은 건가요? 박사 생각은 어떻습니까. 조쉬 홉킨스가 에페타 킬러, 맞습니까?」

「에페타 킬러는 기호학과 암호학에 조예가 깊은 자입니다. 그러려면 인문학 소양도 깊어야 하죠. 최소 고등 교육 이상의 학력자로 두뇌도 매우 뛰어난 사람이나 선천적인 천재여야만 가능합니다. 이를테면 나 같은 사람 말이죠.」

시우는 국장 앞에 조쉬 홉킨스에 대한 서류철을 툭 던졌다.

「하지만 조쉬 홉킨스는 그 두 가지 조건에 모두 해당되지 않습니다. 공립 고등학교 중퇴에, 성적도 형편없었고 두뇌도 뛰어나지 않았습니다. 연쇄 살인마를 꿈꿨지만 그만큼 악하지는 못했던 소심한 살인자였을 뿐이죠.」

「그게 무슨 뜻이죠?」

「조쉬 홉킨스는 2년 전인 2015년에 사망했습니다. 그렇다면 에페타 킬러의 첫 번째 범행이 일어났던 1987년과 리퍼형 범죄가 일어났던 1988년에 조쉬 홉킨스는 20, 21살이었습니다. 당시의 사진을 보면 그는 신장 6피트(약 182cm)에 체중 198파운드(약 90kg) 가량의 험악한 인상의 건장한 젊은이였습니다.」

그 같은 기본 자료는 굳이 서류를 보지 않더라도 모두 잘 알고 있었다. 도축장 노동자였던 부친으로부터 유년 시절부터 학대를 당했었다는 사실도. 그의 왼쪽 뺨에는 칼자국 같은 긴 상흔이 있었는데, 그 역시 부친이 휘두른 벨트에 찢겨 생긴 것이라고 했다.

양부인 조쉬 홉킨스가 죽자 그가 에페타 킬러였다고 고발한 양자 사이먼 홉킨스는 조쉬 홉킨스가 범행을 저지를 때

두건과 박스로 얼굴을 가린 이유도 바로 그 때문이었다고 했다.

그럴 듯한 이야기였다. 그러나 시우의 생각은 달랐다.

「에페타 킬러의 가장 큰 특징 중 하나는 생존자는 있으나 목격자는 한 명도 없다는 점입니다. 심지어 그는 피셔 공원에서 20대 남녀를 총격 살해한 세 번째 범행 후 입구에서 경찰과 마주쳤는데도 무사했다며 경찰의 무능을 조롱하는 두 번째 편지를 보냈었습니다.」

매기가 반론을 제기했다.

「그건 에페타 킬러가 경찰을 조롱하고 자신의 능력을 과시하기 위해서 지어낸 거짓말이라고 보는 게 맞지 않나요? 당시 공원 주변에 있었던 경찰과 출동했던 요원들을 모두 강도 높게 조사했지만, 주변에서 용의자로 의심될 만한 사람을 봤다는 사람은 단 한 명도 없었으니까요.」

시우가 매기를 돌아보았다.

「그들의 진술, 조사 결과가 사실이라고는 어떻게 확신하죠?」

「하! 그럼 박사는 경찰과 수사관들이 실수를 은폐하기 위해서 사실과 조사 결과를 조작했을 수도 있다, 이겁니까?」

「가능성을 완전히 배제할 수는 없죠.」

「이봐요! 우리를 어떻게 보고…….」

시우가 고개를 옆으로 살짝 기울이고 매기를 가만히 쳐다보았다. 무표정한 얼굴에 칼처럼 날카롭게 빛나는 눈빛이 저를 향하자 발끈했던 매기는 저도 모르게 움찔했다. 시우의 굵고 시니컬한 음성이 낮게 흘러나왔다.

「FBI나 경찰, 검찰 등이 언론과 여론의 비난을 피하기 위해서 사실을 은폐하고 조작한 적이 없는 것도 아니지 않습니까. 오히려 꽤 많죠. 심지어 마약, 살해 등 강력 범죄에 직접 가담한 케이스도 많고요. 내가 아는 사례만 해도…….」

「흠흠!」

호정이 또 크게 헛기침을 했다. 재빨리 그만하라는 눈짓을 보냈다. 그녀를 힐끗 돌아본 시우가 휙 돌아섰다.

「하지만 당시 조사 보고서를 모두 분석해 본 결과 의심할 만한 점은 발견되지 않았습니다. FBI와 샌프란시스코 경찰청이 각각 두 달에 걸쳐 강도 높은 조사를 진행했고, 여러 번에 걸친 복수의 진술들도 모두 일치했으니까.」

매기가 거 보라는 듯 코웃음 치며 팔짱을 꼈다. 시우가 고개를 휙 돌려 매기를 매서운 눈빛으로 일별했다.

「하지만 그것이 에페타 킬러의 말이 거짓이었다고 단정할 만한 근거는 되지 못합니다. 그는 편지와 암호문 두 군데에 모두 그 일을 언급했고, 특히 편지에는 당시 출동하던 경찰들의 모습을 보다 구체적으로 언급하고 있으니까요.」

시우의 한쪽 눈썹이 힐끗 올라갔다.

「그 자리에 없었다면 절대로 알 수 없었을 일들이죠. 범행 직후 총성에 달려온 경찰 수가 너무 많아서 놀랐다던가, 끔찍하다고 하면서도 구경을 하려 몰려든 사람들의 이중성을 비난하는 부분에서 언급된 표정이나 눈빛 등이 상당히 구체적입니다. 특히 이 부분.」

시우가 편지의 한 부분에 붉은 밑줄을 그었다. 영문으로 쓰인 편지에는 이런 문구가 적혀 있었다.

그들의 눈빛은 피에 굶주린 늑대 같았다.
그것이 인간의 본성이다.
선한 가면 뒤에 감춰져 있는 추악하고 잔인한 본성.
내가 말했지, 인간은 가장 위험한 동물이라고.
현장을 통제하느라 긴장한 경찰들이 불쌍해 보일 지경이었다.
슬픈 피에로.
도넛이나 팔지 그래.

「사람들은 이 문구를 매일 도넛에 식은 커피를 달고 사는 경찰관의 모습에 빗댄 거라고만 생각했습니다.」

「아닌가요?」

시우는 아주 오래된 지역 신문의 한 면을 출력한 종이를 보드에 붙였다. 다들 고개를 갸웃거렸다. 그것은 기사도 아니고 그 지역에 새로 오픈한 상점이나 세일 기간 혹은 잃어버린 강아지를 찾는다는 등의 지극히 개인적이고 소소한 광고들이었다. 광고라기보다는 동네 소식지에 가까워 보였다.

특이할 점이라면, 신문 발행 일자가 1988년 12월 19일. 공원 총격 살인 사건이 벌어진 이틀 후라는 점이었다.

매기가 혼잣말로 중얼거렸다.

「저건 또 어디에 있던 자료야.」

「VICAP. 써 보니까 나름 유용한 프로그램이더군요. 에페타 킬러가 편지와 암호문을 보냈던 신문사의 신문들 뿐만 아니라 단신으로라도 아주 작은 신문사의 신문까지도 보도 당일의 신문을 모두 데이터화시켜 놨으니까요.」

「그 많은 걸 일일이 다 확인해 봤다는 건가요? 어떤 단서가 어디에, 어떤 식으로 있을지도 모르는데? 그럼 키워드로 검색할 수도 없었을 거 아니에요.」

시우는 대수롭지 않다는 식으로 어깨를 으쓱거렸다.

「원래 컴퓨터는 인간의 보조 수단일 뿐입니다. 아무리 혁신적으로 개발된 AI라고 할지라도 인간이 만든 알고리즘 내에서만 기능할 수 있고, 인간이 특정 값이나, 명령어를 입력해 주지 않으면 어떤 연산이나 서치도 할 수 없죠.」

「그야 그렇지만 아무리 그래도…… 말도 안 돼.」

「저번에도 한 번 말한 것 같은데. 당신들한테는 말도 안 되는 일이겠지만 나한테는 가능한 일입니다.」

사람들의 입이 다시 떡 벌어졌다. 틈만 나면 느닷없이 터져 나오는 시우의 잘난 척에 호정은 얼굴을 감싸고 고개를 푹 숙였다. 그가 잘난 척하는 게 아니라 사실을 말하는 것뿐이라는 건 그녀도 잘 안다. 하지만 얼굴색 하나 변하지 않고 저런 말을 하는 시우를 볼 때마다 호정은 왠지 자신이 더 쑥스러워지고는 했다.

나 같으면 누가 옆에서 대신 저렇게 말해 준다고 해도 쑥스러워서 하지 말라고 말릴 것 같은데.

저럴 때 보면 이시우도 참, 연구 대상이다.

톡톡.

시우가 넋을 놓고 있는 사람들의 주의를 환기시키기 위해 보드를 손가락으로 가볍게 쳤다.

「모두 여길 보시죠.」

국장 이하 팀원들이 떨떠름한 표정으로 그를 바라보았다.

「나 말고 여기.」

그제야 사람들의 관심이 다시 신문 한 면을 출력한 종이로 향했다. 눈을 부릅뜨고 거기에 실려 있는 빼곡한 광고들을 살폈다. 그런데 광고 수도 많고 3단 박스 안에 들어 있는 깨알 같은 글자 수가 많기는 또 얼마나 많은지, 한 번에 쭉 읽어 확인하기가 쉽지 않았다.

헨리가 눈을 비비며 손을 내저었다.

「뭘 보라는 거요? 박사가 그냥 빨리 말해요.」

시우가 하단부의 작은 박스 광고 하나를 손끝으로 가리켰다. 건조한 어조로 광고 문구를 보지도 않고 술술 읊었다.

세상에서 가장 맛있고 달콤한 앤디's 도넛 오픈. 12월 17일. 오픈 기념으로 슬픈 피에로 앤디가 직접 도넛을 나눠 줍니다. 기회는 17일~19일까지 단 이틀, PM 6시부터 PM 10시까지. 앤디도 만나고 직접 만든 도넛을 맛보고 싶은 사람은 피셔 공원 입구 맞은편에 있는 앤디's 도넛으로 오세요.

사람들의 눈이 휘둥그레졌다.

「오픈 행사일이 사건 당일이잖아.」

「사건이 21시 40분경에 발생했으니 시간대도 일치해요.」

「게다가 저 가게 마스코트가 바로 슬픈 피에로야.」

「그럼 사건 당일, 그 시간대에 공원 입구의 가게에서 누군가가 슬픈 피에로 분장을 하고 도넛을 나눠 줬다는 얘기잖아. 아까 박사가 편지에 밑줄 친 문구가 바로 '슬픈 피에로, 도넛이나 팔지 그래'였고. 그렇다면…….」

국장이 요원들의 추론에 마침표를 찍었다.

「에페타 킬러가 진짜 사건 현장에 있었군. 뿐만 아니라 구경하러 모여든 사람들과 함께 현장을 수습하고 통제하는 경찰들을 모두 지켜봤어. 자신을 앞에 두고도 잡기는커녕 알아채지도 못하는 경찰들을 바로 앞에서 도넛을 나눠 주고 있던 슬픈 피에로에 빗대 조롱하면서 말이지.」

요원들의 얼굴이 서서히 일그러졌다. 그들의 머리 위로 시우의 냉랭한 음성이 울려 퍼졌다.

「자, 그럼 좀 더 구체적으로 들어가 보겠습니다. 당시의 수사 보고서, 기사, 신문 광고. 그 모든 것을 종합해 볼 때, 내가 분석한 당시 상황은 이렇습니다.」

시우는 마치 옆에서 모든 것을 지켜본 듯 당시 상황을 생생하게 이야기하기 시작했다.

6장

1988년 12월 17일 밤 9시 20분 경.

연인 사이인 체이스와 헤이든은 저녁 식사 후 근처에 있는 피셔 공원으로 산책을 갔다. 사귄 지 두 달 밖에 안 된 젊은 연인은 남들의 눈을 피해 사랑을 속삭일 수 있는 으슥한 장소를 찾아 공원을 배회했다.

10여 분을 돌아다닌 끝에 마침내 적당한 장소를 찾았다. 비탈길 아래에 위치한 벤치는 가로등도 멀리 떨어져 있어 으슥했고, 겨울이라서 그런지 오가는 사람도 거의 없었다. 누군가 지나간다고 해도 주변의 나무에 가려 보이지 않을 것 같았다.

두 사람은 주변을 한 번 살피고는 서둘러 비탈길을 내려갔다.

「와, 여기 분위기 진짜 끝내준다. 숲 속에 우리 둘만 있는 것 같아.」

「거봐, 내가 뭐라고 그랬어. 네 마음에 쏙 들 거라고 했
지?」

「응, 완전 좋아.」

「안 추워?」

「조금. 그래도 좋아. 으응, 잠깐만.」

헤이든은 로맨틱한 분위기를 좀 더 즐기고 싶었다. 하지
만 체이스가 가만 내버려 두지 않았다. 그녀의 자랑인 풍성
한 금발을 어루만지며 뜨겁게 응시하다가 목덜미를 파고들
며 입을 맞춰 왔다.

차가운 살갗에 닿는 뜨거운 입술과 숨결에 찌르르 전율이
흘렀다. 그가 예민한 귀와 여린 목덜미를 핥을 때마다 가쁜
숨이 학학, 터져 나왔다. 잠시 그의 어깨를 밀어내던 헤이든
도 금세 달아올라 체이스의 목을 끌어안았다.

「하아, 체이스…….」

커다란 손이 외투 속을 파고드나 싶더니, 금세 니트 안으
로 밀려 들어왔다. 커다란 손이 그녀의 풍만한 가슴을 와락
움켜잡았다. 터뜨릴 듯 세게 주무르는 그의 손길에서 사나운
욕망이 읽혔다.

야외에서 섹스를 해 보는 건 처음이라서 그런가. 두 사람
모두 평소보다 엄청 흥분했다. 헤이든이 손을 뻗어 그의 중
심을 확인했다. 확실히 평소보다 엄청 커져 있었다.

체이스도 재빨리 그녀의 짧은 치마 속으로 손을 집어넣었
다. 추운 날씨에도 미니스커트와 가터벨트를 고집하는 그녀

의 취향이 무척 고마운 순간이었다.

추운 날씨 탓에 허벅지 안쪽은 차갑게 얼어 있었다. 그러나 이미 촉촉하게 젖어 있는 팬티의 중심부는 기분 좋을 만큼 따뜻했다. 체이스는 재빨리 팬티를 옆으로 젖히고 차가운 손가락을 집어넣었다.

「아웅! 차, 차가워!」

「차가워? 난 너무 좋은데. 하아, 하아. 조금만 참아 봐. 네 안이 뜨거워서 내 손도 금방 뜨거워질 거야.」

「으응, 아, 아! 그래, 거기! 아, 체이스, 너무 좋아.」

헤이든이 허리를 야하게 흔들며 교성을 질렀다. 체이스가 얼른 그녀의 입을 막았다.

「쉿! 조용히 해. 들키면 어쩌려고 그래.」

「모, 못 참겠으니까 그렇지. 안 되겠어.」

「뭘?」

「그냥 빨리 하자. 더 이상은 못 참겠어.」

씨익, 미소 지은 체이스가 기다렸다는 듯이 얼른 손을 빼고 팬티와 함께 바지를 내렸다. 차가운 벤치에 맨 엉덩이를 대고 자리를 잡았다. 그사이 헤이든은 재빨리 팬티를 벗어 외투 주머니에 쑤셔 넣었다.

서로를 음탕하게 바라보며 헤이든이 체이스의 허벅지를 타고 위로 올라갔다. 젊은 연인은 겁도, 조심성도 없었다. 당장의 욕망만이 중요할 뿐이었다.

헤이든이 그의 중심을 잡고 엉덩이를 내리려던 순간이었다.

스스스슥, 부스럭.

처음에는 바람에 쓸리는 수풀 소리인 줄 알았다. 헤이든은 소리 따위는 무시하고 엉덩이를 내렸다.

「아흑!」

몸을 깊숙이 관통하는 아찔한 쾌감에 헤이든은 목을 뒤로 젖히고 교성을 내질렀다.

그때였다.

한 발의 총성이 울린 것은.

탕!

소스라치게 놀란 체이스는 총성이 들려온 뒤쪽을 휙, 돌아보았다. 그리고 0.2초쯤 늦게 깨달았다. 총성과 함께 뜨거운 무언가가 자신의 얼굴을 확! 튀듯이 덮쳤다는 것을.

그 순간 본능적으로 깨달았다.

자신의 얼굴을 덮친 뜨겁고 축축한 것이 바로 헤이든의 피라는 것을!

삽시간에 굳어 버린 체이스는 헤이든을 돌아보려고 했다. 그러나 수풀 속에 우뚝 서 있는 검은 그림자가 그보다 한 발더 빨랐다.

탕!

또 한 발의 총성이 공원에 울려 퍼졌다.

「컥!」

단발마의 비명조차 지르지 못한 헤이든과 달리 체이스의 입에서는 짧은 비명이나마 작게 터져 나왔다.

내가 왜……?

충격과 공포로 부릅떠진 체이스의 눈동자가 삐걱거리며 앞쪽으로 움직였다. 부릅뜬 눈처럼 입을 크게 벌린 채 굳어 있는 헤이든의 얼굴이 보였다. 이마 정중앙의 점에서는 시꺼 먼 액체가 쉼 없이 꿀럭, 꿀럭 흘러나오고 있었다.

「헤……이…….」

체이스는 연인의 이름을 끝까지 부르지 못했다. 관자놀이 를 관통당한 그의 얼굴에서도 끊임없이 피가 흘러나오고 있 었다. 그 붉은 얼굴이 앞으로 꼬꾸라졌다. 동시에 그의 품에 안겨 있던 헤이든도 뻣뻣하게 뒤로 넘어갔다.

쿵!

두 사람은 두 눈을 부릅뜬 채 차가운 바닥으로 엎어졌다.

꺄아악!

토요일 밤에 울려 퍼진 난데없는 총성에 여기저기서 비명 소리가 들려왔다. 혼비백산해서 허겁지겁 도망치는 발소리 도 어지러이 들려왔다.

그제야 수풀 뒤에 우두커니 서 있던 검은 그림자도 천천히 움직였다. 자신이 죽인 젊은 연인을 흘깃 쳐다보고는 천천 히.

그것으로 끝이었다.

검은 그림자는 총을 은밀한 곳에 숨기고 겁에 질려 도망치 는 사람들 속에 섞여 공원을 빠져나왔다. 에페타 킬러 때문 에 비상이 걸린 탓인지, 경찰들은 예상보다 빨리 달려왔다. 검은 그림자도 허겁지겁 달려온 경찰들과 몇 번 마주쳤다. 그러나 그는 무사했다. 아무런 의심도 받지 않았다.

경찰들이 확신하고 있는 에페타 킬러의 인상착의와 전혀 일치하지 않았기 때문이었다. 그는 10대 후반에서 30대 초반의 백인 남성도 아니었다.

어쩌면 그는 사람을 총으로 쏴 죽이는 살인자라고는 도저히 생각할 수 없는 외모를 가지고 있는지도 몰랐다.

덕분에 검은 그림자는 유유히 공원을 빠져나와 모여든 사람들과 함께 현장을 통제하는 경찰들을 구경했다. 그들이 찾는 범인을 바로 앞에 두고도 알아채지 못하는 멍청한 경찰들을 비웃으면서. 추악한 내면을 선한 가면으로 감추고 피 냄새를 쫓아 몰려든 구경꾼들을 경멸하면서.

블랙 코미디 같았다.

때마침 슬픈 피에로도 저 앞에 있었다.

그는 절묘한 그 광경을 느긋하게 즐겼다.

머릿속으로는 경찰과 사람들을 조롱하고 경멸할 근사한 암호문을 떠올리면서.

어쩌면 다음 범행을 계획하고 있었을지도 모르겠다.

※

시우의 말이 끝나고도 사무실은 한동안 무거운 침묵에 가라앉아 있었다. 시우가 국장이 앉아 있는 테이블로 또 하나의 두꺼운 서류철을 툭 던졌다.

「그건 당시 수사관들의 사건 보고서입니다. 현장에 몰려든 사람들 중에서 조금이라도 의심 가는 사람들은 다 조사했더군요. 심지어 60대 노인까지도요. 하지만 그중에 조쉬 홉킨스라는 이름은 없었습니다. 당연하죠. 그는 그 자리에 없었으니까요.」

시우는 잠시 틈을 줬다가 다시 말을 이어 나갔다.

「여기서 우리는 두 가지 사실을 알 수 있습니다. 첫째, 조쉬 홉킨스는 그 현장에 없었다. 하지만 에페타 킬러는 현장에 있었다. 고로 조쉬 홉킨스는 에페타 킬러가 아니다. 둘째, 에페타 킬러의 인상착의는 지금껏 알려져 있는 것과는 전혀 다른 인물일 가능성이 높다.」

흠흠. 헨리가 가라앉은 목소리를 풀고 물었다.

「조사 명단 중에 있는 한 사람이 에페타 킬러일 가능성은?」

「조사받은 인원은 총 74명. 참고로 당시 경찰들은 무능했을지는 몰라도 최소한 부지런하긴 했습니다. 그 74명에 대해서 첫 번째, 두 번째 범행이 일어났던 날의 알리바이를 모두 조사했으니까. 하지만 안타깝게도 74명 모두 양일 혹은 양일 중 하루의 알리바이가 모두 있었습니다.」

찰리가 심각한 표정으로 말했다.

「그럼 범인이 백인이 아닐 수도 있다는 건가. 그럼 나이도 우리가 생각했던 것보다 훨씬 어릴 수도 있겠네.」

매기가 단호하게 고개를 가로저었다.

「그건 아니지. 그럼 당시 범인 나이가 10대 중반까지도 내려갈 수 있다는 건데, 그게 말이 된다고 생각해? 언론을 이용한 대범한 협박, 증거를 남기지 않는 치밀한 살인. 녀석이

174

워낙 타고난 살인마에 사이코패스라서 가능했다고 쳐. 하지만 암호문을 고려하면 그렇게 어린놈은 절대로 아니야. 편지 필체도 어린아이의 필체가 아니었고, 전화 목소리도 어른 목소리였다고.」

매기가 다시 단정적으로 말했다.

「그러니까 인종에 대한 프로파일링만 수정하면 돼. 당시에는 동양인이 그리 많지 않았으니까 10대 후반에서 30대 후반까지의 흑인 혹은 히스패닉 계의 남자로. 젠장. 그러고 보니까 범위가 좁혀진 게 아니라 더 넓어지기만 했네.」

시우가 무심하게 말을 툭 던졌다.

「여성은 왜 제외시킵니까? 백인이 아니라서 흑인이나 히스패닉계로 프로파일링을 수정한다면, 똑같은 논리로 남성이 아니라 여성일 수도 있는 건데 말입니다.」

「네?」

다들 깜짝 놀라 시우를 쳐다보았다. 하지만 곧 자리에 있던 사람들이 즉시 고개를 가로저었다. 찰리도 말도 안 된다는 듯이 코웃음을 쳤다.

「그건 불가능해요. 최초에 걸려 온 전화 목소리도 그렇고, 생존자들도 녀석은 분명히 남자였다고 했으니까요.」

「전화 목소리는 기계로도 충분히 변조시킬 수 있습니다. 톤이 낮고 굵은 여성이라면 얼마든지 가능하죠.」

「그럼 생존자 증언은요? 설마 그것도 조작 가능성이 있다고 의심하는 건 아니겠죠?」

「에페타 킬러의 생존자는 단 세 명입니다. 한 명은 리퍼형

175

의 네 번째 범행에서 살아남은 래리 클락이고, 다른 두 명은 에페타 킬러의 최초이자 마지막 납치 미수 사건으로 기록된 여섯 번째 범행에서 탈출한 미쉘 테이튼 모녀입니다.」

「그래서 어떻다는 겁니까? 특히 미쉘 테이튼 모녀는 에페타 킬러의 얼굴을 직접 본 유일한 증인이었어요. 덕분에 그 유명한 몽타주가 나올 수 있었던 거고요.」

찰리의 말을 헨리가 받았다.

「그런데 그 몽타주가 이든 리 알랜과 거의 흡사했지. 이든 리 알랜이 에페타 킬러라는 증거는 그의 유품 어디에서도 발견되지 않았지만.」

의심되는 증거는 많은데 필적 감정, 유전자 검사, 총의 강선 감식. 심지어 이전 범행일의 알리바이까지 일치하는 부분이 하나도 없었다.

「그래서 FBI 내부에서도 이든 리 알랜은 에페타 킬러가 아니라는 결론을 내렸던 거야. 그가 에페타 킬러의 추종자로 미쉘 테이튼 모녀를 납치했던 범인이었을 가능성만 열어 둔 채로.」

헨리의 말이 끝나기를 기다려 호정이 조심스럽게 말했다.

「그럼 미쉘 테이튼의 진술을 토대로 그려진 몽타주는 에페타 킬러의 추종자였던 이든 리 알랜이었을 가능성이 높은 거군요. 그렇다면 에페타 킬러의 얼굴을 직접 본 사람은 지금껏 아무도 없다는 거네요.」

시우가 자기 대신 결론을 내려 준 호정을 향해 씨익 미소 지었다. 호정도 둘만 통하는 미소를 지어 보냈다.

시우는 다시 입을 열었다.

「그럼 이쯤에서 두 가지만 결론을 내리겠습니다. 첫째, 조쉬 홉킨스는 에페타 킬러가 아닙니다. 이든 리 알랜도 마찬가지고요. 그 두 명은 에페타 킬러의 추종자였을 뿐입니다.」

「그렇다면…….」

「조쉬 홉킨스는 1989년 3월 16일 나라 카운티에서 데이트 중이던 타라 테임즈와 래리 클락을 공격해 각각 칼로 6~7회 난자해 타라 테임즈를 사망케 한 범인은 맞을 겁니다. 하지만 에페타 킬러는 아닙니다. 그 이유는 지금까지 말했으니까 반복할 필요는 없겠죠?」

시우는 잠시 틈을 주고 말을 이었다.

「조쉬 홉킨스는 에페타 킬러의 이름을 빌려 오랜 시간 자신 안에 웅크리고 있던 분노, 살인에 대한 환상과 욕구를 실현했습니다. 그런데 환상과 현실이 너무 달랐죠. 사람을 직접 찔러 죽인다는 것은 쉽지 않은 일이니까.」

찰리가 마지못해 동의하듯 입술을 비죽이며 말했다.

「그런데 설상가상으로 래리 클락은 구사일생으로 살아났죠.」

「많이 당황했을 겁니다. 그리고 공포에 휩싸였겠죠. 아무리 두건과 박스로 얼굴을 가리고 있었다고 해도 래리 클락이 자신의 얼굴을 봤으면 어떡하나. 매일 두려움에 떨었을 겁니다.」

시우의 입가에 서늘한 미소가 걸렸다.

「그래서 바로 자신의 환상을 충족시켜 주던 에페타 킬러에 대한 자료와 범행 도구 일체를 깊숙이 숨깁니다. 그리고 숨죽여 살죠. 아마 가끔씩은 아무도 몰래 그것들을 열어 보고 만져 봤을 겁니다. 사람의 살과 뼈, 장기를 뚫고 칼이 박히던 순간의 무섭고도 짜릿했던 감각을 곱씹으면서 말이죠.」

시우는 단호히 고개를 가로저었다.

「하지만 그것으로 끝이었습니다. 더 이상의 범행은 저지르지 못했습니다. 생존자가 있음에도 잡히지 않는 것에 감사하며 단 한 번의 살인 행각에 만족하며 살았습니다. 가끔 자신이 에페타 킬러가 된 것처럼 그의 암호문과 편지를 필사하고, 범행 때 입었던 옷과 칼을 만져 보면서 그 외의 시간에는 자신이 당했던 대로 만만한 양자나 학대하고 폭행하면서 말입니다.」

이번에는 국장이 직접 반론을 제기했다.

「하지만 에페타 킬러는 세 번째 편지에서 자신이 나라 카운티의 범행을 저질렀다고 했어요. 그건 어떻게 설명할 겁니까?」

「트릭이었습니다. 수사에 혼선을 주기 위한 트릭. 아까 봤듯이 내가 해독한 것에 따르면, 세 번째 편지와 함께 온 암호문에는 '거짓말'이라는 단어가 처음으로 등장합니다. 그리고 이런 문구도 있었죠.」

시우는 자신이 해독한 문구를 보지도 않고 천천히 읊었다.

「동물에게도 금기는 있다. 그러나 인간에게는 없다. 인간은 추악하고 더럽고 야비하며 멍청하다. 나는 그것들을 죽였고, 또 다른 그것들은 나의 제사를 모욕했다. 하지만 그것들의 잘못은 눈감아 주겠다. 그것들의 모욕이 인간의 추함과 야비함을 증명하고 너희의 멍청함을 더욱 증명해 주니까. 내가 한 약간의 거짓말을 탓하지 마라. 너희가 멍청한 탓이니까.」

그리고 바로 말을 이었다.

「에페타 킬러에게 살인은 신성한 행위입니다. 제사에 쓰일 제물을 수집하는 과정이니까. 그런데 누군가 자신의 신성한 행위에 끼어듭니다. 그것도 자신의 이름으로요. 화가 나죠. 하지만 용서하기로 합니다. 왜? 그런 자들이 많아질수록 자신은 안전해지니까요. 그래서 편지에 그 범행 역시 자신이 한 거라는 거짓말을 늘어놓은 겁니다.」

「그래야 그런 자들이 하나에서 둘, 셋으로 늘어날 테니까?」

「맞습니다. 그 후로 에페타 킬러는 편지를 철저하게 이용합니다. 사회적인 혼란과 공포를 조장하고, 추종자와 모방범들을 양산하며 수사에 혼선을 빗게 할 용도로요. 대표적인 것이 조쉬 홉킨스와 이든 리 알랜의 범행을 자신이 한 거라고 시인한 겁니다. 마지막 편지에서는 스쿨버스에 폭탄을 설치해서 버스에서 내리는 아이들을 차례대로 죽이겠다는 거짓 협박까지 했죠.」

매기가 인상을 찌푸리고 말했다.

「그 협박이 거짓이었던 게 천만다행이긴 했죠. 미친 새끼. 어디 협박할 게 없어서 어린아이들을 대상으로…….」

「대신 그는 암호문에서만은 그것들이 거짓이라는 것을 분명하게 해 둡니다. 왜 그랬을까요? 이유는 간단합니다. 그래 봐야 FBI는 자신의 암호문을 풀지 못하거든요.」

「젠장.」

헨리가 낮은 욕설을 뱉었다.

「그럼 이제 어떻게 되는 거야. 겨우 혈흔 개별 분리에 성 공해서 DNA 검사만 남았다고 좋아했더니.」

시우의 시선이 스윽, 헨리에게 향했다.

「래리 클락의 유전자가 검출되긴 할 겁니다. 하지만…….」

「그렇다고 조쉬 홉킨스가 에페타 킬러라는 증거는 아니 다, 이거잖소. 알아. 나도 그 정도는 알아먹는다고.」

헨리가 눈을 아래위로 치뜨며 시우를 쏘아보았다. 시우는 그럼 다행이라는 듯 어깨를 으쓱했다.

「자, 그럼 이제 두 번째 결론으로 넘어가겠습니다. 에페타 킬러는 10대 후반에서 30대 후반까지의 흑인이나 히스패닉 계의 남성 혹은 여성이었습니다. 그렇다면 지금은 40대 후반 에서 60대가 됐겠군요. 살아 있다면 말입니다.」

모두 동의한다는 듯 고개를 끄덕였다. 시우의 말은 계속 이어졌다.

「또한 에페타 킬러는 10대 후반 혹은 20대 초반에 사랑하 는 사람을 잃은 경험이 있었을 겁니다. 그는 원래 대인 관계 나 이성 관계가 원만한 사람이 아니었습니다. 때문에 사랑하 는 사람은 절대적인 존재였을 겁니다. 그런데 어이없이 잃은 겁니다. 아마 그 원인은 그 또래의 젊은 백인 커플이었을 겁 니다. 그래서 그는 그들을 증오합니다.」

찰리가 당연하다는 투로 말했다.

「그래서 분풀이 대용으로 커플들을 쏴 죽이는 거고요.」

「야외에서 행해지는 그들의 애정 행각은 에페타 킬러의 분노를 자극합니다. 잊고 싶은 기억을 상기시키기 때문일 겁니다. 혹은 자신에게 고통과 절망을 줬던 누군가를 떠올리게 하기 때문일 수도 있습니다.」

「그래서…….」

호정이 마른침을 삼키며 말했다.

「그들을 제물로 삼아 잃어버린 사랑에 바치는 거군요. 죽은 연인을 위해서.」

「정확하게 말하자면 '죽임을 당한'이라고 해야겠지. 자연사는 절대로 아닐 테니까.」

「그럼 에페타 킬러의 연인이 젊은 백인 커플한테 살해당했다는 거야?」

「그럴 확률이 높아. 사고사로 죽었다고 하더라도 그들로 인한 사고일 개연성이 크고.」

헨리가 턱을 매만지며 말했다.

「그럼 당시 샌프란시스코 지역에서 사고사든 살해든 젊은 백인 커플로 인해 발생한 인명 사망 사건이 있었는지부터 다시 확인해 봐야겠군. 하, 그래도 범위가 너무 넓은데.」

혹시나 하는 눈빛으로 시우를 쳐다보았다.

「혹시 박사가 그것도 벌써 다 확인해…….」

시우는 무슨 이유에선지 헨리의 말을 무시했다. 자신이 할 말만을 이어 나갔다.

「내 분석에 의하면 가해자 측 커플의 여자는 금발이었을 겁니다.」

찰리가 고개를 가로저으며 떨떠름하게 말했다.

「커플 피해자 여성 중 금발이었던 케이스는 몇 건 없어요. 초기 사건에만 조금 있었지, 전체 사건을 두고 보면 갈색 비율이 훨씬 높다고요.」

「전체 사건은 의미가 없습니다. 의미 있는 사건들은 모두 초기에 벌어졌으니까.」

「전체 사건은 의미가 없다고요?」

「지역 범위도 샌프란시스코 외의 지역으로 확대 조사해야 합니다.」

「네?」

「이유는 잠시 후에 설명하죠. 일단 에페타 킬러의 기본적인 프로파일링부터 마저 끝내고요.」

시우는 주변을 다시 환기시켰다.

「모두 알다시피 에페타 킬러는 기호학과 암호학에 조예가 깊은 고학력자 혹은 선천적인 천재일 겁니다. 그는 머리가 뛰어나고 치밀하며 매우 침착합니다. 가슴속에는 커다란 분노를 품고 있지만 겉으로는 화도 거의 내지 않죠. 외모도 선한 인상에 얌전하고 나약해 보이는 모범생 타입일 겁니다. 그래서 만약 그를 아는 주변인들한테 물어보면 개미 한 마리도 죽이지 못할 사람이라고들 말할 겁니다.」

매기가 절도 있게 오른손을 척, 들었다.

「우리는 그놈의 직업군을 대학생이나 대학원생 혹은 출판

사나 도서관에서 근무하는 사람일 거라고 예상했었습니다. 박사의 생각도 같습니까?」

「나는 그중에 대학생 또는 대학원생 쪽에 무게를 두고 있습니다.」

「이유는요?」

「내가 에페타 킬러의 범행이라고 확신하고 있는 사건들 모두 샌프란시스코 외곽 지역에서 발생했습니다.」

「완전 동서남북을 가리지 않고 종횡 무진했죠.」

「하지만 CCTV가 설치되지 않은 외곽이라는 공통점이 있었습니다. 요일은 주로 토요일, 시간대는 저녁 7시도 안 된 초저녁부터 늦은 새벽까지. 범인은 샌프란시스코에 거주하는 인물로 직업은 대학생이나 대학원생이며 여성 혹은 흑인 내지 히스패닉계의 남성입니다. 또한 범인은 눈에 띄지 않는 외모에 평범한 차량을 소유하고 있습니다.」

찰리가 또 고개를 갸웃거렸다.

「박사가 한 가지 간과하고 있는 사실이 하나 있어요. 당시 수사 보고서를 보면 샌프란시스코 내에 위치한 모든 대학과 대학원에 재학 중인 학생들을 모두 조사했다고 나와 있어요. 그런데 용의 선상에 올릴 만한 인물은 한 명도 없었습니다.」

「당연합니다. 백인 남성에 국한해서 조사했으니까.」

찰리가 머쓱한 표정으로 입을 다물었다. 시우가 말을 이었다.

「하지만 대상을 확대해서 재조사를 해 봐야 결과는 마찬가지일 겁니다. 그렇게 쉽게 허점을 드러낼 인물이 아니니까. 강의 시간과 스케줄까지 철저하게 관리했을 겁니다.」

에페타 킬러에 대한 시우의 프로파일링이 조금씩 명확해져 갔다.

「무엇보다 그를 기억하는 사람들이 거의 없을 겁니다. 몇 년씩 바로 옆자리에서 같이 강의를 들었어도 기억나지 않는 사람. 그는 철저하게 자기 자신을 감췄습니다. 존재하나 존재하지 않는 그림자 같은 존재였죠.」

찰리가 후, 한숨을 내쉬었다.

「뭐야, 그럼 조사해 봐야 소용없을 거라는 얘기잖아.」

「하지만 운이 좋으면 한두 명은 그를 기억하는 사람이 있을 지도 모릅니다. 그 모든 프로파일링과 일치하는 인물 중에서 유별난 결벽증 때문에 불쾌감을 줬던 사람은 극히 드물 테니까.」

「유별난 결벽증?」

「사실은 병적일 겁니다. 눈에 안 띄기 위해 요령껏 잘 숨기고 살았겠지만. 그가 리퍼형 살인이나 교살, 성폭행을 저지르지 않는 이유도 바로 그 때문입니다. 그는 멀리 떨어져 총으로만 살해하는 것을 고집하죠. 그들의 피나 피부가 자신의 몸에 닿는 것을 싫어하거든요. 피해자 몸이나 주변에 어떤 증거도 발견되지 않은 것 또한 그 이유 때문이었을 겁니다.」

「대신 사격 연습은 무지 열심히 했겠네요. 총으로는 원 샷 원 킬로 끝장을 봤으니까. 그치, 스나이퍼?」

찰리는 제 어깨로 매기의 어깨를 툭 쳤다. 매기는 인상을 팍 쓰고 먼지 털 듯 어깨를 탁탁 털었다.

그들을 가라뜬 속눈썹 밑으로 잠시 바라본 시우가 시선을 거두고 말을 이었다.

「그리고 마지막으로, 에페타 킬러는 한 명이 아닌 두 명일 가능성이 높습니다.」

「네?」

「아니, 그건 또 무슨 소리입니까? 한 명이 아니라 두 명이라니. 공범이 있었다는 말인가요?」

「공범일 수도 있고, 아닐 수도 있습니다.」

「그게 뭡니까. 그런 말은 나도 하겠네.」

「확실한 건 첫 번째 암호문을 만든 사람과 나머지 네 개의 암호문을 만든 사람이 다르다는 겁니다.」

보드를 보며 깊은 생각에 잠겼던 국장이 한숨처럼 말했다.

「그렇군. 한 사람이 만들었다고 하기엔 패턴과 수준이 갑자기 달라지고 높아졌어.」

시우를 쳐다보며 쓰게 미소 지었다.

「박사가 왜 아까 오일러 항등식과 푸앵카레의 추측 예를 들었는지 알겠군요.」

호정이 조심스럽게 의문 하나를 제시했다.

「그럼 실제로 살인을 저지른 사람은 둘 중 누구일까요? 둘이 같이 범행을 저질렀을 가능성은요?」

시우가 답하기 전에 헨리가 먼저 그녀를 돌아보며 입을 열었다.

「범행을 모의하고 암호문을 만든 놈은 두 놈일지 모르지

185

만, 실제로 범행을 저지른 놈은 한 놈일 거요. 현장 어디에서
도 공범을 의심할 만한 정황은 발견되지 않았으니까.」

「그럼 주종 관계일 수도 있겠네요. 고차원의 암호 체계를
만들 만큼 머리가 뛰어난 사람이 계획을 세우고 지시를 내리
면, 첫 번째 암호문을 만든 사람이 밖으로 나가서 범행을 저
지르는 식의 주종 관계 말이에요. 범인이 두 명 이상일 경우
에는 보통 그들 중에 가장 똑똑하고 냉철한 사람이 머리 역
할을 하잖아요.」

헨리가 하하하, 큰소리로 웃었다. 그녀를 향해 찡긋, 윙크
를 했다.

「이제 보니 주호정 씨도 제법이야. FBI에 정식으로 응시해
볼 생각 없어요?」

「말씀은 고맙지만 자격이 안 돼서 그건 어렵겠네요.」

「에이, 하버드대 영문과까지 나온 재원이 왜 자격이 안
돼.」

호정이 깜짝 놀랐다.

「어머, 그건 어떻게 아셨어요?」

「이 박사 책 커버에 주호정 씨 이름도 항상 같이 나오잖아
요. 프로필하고 같이.」

아, 하고 고개를 끄덕인 호정이 속으로 미소 지었다. 이제
보니 헨리 팀장도 시우의 팬인가 보다.

책 커버 안쪽에 인쇄되어 있는 자신의 프로필까지 세세하
게 읽고 기억하고 있을 정도라면 그의 책을 꽤 열심히, 여러
번 봤다는 얘기일 테니까.

호정이 후후, 웃으며 가볍게 대답했다.

「FBI 자격 조건이 외국인도 가능하다는 쪽으로 바뀌면 그때 한 번 생각해 볼게요. 전 한국 사람이거든요.」

「아, 그럼 안 되지. 아쉽네.」

헨리가 진짜 아쉽다는 듯 너스레를 떨었다. 덕분에 심각했던 사람들 얼굴에도 잠시 웃음꽃이 피었다. 그러나 잠시뿐이었다.

국장이 심각한 표정으로 무서운 한숨을 쉬었다.

「점점 더 복잡해지는군. 그렇다면 지금까지의 수사와 전제를 모두 뒤엎고 처음부터 다시 시작해야 한다는 얘긴데 말이야.」

그러자 시우가 국장 앞으로 또 하나의 서류 파일을 던졌다.

「에페타 킬러가 자신이 저지른 범행이라고 주장한 것은 총 서른일곱 건입니다. 그중 수사 당국에 의해서 현재까지 실제 범행으로 밝혀진 것은 총 열한 건입니다, 그중에는 조쉬 홉킨스나 이든 리 알랜의 경우처럼 추종자가 저지른 범행도 포함되어 있었습니다.」

「그럼 이건…….」

「내가 에페타 킬러의 범행으로 추정되는 사건들만 추려 놓은 파일입니다.」

국장이 얼른 파일을 열어 보았다. 미간이 와그작 찌푸려졌다.

「열한 건 중에서 겨우 다섯 건 밖에 되지 않는다고요?」

「내 분석에 의하면 그렇습니다. 에페타 킬러의 마지막 범행은 1989년 9월 20일에 워싱턴 스트리트에서 발생한 폴 스미스라는 택시 기사 살인 사건입니다.」

시우가 찰리를 쳐다보았다.

「아까 내가 에페타 킬러에게 살해 동기를 심어 준 10대 커플 중 여자는 금발일 거라고 했죠? 에페타 킬러 사건이라고 일반적으로 알려져 있는 서른일곱 건의 전체 사건은 의미가 없다고도 했고요. 그 이유가 바로 이겁니다. 에페타 킬러의 범행은 1989년 9월 20일 사건을 시점으로 끝났기 때문이죠. 그 이전의 범행 중 추종자가 저지른 사건을 제외하면 여성 피해자들은 모두 금발이죠.」

입을 꾹 다물고 코를 실룩인 찰리가 다시 반문했다.

「그럼 그 이후에 발생한 사건들은 모두 추종자나 모방범들이 저지른 사건이라는 겁니까? 그렇게 추론하는 근거는 뭐죠? 또 아까 조사 범위를 샌프란시스코 외의 지역으로 확대해야 한다고 했죠? 그 이유는 또 뭡니까?」

「에페타 킬러의 범행 수법과 대상은 확고합니다. 범행 대상은 인적 없는 야외에서 데이트 중인 10대 후반에서 20대 중반까지의 젊은 남녀. 범행 도구는 기록에 없는 루거 9mm 권총, 수법은 근거리에서의 원 샷 원 킬입니다.」

시우의 예리한 시선이 좌중을 훑었다.

「또한 앞서 잠깐 언급한 것처럼 에페타 킬러의 범행으로 확정할 수 있는 범행들은 모두 토요일에 벌어졌습니다. 지금까지 설명했던 두 건의 모방범이나 추정자가 저지른 범행으

로 의심되는 사건은 모두 공교롭게도 목요일, 월요일 평일에
벌어졌습니다.」

찰리가 또 재빨리 반론을 제기했다.

「그렇다면 택시 기사 사건이야말로 에페타 킬러가 저지른
범행이라고 볼 수 없는 것 아닙니까? 가장 중요한 대상이 틀
리잖아요. 그날은 토요일도 아니었고요. 혹시 에페타 킬러의
공범이 저지른 사건이라고 보는 건가요?」

시우의 한쪽 눈썹이 휙 추켜 올라갔다.

「내가 아까 말했을 텐데요. 범행은 모두 한 사람에 의해서
자행됐다고.」

「뭐야, 그럼. 앞뒤가 안 맞잖아.」

「내 분석이 틀리다는 얘깁니까?」

「솔직히 그렇잖아요. 그 사건이야말로 에페타 킬러의 가
장 확실한 사건인데 박사 말대로 하자면 범행 대상이 전혀
안 맞잖아요.」

에페타 킬러는 범행 바로 다음 날, 신문사로 다섯 번째 편
지와 암호문, 거기다가 폴 스미스의 피가 잔뜩 묻어 있는 찢
겨진 셔츠를 동봉해서 보냈다.

때문에 에페타 킬러의 사건 중 그의 범행임이 가장 확실한
사건이 바로 그 사건이었다.

웬일로 시우는 찰리의 지적을 순순히 인정했다.

「일리 있는 지적입니다. 하지만.」

그의 눈빛이 예리하게 변했다.

「내 분석에 의하면 그 사건은 틀림없이 우발적인 범행이

었을 겁니다. 계획에서 완전히 벗어난 살인이었죠. 살인을 하고 본인도 놀라고 당황했을 겁니다. 그리고 절망했을 수도 있습니다.」

호정이 물었다.

「그렇게 추론하는 근거는?」

「에페타 킬러가 피해자의 물건을 직접 보낸 케이스는 처음이자 마지막이었으니까. 그만큼 그 사건이 자신이 저지른 범행이라는 것을 강하게 밝히고 싶었던 거야.」

「왜?」

「다른 사람은 몰라도 본인만은 알고 있었거든, 자신이 편지에 얼마나 많은 거짓말을 썼는지. 때문에 그런 식으로라도 자신이 한 짓이라는 것을 강하게 밝히고 싶었던 거지. 믿어달라고.」

「그러니까 왜 굳이…….」

어느새 두 사람은 서로를 마주 보며 둘이서만 질문과 답을 주고받고 있었다.

「우발적인 범행이었을지라도 일단 살인은 벌어졌어. 그 순간 생각했겠지. 이것이 자신의 명성을 드높여 공포심을 증폭시키고 수사에 혼선을 빗게 할 수 있는 유용한 재료가 될 거라고 말이야. 때문에 굳이 할 필요가 없는 협박까지 한 거야.」

「스쿨버스에 차가 멈춰 설 정도의 폭탄만 설치해서 내리는 학생들을 차례대로 쏴 죽이겠다는 협박 말이지?」

「사람들한테 그만큼 공포스러운 협박은 없거든. 하지만

그건 에페타 킬러의 숱한 거짓말 중 하나였을 뿐이야.」

호정이 고개를 끄덕거렸다.

「그래서 실제로 그 같은 범행은 일어나지 않았던 거구나.」

「사실 에페타 킬러도 그런 짓까지 할 생각은 없었어.」

시우는 '그리고'라며 말을 이었다.

「폴 스미스의 피 묻은 셔츠까지 보내면서까지 그를 자신
이 죽였다고 강하게 어필한 건 어쩌면 나름대로의 배려였을
지도 몰라.」

「배려?」

「그렇게까지 하지 않았다면, 범행의 유사성이 없어서 에
페타 킬러와 무관한 미제 사건으로 남았을 확률이 높거든.
그럼 폴 스미스의 유가족은 그가 누구에게 죽임을 당했는지
영원히 알 수 없었겠지. 그래서 폴 스미스가 누구의 손에 죽
었는지 정도는 알려 준 거야.」

호정은 뒤통수를 한 대 맞은 것 같았다. 잔인한 연쇄 살인
마가 자신이 죽인 피해자의 유가족을 생각해서 자신의 범행
임을 적극적으로 알렸다니. 믿기 힘든 말이었다.

하지만 시우의 분석은 단 한 번도 틀린 적이 없었다. 충분
이 논리적이고 설득력이 있는 분석이기도 했다.

에페타 킬러, 그는 대체 어떤 인간이었을까. 호정은 왠지
더 섬뜩해지는 기분이었다.

두 사람의 문답을 진지하게 듣고 있던 헨리가 입을 열었
다.

「좋아요. 그건 그렇다고 합시다. 그런데 그 사건이 마지막

범행일 거라고 단정하는 이유는 뭡니까? 공범인지 뭔지 다른 녀석이 한 짓이 아니라고 단정하는 이유는 또 뭐고요.」

「그 이후의 범행에서는 에페타 킬러와의 유사성이 전혀 보이지 않기 때문입니다. 다시 한번 말하지만, 칼, 납치, 교살, 성폭행은 그의 타입이 아닙니다. 총기 사건에서도 루거 9mm 권총이 사용된 사례는 있었지만 결정적으로 강선이 달랐습니다.」

사람마다 각기 다른 지문이 있듯이, 총에도 각기 다른 강선이 있다. 강선은 총신 안쪽 탄환이 지나는 구멍 둘레 벽에 새겨진 나선 모양의 홈을 말한다.

총을 쏘게 되면 탄두가 그 나선을 따라 회전을 하면서 탄두에 스크래치 같은 고유의 흔적을 남기게 되는데, 그 탄두에 남는 흔적으로 어느 총에서 발사된 것인지를 알 수가 있었다.

쉽게 말해서 강선은 총의 지문인 셈이었다. 따라서 강선이 다르다는 건 같은 총이 아니라는 증거였다.

찰리가 또 트집 잡듯 반론을 제기했다.

「기록이 남지 않을 만큼 오래된 총이어서 고장이라도 났을지 모르죠. 그래서 할 수 없이 새것으로 바꾼 건지도.」

「그럴 수도 있죠. 그렇다면 그 사건 이후로 더 이상의 편지와 암호문이 없었다는 건 어떻게 설명할 겁니까, 세이린 요원?」

「그건…….」

인상이 구겨진 찰리가 입을 다물었다. 시우가 찰리 대신 자신의 질문에 스스로 답했다.

「그 사건을 끝으로 자신은 완전히 사라지기로 결심했기 때문입니다. 아까 내가 말했죠? 그 사건으로 에페타 킬러가 절망했을 지도 모른다고. 도대체 이 말을 몇 번이나 하는지 모르겠군. 후우.」

헨리의 눈매가 가늘어졌다.

「계획하지 않았던 우발적 살인으로 자신의 신성한 행위가 더럽혀졌다고 생각했다는 건가요? 그래서 절망했고 손을 떼고 완전히 사라지기로 결심했다?」

「연쇄 살인범이 갑자기 살인을 멈추는 이유는 크게 세 가지입니다. 첫째, 다른 범죄로 체포되어 구금되었거나 둘째, 자유로이 운신할 수 없을 만큼 큰 사고를 당했다거나 셋째, 사망한 경우.」

시우가 왼손 검지 하나를 펴 보였다.

「에페타 킬러의 경우에는 이 세 가지 가능성 외에 한 가지 가능성이 더 추가됩니다. 그는 자신의 살인 행위를 제사에 쓰일 제물을 모으는 신성한 행위로 등치시켜 정당화했는데, 우발적인 범행, 즉 신성하지 못한 살인으로 더 이상은 그럴 수가 없게 된 겁니다. 신성함, 정당성 모두를 잃게 된 거죠. 그래서 그동안 모은 여덟 구의 신성한 제물로만 만족하기로 한 겁니다.」

「그럼 박사는 에페타 킬러가 부두교 같은 샤머니즘이나 악마를 숭배하는 종교에 심취한 자라고 생각하는 거요?」

「그럴 수도 있고, 아닐 수도 있습니다. 제사를 지낸다고 해서 모두 부두교나 악마 숭배자는 아니니까요.」

호정이 나지막이 말했다.

「그럼 에페타 킬러는 낙원으로 돌아갔겠네요. 첫 번째 암호문에서 그는 언젠가는 낙원으로 돌아가 제물로 제사를 지내겠다고 했으니까. 더 이상 제물을 모을 수 없는 상황에서 그 다음에 할 수 있는 일은 제사밖에 없잖아요.」

시우가 고개를 끄덕였다.

「어디에 구금되어 있거나 죽지 않았다면 그 가능성이 가장 커.」

국장이 물었다.

「그럼 그곳을 찾을 단서는 찾았나요?」

국장은 재빨리 투명 보드에 붙어 있는 편지와 암호문들을 다시 확인했다.

「네 번째, 다섯 번째 암호문의 해독문은 어디 있습니까?」

「없습니다.」

「해독이 아직 안 된 건가요? 언제쯤 해독이 될 것 같습니까?」

「현재로선 해독이 불가능합니다.」

실망한 듯 국장이 미간을 찌푸렸다.

「이유는?」

「두 번째, 세 번째 암호문은 첫 번째 암호문에 숨어 있던 키를 찾아내어 풀 수 있었지만, 네 번째, 다섯 번째 암호문의 키는 어디서도 찾을 수가 없었거든요.」

국장이 무거운 신음을 흘렸다.

「흐음. 그렇다면 다시 원점이군.」

시우가 국장 앞에 마지막 파일을 툭 던졌다. 스물여섯밖에 되지 않은 새파랗게 젊은 시우가 자신 앞에 파일을 건방지게 툭툭 던질 때마다 국장은 불쾌함이 치밀었지만 애써 꾹꾹 눌러 참았었다.

하지만 참는다고 하는데도 그때마다 미간이 점점 좁아 드는 건 어쩔 수 없었다.

그러나 이번만큼은 달랐다. 불쾌감이 뭔가. 기대감에 눈이 반짝였다. 자신 앞에 파일이 하나둘 더해질 때마다 놀라운 사실들이 속속 밝혀졌기 때문이었다.

국장은 재빨리 파일을 펼쳤다. 그 위로 시니컬한 시우의 음성이 쏟아졌다.

「10, 21, 14, 5, 4, 8, 3은 두 번째, 세 번째 암호문을 풀 수 있는 키였습니다. 첫 번째 암호문에 숨어 있던 힌트였죠. 그 키가 가리키는 것이 뭐였죠?」

헨리가 중얼거렸다.

「83년 6월 4일. 하, 그런데 그걸 어디서 봤더라. 분명히 어디서 많이 본 날짜인데.」

곰곰이 생각하던 그가 손가락을 딱! 부딪쳐 소리를 냈다.

「아, 맞아! 에페타 킬러의 범행과 유사성만 있다고 의심되는 사건 중의 하나!」

보일 듯 말 듯 미소 지은 시우가 국장이 뚫어지게 보고 있는 서류를 턱으로 가리켰다.

「맞습니다. 그건 의심 사례라고만 분류되어 있던 사건들

파일입니다. 그중에 1983년 6월 4일에 발생한 사건이 한 건 있었습니다. 산타바바라 외곽에 위치한 롬폭에서 발생한 사건으로 사람의 왕래가 거의 없는 비치에서 10대 남녀 두 명이 총기로 살해당한 사건입니다.」

헨리가 거 보라는 듯 눈을 반짝였다.

「그래, 바로 그거야. 미확인 사건으로 분류되어 있긴 하지만 나도 그 사건이 범행 도구와 수법, 대상 그리고 미제 사건으로 남아 있다는 점까지 너무 비슷해서 의심스러운 점이 한두 개가 아니었어.」

때문에 과거 수사관들도 현장까지 가서 재수사를 했었다. 하지만 첫 번째 범행보다 4년이나 먼저 발생한데다 샌프란시스코에서 멀리 떨어진 롬폭이라는 소도시에서 발생했다는 점, 그리고 범행에 사용된 총기가 에페타 킬러의 범행에서 사용된 루거 9mm가 아니라 당시엔 흔치 않았던 글록17 자동 권총이었다는 점 때문에 의심 사례로만 분류됐었다.

당시 보안관들은 범인을 그 지역을 여행하던 갱단의 일원이었을 것으로 보았다.

1980년대 초반에는 미국에 정식으로 판매도 되지 않았던 글록17 자동 권총을 소지할 수 있었던 이들은 갱단밖에 없었기 때문이었다.

물론 돈 많은 부자들 중에서도 불법 밀수로 글록17을 소지한 이들이 꽤 많기는 했지만.

이전의 FBI 재수사팀은 현장에 가서도 별다른 소득을 얻지 못하자 사건 당시의 보안관들이 내린 잠정적인 결론을 그대로 내버려 두었다.

매기와 찰리가 동시에 놀란 음성으로 중얼거렸다.

「그런데 암호문에 숨겨져 있던 힌트와 다른 암호문의 키가 그 사건 일자와 정확하게 일치한다면? 그건…….」

시우가 깔끔하게 결론을 내렸다.

「그 사건이 에페타 킬러의 첫 범행이었을 가능성이 매우 높다는 얘기죠. 그리고 1983년 6월 4일도 토요일이었습니다. 공교롭게 88년의 두 번째 범행의 일자와 요일도 일치합니다.」

호정 이하 모든 사람들이 마른침을 삼켰다. 시우의 놀라운 분석은 계속 이어졌다.

「1983년 6월 4일, 토요일에 벌어졌던 10대 남녀 총기 살해 사건. 그 사건은 에페타 킬러에게 매우 의미 깊고 특별한 사건이었을 겁니다. 단순히 첫 번째 살인이었기 때문이 아니라 그 이상의 의미를 지닌 사건이었을 겁니다. 내가 아까 조사 범위를 샌프란시스코 외의 지역으로 확대해야 한다고 했던 이유도 바로 그 때문입니다.」

국장이 천천히 시선을 들어 시우를 바라보았다. 시우가 국장의 눈을 똑바로 응시하며 말했다.

「내 분석이 맞다면 네 번째, 다섯 번째 암호문의 힌트는 그곳에 숨겨져 있을 겁니다. 왜냐면 그곳은 에페타 킬러가 탄생한 출발점이자 그에게는 매우 특별한 장소니까요. 그가 말한 낙원도 아마 그곳일 겁니다. 그가 제사를 지내기 위해 낙원으로 돌아갔다면 역시 그곳일 겁니다. 그곳에 모든 비밀과 힌트가 숨겨져 있습니다.」

　시우의 옅은 갈색 눈동자가 유리알처럼 반짝였다.

「롬폭에 가야 합니다. 내일 아침에 바로.」

7장

"그래서 내일 아침에 바로 출발한다고?"

모처럼 세 식구가 함께 모인 저녁 식사 자리였다. 거기다 딸처럼 아끼는 호정까지 함께였다. 시현은 아들이 에페타 킬러 재수사 팀에 합류했다는 소식을 들었을 때부터 이런 순간이 오기를 바랐다. 모처럼 식구가 모두 모여 함께하는 단란한 순간을.

그런데 야박한 아들은 일에 빠져 이틀이나 얼굴을 보여 주지 않았다. 뭐, 이해는 했다. 예상도 했었고. 원래 그런 아들이니까. 1차 분석이 끝나면 재수사가 완료될 때까지 당분간은 매일 저녁을 함께할 수 있을 테니까.

그런데 내일 아침에 롬폭으로 출발한다니!

섭섭했고 걱정도 됐다. 조사만 하고 온다지만 막상 가 보면 상황이 달라질 수도 있으니까.

199

지난 수십 년, FBI 프로파일러인 정우가 사건을 맡을 때마다 얼마나 가슴을 졸이며 살았는지 모른다. 사격 실력이 형편없어서 현장에서 뛴 기간이 얼마 안 돼 다행이지, 안 그랬으면 진작 피 말라 죽었을 거였다. 그래도 현장에 답이 있다고 툭하면 현장으로 달려가는 통에 사람 속을 어찌나 썩이던지.

이젠 현장에서 완전히 손 떼고 후학 양성에만 힘쓰겠다며 현장 업무를 그만둬 준 덕분에 발 뻗고 살게 된 지 몇 해 되지도 않았다. 그런데 이젠 아들까지 위험한 현장에 나가다니.

이럴 줄 알았으면 보스턴에서 콜드케이스 자문만 하며 지내도록 내버려 둘 걸 그랬다. 시현은 지끈거리는 머리를 부여잡았다.

남편의 마음을 누구보다 잘 아는 정우가 안쓰러운 눈빛으로 시현을 바라보았다. 남편의 커다란 손등을 톡톡 두드리며 달랬다.

정우가 부러 밝은 목소리로 물었다.

"그럼 팀원들도 다 같이 가는 거니?"

시우의 미간이 미세하게 찌푸려졌다.

"쓸데없이 왜 다 같이 가요. 요원 한 명만 같이 가기로 했어요."

"왜?"

"비효율적이니까요. 사람 많으면 일에 방해만 되고 귀찮아요."

그가 무슨 말을 하는지 누구보다 이해하는 정우는 '그건 그렇지' 하며 고개를 끄덕거렸다.

"그럼 누가 같이 가기로 했니?"

"매기 크로닌이요."

"아, 매기."

정우가 고개를 끄덕이자 호정이 물었다.

"잘 아세요?"

"정식 발령 받기 전에 우리 훈련원에서 교육을 받았었으니까 조금은 알지, 아마 2년 쯤 전이었을 거야. 사실 교육생들을 모두 기억하지는 못해. 그런데 매기 크로닌은 확실하게 기억나."

"왜요?"

"사격 실력이 월등한 친구였거든. 군에 있을 때도 스나이퍼였고. 그해 특등 사수 클럽에 가입된 교육생들 중에서 사격 성적이 가장 우수한 친구였어."

"특등 사수 클럽이요?"

"교육생들 중에서 60발을 한 발도 빠짐없이 명중시킨 사람만 가입할 수 있는 클럽이야. 대단한 거지. 그래서 훈련원 1층에 있는 총기고 앞에 특별히 명단도 걸어 주는 거고."

아, 하며 호정은 고개를 끄덕였다. 실은 시우와 자신, 그리고 매기. 그렇게 달랑 셋이서만 가도 정말 괜찮을까, 하는 불안감이 없지 않아 있었다. 그런데 정우의 말을 들으니 안심이 됐다.

"그런데 시우야, 네가 해독한 암호문 말인데……."

정우는 눈을 반짝이며 시우에게 바짝 다가가 앉았다. 시우가 두 번째, 세 번째 암호문을 해독했다는 얘기를 들은 순간부터 실은 그 점이 가장 궁금했었다. 지금까지 참은 것도 오래 버틴 거였다. 묻고 싶은 말이 너무 많았다.

복화화 원칙은 어떻게 찾아냈는지, 공식 대입 순서는, 어떤 시행착오를 몇 번이나 거쳤는지, 그 과정을 통해서 어디서 패턴을 파악해 냈는지 등등 궁금한 것 천지였다.

시우도 기다렸다는 듯이 냉큼 이야기를 시작했다.

"아, 그건 말이죠. 가장 기본적인 비즈네르 암호 패턴으로부터 시작해서……."

국장 이하 팀원들에게 설명하던 것보다 훨씬 복잡한 공식과 전문적인 용어들이 그의 입에서 술술 흘러나왔다. 호정은 혼자 작게 미소 지었다.

아깐 다른 사람들 수준을 생각해서 나름 쉽게 설명했던 거였나 보다. 아줌마와는 그럴 필요가 없으니까 마음 편하게 말하는 거고.

이럴 때 보면 저 복잡하고 심오한 걸 알아낸 후 술술 설명하는 시우도 신기하지만, 저걸 다 알아듣고 재미있어 하는 아줌마가 더 신기하다. 표정이나 눈빛들에서 아주 빛이 난다.

호정과 시현의 시선이 마주쳤다. 시현이 '정말 못 말리는 두 사람이지?' 하는 표정으로 한쪽 눈을 찡긋했다.

"아무래도 밥은 이제 다 먹은 것 같구나. 디저트나 먹을까. 호정아, 디저트로 케이크 어떠니? 버지니아 최고의 수플

레 치즈 케이크가 지금 냉장고에 있는데."

"좋죠. 과일은 제가 깎을게요."

호정이 시현을 따라 얼른 자리에서 일어났다.

두 사람은 다정한 부녀처럼 주방으로 향했다. 호정은 과일을 깎고, 시현은 케이크를 덜어 먹을 접시 등을 준비했다.

Rrrr. Rrrr.

거실에서 전화벨이 울렸다. 정우가 '어, 이 시간에 누구지? 잠깐만' 하며 거실로 가는 발소리가 들렸다.

호정과 시현은 과일과 케이크 등을 챙겨 다이닝 룸으로 갔다. 마침 정우도 무선 전화기로 누군가와 통화하며 다이닝 룸으로 들어오는 중이었다.

"정말? 너무 잘됐다, 얘. ……그럼, 좋지. 하여튼 우리 이사장님이 수고가 너무 많아. ……뭐? 호호호. 그걸 왜 나한테 말해. 재단 이사장님이신 네가 알아서 결정할 일을. 잊지마. 청운복지재단의 이사장은 이제 너라는 거."

누구지? 하고 고개를 갸웃거리던 세 사람이 정우의 마지막 말에 일제히 아, 하며 고개를 끄덕였다. 시현과 호정이 동시에 물었다.

"호석이?"

"오빠요?"

정우가 '응' 하며 고개를 끄덕였다. 그녀의 통화는 조금 더 이어졌다.

"음, 그래. 그것도 좋은 생각이다. 역시 우리 주 이사장 추진력이 최고야. ……어, 이제 곧 안식년이야. ……후후, 알았어. 이번엔 꼭 들어갈게. 안 그래도 데리고 갈 생각이야. 시우는 한국에 갔다 온 지 정말 오래됐잖아. ······글쎄, 그렇게 오래 걸릴 것 같지는 않은데? 벌써 꽤 많이 진척됐거든. ······그럼, 호정이 덕분이지."

정우가 호정을 돌아보며 다정하게 미소 지었다.

"알았어. 이번엔 꼭 데리고 갈게. ······누구? 차 팀장? ······잘됐네. 걱정 말고 오라고 해. 우리 집에 빈 방 많아. ······그래, 그럼. 잠깐만. 호정이 바꿔 줄게."

정우가 호정에게 전화기를 건넸다. 그녀가 얼른 전화를 받았다.

"어, 오빠. ······오빠도 참. 며칠이나 됐다고. 네, 아주 잘 먹고, 잘 자고, 잘 지내고 있습니다."

시우 얘기가 나왔는지 호정이 그를 힐끔 쳐다보며 큭, 웃음을 삼켰다.

"알았어. 전해 줄게."

그녀가 일부러 전화기를 가리지 않고 시우한테 말했다.

"오빠가 너 한 번만 더 아저씨, 아줌마 걱정시키고 애처럼 굴면 그땐 오빠가 직접 올 거니까 알아서 하래."

"뭐?"

시우가 기가 막힌다는 듯 뜨악하게 말했다. 그 목소리를 들은 호석이 전화기 너머에서 호통쳤다.

─그럼, 다 큰 놈이 일도 안 하고 집에만 틀어박혀서 부모님 걱정시키는 게 애지! 그래서 바쁜 누나까지 날아가게 해 놓고선 뭘 잘했다고 큰 소리야! 이시우, 사춘기가 이제야 오

는 거냐! 한 번만 더 그래 봐. 그땐 정말 이 형님이 직접 가서 정신 번쩍 들게 해 주마. 알지? 형 화나면 무서운 거.

뜨끔했는지, 아니면 너무 어이가 없어서 할 말을 잃은 건지. 웬일로 시우는 입만 벙긋거릴 뿐 말을 잇지 못했다. 역시 한국과 미국을 오가며 '네가 아무리 똑똑해도 넌 동생이고 난 형이야'라며 군기반장을 자청했던 호석다웠다.

모두 큭큭, 웃음을 터트렸다. 호정이 다시 전화를 받았다.

"알았대. 다시는 안 그런대. ……응? 민수 씨? 정말? 언제?"

떨떠름한 표정으로 포크를 들던 시우의 시선이 호정에게로 힐끗 향했다. 대번에 그의 눈매가 가늘어졌다. 호정의 미소가 한층 더 밝고 환해진 것 같았기 때문이었다.

민수 씨라니, 누구지?

대체 누구기에 호정의 얼굴에서 저토록 환한 미소를 이끌어 낸 걸까. 이름만 들어도 무지 반가운 사람인 모양인데.

민수, 민수라…….

낯선 이름은 아니었다. 그렇다고 아는 사람은 결코 아니었다. 얼굴이 바로 떠오르지 않으니까 말이다. 다만, 귀에 익은 이름인 건 분명했다.

호석이 형과 호정 누나가 아는 인물인 동시에 나도 들어본 적이 있는 이름이라……. 그렇다면 틀림없이 부모님이나 재단과 관련된 인물이겠군.

시우의 논리적 회로가 기억 회로와 맞물려 빠르게 돌아갔다. 답은 7초 만에 바로 나왔다. 정우가 조금 전 '차 팀장'이라고 언급한 말이 결정적인 힌트였다. 그의 머릿속에서 차민수라는 사람에 대한 데이터가 쭉 떠올랐다.

차민수 팀장.

청운복지재단의 국내 사업부 중 시설 복지팀을 맡고 있는 팀장. 청운복지재단이 후원하는 수많은 고아원 중 의정부에 위치한 고아원 출신으로 한국의 명문대를 차석으로 입학했을 만큼 청운 장학생으로 불리는 인재 중의 한 명.

지금은 주변의 만류에도 불구하고 대학원 진학과 유학을 마다한 채 재단에 들어가 헌신적으로 일하고 있음. 부모님은 물론 전 이사장이었던 윤 이사장님부터 호석이 형까지 능력과 인성을 믿고 인정함. 나이는 31세.

여기까지가 그동안 부모님의 대화 속에 등장했던 '차민수'라는 사람에 대한 기본 데이터였다. 그중에 그 사람과 호정의 이름이 같이 거론됐던 데이터는 없었다. 그렇다면 호정이 차민수라는 사람을 알게 된 것은 자신과 교류가 없던 지난 1년이라고 봐도 무방할 것이다.

재단에서 후원하는 아이들에 대한 이야기를 책으로 쓰면서 알게 됐겠군.

차민수가 속한 부서가 재단에서 후원하는 고아원이나 미혼모 쉼터, 국내외 입양 단체 등을 관리하는 시설 복지팀이니 말이다.

어머니가 아까 잘됐다며 빈 방 운운하는 걸 보면 차민수가 조만간 미국에 오는 모양이다. 호정이 '정말? 언제?'라고 물은 것도 그 때문일 테고. 오면 오는 거지. 뭐가 저렇게 반가운 걸까. 언제부터 알았다고, 얼마나 가까운 사이라고, 못 본 지 얼마나 됐다고.

호정이 원체 선하고 정이 많아서 쉽게 친해지고, 한 번 친해진 사람과는 오래 간다는 것 정도는 잘 알고 있지만 그래도……

신경 쓰인다. 그것도 무척.

생글거리며 호석과 통화 중인 호정을 바라보는 시우의 눈매가 점점 더 가늘어졌다.

시우와 호정, 매기가 FBI 전용기를 타고 롬폭시에서 북서쪽으로 14.8km 떨어진 반덴버그 공군 기지에 도착한 건 오후 3시쯤이었다. 세 사람은 FBI가 미리 준비해 둔 SUV 차량을 타고 롬폭시내로 향했다.

로스 알라모스라는 작은 마을을 지나자 드넓은 와이너리 구릉이 나타났다. 예전에는 세계 최대의 꽃씨 재배 단지로 유명했지만 최근에는 캘리포니아에서 가장 질 좋은 포도가 재배되는 지역으로 고급 와인 생산지로도 엄청 유명해졌다더니, 괜한 말이 아니었다.

끝없이 펼쳐진 포도 농장의 장관은 말할 것도 없고 창문을 열자마자 단내가 훅 풍겨 오는데 절로 군침이 꼴깍 삼켜질 정도였다.

특히 차 안까지 스며드는 강렬한 햇살이라니! 확실히 캘리포니아의 햇살은 동부의 햇살과는 차원부터가 달랐다. 전설의 연쇄 살인마를 추적하기 위해 왔다는 것이 못내 아쉬울 정도였다.

물론 앞좌석의 두 사람은 그녀와는 다른 생각인 것 같았지만.

운전 중인 매기는 긴장한 듯 아까부터 계속 굳은 표정이었고, 시우 역시 계속 혼자만의 생각에 깊이 빠져 있었다. 그는 비행기에서도 내내 아무 말이 없었다.

대체 무슨 생각을 하고 있는 걸까. 궁금했지만 저럴 때의 시우를 절대로 건드려선 안 된다는 것을 호정은 잘 알고 있었다. 그녀는 시선을 창밖으로 돌렸다.

어느새 바깥의 경치는 바뀌어져 있었다. 저 앞에 아기자기한 건물들이 보이기 시작했다. 한적하고 평화로운 자연 풍경과 강렬한 햇살에 다소 느슨해졌던 호정의 얼굴에도 긴장감이 어리기 시작했다.

롬폭에 대한 첫인상은 한마디로 정의하기 어려웠다. 말로 표현할 수 없는 애련함이 있었다. 덴마크 풍의 건물보다 오래 된 스패니시 풍의 건물들이 더 많이 눈에 띄었다. 오래된 스패니시 풍의 하얀색 벽에는 다소 유치하게 느껴질 만한 강렬한 색상의 벽화들이 그려져 있었다.

보안관 사무실은 두 개의 건축 양식을 섞어 놓은 듯한 소박한 건물에 위치하고 있었다. 매기가 보안관 사무실 앞에 차를 세우려고 하자 시우가 무심한 어투로 말했다.

「사건 현장이었던 비치에 먼저 가 보죠.」

시우를 힐끔 쳐다본 매기가 속도를 줄이던 차의 가속 페달을 다시 밟았다.

사건 현장이었던 해변은 다운타운에서 제법 멀리 떨어져 있었다. 사람의 왕래가 거의 없는 한적한 곳이라더니, 확실히 관광지로 각광받는 할라마나 오션 해변과는 보이는 풍경 자체가 달랐다. 심지어 밖에서 봤을 땐 바다가 보이지도 않았다. 그냥 잡초만 무성한 숲이었다. GPS는 저 앞을 가리키는데 향할 수 있는 길도 없었다.

매기는 GPS만 믿고 길도 없는 숲을 가로질러 차를 몰았다. 그렇게 한참을 달리고 나서야 마침내 해변은 모습을 드러냈다. 수풀이 우거진 숲을 병풍처럼 두르고 있어 을씨년스러웠다. 사람들에게 버려지고 잊혀진 바다는 물빛마저 푸른색이 아닌 회색이었다.

고운 모래보다 검은색 자갈이 더 많은 모래사장을 걸어가며 매기가 중얼거렸다.

「범행 장소로는 안성맞춤이네. 근처에 인가도, 오가는 사람들도 없고, 도로는 멀리 떨어져 있는 데다 울창한 수풀이 완벽한 바리케이드 역할까지 해 주고, 비명을 질러 봐야 파도 소리에 묻혀서 저쪽에 있는 도로까지 들릴 리도 없을 테니까.」

호정이 주변을 돌아보며 고개를 끄덕였다.

「그러게요. 하지만 범인이 피해자들을 이곳으로 끌고 온 건 아니었어요. 수사 보고서 어디에도 피해자들 몸에 결박당했거나 강압적으로 끌려온 흔적이 발견됐다는 내용은 없었으니까. 발견 당시 사체 밑에는 시트도 깔려 있었고요.」

「그래서 당시 수사관들과 이전 재수사팀 모두 피해자들은 스스로 이곳에 와서 데이트를 즐겼고, 범인이 그들을 뒤쫓아 와서 살해했다고 결론을 내렸었죠. 그리고 후! 바람과 함께 사라진 거고요. 어쨌든 장소 하난 기가 막히네요. 그런데 범행 장소가…… 아, 저기네요.」

당시 살해 현장을 촬영한 사진과 주변을 연신 비교하며 살피던 매기가 손을 뻗어 전방을 가리켰다. 피에 흠뻑 젖어 있던 시트와 사체는 없었지만 시트 위로 쏟아질듯 비스듬히 서 있던 굵은 나무는 그대로였다.

시우는 매기가 소리치기 전에 벌써 그곳을 향해 성큼성큼 걸어가고 있었다. 매기는 재빨리 현장을 카메라에 몇 컷 담았다.

시우는 나무에서 몇 걸음 떨어진 곳에 멈춰 섰다. 시트가 깔려 있던 위치의 발치쯤이었다. 그는 그곳에 서서 한동안 꼼짝도 하지 않았다. 한층 날카로워진 눈빛으로 바닥만 뚫어지게 바라보았다.

그는 사진으로 보았던 장면들을 머릿속으로 떠올리며 눈 앞에 하나하나 그려 보았다.

헤진 침대 시트는 저기서부터 여기까지 넓게 펼쳐져 있다. 그리고 오른쪽, 즉 비스듬히 자란 나무와 가까운 쪽에 속옷 차림의 마이클 쉬렉이 대자로 뻗어 죽어 있다. 터진 뒤통수 에서 쏟아져 나온 피로 시트는 온통 피로 물들어 있지만 상 대적으로 마이클 쉬렉의 얼굴과 윗면은 깨끗했다. 반항 한

번 못 해 보고 정면에서 쏜 누군가의 총에 이마를 관통당해 그대로 뒤로 넘어갔기 때문이다.

분쇄되다시피 터져 버린 뇌와 뒤통수의 파편들은 거의 그의 상체 윗부분에 집중적으로 퍼져 있었다. 그렇다면 총알이 그의 이마와 뇌를 관통하며 뒷머리의 반 이상을 날려 버린 각도와 파편 흔적들을 계산하면 범인이 서 있던 위치는 아마도……

「이쯤이겠군.」

시우는 좌측으로 한 걸음을 옮긴 뒤 총을 쏘듯 손 모양을 만들어 바닥을 향해 팔을 뻗었다. 그러고는 천천히 좌측으로 시선을 돌렸다.

「제시 브라운은 다리가 시트 밖으로 걸쳐져 있는 상태에서 5시 방향을 향해 엎어진 상태로 죽어 있었어.」

처음에는 뭐하는 건가, 하고 고개를 갸웃거리던 매기의 표정이 그의 이야기에 따라 서서히 바뀌었다. 그녀의 눈앞에도 시우가 말하는 당시의 장면이 생생하게 그려지기 시작했기 때문이었다. 롬폭으로 오는 동안 비행기에서 사진으로 수없이 보고 또 봤던 장면인데 현장에 서서 머릿속으로 그려 보는 느낌은 또 완전히 달랐다. 새삼스러운 긴장감에 입안이 바짝 말라 왔다.

긴장되는 건 호정도 마찬가지였다. 그동안 시우를 도와 콜드케이스에 대한 책을 내면서 과거의 사건을 상상으로 재현해 보는 것은 수없이 많이 해 본 일이었다. 그러나 이번에는 느낌이 완전히 달랐다.

지금 자신이 서 있는 장소가 보스턴에 있는 시우의 집 서
재가 아니라 진짜 살인 사건이 벌어졌던 현장이기 때문이었
다. 당장 이곳에서 도망치고 싶다는 생각이 들 만큼 두렵고
끔찍했다.

　하지만 호정은 두려움을 꾹 참고 마음을 단단히 먹었다.
자신이 왜 이곳에 왔는지, 그 이유를 다시 한번 마음속으로
새겼다.

　시우를 돕겠다고 내가 고집부려서 온 거잖아. 그리고 피해
자의 유가족들을 생각해. 사랑하는 가족이 왜, 무엇 때문에,
누구한테 죽임을 당했는지도 모른 채 슬픔과 고통 속에 살고
있는 유가족들을.

　호정은 두 눈을 질끈 감고 숨을 깊이 들이마셨다. 후우.
숨을 천천히 내뱉으며 감았던 눈을 떴다. 재빨리 보고서 파
일을 열었다. 목소리가 떨리지 않기를 바라며 입을 열었다.

　「가슴에 총상을 입고 사망한 제시 브라운의 사인은 맹관
총상으로 인한 심장과 폐 손상이었어. 그녀의 얼굴과 어깨
부근에는 마이클 쉬렉의 피와 뇌 파편들이 꽤 많이 묻어 있
었고. 반면, 마이클 쉬렉의 몸에는…….」

　「그녀의 피가 거의 튀어 있지 않았지. 범인이 마이클 쉬렉
을 먼저 처리한 다음 제시 브라운을 처리했기 때문이야.」

　호정이 시우의 말을 차분하게 다시 받았다.

　「갑자기 나타난 범인한테 마이클 쉬렉이 총에 맞고 죽자
놀란 제시 브라운은 본능적으로 도망치려고 했을 거야.」

　「하지만 멀리 도망치지는 못했어. 고작 시트 밖으로 엉덩

이를 밀며 물러난 게 고작이었지. 제시 브라운은 그 상태에서 가슴에 총을 맞았어.」

「그리고 앞으로 엎어졌지. 이렇게.」

호정이 현장 사진을 보며 시우 앞으로 걸음을 옮겼다. 뒤로 몇 걸음 물러나 사진 속의 제시 브라운처럼 그를 향해 손을 뻗고 엎드린 자세를 취했다.

시우가 자신들이 걸어온 모래사장을 돌아보았다.

「단 두 방으로 두 사람을 계획대로 처리한 범인은 가지고 온 50cm 가량의 널빤지를 이용해 자신의 발자국을 지우면서 유유히 이곳을 빠져나갔어.」

매기도 슬쩍 끼어들었다.

「때문에 모래사장에는 범인의 발자국은 물론 피해자들의 발자국 일부까지 지워져 있었죠. 정말 치밀하고 냉철한 놈이에요. 범인이 남긴 거라고는 탄피와 탄두뿐이었으니까.」

매기는 허리에 손을 올리고 새삼 주변을 휘 둘러보았다.

「현장에 직접 와서 보니까 왜 이 사건이 아직 콜드케이스로 남아 있는지 알 것 같아요. 여기선 정말 무슨 일이 벌어져도 아무도 모르겠네요.」

그러면서 매기는 혀를 끌끌 찼다.

「그러니까 아무리 은밀한 데이트도 좋지만 왜 굳이 이런 곳까지 찾아와서 데이트를 즐기나. 예나 지금이나 10대들은 겁이 너무 없어서 문제라니까. 뭐, 덕분에 34년 전 현장이 개발되지 않고 보존되어 있어서 우리 입장에서는 그나마 다행이지만.」

시우는 고개를 들어 수풀 너머로 보이는 전방의 도로를 조용히 바라보았다. 그가 서 있는 위치에서는 도로를 달리는 차들의 지붕만이 간간이 보일 뿐이었다. 시우는 고개를 돌려 모래사장과 그 너머에 있는 울창한 수풀을 쳐다보았다. 자신들이 차로 한참을 달려왔던 수풀.

호정과 매기도 그를 따라 시선을 돌렸다. 호정이 나지막한 음성으로 말했다.

「아무래도…… 현지인이겠지?」

시우의 시선이 수풀을 보고 있는 호정에게 닿았다. 살짝 고개를 끄덕인 그는 아무 말 없이 다시 나무 주변을 바라보았다. 매기가 짜증난다는 듯 이마를 긁었다.

「그런데 왜 당시 보안관들은 범인이 갱 단원일 거라고 잠정적인 결론을 내렸던 걸까요.」

시우가 매기를 쳐다보지도 않은 채 무심한 어조로 말했다.

「그래야 불안해하는 주민들로부터 무능하다는 비난을 피할 수 있었을 테니까요. 이전 FBI 재수사팀은 그냥 무능했던 거고요.」

「그건…… 흐음, 변명할 말이 없네요. 어쨌든 보안관들에겐 유일한 증거인 글록17 자동 권총 탄피와 탄두가 무지 고마웠겠어요. 덕분에 범인을 외지인인 갱으로 몰고 갈 수 있었으니까.」

「고마웠다라……. 글쎄, 그 반대가 아니었을까 싶은데요. 그들이 있지도 않은 갱의 소행으로 사건을 서둘러 봉합할 수밖에 없었던 이유가 바로 그 글록17 때문이었을 테니까요.」

「네? 그건 또 무슨 뜻이죠?」

매기가 이해할 수 없는 듯 미간을 찌푸리고 시우에게 물었지만 그는 질문에 답하지 않았다. 그녀의 질문을 못 들은 척 무시하고 나무와 주변의 잡초들을 유심히 살피기만 했다.

'뭐야, 왜 얘기를 하다 말아?' 하고 어이없어 하는 매기에게 호정이 얼른 다가갔다.

「이해해 줘요, 크로닌 요원. 이 박사가 원래 확실한 게 아니면 섣불리 말하지 않는 신중한 성격이어서 그래요. 하지만 확실해지면 바로 말해 줄 거예요. 오래 안 걸릴 거예요. 조금만 기다려 주세요.」

살짝 기분이 상하려던 매기는 조심스럽게 이해를 구하는 호정의 상냥한 미소에 금세 기분이 풀어졌다. 호정을 처음 봤을 땐 그저 선하고 지적인 눈빛이 인상적인 아름다운 동양 여자라고만 생각했었다. 그런데 요 며칠 그녀를 겪어 보니, 그녀의 진가는 아름다운 외모가 아니라 따뜻하고 진솔한 내면에 있다는 것을 알게 되었다.

호정과 함께 있으면 괜히 기분이 좋아지고 마음이 편안해진다. 묘한 힘을 가지고 있는 사람이었다. 호정을 알게 된 지 며칠 되지 않았지만 매기는 그녀가 아주 마음에 들었다.

호정의 상냥한 미소에 전이된 듯 매기도 피식, 웃고 말았다. 그나저나 저 까칠한 천재 박사는 뭘 저렇게 열심히 찾는 걸까. 아무리 현장이 34년 전 그대로 보존되어 있다고 해도 증거가 그대로 남아 있을 리는 없는데.

매기는 떨떠름한 표정으로 고개를 가로저으면서도 시우를

따라 주변을 돌아다니며 풀숲과 나무들을 살폈다. 그러나 역시 새로운 단서라고 할 만한 건 아무리 봐도 없었다. 그저 어디서나 볼 수 있는 흔한 나무에, 풀에, 잡초들뿐.

그때였다.

「크로닌 요원!」

호정의 부름에 매기는 뒤를 돌아봤다. 비스듬히 기울어져 있는 나무 뒤에 한쪽 무릎을 바닥에 대고 앉아 있는 시우와 그 옆에 상체를 잔뜩 숙이고 있는 호정이 보였다. 호정이 자신을 향해 빨리 와 보라며 손짓하고 있었다. 긴장한 표정이 심상치 않았다. 뭔가를 발견한 모양이다. 매기는 서둘러 달려갔다.

「왜요, 뭘 발견했어요? 어!」

눈이 휘둥그레진 매기의 얼굴에도 묘한 긴장감이 어렸다.

발목 위까지 무성하게 자란 잡초들에 가려져 있던 나무 밑동 부분에 누군가 뾰족한 끝 같은 것으로 새겨 놓은 표식이 있었다. 동그라미 열 개로 피라미드를 쌓아 놓은 것 같은 형태의 표식. 무슨 의미인지는 몰라도 아주 오래전에 누군가 공들여 깊이 새겨 놓은 것만은 분명해 보였다. 그것도 일부러 눈에 띄지 않도록 나무 밑동의 은밀한 위치에.

매기는 서둘러 표식을 카메라에 찍었다. 흥분된 목소리로 물었다.

「범인이 새겨 놓은 걸까요?」

시우는 대답하지 않았다. 그저 날카로운 눈빛으로 표식만 살펴볼 뿐이었다. 호정도 나지막이 물었다.

「어떤 의미인 걸까? 알겠어? 암호문에도 세모나 동그라미는 있었지만 이런 형태의 기호는 없었던 것 같은데.」

「이건 암호문에는 없던 새로운 기호야. 어떤 기호학에도 등장하지 않는 새로운 형태의…….」

시우는 말을 끝내지 못하고 고개를 갸웃거렸다. 그의 미간에는 미세한 주름이 져 있었다. 호정이 조심스레 물었다.

「왜 그래?」

「이상해.」

「뭐가?」

시우가 검지 끝으로 나무 밑동의 표식을 가리켰다.

「여기엔 두 가지 기호만이 사용됐어. 동그라미와 그 동그라미를 쌓아 만든 세모. 때문에 이 표식으로는 첫 번째 암호문에서 사용된 단일 치환 패턴으로 해석할 수가 없어. 문장 구성 자체가 불가능하니까.」

호정과 매기가 그 부분은 이해했다는 뜻으로 고개를 끄덕였다. 시우의 설명이 이어졌다.

「하지만 두 번째, 세 번째 암호문에서 사용된 것과 같은 복합 다중 패턴이라면 문장이 구성될 수 있지. 키 값에 따라서 결과치가 달라지고 그 결과치에 따라서 수열표의 카이사르 사이퍼(Caesar Cipher)* 알파벳은 달라지니까.」

「그런데?」

---

*Caesar Cipher:옛 로마 제국의 장군 카이사르가 만들어 그의 이름을 따 붙인 암호화 방법. 알파벳을 규칙적으로 몇 글자씩 뒤로 당겨서 사용.

「이번에도 역시 문제는 키 값이야. 어떤 키를 대입하느냐에 따라 결과가 완전히 달라지니까. 일단 저 표식대로 1열에 동그라미 하나, 2열에 동그라미 둘. 즉 키 값이 1, 2, 3이라고 가정하고 패턴 공식에 대입해서 계산한 후 카이사르 사이퍼 알파벳 수열표에 대입해 봤어.」

매기의 눈이 휘둥그레 커졌다.

「지금 머릿속으로 그걸 다 계산하고 대입해 봤다고요?」

그제야 시우의 시선이 호정 뒤에 있는 매기에게 힐끗 향했다.

「공식과 패턴은 이미 다 내 머릿속에 있는데 그걸 계산해서 대입하는 게 뭐가 어렵다고 그렇게 놀랍니까?」

커다래진 눈에 이어 매기의 입까지 벙하니 벌어졌다. 그러든가 말든가. 시우는 호정을 바라보며 다시 설명을 이어 갔다.

「그런데 어떤 문장도 성립되지가 않아.」

「두 번째, 세 번째 암호의 키 값도 같이 대입해 봤어?」

「당연하지. 하지만 결과는 마찬가지야. 어떤 문장 구성도 성립이 안 돼.」

「그래? 그럼 정말 이상하네.」

호정은 심각한 표정으로 턱을 매만졌다. 매기는 잠시 할 말을 잃었다. 이젠 시우도 시우지만, 저런 말도 안 되는 놀라운 능력을 아무렇지 않게 받아들이는 호정이 더욱 놀라웠다.

호정은 매기가 자신까지 신기한 동물 쳐다보듯이 보고 있다는 것을 모른 채 머릿속에 떠오르는 이런저런 의문과 추론들을 하나씩 꺼내 놓았다.

「그럼 에페타 킬러의 표식이 아닌 건가? 아니면 또 다른 트릭이 있는 건가? 세모꼴을 이루고 있는 열 개의 동그라미라……. 흐음, 혹시 저 세모꼴에 어떤 특별한 의미가 있는 게 아닐까? 기호학 중에 세모에 특별한 의미를 부여하는 학문은 없어?」

시우는 그녀의 이야기를 흥미롭게 들어 주었다.

「계속 얘기해 봐.」

「음, 그리고 내가 보기엔 세모가 그려져 있지는 않지만 커다란 세모의 틀 안에 동그라미 열 개가 모여 있는 것 같아. 그래서 저런 피라미드 모양처럼 쌓이게 된 거지.」

「세모 안에 동그라미들을 모두 모아 놓은 거다?」

「어. 그럼 저 동그라미들이 뜻하는 건 범인에게 의미가 있는 것들의 합일지도 몰라. 이를테면 암호문에 사용된 모든 키 값의 합이라든가 아니면…… 아, 혹시!」

흠칫 놀란 호정의 시선과 냉정을 잃지 않는 시우의 날카로운 시선이 허공에서 찌릿, 조우했다. 그의 입가에 미세한 미소가 설핏 감돌았다.

「맞아. 제단에 바칠 제물의 수. 추종자나 모방범들이 저지른 사건의 피해자 수를 제외하고 에페타 킬러가 직접 죽인 피해자 수가 정확히 열 명이야. 마지막 사건에서 우발적으로 살해한 폴 스미스를 제외하고 마이클 쉬렉과 제시 브라운을 합한다면 말이야.」

「그럼 역시…….」

「이곳이 바로 에페타 킬러가 탄생한 곳이야.」

「그럼 저 표식은 마지막 범행 후 돌아와서 새긴 걸까, 아니면 처음부터 열 명을 제물로 바치겠다고 계획하고 새긴 일종의 선언문이었던 걸까?」

시우가 천천히 몸을 일으켰다.

「그거야 조사해 보면 알겠지. 마지막 범행 후 돌아와서 제사를 지내면서 새긴 건지, 아니면 첫 범행에서 피해자들을 살해한 후 자축과 다짐의 의미로 새겼던 건지는. 크로닌 요원.」

매기를 돌아보았다.

「본부에 과학 수사팀 지원 요청해 주세요. 특히 나무의 상태와 나이테로 저 표식이 언제 새겨졌는지를 정확히 알아내야 하니까 식물이나 나무에 대한 지식이 해박한 요원으로 오늘 중으로 보내 달라고 해 주십시오.」

매기는 서둘러 헨리 팀장에게 전화를 걸었다. 그녀가 통화하는 동안 시우와 호정은 주변을 좀 더 샅샅이 살폈다. 그러나 표식 이외의 특이한 점은 더 이상 없었다.

잠시 후, 세 사람은 다시 나무 앞에 모였다. 시우는 생각에 잠긴 듯 아무 말이 없었다. 호정과 매기는 그가 생각을 정리할 때까지 조용히 기다려 주었다.

시우가 혼잣말처럼 중얼거렸다.

「누나 말이 맞아. 저건 암호문에 쓰인 기호들처럼 치환 가능한 기호가 아니야. 저 자체로 의미를 지닌 일종의 상형 문자야.」

호정과 매기가 동시에 물었다.

「상형 문자?」

「고대 이집트 상형 문자 같은 거?」

시우가 고개를 가로저었다.

「아니. 고대 이집트 상형 문자와는 또 달라. 저건…….」

순간 그의 눈빛이 예리하게 번뜩였다.

「그래, 바로 그거야. 왜 그 생각을 못 했을까.」

피식, 헛웃음을 흘린 시우가 씩 웃으며 호정을 돌아보았
다.

「누나는 천재야.」

「뭐?」

「크로닌 요원, 과학 수사팀은 언제 도착할 수 있다고 합니
까?」

「국장님이 LA지부의 증거 추적 분석팀에 지원 요청을 하
겠다고 하셨어요. LA는 가까우니까 2시간 반, 늦어도 3시간
안에는 도착할 겁니다.」

「그럼 너무 늦는데……. 크로닌 요원, 지원팀이 올 때까지
여기에 혼자 있을 수 있겠습니까?」

일순 뜨악한 표정을 보였지만 매기는 이내 괜찮다며 흔쾌
히 대답했다.

「그러죠, 뭐. 여긴 내가 지킬 게요. 어차피 좀 있으면 보안
관 사무실에서 사람들도 올 테…….」

시우의 미간이 미세하게 찌푸려졌다.

「보안관 사무실에 현장 통제 요청도 했습니까?」

「네. 중요한 단서가 발견됐으니까 관할 경찰에 현장 통제 지원 요청을 하는 건 당연하죠. 왜요? 하면 안 되는 거였나요?」

「아닙니다. 어차피 작은 도시라서 우리가 뭘 하는지 금방 소문이 퍼질 겁니다. 대신 그들은 나무 근처로 오지 못하게 해 주십시오.」

「알았어요. 그럼 박사는요? 주호정 씨하고 어딜 갈 건데요?」

「롬폭시청이요.」

「시청엔 왜요?」

「몇 가지 확인해 볼 것이 있습니다.」

시우는 그중 일단 한 가지만 얘기해 줬다.

「롬폭은 인구 42,400여 명이 사는 작은 도시라서 HCFA(Health Care Financing Administration)*의 국민 의료 보장 업무나 SSA(Social Security Association)*의 빈민층에 대한 사회 복지 제도(Underclass Welfare) 업무도 시청 내에서 관리하고 있을 겁니다.」

「그렇겠죠.」

「그 업무들은 모두 연방 정부와 주 정부, 시, 군까지 연계되어 실시하는 프로그램입니다. 1,500만 명의 어린이를 포함하여 총 3,100만 명에 이르는 저소득층을 위해 의료 보장을

---

*Health Care Financing Administration:보건후생부 산하 가장 큰 기관인 보건 의료 재정국.
*Social Security Association:사회 보장국.

제공하죠.」

거기까지는 호정이나 매기도 기본적으로 알고 있는 일이
었다. 두 사람은 고개를 끄덕이며 '그런데요?' 하고 다시 물
었다.

「그 대상 중에는 국내 아메리카 인디언과 알래스카 원주
민들도 포함되어 있습니다. 그들에게 의료 혜택을 제공하고
약물 남용 방지나 중독 재활 치료를 하고 있거든요.」

갑자기 등장한 '인디언'이라는 단어에 호정이 '아!' 하며
눈을 동그랗게 떴다.

「그럼 저 표식, 아니 저 상형 문자가 인디언의 상형 문자
라고?」

「가능성이 있어. 이 지역도 덴마크인들이 이주해 오기 전
까진 추마시라는 부족들이 살던 지역이었으니까.」

매기가 반론을 제기했다.

「하지만 인디언 이주 정책으로 모두 인디언 보호 구역으
로 이주했을 텐데요. 아마 나바호 보호 구역이나 비숍으로
이주했을 거예요. 그나마 그 두 곳이 여기서 가장 가까운 보
호 구역이니까. 그래도 거기가 여기서 거리가 얼마인데요.
롬폭 관할이 아닐 걸요.」

「가서 확인해 보면 알겠죠. 이주하지 않고 남은 인디언이
얼마나 되는지.」

걸음을 옮기려던 시우가 무언가 못마땅한 표정으로 매기
를 슥 돌아보며 몇 마디를 덧붙였다.

「가기 전에 이거 한 가지는 바로잡고 가야겠네요. 크로닌

요원, 인디언들은 이주한 게 아니라 '이주 당한' 겁니다. 앤드류 잭슨 대통령이 1830년 5월 28일에 서명한 인디언 이주법 때문에요. 그런데 그것으로도 모자라 1887년에는 헨리 도우즈라는 상원 의원에 의해서 도우즈 법이라는 게 또 제정되어 시행됐죠. 도우즈 법이 무엇인지 압니까?」

그의 날카로운 기세에 눌린 매기는 움찔해서 고개를 가로저었다.

「인디언이 소유한 토지를 백인 정부에 자진해서 양도하면 미국 시민권을 부여하는 정책이었습니다. 정부에 넘어간 인디언 토지가 법 시행 후 20년간 5,300만 에이커(acre)에 달했다는 사실은 알고 있습니까?」

「아, 아니요.」

「부족 단위로 땅을 개간해서 소유한 인디언들 중에는 정부에 토지를 자진 양도 식으로 빼앗기고 시민권을 획득한 사람들이 꽤 많습니다. 폭압과 강간에 의한 메스티소(Mestizo)*가 아니라 자발적인 메스티소가 급격하게 증가한 원인도 바로 그 때문이었고요.」

매기는 그에게 백인을 대표해서 비난받는 것 같았다. 기분이 언짢을 만했다. 그러나 그보다는 그의 해박한 지식이 더욱 놀라워서 어안이 벙벙하기만 했다.

요 며칠 이시우 박사의 믿기 힘든 놀라운 능력을 하도 많이 봐서 이젠 더 이상 놀랄 일도 없을 것 같은데, 백과사전이

---

*Mestizo:아메리칸 인디언과 유럽 인종의 혼혈.

나 주크박스처럼 어떤 분야든 막론하고 툭 치면 술술 나오는 그의 해박한 지식은 볼 때마다 놀랍고 신기했다. 매기는 커다래진 눈을 깜박거리며 벙하니 물었다.

「대체 모르는 게 뭡니까?」

당연히 그 질문에는 돌아오는 대답이 없었다. 대신 시우는 그녀에게 오른손을 내밀었다. 매기는 이건 또 뭔가, 하는 표정으로 눈만 끔벅였다.

악수하자고? 새삼스럽게 무슨…….

그러면서도 매기는 오른손을 슬쩍 내밀었다.

시우가 살짝 짜증스러운 음성으로 말했다.

「차 키.」

「아!」

오른손을 황급히 거둔 매기가 그의 손바닥 위에 차 키를 얼른 올려 주었다. 살짝 고개를 까딱여 인사한 시우는 냉정하게 휙 몸을 돌렸다.

"누나, 가자."

한숨을 폭 내쉰 호정이 그의 앞을 가로막았다. '왜?'라고 물어보는 시선을 되받아치고, 그의 어깨 너머로 매기를 바라보았다. 겸연쩍게 미소 지으며 말했다.

「이런 곳에 혼자 남아 달라고 해서 미안해요, 크로닌 요원.」

「네? 아, 괜찮아요. 중요한 단서를 찾았는데, 증거 추적 분석팀 오기 전까지 한 명은 당연히 남아서 지켜야죠.」

「그래도요.」

호정이 시우에게 찌릿, 눈짓을 보냈다. 그의 미간이 설핏 찌푸려졌다. 호정의 눈짓이 뭘 의미하는지는 잘 알겠는데, 솔직히 내키지는 않았다.

그럼에도 시우는 그녀의 엄한 눈짓에 순순히 몸을 돌렸다. 표정과 목소리는 여전히 감정 없는 로봇처럼 차가웠지만 나름대로 제대로 된 인사는 챙겼다.

「그럼 수고해요, 크로닌 요원. 요원만 믿고 갑니다.」

매기의 눈동자가 두 사람을 번갈아 가며 빠르게 움직였다. 사건 브리핑할 때도 몇 번 느낀 거지만, 저 오만하고 까칠한 천재가 한 사람한테만은 꼼짝을 못 한다.

거, 볼수록 재미있네.

매기는 씩, 미소 지었다.

「네, 박사와 주호정 씨도 수고하세요. 증거 분석팀 오면 바로 전화할게요.」

매기의 말이 끝나기 무섭게 시우는 호정의 손목을 휙 잡고 SUV를 주차해 놓은 곳으로 성큼성큼 걸어갔다. 혼잣말을 중얼거리면서.

"불편해. 아무래도 차가 한 대 더 있어야겠어."

8장

　조용하던 롬폭시청이 술렁였다. 업무 마감을 5분 남기고
들이닥친 동양인 남녀 두 명 때문이었다. 아니, 정확하게는
동양인 남자가 제시한 FBI 신분증 때문이었다. 비록 자문 위
원(Advisory Panel) 신분이었지만 그 파장은 컸다.

　그가 요청한 자료 역시 너무 뜬금없었다. 롬폭시민으로 등
록되어 있는 메디케어(Medicare)*와 메디케이드(Medicaid)*, 인
디언 명단을 50년 전 자료까지 싹 다 내놓으라니!

　담당자는 일단 서둘러 자료를 출력하기 시작했다. 그러는
동안에 상관은 그 위 상관에, 그 위 상관은 또 그 위위 상관
에 줄줄이 상황 보고를 하고 있었다. 얼마 지나지 않아 시장

---

*Medicare:미 사회 보장국이 65세 이상의 시니어에게 제공하는 의료 서비스.
*Medicaid:미 사회 보장국이 저소득층에게 제공하는 의료 서비스.

비서인 콜 에크런드가 사무실에 나타났다.

「FBI 요원이시라고요?」

담당자로부터 두툼한 자료를 받아 재빨리 살펴보던 시우는 바로 옆에서 들려오는 사근사근한 남자 목소리에 시선을 돌렸다.

몸에 딱 맞는 고급 슈트에 단정한 헤어스타일, 반질반질하게 광을 낸 구두, 늦은 오후임에도 면도한 지 얼마 되지 않은 파릇한 턱, 슈트 속에 가려져 있는 단단한 체격.

거기다 연신 생글거리는 입술은 완벽한 호선을 그리고 있었다. 좋은 인상을 주고 신뢰를 얻기 위해서 최소 10년 이상은 매일 거울을 보며 연습한 것이 분명한 기계적인 미소였다. 나이는 30대 중반.

야망은 크지만 그걸 이룰 만큼 똑똑하지도 않고 부유한 환경에서 자라지도 못했다. 고급 슈트에 비해 셔츠 밑으로 보이는 시계는 중저가 제품이고 동공이 맑지 못하고 작다.

무엇보다 시선이 마주치자 재빨리 눈을 내리고 상대방의 인중을 응시한다. 상당 기간 권력자 밑에서 야망을 숨긴 채 순종하며 살아온 사람들에게서 흔히 볼 수 있는 특유의 모습이었다.

시우는 남자의 전신을 스캔한 몇 초 만에 정치꾼 지망생에 불과한 신뢰하지 못할 사람이라고 결론 내렸다.

순식간에 속성을 간파당한 지도 모른 채 콜은 미소를 유지하며 시우에게 오른손을 내밀었다.

「안녕하세요, 콜 에크런드라고 합니다. 와이어트 브라헤 시장님의 수행 비서죠.」

시우는 그의 손을 잠깐 잡았다가 놓았다.

「이시우 박사라고 합니다. 이쪽은 주호정 씨. 우린 FBI 요원이 아닙니다. 정확하게 말하면 자문 위원이죠.」

「아, 네. 그래도 FBI에서 나오신 건 맞지 않습니까. 하하하.」

「가시죠.」

「네?」

「와이어트 브라헤 시장이 우리를 만나 보고 싶다고 해서 온 거 아닙니까? 안 그래도 곧 찾아뵐 일이 있을 것 같았는데, 잘됐네요.」

시우가 보던 서류를 탁 덮고 앞장서라는 눈짓을 보냈다. 그쯤 되자 당황한 건 콜이었다.

이 자식 뭐야. 왜 이렇게 건방져? 동양인 주제에 뱀파이어처럼 생겨 가지고는!

제리 파웰 보안관한테 FBI가 온다는 보고를 받고는 시장이나 자신이나 꽤 긴장했었다. 얼마 후 시청에 들이닥친 FBI가 동양인들이라는 보고를 듣고는 의아심 반, 안도감 반이었다.

솔직히 만만하게 생각했었다. 그런데 절대로 만만하게 볼 상대가 아니었다. 자존심이 상해서 인정하고 싶지는 않지만…… 녀석의 기에 완전히 눌려 버렸다.

고작 새파랗게 젊은 동양인 녀석한테. 젠장.

그럼에도 콜은 만면에 지은 미소만은 잃지 않았다. 그의 안내에 따라 시장실로 향하며 호정이 시우에게 작게 속삭였다. 혹시 몰라 영어가 아닌 한국어로.

"시장도 관련이 있다고 생각하는 거야?"

"후보 중 한 명. 자세한 얘기는 나가서 해 줄게."

시우도 호정에게 맞춰 한국어로 작게 속삭였다. 그러면서 한쪽 눈썹을 힐끗 추어올리고 눈짓으로 앞쪽을 가리켰다. 호정의 시선이 앞으로 향했다. 두 사람의 속삭임에 귀를 쫑긋 세운 콜이 뒤를 힐끗 살피는 것이 시야에 잡혔다. 호정은 일부러 톤을 살짝 높여 영어로 속삭였다.

「알았어요. 그럼 크로닌 요원한테도 그렇게 얘기할게요.」

시우는 속으로 큭, 웃음을 삼켰다. 이마에는 '긴장'이라는 두 글자를 크게 써 붙이고는 짐짓 태연한 척 연기하는 호정이 귀여웠다. 시우는 가라뜬 속눈썹 밑으로 그녀를 응시하며 한 걸음 앞으로 움직였다. 등 뒤로 손을 뻗어 호정의 손을 꼭 잡았다.

괜찮아. 안심해. 내 등 뒤에만 있어.

마음을 담아 그녀의 자그마한 손등을 톡톡 두드렸다.

시장실은 생각보다 꽤 넓었다. 화려하지는 않았다. 화려하기는커녕 벽 한 면을 차지하고 있는 책상이나 책장, 응접세트와 이런저런 장식품들 모두 족히 100년은 넘지 않았을까 싶을 만큼 오래된 것들이었다.

그럼에도 전혀 소박하거나 검소하게 느껴지지 않는 이유는 뭘까. 오히려 시장실에 대한 첫 느낌은 숨 막힐 듯한 위압감이었다.

아마도 그것들이 지닌 세월의 무게나 그 오랜 세월에도 끄떡없을 만큼 견고하고 값비싼 명품이기 때문만은 아닐 터였다. 그것들을 지키고 있는 사람의 성품이나 기운이 물건에도 배어 있기 때문이었다.

그 성품이나 기운은 좋게 말하면 자부심과 긍지, 나쁘게 말하면 우월감에 찬 선민의식일 터였다. 그리고 자신이 가진 것을 지키고자 하는 집념이 공간과 물건 곳곳에 응축되어 있었다.

「어서 오세요. 롬폭시장인 와이어트 브라헤라고 합니다. FBI에서 오셨다고요?」

시우가 먼저 와이어트와 악수를 나누었다.

「자문 위원입니다. 요원들은 곧 보안관 사무실로 갈 겁니다. 이시우 박사라고 합니다. 이쪽은…….」

「주호정이라고 합니다.」

호정이 자신의 앞을 반쯤 가로막고 있는 시우를 비켜나 와이어트와 직접 악수했다. 와이어트 시장은 50대 후반으로 생김새나 체격 모두 거리에서 흔히 볼 수 있는 배불뚝이 백인 아저씨 그 자체였다.

하지만 풍기는 분위기는 평범함과는 거리가 멀었다. 친절하고 넉넉한 미소로 감추고 있지만 상대방을 은근히 아래로 내려다보는 눈빛은 상당히 매섭고 날카로웠다. 걸음걸이나 억양, 말투 심지어 악수를 청하는 동작은 몸에 배인 듯 교양 있고 매너가 좋았다.

때문에 걸치고 있는 고급 정장과 고가의 시계까지 과하지 않고 지극히 자연스럽게 느껴졌다. 최고만을 누리며 사는 삶을 당연하게 받아들이며 살아온 사람이라는 것을 알 수 있었다.

호정이 손을 살짝 잡고 놓으려고 하자 와이어트가 그녀의 손을 꼭 잡았다. 커다란 왼손으로 호정의 손등을 톡톡 두드렸다.

「요즘엔 FBI도 외모를 보고 뽑나 봅니다. 예전에도 FBI 요원들이 온 적이 있었는데 그땐 남자든 여자든 멋지고 아름다운 분들이 없었거든요. 이렇게 아름다운 여성이 FBI 요원이라니, 내 눈으로 직접 보지 않았으면 절대로 믿지 못했을 겁니다.」

「방금 말했다시피 우리는 요원이 아닙니다. 자문 위원이죠. 그것도 이시우 박사가요. 전 이시우 박사의 어시스트입니다.」

「아, 그래요. 어쩐지 FBI 요원치고는 너무 아름답다 싶었습니다. 하하하. 혹시 이시우 박사와 주호정 씨는 모두 한국 분입니까?」

「네.」

「역시 그럴 줄 알았어요. 동양인은 외모만 보면 어느 나라 사람인지 구분이 안 가는데, 이름을 들으면 딱 구분이 되더라고요. 우리 시도 한국과 각별한 인연이 있습니다. 꽤 오래전 일이긴 합니다만, 남원시와 자매결연을 맺었거든요.」

「아, 네.」

호정은 와이어트에게 잡혀 있는 손이 불편했다.

시우의 미간이 찌푸려지려는 찰나, 와이어트가 호정의 손을 놓아주었다. 그는 허허 웃으며 두 사람을 소파로 안내했다.

「자, 일단 앉아서 얘기 나누시죠. 이쪽으로.」

와이어트가 콜에게 눈짓을 보냈다. 묵례를 취한 콜이 몸을 돌리자 시우가 차갑게 말했다.

「차는 필요 없습니다. 한가하게 앉아서 차나 마실 시간이 없어서요.」

「아, 물론 그러시겠죠.」

와이어트가 몸을 돌려 다가오려는 콜에게 다시 눈짓을 보냈다. 콜은 인사하고 방을 나갔다. 와이어트는 느긋하게 말을 이었다.

「바쁘신 분들한테 갑자기 뵙자고 해서 내가 결례를 한 건 아닌지 모르겠군요. 하지만 우리 시청까지 오셨는데 가만히 있을 수가 있어야죠. 이래 봬도 내가 우리 시를 책임지고 있는 시장인데 우리 지역에서 무슨 일이 일어나고 있는지 정도는 알아야 하지 않겠습니까.」

긴 다리를 비스듬히 꼰 시우가 어깨를 으쓱였다.

「그러시겠죠. 그래서 사람들이 모두 시장님한테 보고를 하나 봅니다. SSA 직원들이나 보안관 모두.」

「보안관이야, 시장이나 주지사의 지시를 받게 되어 있으니까 나한테 보고하는 건 당연한 겁니다. 하지만 다른 행정 기관인 직원들한테는 보고를 받지 않습니다. 내가 아무리 시장이라도 타 행정 기관 직원들한테 보고를 받을 수는 없죠.

엄연히 조직 체계가 다른데. 다만 서로 긴밀히 협력하고 있기는 합니다. 우린 모두 롬폭의 발전과 주민들의 안전과 복지를 위해서 일하는 사람들이니까요.」

정치인들이 하는 빤한 이야기였다.

「소도시는 대도시와는 달라요. 시민 대부분이 가업을 잇고 있고, 선대부터 함께해 온 역사와 전통이 있어서 공동체라는 연대 의식이 강하죠. 덕분에 협력도 잘 되고요.」

「가업이라……. 그럼 브라헤 가문의 가업은 시장직인가 보군요.」

와이어트의 시선이 시우를 따라 맞은편 벽면을 가득 채우고 있는 책장으로 향했다. 책장에는 각종 장서들과 함께 롬폭의 주요 수입원인 꽃씨 재배 농원과 와이너리를 촬영한 사진들, 그리고 그동안 시에서 받은 각종 상패나 다른 나라의 도시들과 자매결연을 맺은 사진들과 협약서들이 자랑스럽게 장식되어 있었다.

상패나 협약서 등 밑에는 당시 시장 이름들이 적혀 있었다. 몇 대 시장 누구누구, 재직 기간까지. 이름들은 같은 것도 있었고 다른 것도 있었다. 하지만 변하지 않는 것도 있었다. 브라헤라는 성이었다.

와이어트의 얼굴에 뿌듯한 자부심이 어렸다.

「우리 집안의 가업은 따로 있습니다. 집안 대대로 브라헤 농원을 운영하고 있거든요. 시장직은 일종의 책임감이자 봉사죠. '뿌린 만큼 거두고, 거둔 만큼 정직하게 나눈다', 이 땅에 처음 꽃씨를 뿌리고 정착한 선조 때부터 내려오는 우리 집안의 유지(遺旨)랍니다. 우린 그저 그 뜻을 받들어 지역과 주민들을 위해 정직하게 봉사하고 있을 뿐입니다.」

「그래도 몇 대에 걸쳐 계속 시장직에 선출되기는 쉽지 않을 텐데, 브라헤 가문에 대한 주민들의 신망이 대단히 두터운 모양입니다.」

「하하하, 감사한 일이지요.」

흐뭇하게 웃으며 책장에서 시선을 떼지 못하던 와이어트가 천천히 시우를 돌아보았다.

「내가 결례를 무릅쓰고 두 분을 뵙자고 한 이유도 바로 그 때문입니다. FBI가 롬폭 같은 소도시에는 무슨 일이죠?」

「연방 사건을 조사 중입니다.」

「그야 당연하겠죠. 연방 사건이 아니면 FBI가 굳이 이 먼 촌 동네까지 왔겠습니까. 내가 묻는 건…….」

와이어트가 소파 손잡이를 손가락으로 톡톡 두드렸다.

「듣자 하니 에페타 킬러 사건의 재수사 차원이라고 하던데, 맞습니까?」

시우는 부정도 긍정도 하지 않았다. 그저 무심한 눈빛으로 와이어트를 응시할 뿐이었다. 와이어트의 얼굴에서 미소가 사라졌다. 그는 곤혹스럽다는 표정으로 고개를 갸웃거렸다.

「이해할 수가 없군요. 그게 언제적 사건인데, 왜 툭하면 우리 시에 와서 재수사를 하는 건지. 혹시 이번에도 80년대 초반에 우리 지역 비치에서 발생했던 살인 사건 때문인가요?」

이번에도 시우는 아무 대답도 하지 않았다.

「그렇다면 더더욱 이해하기가 힘들군요. 한때 언론에서 에페타 사건으로 의심된다, 어쩐다 떠들어 대긴 했지만 그 사건은 이미 오래전에 갱단의 소행으로 결론 났던 사건 아닙니까. FBI에서도 이전에 재수사해서 같은 결론을 내렸었고요. 그런데 왜 또 갑자기…….」

와이어트는 골치 아프다는 듯 이마를 짚고 한숨을 내쉬었다.

「물론 FBI 입장에서는 그럴 만한 이유가 있으니까 여기까지 와서 또 재수사를 하는 거겠죠. 그 부분은 이해합니다. 하지만 우리 입장에서는 이럴 때마다 너무 난감해요. 에페타 사건과 관련 있다는 확실한 증거도 없이 잊을 만하면 FBI가 찾아와 조사를 해서 지역 신문이나 뉴스에 롬폭이 에페타 사건과 관련 있는 양 오르내리니까요.」

와이어트의 미간에 굵은 주름이 졌다.

「그래 놓고 FBI는 관련성을 못 찾았다고 쏙 빠져 버리죠. 그럼 어떻게 되는지 압니까? 시민들이 불안해하는 것은 말할 나위도 없고 그 기사 몇 줄 때문에 관광객의 발길이 뚝 끊겨 버립니다. 사람들은 그 후의 '관련 없다'는 기사보다 자극적인 기사를 더 오래 기억하니까요.」

와이어트의 표정은 점점 더 심각해졌다.

「예전에도 그랬어요. 그럼 가장 먼저 타격을 받는 것이 지역 경제입니다. 지역 경제가 죽으면 고통받는 것은 시민들이고요. 나는 그 점이 우려됩니다. 이번에도 예전과 같은 상황이 반복될까 봐서요.」

그는 진짜 지역과 시민만을 오롯이 걱정하는 시장 같았다. 연기라면 아카데미 주연급이었다. 무거운 한숨을 연거푸 내쉰 와이어트가 시우를 힐끔 쳐다보았다.

「혹시 이번에는 확실한 증거나 새로운 단서가 있는 겁니까?」

「34년 전의 시장은 부친이셨습니까?」

　질문에 질문으로 답하는 시우의 태도에 와이어트의 미간이 꿈틀거렸다. 그러나 그는 노련한 정치가답게 여유를 잃지 않았다.

「아니에요. 그때는 조부께서 시를 책임지고 있었어요.」

「혹시 만나 뵐 수 있을까요? 당시 상황을 누구보다 잘 파악하고 계실 것 같은데.」

「그러셨을 겁니다. 그런데 만나게 해 드릴 수는 없습니다.」

　시우의 한쪽 눈썹이 힐끗 올라가자 와이어트가 안타까운 미소를 흘렸다.

「돌아가셨습니다. 조부모님 두 분 모두. 아버님이라도 생존해 계시면 만나게 해 드리면 좋을 텐데, 안타깝게도 아버님도 돌아가셨어요. 우리 집안사람들 명이 좀 짧습니다. 가업에, 시 운영에 신경 쓸 일이 워낙 많다 보니까 그렇게 된 것 같은데 어쩔 수 없죠. 우리 집안의 숙명이라고 생각하고 있어요.」

　호정이 조심스레 말했다.

「그렇군요. 죄송합니다.」

「괜찮아요.」

「그럼 모친께서도……?」

「네.」

「그럼 시장님은 어떠신가요? 혹시 당시 사건에 대해서 일
반적으로 알려져 있는 것 외에 특별히 기억나는 점이라든가,
이상했던 점 같은 건 없었나요? 34년 전이면 20대셨을 테니
까 비슷한 나잇대의 피해자들과 친분도 있으셨을 것 같은데
요.」

와이어트가 후후, 낮은 웃음을 흘렸다.

「애석하게도 난 그때 여기에 없었어요. 고등학교, 대학 모
두 LA에서 다녔거든요.」

「아, 네.」

「피해자 중 제시 브라운만 몇 번 본 적 있죠. 피해자 부모
가 모두 우리 농원에서 일했거든요. 주말이나 일손이 달릴
때면 부모들이 자식들을 데리고 와서 일을 시켰죠. 나도 주
말이면 가끔 농원에 가서 일을 도왔었고요. 그것도 나중에
사진을 보고서야 알았어요.」

시우가 다른 것을 또 물어보려는 찰나, 주머니 안의 휴대
폰이 울렸다. 휴대폰을 꺼내 발신자를 확인한 시우는 전화를
받지 않고 그대로 꺼 버렸다. 휴대폰을 주머니에 넣고 다시
입을 열었다.

「얘기를 나눠 보신 적도 없습니까?」

와이어트는 고개를 가로저었다.

「농원이 얼마나 넓은데요. 일하는 사람도 많고. 그냥 멀리

서만 가끔 본 정도예요.」

「그런데 사진만 보고 바로 기억이 나셨단 말입니까?」

와이어트가 한쪽 눈을 찡긋했다.

「제시 브라운 사진을 봤으면 아실 텐데요. 어린데도 엄청 섹시한 금발 미녀였거든요. 그 집 딸 둘이 다 그랬어요. 넓은 농원에서 멀리서만 봐도 눈에 확 띌 만큼.」

그가 다시 후후, 웃었다.

「하지만 얘기를 나눠 본 적은 없어요. 말 한 번 걸었다가 괜한 오해를 받을 수도 있으니까. 롬폭은 작은 동네예요. 비밀이라는 게 없죠. 거기에 근거 없는 소문도 잘 나는 편이죠. 그래서 특히 우리 집안사람들은 매사 조심해야 돼요. 보는 눈들이 많거든요.」

수긍한다는 양 고개를 끄덕인 시우가 무심한 눈빛으로 와이어트를 바라보았다.

「말씀 잘 들었습니다. 덕분에 방문할 가정 수가 하나 줄었네요.」

「우리 집도 방문할 계획이었습니까?」

「조사에 필요한 사람은 모두 만나 봐야 되니까요. 그런데 이젠 됐습니다. 들어야 할 말은 다 들은 것 같네요. 그럼 우리는 그만 가 보겠습니다.」

시우가 자리를 털고 일어났다. 와이어트도 씨익 미소 지으며 몸을 일으켰다. 문까지 두 사람을 배웅하며 가볍게 말했다.

「그럼 조만간 한 번 들르시죠. 어쨌든 우리 시에서 벌어졌던 사건 때문에 이렇게들 오셔서 수고하시는데 시장으로서 감사 인사 정도는 드려야죠. 저녁 식사 어떠십니까. 정식으로 초대하겠습니다.」

「말씀은 감사합니다만, 괜찮습니다. 말씀드렸다시피 기본적인 조사를 위해서 만나 볼 사람들이 너무 많아서요.」

「아무리 바빠도 밥은 먹어야 할 것 아닙니까. 내일모레, 토요일 저녁 어때요.」

「글쎄요.」

「시간 많이 빼앗지 않겠습니다. 부담 갖지 말고 같이 온 요원들과 와서 식사만 하고 가세요.」

시우는 잠시 시간을 끈 후 마지못한 표정으로 대답했다.

「알겠습니다. 그렇게 하죠.」

「그래요, 그래.」

와이어트는 만족스런 표정으로 웃으며 문 앞에서 악수를 청했다.

「그럼 잘 부탁합니다. 모쪼록 이번만큼은 또다시 재수사 얘기가 나오지 않도록 확실하게 결론 내 주기 바랍니다.」

「그럴 겁니다.」

「내가 도울 일이 있다면 성심껏 돕겠습니다. 언제든 말만 하세요. 아, 그리고 한 가지 더. 우리 시민들은 모두 착하고 순박한 사람들입니다. 도시 사람들하고는 달라요. FBI가 또 여기저기 쑤시고 다니면 분명히 동요하고 불안해할 겁니다. 확실한 재수사를 위해선 어쩔 수 없는 일이긴 합니다만, 그래도 시민들이 많이 불안해하지 않도록 각별히 신경 써 주기 바랍니다. 그 정도 부탁은 들어줄 수 있죠?」

시우의 서늘한 눈빛과 와이어트의 부드러운 눈빛이 허공에서 소리 없이 부딪쳤다. 시우의 붉은 입술에 처음으로 미소 비슷한 것이 지어졌다.

「불안감은 이성이 아닌 감성적 시스템에 따라 작동하죠. 특히 자주적인 삶이 아닌 외부 의존도가 큰 삶을 사는 사람이나 집단일수록 의존하던 신뢰가 붕괴될 때, 혹은 붕괴 가능성이 높다고 판단될 때 극심한 불안감에 빠지게 됩니다. 롬폭처럼 공동체 의식이 강한 소도시에 사는 사람들일수록 그런 상태가 지속되면 집단 아노미 상태에 빠지기도 하죠.」

「내가 우려하는 점이 바로 그겁니다.」

「시장님 뜻은 잘 알았습니다. 그럼 토요일에 뵙죠.」

고개를 까딱한 시우가 호정을 에스코트하며 방을 나섰다. 자리에서 일어나 다가오는 콜 에크런드와 두 사람은 가벼운 묵례로 인사를 대신하고 지나쳤다. 두 사람이 비서실을 나갈 때까지 등 뒤에 달라붙은 와이어트와 콜의 시선은 떨어질 줄 몰랐다.

시청 앞에 주차해 놓은 차에 오르자마자 호정이 물었다.

"왜?"

주어도 목적어도 생략된 물음이었지만 시우는 질문이 뜻하는 바를 바로 알아들었다. 하지만 대답해 주기 전에 처리할 일이 있었다.

"미안. 전화 두 통만 하고."

시우는 우선 매기에게 전화를 걸었다.

「이시우입니다. 분석팀은 왔습니까? ……예상보다 빨리 왔군요. 보안관들요? 그들이 표식을 봤습니까? ……아니, 그 정도는 괜찮습니다. 분석팀이 증거를 수거해 가는 데까지는 시간이 얼마나 소요될 것 같습니까? ……잘됐군요.」

시우는 시청에 갔던 일은 어떻게 됐느냐고 묻는 매기에게 와이어트에 대한 이야기를 해 주었다.

「예상했던 일입니다. ……그렇죠. 확실해지기 전까진 시장이나 보안관은 물론 이곳 사람들 어느 누구도 믿어선 안 됩니다. ……아니요. 임시 사무실은 그대로 이용하도록 하죠. 우리도 그편이 수사하는데 훨씬 유리할 겁니다. ……그러죠. 그럼 이따 봅시다.」

이런저런 얘기 끝에 매기는 분석팀 작업이 끝날 때까지 해변을 지키기로 하고 시우와 호정은 임시 사무실이 마련되어 있는 보안관 사무실에 먼저 가 있기로 결론을 냈다.

매기와 통화를 끝낸 시우는 다음으로 본부에 있는 헨리 팀장에게 전화를 걸었다. 그에게도 와이어트에 대한 상황 보고를 간단히 마친 시우는 브라헤 집안과 와이어트 가족, 그 주변인들에 대한 조사를 부탁했다. 헨리 팀장은 조사 결과가 나오는 대로 팩스로 보내 주겠다고 했다.

「팩스 말고 보안 계정 메일로 보내 주십시오.」

시우는 국장한테 받았던 FBI 임시 보안 계정 메일의 아이디를 불러 주었다. 헨리 팀장은 컴퓨터보다 자신이 더 빠르다는 사람이 웬일로 느린 컴퓨터를 다 이용하려고 하느냐며

은근히 비꼬았다.

「수고하십시오.」

시우는 굳이 답할 필요가 없는 말에는 대꾸하지 않고 전화를 툭 끊어 버렸다. 급한 연락을 마친 시우는 대시 보드에 휴대폰을 던져 놓고 조수석의 호정을 바라보았다. 그녀의 질문에 한참이나 늦은 대답을 해 주었다.

"글록17이 밀거래되던 83년도에 글록17을 소유할 수 있었던 사람, 10대 두 명이 살해당한 사건을 갱단의 소행으로 몰고 갈 수 있었던 사람, 그리고 그렇게 묻은 사건을 34년이 지난 지금까지도 계속 묻어 둘 수 있는 사람. 내가 알아본 바로는 이 작은 도시에 그 정도 재력과 권력을 가진 사람은 몇 명안 돼."

"그럼 처음부터 와이어트 브라헤 시장을 염두에 두고 있었던 거야? 그래서 시청에 간 거였고? 와이어트가 어떻게 나오나 보려고?"

"그런 측면도 있었지만 명단이 필요하기도 했어. 그리고 아까 말했잖아. 후보 중 한 명이었다고. 좀 더 정확하게 말하자면 강력한 용의자 집단 중 한 명이라고 할 수 있지. 물론 와이어트 시장이 범인이라는 얘기는 아니야. 적극적 은폐자일 가능성이 커."

"그럼 브라헤 집안의 남자들이 모두 용의자라는 거야?"

시우는 차를 출발시키며 호정을 힐끗 쳐다보았다.

"여자들은 여자가 연쇄 살인마일 수 있다는 가정이 불편한가 봐? 크로닌 요원도 그 부분을 브리핑할 때 꽤 민감하게 반응하던데, 누나도 불편해?"

"내가? 난 불편해한 적 없는데."

시우가 피식 웃음을 흘렸다.

"그럼 무의식적인 거부 반응이라는 건가. 방금 그랬잖아. '브라헤 집안의 남자들?' 이라고. 당연하다는 듯이 여자는 그 대상에서 제외시켰잖아. 브리핑할 때 내가 분명히 백인 남성은 아닐 거라고 했는데도 말이야."

아, 하며 호정은 아랫입술을 살짝 깨물었다. 내가 그랬나? 하고 반추해 보고는 소심하게 반론을 제기했다.

"그거야 통상 범죄율이나 연쇄 살인마들을 보면 남자가 여자보다 범인일 확률이 훨씬 높으니까. 안 그래?"

"평균으로 보면 그렇지. 매년 발생하는 살인 사건 중 범인이 남자인 경우가 87%에 달하니까. 그중 남자가 남자를 살해한 경우가 65%, 남자가 여자를 살해한 경우는 22%. 반면 여자가 남자를 살해한 경우는 10% 내외고, 그중 여자가 여자를 살해한 경우는 고작 3%밖에 되지 않는 게 현실이긴 하지."

호정이 입술을 비죽였다.

"거봐. 크로닌 요원이나 내가 같은 여자라고 그러는 게 아니라니까. 그리고 네가 에페타 킬러가 여자일 가능성도 배제할 수 없다고 했을 때 말도 안 된다고 가장 강하게 반론을 제기했던 사람은 우리가 아니라 세이렌 요원이었거든!"

시우는 그런가, 하며 창턱에 손을 기댔다. 호정이 다시 물었다.

"그래서 넌 브라헤 집안의 여자 중에 범인이 있을 거라고 생각하는 거야?"

"프로파일링 결과나 지금까지의 정황을 종합해 보면 그렇게 추론하는 것이 가장 합리적이긴 하지. 하지만 브라헤 집안에 흑인이나 히스패닉계와 혼혈인 남자가 있을 가능성도 있으니까 모든 가능성은 열어 둬야겠지. 혹은 메스티소가 있을 수도 있고. 어쨌든 본격적인 조사는 이제부터 시작이야. 섣부른 추측이나 예단은 금물이란 얘기지. 다만……."

"다만 뭐?"

"몇 가지 걸리는 부분이 있는 건 사실이야."

호정의 눈이 동그래졌다.

"어떤 부분이?"

"와이어트 브라헤도 말했잖아. 제시 브라운이 어린 나이에도 눈에 확 띨 만큼 섹시한 금발 미녀였다고. 그런데 범인은 금발 미녀와 아무도 없는 외진 바닷가에 단둘이 있었는데도 아무 짓도 하지 않았어. 마이클 쉬렉은 저항할 새도 없이 처리해 버렸는데도 말이야."

시우가 곁눈질로 호정일 힐끗 보고 말을 이었다.

"현장 사진을 보면, 제시 브라운은 살해당할 당시 속옷 차림이었어. 그런데 부검 결과, 성폭행 소견이 없었단 말이지. 물론 회음부가 심하게 손상되어 있던 것으로 봐서 살해당하기 최소 몇 달 전부터 수차례에 걸쳐 반복적으로 성폭행을 당했을 거라는 소견은 있었지만."

아, 이런 얘긴 진짜 불편한데. 호정은 여지없이 손이 차가워지면서 손바닥에 식은땀이 송골송골 맺히는 것이 느껴졌다. 그녀가 기억하기론 중·고등학생 때부터 그랬다. 친구들이 조금만 야한 얘기를 해도 급격히 체온이 내려가며 식은땀이 나고, 심할 경우에는 숨이 안 쉬어지고 구역질까지 났었다.

처음에는 내숭이라며 놀리던 친구들도 나중에는 증상이 심각한 것을 보고는 유별나다고 하면서도 그녀 앞에서는 성적인 얘기를 하지 않았다.

호정 스스로도 그렇게 생각했다. 괜히 창피하고, 곤란하고, 불편했다. 사춘기 시절, 오빠에게도 말하지 못한 유일한 고민거리였다.

우습지만 면역력을 키운답시고 혼자 방문 걸어 잠그고 이런저런 책도 보고 영화를 보며 나름 노력을 하기도 했다. 덕분에 대학을 졸업하고 미국으로 유학 올 즈음에는 많이 나아졌다. 이젠 고작 차가워진 손바닥에 식은땀이 고이는 정도가 전부다. 예전에 비하면 엄청나게 좋아진 거지만 여전히 신경 쓰이고 불편한 건 마찬가지였다.

호정은 축축해진 손바닥을 바지에 쓱쓱 문지르며 물었다.

"그래서?"

"그런데 범인은 제시 브라운한테 성폭행은커녕 손도 대지 않았어. 누나가 아까 말한 그 확률로 말하자면, 그런 환경에서 남자가 범인일 경우에는 성폭행이나 물리적 학대 혹은 고문으로 이어질 확률이 86%로 상당히 높은데 말이야."

"그래서 원한 혹은 분노에 의한 범행일 거라고 한 거 아니었어?"

"맞아. 만약 범행이 그 건 하나로 끝났다면 미확인범 프로파일링에 더욱 애를 먹었을 거야. 증거는 부족하고 범위 축소에는 한계가 있으니까. 그런데 범인은 고맙게도 스스로 다시 모습을 드러냈지. 4년이란 잠복기를 거친 후에 샌프란시스코로 무대를 옮겨서 연쇄 살인을 시작했으니까."

시우의 입가에 서늘한 미소가 흘렀다.

"물론 범인은 롬폭에서의 최초 범행 후 자신의 존재를 감추기 위해서 여러 가지 트릭을 썼어. 무대를 바꾸고 총기를 기록에 없는 흔한 루거 9mm로 바꾸고, 편지와 암호문을 보내서 경찰과 언론을 조롱하고 자극하며 사회적 혼란을 야기시켰어."

"그럴수록 스스로가 안전해질 수 있다고 믿었을 테니까. 그리고 지금껏 범인이 누군지 특정조차 못 하고 있는 걸 보면 그의 계획은 거의 성공적이었다고 해도 과언이 아니야. 아, '그'가 아니라 '그 혹은 그녀'."

호정이 얼른 정정하자 시우가 훗, 짧은 웃음을 터트렸다.

"누나 말대로 범인의 계획과 트릭은 거의 성공적이었어. 하지만 범인은 자신의 머리와 실력을 너무 과신한 탓에 결정적인 실수를 두 가지나 범했어."

"실수를 두 가지나?"

"첫째, 범인은 많은 것을 바꿨지만 가장 핵심적인 것을 바꾸질 못했어. 범행 대상을 물색할 때의 주변 여건과 그 대상 자체, 그리고 수법. 미련하다 싶을 만큼 범인은 한 가지만을 고집했지. 연쇄 살인마는 범행이 늘어날수록 수법이나 사후 처리, 모든 면에서 더욱 치밀해지고, 대범해지고, 잔인하게 진화하기 마련인데 말이야."

시우가 '내가 어떤 부분을 말하는 건지 알겠어?'라는 눈빛으로 호정을 가만히 응시했다.

호정은 곰곰이 생각해 봤다. 그러자 바로 고개가 끄덕여졌다. 시우의 말이 맞았다. 에페타 킬러는 단 한 번도 피해자의 몸에 손을 댄 적이 없었다. 얼마든지 피해자들을 정신적, 물리적으로 능욕하고 살해할 수 있었음에도 근거리에서 총 한 방으로 목숨만을 빼앗아 갔다.

그렇다고 본인이 암호문에 쓴 문구처럼 살인 그 자체를 즐기는 것도 아니었다. 피에 굶주린 살인마였다면 어렵게 물색해서 손에 넣은 대상을 그렇게 쉽고 빠르게 죽이지 않았을 테니까.

그녀의 머릿속에 나열되어 있던 정보들이 어느 정도 정리되기를 기다렸다가 시우가 다시 입을 열었다.

"그런데 흥미로운 건 아이러니하게도 범인은 성(性), 섹스에 병적으로 집착하고 있다는 사실이야."

이건 또 무슨 소리인가 싶어 호정의 눈이 동그래졌다. 시우가 차근차근 설명해 줬다.

"범인은 대상을 모두 젊은 연인, 그것도 한적한 장소에서 은밀하게 데이트 중인 연인만을 골랐어. 그중에는 섹스 중이던 커플도 있었지. 그런데도 범인은 피해자 몸에는 단 한 번도 손을 안 댔어. 목숨만 빼앗아서 그들을 응징할 뿐이었지. 그건 역으로 범인이 분노하는 원천이 바로 성, 섹스에 있다는 것을 반증하는 중요한 단서이기도 해."

호정은 자신도 모르게 고개를 끄덕였다. 시우의 설명은 계속 이어졌다.

"거기서 알 수 있는 또 하나의 사실. 범인은 아마 성불구자일 거야. 남자든 여자든 혹은 육체적으로든, 정신적으로든 정상적인 성생활을 할 수 없게 된 사람일 확률이 커."

"그럼 범인이 성불구자가 된 원인은 마이클 쉬렉과 제시 브라운 때문일 거라는 거지?"

시우의 입가에 옅은 미소가 어렸다.

"어. 에페타 킬러의 범행은 여기 이곳, 마이클 쉬렉과 제시 브라운을 응징하면서부터 시작됐으니까."

"그럼 암호문의 제사, 제물의 의미는 바로 자신이 잃어버린 그…… 성에 대한 의식인 건가?"

"그건 그럴 수도 있고 아닐 수도 있어."

호정이 뜨악한 표정으로 시우를 바라보며 한숨을 폭 내쉬었다.

"그건 또 무슨 얘기야. 너무 복잡해. 제발 알기 쉽게 설명해 줄 수는 없니?"

"그게 아직은 확실한 게 아니라서 말이야……."

시우는 턱을 만지작거리며 뒷말을 흐렸다. 그답지 않은 일이었다. 그래서 호정은 더욱 궁금했다. 하지만 섣불리 물어보지 않고 그가 다시 말할 때까지 조용히 기다렸다.

시우의 시선이 내비게이션 화면으로 향했다. 보안관 사무실이 얼마 남지 않았음을 확인한 그는 갓길에 차를 세웠다.

상체를 틀어 그녀를 바라보며 좀 더 자세히 설명하기 시작했다.

"모든 비밀은 암호문에 있어. 그중에서 내가 주목하는 건 첫 번째 암호문이야. 다른 네 개의 암호문보다 수준은 많이 떨어지지만 첫 번째 암호문은 다른 사람의 스킬이나 도움 없이 에페타 킬러 본인의 수준대로 직접 작성된 것일 테니까."

"그래서 그만큼 에페타 킬러의 감정이나 성향이 가장 많이 투영되어 있다고 볼 수 있지."

"맞아. 그런데 첫 번째 암호문에는 자신이 성불구가 된 것에 대한 분노와 상실감보다 절대적인 어떤 특정한 대상을 향한 애도, 추모, 슬픔 같은 절박함이 깊이 배어 있단 말이지. 그래서 말인데, 어쩌면 마이클 쉬렉과 제시 브라운한테 당해서 성불구가 된 건 범인이 아닐 지도 몰라."

호정은 마른침을 꿀꺽 삼키고 말했다.

"그럼 네 생각은 에페타 킬러에게는 절대적인 의미의 연인이 있었고, 그 연인이 마이클 쉬렉과 제시 브라운한테 당해서 성불구가 되거나 죽임을 당했다. 물론 그 과정에서 에페타 킬러 본인도 물리적으로나 정신적으로 성불구가 됐을 수도 있고. 아, 아니다. 제사에 집착한 걸 보면 정신적인 원인이었을 가능성이 더 크겠다. 그치?"

시우는 계속 말해 보라는 듯 씨익, 미소를 지어 보였다.

"어쨌든 그래서 자신과 연인에게 죽음 혹은 고통을 준 마이클 쉬렉과 제시 브라운을 응징하고 4년이 지난 후에도 그 고통에서 벗어날 수 없어서 그들과 비슷한 대상, 조건들만 골라서 살해를 하고 제사를 지냈다는 거지?"

"거의 맞기는 한데 거기서 한 가지가 빠졌어."

호정이 '뭐가?' 하며 되물었다.

"그런 분노와 고통 때문에 연쇄 살인을 저지르는 범인이 성불구가 된 남자라면, 어떤 식으로든 피해자에게 분노를 표출하며 대리 만족을 느끼려고 했을 거야. 그 분노는 고문, 학대 등 다양한 폭력적인 형태로 나타났겠지. 그런데 에페타 킬러는 그러지 않았어. 그 큰 분노와 절망을 가슴속에 품고 성에 병적으로 집착하면서도 살해하는 순간에는 총 한 방으로 깔끔하게 끝을 냈지. 그건 마치……."

"마치 뭐?"

"마치 누군가를 대신해서 어쩔 수 없이 살인을 하는 것처럼 보이기도 해. 물론 거기엔 본인의 분노와 절망, 슬픔도 뒤섞여 있지만 에페타 킬러는 살인은 하되, 그 이상으로는 추해지고 싶어 하지 않아. 자신의 순수함과 고귀함을 지키려고 하는 거지. 범행 자체는 굉장히 냉철하고 치밀하고 이성적이지만 그 안에 깔린 기저를 깊이 들여다보면 범인이 굉장히 감정적이고 감성적이라는 것을 알 수 있어."

시우는 잠깐, 하며 노트를 펴고 나무에 새겨져 있던 표식을 그렸다.

"인디언 상형 문자에서는, 동그라미는 어른 혹은 어른들의 마음을, 세모는 어린아이 혹은 어린아이의 마음을 뜻해."

"왜?"

"사람은 누구나 실수나 잘못을 하게 되어 있는데, 사람은 그때마다 양심의 가책 때문에 아픔을 느끼게 된다는 게 그들의 기본적인 생각이야. 그리고 그 양심은 사람이라면 누구나 태어날 때 가슴속에 하나씩 품고 있다고 믿어. 바로 이 세모꼴의 형태로."

"아, 그래서 아이 혹은 아이들의 마음을 세모로 표현하는 거구나. 태초의 순수함, 뭐 그런 걸 상징하기 위해서."

"인디언들은 양심이 실수나 잘못을 저지를 때마다 그만큼 가슴속에서 회전한다고 생각했대. 그럼 어떻게 되겠어? 세모꼴 양심이 회전할 때마다 뾰족한 모서리가 가슴을 막 긁어내겠지. 긁혀진 만큼 고통은 클 테고."

호정은 고개를 주억거렸다.

"어떤 의미인지 대충 알겠다. 그럼 어른은 왜 동그라미야?"

"세모꼴 양심은 회전할 때마다 가슴을 긁으면서 조금씩 마모가 되어 가니까. 계속 마모되어 가다 보면 결국에는 동그라미가 되는 거지. 그럼 사람은 어떤 잘못을 해도 더 이상 양심의 가책이나 아픔을 느끼지 않게 된다는 거야. 인디언들은 그것을 어른들의 마음이라고 봤어."

"와, 세모와 동그라미에 그렇게 심오한 뜻이 담겨 있을 줄은 생각지도 못했어. 순수하고 정직해서 아픔을 느끼는 아이와 닳고 닳아서 더 이상 아픔을 못 느끼게 된 어른이라니……."

인디언 조상들은 정말 현명하고 지혜로웠던 것 같다. 단순한 도형 안에 심오한 의미를 담아 의사를 전달하며 동시에 깨달음까지 주고자 했으니 말이다.

순간 호정도 한 가지를 깨달았다. 그녀의 눈이 동그랗게 커졌다.

"아! 그래서 이런 표식을 새긴 거였구나. 범인 자신이 거둔 어른, 아니 범인한테는 추하고 더러운 어른들의 영혼이었겠지. 그 영혼 열 개로 제단을 쌓아 순수했던 어린 시절 혹은 순수했던 자신에게 제사를 지낸다, 뭐 그런 의미로 말이야."

"자신의 살인은 정당하고 순수하다는 의미일 수도 있고. 굉장히 감성적인 발상이지."

"그래서 범인은 남자보다 여자일 가능성이 높다는 거야?"

시우는 어깨를 으쓱였다.

"꼭 그런 것만은 아니지만 아예 영향이 없다고도 할 수 없지. 일반적으로 여자가 남자보다 감성적으로 보이기도 하니까. 물론 여자보다 더욱 감성적인 남자도 있기는 하지만. 아직까지는 추론일 뿐이야. 조사를 해 보면 곧 확실해질 거야."

"그럼 와이어트 브라헤는 용의 선상에서 완전히 제외시켜야겠네. 감성, 순수, 고귀함 그런 단어와는 정말 안 어울리는 사람이었거든. 이런 인디언 상형 문자를 알고 있을 사람으로도 보이지 않았고."

시우가 재미있다는 듯 키득거렸다.

"감성, 순수 그런 단어와는 정말 안 어울리는 사람이지. 와이어트에게 절대적인 가치는 오직 브라헤 가문, 그뿐일 거야. 그는 자신들이 마치 롬폭 왕국을 다스리는 왕족인 줄 아는 사람이니까. 그런 사람들 중에는 백인 우월자적인 성향을 가진 사람들이 많아. 그런 사람들은 다른 문화, 인종은 경멸하고 무시하지. 인디언 문화에 대한 이해도 없을 테고 그들과의 교감이나 교류도 당연히 없을 거야."

호정의 미간이 슬쩍 찌푸려졌다.

"성불구자로 보이지도 않았어. 그리고 LA에서 학교를 다녔다며. LA에서 샌프란시스코까지는 거리가 너무 멀어."

"그리고 와이어트라면 한낱 노동자 자식한테 자신이 사랑하던 연인이나 소중한 것을 잃었다면 절대로 총 두 방만으로 끝내지도 않았을 거야."

호정은 그의 의견에 십분 동의했다. 그렇다면 범인, 에페타 킬러는 브라헤 가문 사람 중 한 명으로 여자이거나 감수성이 풍부한 혼외자 남자로서 샌프란시스코에 거주 혹은 자주 방문한 기록이 있는 사람, 그중에서도 머리가 상당히 명석하며 인디언과 각별한 교분을 쌓았거나 그 문화에 대한 조예가 깊은 사람일 가능성이 높다는 얘기인데……

아, 그리고 또 하나. 성불구자 혹은 83년 6월 4일을 전후해 연인을 잃은 사람일 것이다.

호정이 흐음, 낮은 한숨을 내쉬었다.

"용의자 범위가 꽤 많이 압축되기는 했는데, 30년 전 기록이 얼마나 많이 남아 있는지가 문제네. 기록이 남아 있다고 해도 또 문제고. 프로파일링에 맞는 사람을 찾아낸다고 해도 확실한 증거가 없는 한 심증과 의심스런 기록만으로는 범인을 특정할 수가 없잖아."

시우가 한쪽 눈을 찡긋했다.

"걱정 마. 내가 아까 말했지. 범인은 두 가지 결정적인 실수를 했다고."

호정이 눈을 반짝이며 그를 쳐다보았다. 그녀와 시선을 맞추고 시우가 말했다.

"암호문. 범인은 자신의 지적 능력을 너무 과신한 나머지 암호문에 너무 많은 단서를 심어 놨어. 결국 범인은 어느 누구도 암호문을 해독할 수 없을 거라는 자만 때문에 잡힐 거야."

"몇 년 뒤에 이시우라는 세기의 천재가 태어날 것을 모르고 말이야."

시우가 당연하다는 표정으로 끄덕거렸다.

"내 말이 바로 그거야."

호정이 큭, 웃음을 삼켰다. '으이그, 하여튼 저놈의 잘난 척은' 하며 슬쩍 눈을 흘겼다.

두 사람은 서로를 마주 보며 잠시 키득거렸다. 시우가 몸을 바로 돌리고 시동을 걸었다.

"자, 그럼 보안관은 또 어떤 인물인지 한 번 만나러 가 볼까."

9장

두 사람이 보안관 사무실에 들어가자, 신참 티가 팍팍 나는 젊은 부보안관 중 한 명이 엉거주춤 자리에서 일어났다.

「무슨 일이십니까?」

시우가 FBI 신분증을 보여 주었다.

「보안관님을 만나러 왔습니다.」

「아, 네. 잠시만 기다리세요.」

두 눈이 휘둥그레진 부보안관이 구르듯이 안쪽에 있는 방으로 달려갔다. 얼마 지나지 않아 목이 거의 없는 뚱뚱한 중년 백인 남성이 방에서 느릿느릿 걸어 나왔다.

「어서 오십시오. 롬폭시의 치안을 책임지고 있는 제리 파웰 보안관이라고 합니다.」

「안녕하십니까, FBI 자문 위원인 이시우 박사라고 합니다. 이쪽은 주호정 씨고요.」

「반갑습니다. 일단 내 방으로 가시죠.」

제리 파웰의 방은 딱 보안관의 방다웠다. 벽에는 박제된 커다란 수사슴 머리가 두 개나 걸려 있고, 커다란 마호가니 책상에는 근사한 카우보이모자도 하나 놓여 있었다. 와이어트와 함께 찍은 이런저런 사진들과 함께.

「오전에 연락받고 내내 기다렸습니다. 도착하면 이리로 바로 오실 줄 알았는데 갑자기 현장 통제를 해 달라는 전화를 받고 솔직히 좀 당황했습니다. 게다가 시청 방문에, 시장님과 미팅까지 했다면서요? 아무리 연방 사건이라서 FBI한테 지휘권이 있다지만 너무한 거 아닙니까? 내 체면도 있고 절차라는 게 있는데…….」

애기인즉슨 대놓고 무시당한 것 같아서 불쾌하다는 뜻이었다. 호정은 시우가 까칠하게 나오기 전에 먼저 나섰다.

「보안관님이나 절차를 무시할 생각은 전혀 없었습니다. 수사의 기본이 현장 확인이기에 확인 차 먼저 현장에 가 본 것뿐입니다. 그 과정 중에 의심스러운 단서가 발견되어 현장 통제 지원 요청부터 하게 됐을 뿐이고요. 시장님과 만난 것도 단서를 조사하던 과정 중에서 일어난 우연이었습니다. 어쨌든 불쾌하셨다면 죄송합니다.」

보안관 앞에서 수사의 기본 운운하는 게 본인이 생각하기에도 꽤 얼굴 화끈거리는 일이었지만 호정은 짐짓 능숙하게 대처했다. 어쨌든 본인 말대로 롬폭 치안을 책임지고 있는 보안관인데 첫 만남부터 서로 얼굴을 붉힐 필요는 없지 않은가.

앞으로의 관계가 어떻게 될지는 모르겠지만.

호정의 재빠른 대처와 미소가 제법 효과가 있었다. 보안관은 이해를 구하는 그녀의 부드러운 미소와 사과가 마음에 드는 듯 금세 굳어 있던 표정을 풀고 하하, 웃었다.

「나도 문제 삼자고 한 말은 아닙니다. 뭐, 하긴 그럴 수도 있죠. 놀러온 것도 아닌데 현장 조사가 먼저지, 인사가 먼저겠습니까. 시장님도 그렇고, 나도 그렇고 그 정도는 이해합니다. 하하하.」

그가 윗니를 드러내며 크게 웃자 덥수룩한 콧수염이 출렁이는 배와 함께 실룩였다. 보안관은 바지에 벨트를 걸 수 있는 걸이에 양 엄지손가락을 하나씩 걸고 상체를 뒤로 젖혔다. 육중한 체중이 버거운지 의자가 끼기기긱, 비명을 질러댔다.

보안관은 여유로운 표정으로 두 사람을 번갈아 쳐다보았다.

「그런데 새로 발견됐다는 단서가 대체 뭡니까? LA지부의 증거 추적 분석팀까지 와서 나무를 자르고 난리라던데. 나무에 뭐가 있는 겁니까?」

무표정에 가까운 시우의 서늘한 시선이 보안관에게 향했다.

「현장에 나가 있는 부보안관한테 이미 보고를 받았을 텐데요.」

「대충은 받았죠. 나무에 무슨 표식이 있다고 하는 것 같더군요, 그런데 그쪽 요원들이 하도 보안을 철통처럼 하는 통

258

에 보지도 못했답니다. 대체 그게 뭡니까? 표식이라면 어떤 표식을 말하는 거죠?」

「아직까지는 미확인 표식일 뿐입니다. 이전 보고서 어디에도 나와 있지 않은 새로운 표식이죠. 그래서 보안 상태에서 조사해 보려는 겁니다.」

보안관이 떨떠름한 표정으로 손을 내저었다.

「그게 뭔 표식인지는 모르겠지만, 조사해 보나 마나 별거 아닐 겁니다. 당시 우리 보안관들이나 재수사를 했던 FBI 요원들 모두 현장부터 마을까지 이 잡듯이 샅샅이 뒤졌었거든요. 그런데 표식은커녕 단서가 될 만한 것 하나 발견된 게 없었어요.」

보안관은 두툼한 입술을 비죽였다.

「나도 그때 10대 때라서 웬만한 건 다 기억이 납니다. 우리한테는 엄청 충격적인 사건이었으니까. 그런데 그땐 없던 표식이 지금 발견됐다? 하! 그럼 뻔한 거 아닙니까.」

그는 어이없다는 듯 코웃음도 쳤다.

「보나마나 껄렁거리는 애들 몇 놈이 장난 좀 친 걸 겁니다. 그 비치는 원래도 사람들 왕래가 없던 곳이었지만 그 사건 이후로는 진짜 발길이 딱 끊겼거든요. 그래서 젊은 애들이 담력 테스트한답시고 가끔 가서 놀고는 합니다.」

보안관은 말미에 후우, 한숨을 내쉬었다.

「FBI는 그 사건을 어떻게든 에페타 킬러하고 연관 짓고 싶은 모양인데, 쯧쯧. 안 됐지만 그 사건은 범인만 잡지 못했을 뿐이지, 이미 오래전에 갱단 소행이라고 결론이 난 사건이에요. 예전에 왔던 FBI도 그렇게 결론을 내렸었고요.」

시우가 무슨 생각을 하는지 알 수 없는 표정으로 어깨만 한 번 으쓱였다.

「조사해 보면 알겠죠.」

시선으로 책상에 장식되어 있는 액자 하나를 가리켰다.

「잘생긴 청년이군요.」

뜬금없는 소리에 보안관은 눈을 끔벅이며 힘겹게 몸을 일으켰다.

시우의 시선을 따라 책상 앞의 액자들을 쭉 살펴본 그의 얼굴에 이내 함박웃음이 지어졌다. 사진을 얼른 집어 들고 자랑하기 시작했다.

「하하하. 그죠, 엄청 잘생겼죠? 공부도 썩 잘한답니다. 이게 고등학교 졸업식 때 사진인데 이거 보이죠? 금색 띠. 이건 성적 우수 학생들한테만 걸어 주는 겁니다. 우리 롬폭고등학교의 전통이죠, 이 상패도요. 그리고 이건 성적 우수 학생이라는 인증서라는 겁니다. 대단하죠?」

「보안관님의 아들인가요?」

보안관이 뭐 그런 당연한 걸 묻느냐는 듯 거만한 표정으로 고개를 끄덕였다.

「그런데 옆에 있는 보안관님도 같은 걸 들고 계시네요.」

「하하하. 박사가 눈이 엄청 밝네요. 맞아요. 같은 겁니다. 그런데 이건 내 거예요. 나도 졸업할 때 우수 학생이었거든요.」

「그렇군요. 톰 파웰은 2015년에 졸업한 성적 우수자, 보안관님은 1984년에 졸업한 성적 우수 학생이었네요.」

응? 그걸 어떻게 알았지? 하는 표정으로 시우와 사진을 번갈아 쳐다보던 보안관은 사진 속 자신과 아들이 들고 있는 인증서를 보고는 아, 하며 고개를 끄덕였다.

인증서에는 커다랗게 찍혀 있는 학교명 아래에 우수 학생 이름과 졸업 년도가 적혀 있었다.

「시력이 진짜 좋으시네. 이 작은 글씨가 다 보이고. 역시 젊음이 좋다니까. 하하하.」

시우의 서늘한 시선이 보안관에게 향했다.

「그럼 보안관님은 마이클 쉬렉, 제시 브라운과 같은 시기에 학교를 다니셨겠군요. 더구나 마이클 쉬렉과는 같은 학년이었고요.」

보안관의 웃음소리가 뚝 끊겼다. 그의 얼굴에서 웃음기가 서서히 사라졌다. 그는 떨떠름한 표정으로 마지못해 대답했다.

「그래요, 그랬지.」

「그 두 사람은 어떤 사람이었습니까?」

천천히 의자에 다시 앉은 보안관은 잠시 뜸을 들인 후 대답했다.

「마이클하고는 같은 학년이었죠. 그런데 친하지는 않았어요. 그 자식하고 나는 노는 물이 워낙 달랐거든.」

보안관은 흠흠, 헛기침을 하며 콧수염을 만지작거렸다.

「나는 얌전한 모범생이었고 마이클은 공부하고는 담 쌓은 불량 학생이었어요. 늘 술에, 싸움에, 여자에…… 완전 문제아였죠. 제시는…… 훗, 한마디로 끝내줬죠. 제시 사진 봤죠?」

호정이 시우 대신 네, 하며 고개를 끄덕였다. 보안관은 '그럼 내가 무슨 말 하는지 다 알겠네' 하며 한쪽 눈을 찡긋거렸다. 그러고는 손가락으로 머리를 가리켰다.

「그런데 걔도 여기가 영…….」

그는 피식, 웃으며 고개를 가로저었다. 그러면서 보안관은 두 사람에 대해 이런저런 이야기를 해 줬다. 그중에 새롭거나 도움이 될 만한 얘기는 딱히 없었다.

쓸데없는 얘기만 실컷 한 보안관이 말미에 넌지시 물었다.

「그런데 듣자 하니 시청에서 메디케어, 메디케이드 명단을 뽑아 달라고 했다던데, 그 이유는 또 뭡니까?」

「여긴 정말 소문이 빨리 도는 군요. 특별한 이유는 없습니다. 기본적인 조사 차원일 뿐이죠.」

간단하게 대답한 시우와 호정은 이제 그만 임시 사무실로 꾸려진 회의실로 가 보겠다며 자리에서 일어났다.

Rrrr. Rrrr.

시우의 휴대폰 벨이 울렸다. 주머니에서 휴대폰을 꺼내는데 책상 위에 올려 둔 보안관의 휴대폰 벨도 울렸다. 임시 사무실로 꾸린 회의실을 안내해 주겠다며 두 사람을 따라 자리에서 엉거주춤 일어나던 보안관이 얼른 액정을 확인하고 전화를 받았다.

「어, 그래. 잠깐 기다려.」

보안관이 두 사람을 올려다보며 말했다.

「나가서 왼쪽 복도를 끼고 돌아가면 회의실이 두 개 있어요. 하나는 그냥 회의실이고 다른 하나는 요청한 대로 꾸려놓은 임시 사무실입니다. 둘 다 복도 쪽이 유리로 되어 있어서 안이 다 보이니까 바로 찾을 수 있을 겁니다.」

시우와 호정은 가볍게 묵례를 취하고 방을 나섰다. 시우도 전화를 받았다.

「네, 크로닌 요원. 끝났습니까?」

방문을 닫기 전, 보안관의 나지막한 음성이 들려왔다.

「됐어, 말해. ……나무 밑동? 그래서 봤어? ……젠장. 그래도 그렇지, 그거 하나 제대로 못…….」

딸깍.

방문을 닫는 시우의 입가에 옅은 비소가 흘렀다.

역시 고여 있는 물은 썩기 마련이다.

롬폭*, 이름 하나는 잘 지었다.

썩은 냄새가 여기저기서 진동하고 있었다.

❧⚜❧

현장 작업을 마치고 돌아온 매기와 두 사람은 숙소인 호텔 근처에서 간단하게 저녁 식사를 해결하고 시우의 방에 모여 회의를 했다.

표식이 새겨져 있는 나무 밑동은 증거 추적 분석팀이 수거

---

*롬폭:인디언 언어로 '고여 있는 물'이라는 뜻.

해 LA지부로 가져갔다. 표식이 새겨진 시기와 도구는 조사 결과가 나오는 대로 알려 주기로 했다.

그동안 세 사람은 누가 왜, 어떤 의미로 나무에 그와 같은 표식을 새겼으며 마이클 쉬렉과 제시 브라운을 처형하듯 살해할 만한 인물이 누구인지를 추적하기로 했다.

그러려면 1983년 6월 4일을 전후한 마이클 쉬렉과 제시 브라운의 행적을 먼저 조사해 봐야만 했다. 그러나 마이클 쉬렉의 경우에는 유일한 가족인 부친이 이미 사망한 상태라서 이전의 수사 보고서와 다른 새로운 사실이 밝혀질 가능성은 희박했다.

그래서 우선적으로 제시 브라운의 가족과 지인들을 대상으로 한 탐문 수사를 내일 오전부터 본격적으로 시행하기로 했다.

서류 상으로 제시 브라운의 가족 중 모친과 여동생은 아직 생존해 있었다. 그녀의 모친은 아직 롬폭에 거주하며 브라헤 농원에서 일하고 있었고, 여동생은 오래전에 LA로 이주해 살고 있었다.

하지만 헨리 팀장이 다시 조회해 보니, 제시 브라운의 동생 라일리 브라운은 LA가 아닌 라스베이거스에 거주하고 있었다. 세 사람은 일단 제시 브라운의 모친을 만나본 후 라스베이거스로 이동해 여동생을 만나 보기로 했다.

그 후 시우가 시청에서 받아 온 명단과 헨리 팀장이 보내온 브라헤 집안사람들에 대한 자료를 검토한 후 인물들을 간추려 낸 것을 토대로 주변 인물들에 대한 조사를 진행하기로 했다.

회의를 마치고 나니 벌써 밤 10시가 훌쩍 넘어 버렸다. 그제야 호정과 매기는 고단한 몸을 이끌고 자신들의 방으로 갈 수 있었다.

샤워를 마치고 욕실을 나온 호정은 젖은 머리채로 침대에 털썩 엎드렸다.

"으, 피곤해."

정말 정신없이 바쁜 하루였다. 오늘 아침에 버지니아에 있었다는 것이 믿기지 않을 정도였다. 드라마로만 봤던 FBI 전용기를 직접 타 봤다는 사실도, 롬폭에 온 지 고작 일곱 시간밖에 지나지 않았다는 사실도 모두 실감 나지 않았다.

어디 그뿐인가. 범인이 남겼을지도 모르는 새로운 표식을 발견하고, 어떤 식으로든 사건과 관련 있을 것이 분명한 시장에, 보안관까지 만났다. 떨리고 긴장한 내색을 감추기 위해서 얼마나 신경을 곤두세우고 있었던지, 목이 다 뻣뻣하게 굳었다.

"어시스트하는 내가 이렇게 힘들고 긴장되는데, 시우나 크로닌 요원은 어떨까."

아무리 세상 무서울 것 없는 시우나 군인 출신의 요원이라도 현장 한복판에 들어와 있는데 그 중압감이나 긴장감은 말도 못할 것이다.

특히 시우.

재수사 현장에 직접 뛰어든 만큼 그를 돕는 방법도 이전과 달라져야 할 텐데 아직까지는 무엇을 어디까지, 어떻게 도와야 할지 잘 모르겠다. 그는 오늘 밤에도 브라헤 가문 조사 파일과 시청에서 받아 온 명단을 분석하느라 한숨도 못 잘 것이 뻔했다.

"정우 아줌마였으면 이럴 때 시우한테 큰 도움이 됐을 텐데."

호정은 베개에 얼굴을 묻고 끙, 낮은 신음을 흘렸다. 그러다 불현듯 벌떡 일어나 앉았다. '정우 아줌마였다면' 최소한 이렇게 가만히 있지만은 않을 것 같았다. 잠시 갈등하던 호정은 결심을 굳히고 서둘러 젖은 머리를 말렸다.

똑똑.

시청에서 받아 온 명단을 검토하고 있던 시우는 노크 소리에 시선을 들었다. 동시에 재빨리 노트북 하단의 시간을 확인했다. 11시 53분.

12시가 다 된 시간에 누구일까. 호정인가? 피곤할 텐데 왜 안 자고…….

시우는 성큼성큼 문으로 걸어갔다.

"누구세……."

딸깍.

활짝 연 문밖에는 그의 예상대로 호정이 서 있었다.

화장기 하나 없는 맑은 얼굴의 호정. 그리고 싱그러운 바디샤워 향기와 함께 훅 끼쳐 오는 달콤한 초콜릿 향.

시우는 본능적으로 그 향기를 폐부 깊숙이 들이마셨다. 향기 속에는 갓 구운 패티와 적당히 녹은 진한 치즈 냄새도 섞여 있었다.

호정이 겸연쩍게 미소 지으며 손에 든 종이봉투를 들어 올렸다.

"룸서비스."

시우의 한쪽 눈썹이 힐끗 치켜 올라갔다.

"난 룸서비스 시킨 적 없는데요."

그러고는 장난기 하나 없는 무표정한 얼굴로 문을 도로 닫으려고 했다. 어! 하고 깜짝 놀란 호정이 '어우, 야' 하며 재빨리 문을 밀고 안으로 들어갔다.

"기껏 생각해서 왔더니 문전박대나 하려고 하고. 이시우, 야박하게 그러는 거 아니다."

시우는 등 뒤로 문을 닫고 그녀를 따라 걸음을 옮기며 시큰둥하게 말했다.

"기껏 생각해서 와 달라고 한 적도 없어. 피곤할 텐데 안 자고 왜 왔어?"

"너 혼자 이러고 있을 거 빤한데 너 같으면 잠이 오겠니? 명색이 우리가 환상의 드림팀인데 너한테만 다 맡겨 놓고 잘 순 없잖아. 같이해. 넌 분석하고, 난 정리하면서 분류하고. 오케이?"

시우가 뭐라고 말하려고 하자 호정이 재빨리 종이봉투를 다시 번쩍 들어 보였다.

"야식도 준비해 왔어. 프런트 직원이 그러는데, 여기 햄버거가 롬폭에서 제일 맛있대. 지금 이 시간에 가능한 룸서비스가 햄버거 밖에 없다면서 그러기에 그다지 믿음은 안 가지만, 그래도 냄새는 정말 죽이지 않니? 포장하면서 얼핏 봤는데 비주얼도 괜찮아. 저녁도 많이 안 먹었는데, 같이 먹을래?"

종이봉투를 내밀었지만 시우는 고개를 가로저었다. 호정은 '그럼 놔뒀다가 이따 출출해지면 먹자'라고 하면서 봉투를 화장대 위에 올려놓았다. 그제야 시선을 돌리고 방을 살폈다. 그녀의 방과 위치만 반대일 뿐, 구조나 크기는 똑같았다.

가장 먼저 시선이 간 것은 방 한가운데를 차지하고 있는 퀸 사이즈의 침대였다. 절로 낮은 한숨이 흘러나왔다.

"흐음."

피곤할 텐데, 시우는 잠깐 눕지도 않았나 보다. 침대 시트가 처음 정리된 그대로였다. 대신 1인용 응접세트 탁자 위에는 노트북과 서류 뭉치가 한가득이었다. 호정은 침대를 지나 탁자로 다가갔다. 그가 방금까지 보다가 내려놓은 서류 뭉치를 들고 대충 훑었다.

"명단 확인하고 있었구나. 어때, 미심쩍은 사람이 좀 있어?"

"인적 사항만 나와 있는 명단이라서 특별한 건 없어. 헨리 팀장이 보낸 자료와 비교해 보면 뭔가 나오겠지."

"내가 도울 건?"

시우가 그녀의 손에서 명단을 뺏어 탁자에 도로 내려놓았다.

"없어."

"연도별로 분류할까?"

"이미 순차적으로 년, 월별 출력이 잘 되어 있어서 그럴 필요도 없어."

"아, 그래서 바닥이 이렇게 깨끗하구나."

고개를 끄덕인 호정은 손가락으로 노트북을 가리켰다.

"헨리 팀장한테 온 자료는? 확인해 봤어?"

"계정에 올라와 있는 것만."

"많아?"

"적지는 않아."

"그런데 왜 출력 안 했어?"

호정은 바닥에 놓여 있는 휴대용 프린터를 눈으로 가리켰다. 휴대용 프린터는 가방 위에 놓여져만 있을 뿐, 켜 있지도 않았다. 시우가 어깨를 으쓱였다.

"이제 해야지."

"그럼 내가……."

시우가 그녀에게 한 걸음 성큼 다가갔다. 흠칫 놀라는 호정의 어깨를 양손으로 지그시 잡았다. 가라뜬 속눈썹 밑으로 그녀의 까만 눈동자를 응시했다.

"누나, 저번에 내가 한 말 잊었어?"

"무슨?"

"누가 옆에 있으면 집중이 안 된다고 했던 말."

"아, 걱정 마. 방해 안 되게 조용히 할 거니까. 내가 같이 있는지도 모를 만큼 조용히. 됐지?"

순간 시우의 눈동자에 이채가 어렸다. 그의 긴 속눈썹이 천천히 깜박거렸다.

"그건 불가능해."

"불가능하긴 뭐가 불가능해. 내가 너랑 한두 해 일했니? 내가 널 몰라? 너 일하는 스타일은 아줌마, 아저씨보다 내가 더 잘 알걸? 저번에는 혹시 1년 새 일하는 방법이 달라졌나 싶어서 그냥 갔었지만 똑같던데, 뭐. 걱정 마. 내가 다 알아서……."

"누나가 날 그렇게 잘 알아? 그런데 왜 모를까. 지난 1년 간 내가 얼마나……. 설마 알면서도 모른 척하는 건가?"

호정은 내가 뭘 알면서도 모른 척한다고 하는 거냐고 묻고 싶었지만 어쩐 일인지 그럴 수 없었다. 떨어져 있었던 1년 동안 무엇이 얼마나 바뀐 거냐고도 묻고 싶었지만 그 또한 물을 수 없었다. 한층 더 낮아진 그의 음성과 그녀를 바라보는 눈빛이 묘하게 달라졌기 때문이었다.

그저 스스로에게 물어볼 뿐이었다. 지난 1년 새 시우의 무엇이 어떻게 달라졌을까. 달라지긴 했다. 그러나 확실하지는 않았다. 그저 뭐랄까. 그의 눈빛이나 분위기가 조금은 더 깊어지고, 부드러워진 것 같은 느낌이라고나 할까. 그리고 약간의 초조함도 느껴지…….

아, 모르겠다.

깊이 알고 싶지 않았다. 그래 봐야 또 이전처럼 혼자만의 설렘, 오해로 귀결되어 낙담하고 씁쓸해할 것이 뻔하니까.

무엇보다 이러려고 이 늦은 시간에 그의 방에 온 것이 아니었다. 지금은 사건에만 집중해야 할 때였다. 호정은 황급히 시선을 내리깔고 그의 손을 거칠지 않게 쳐냈다. 부러 눈을 흘기며 가벼운 투로 말했다.

"또 시작이다. 이시우, 옛날에는 네가 이러면 괜히 나 혼자 뻘쭘하고, 내가 뭘 실수했나 싶어서 얼른 자리를 피했지만 이젠 아니야. 너 이런 수법, 이젠 나한테 안 통해."

호정은 그를 지나쳐 A4용지 박스 두 개를 쌓아 놓은 쪽으로 걸어갔다. 아까 보안관 사무실에서 가져온 것들이었다.

"이거면 충분할까 모르겠네. 한 박스 더 가져올 걸 그랬나."

호정은 중얼거리며 휴대용 프린터를 평평한 바닥에 내려놓고 콘센트를 꽂았다. 그 앞에 쪼그리고 앉아 파워를 켜고 무선 랜 어드레스를 찾았다.

"아, 잡힌다. 위성 공유기라고 그랬나? USB 크기에 이런 게 있다니, 신기하다. 그것만 있으면 세계 어디를 가든 휴대폰이든 인터넷이든 다 할 수 있는 거 아니야. 국장한테 이번 사건 끝나면 개인적으로 하나 달라고 하자. 패스워드가 뭐……!"

고개만 돌려 뒤를 돌아본 호정은 흠칫 놀랐다. 기다란 다리 두 개가 시야를 가득 채우고 있었기 때문이었다. 긴 다리를 따라 그녀의 시선이 천천히 위로 올라갔다.

시선이 마주쳤나?

모르겠다. 천장에서 쏟아지는 빛을 등지고 선 그의 얼굴은 검은 그림자에 묻혀 자세히 보이지 않았다.

시우가 천천히 한쪽 무릎을 굽히고 호정의 등 뒤로 바짝 다가앉았다. 비로소 그의 얼굴이 보였지만 호정은 그 얼굴을 제대로 보지 못했다. 고개를 휙 돌려 버렸다. 거리가 너무…… 가까웠다.

두근두근.

심장이 미친 듯이 뛰어 댔다. 호정은 죽어라고 휴대용 프린터만 내려다보았다. 등 뒤에서 긴 팔 하나가 호정의 왼 팔뚝을 스치며 뻗어 나왔다. 길고 하얀 손가락이 프린터의 액정을 부드럽게 두드렸다.

동시에 시우의 낮은 음성이 귓가를 간지럽혔다.

"efetaAPDr. Lee&Ju."

호정의 어깨가 바르르 떨렸다.

시우는 시선만으로 호정의 바짝 올려 묶은 머리부터 바르르 떨리는 여린 목, 어깨까지 천천히 어루만졌다. 가빠진 그녀의 호흡이 그를 나른하게 미소 짓게 만들었다.

그러나 그 미소는 이내 연기처럼 사라졌다. 가슴 설레어 하면서도 본능적으로 움찔 굳어 드는 호정이 여지없이 느껴졌기 때문이었다. 그녀 자신은 기억도 하지 못하는 심연의 공포가 또다시 고개를 드는 것이 느껴졌다.

끈질긴 녀석.

이젠 그만 그녀를 놔줄 때도 됐건만, 녀석은 절대로 그녀에게서 떨어지지 않는다. 시간이 지날수록 죽은 듯이 심연과도 같은 무의식의 밑바닥에 웅크리고 있다가 기회만 오면 고개를 들어 제 존재를 확인시켰다.

물론 그녀는 자신이 어떤 반응을 보이는지 전혀 인식하지 못한다. 키 크고 덩치 큰 성인 남자가 필요 이상으로 바짝 다가섰을 때 어떤 거부 반응을 보이는지를.

폭우와 천둥소리에 기겁하며 비명을 지르거나 히스테릭한 행동을 보이는 것이 차라리 낫다. 적어도 그때는 그녀 자신이 어떤 반응을 일으키는지 본인도 확실하게 인식하고 있으니까.

호정이 성인 남자 중에 본능적인 거부 반응을 보이지 않는 사람은 단 두 명뿐이었다.

오빠인 호석과 시우의 부친인 이시현 박사.

애석하게도 시우는 아직 그녀의 특별한 남자 중 한 명이 되지 못했다. 어렸을 땐 그도 그중 한 명이었는데 지금은 아니다.

만약 어렸을 때처럼 그녀보다 키가 작거나 엇비슷했다면 어땠을까. 괜찮았을까?

가끔 그런 엉뚱한 생각이 들기도 한다.

꼬맹이 시절, 서울 집에서 호정을 처음 만났던 그날처럼. 그가 부모님과 함께 서울 집에 갈 때면 갑자기 폭우가 내리거나 천둥이 치는 경우가 잦았었다. 공교롭게도 그 시기가 항상 여름, 장마철이었기 때문이었다. 끈적거리는 습한 찜통 더위가 아니면 쉴 새 없이 내리는 비의 연속이었다.

때문에 시우가 기억하는 한국의 여름은 습한 더위 아니면 비, 이 두 단어로 집약된다.

그가 부모님과 서울 집에 갈 때면 호정도 할머니나 호석이

273

형과 함께 집에 와서 같이 지냈었다. 그럴 때 장대비나 천둥이라도 치면 시우는 호정이 발작을 일으키기 전에 먼저 그녀의 방을 찾아갔었다. 고사리 같은 손으로 호정의 손을 꼭 잡고 괜찮다며 토닥거렸었다.

그럼에도 발작을 일으키면 어른들 틈바구니에 끼어 앉아 호정이 안정을 되찾고 잠들 때까지 그 곁을 지켰었다. 그럼 그녀도 시우의 작은 손을 끝까지 놓지 않았었다.

그 후 시우는 NASA다, 학위 취득이다 해서 한동안 한국에 들어가지 못했었다. 호석은 가끔 미국에 와서 봤지만, 호정은 보지 못했었다.

그 때문이었을까. 호정은 소년에서 남자가 되어 버린 시우를 예전의 귀여운 동생으로 받아들이지 못했다. 물론 그게 싫다는 건 절대 아니다. 호정이 자신을 동생이 아닌 남자로 강하게 인식해 줘서 얼마나 고맙고 다행인지 모른다.

그 역시 호정을 누나가 아닌 여자로 인식한 지 꽤 오래되었으니까.

정확하게는 5년 쯤 됐다. 하버드로 유학 온 호정이 어머니와 함께 보스턴 집에 나타났던 그 순간부터였다.

현관문이 열리고 자신을 부르는 어머니의 음성에 계단을 내려가던 시우는 밑에서 자신을 올려다보던 호정과 해후했었다.

자신을 보고 흠칫 커지던 까만 눈동자와 그 표정을 아직도 잊지 못한다. 당황한 기색을 감추지도 못한 채 수줍은 듯 발갛게 상기되던 사랑스러운 얼굴도.

마냥 안쓰럽고 도와주고만 싶던 추억 속의 착한 누나가 '여자'로 강하게 인식되던 순간이었다.

아마 그녀도 그때가 처음이었을 것이다. 자신을 남자로 처음 인식하고 뺨을 붉힌 것이.

그런데 생각지도 못했던 문제를 맞닥뜨렸다. 바로 호정의 무의식 속에 숨어 있는 저놈의 '공포'라는 녀석이었다.

불행 중 다행으로 호정은 세 살 때의 납치 사건을 전혀 기억하지 못한다. 너무 어린 나이이기도 했지만, 그녀의 무의식이 스스로를 보호하기 위해서 기억을 차단해 버렸기 때문이다.

좀 더 정확하게 말하자면, 호정은 해리성 기억 상실증이다. 아동 성도착범에게 언니와 함께 납치됐던 두 달간을 전혀 기억하지 못한다. 심지어 그곳에서 함께 갇혀 있다가 죽임을 당한 언니의 존재조차 기억하지 못한다.

할머니와 오빠의 존재는 기억하면서 끔찍했던 두 달 간의 기억과 언니의 존재만이 그녀의 기억에서 지워져 버렸다.

나중에 안 사실이지만, 호석은 그녀를 위해 억울하게 죽은 동생의 흔적을 모두 지워 버렸다고 한다. 호정이 더 이상 언니의 존재를 기억하지 못한다는 사실을 알게 된 날, 집으로 달려가서 죽은 동생의 사진과 옷가지 등을 모두 태워 버렸다고 했다.

이젠 하나밖에 남지 않은, 기적처럼 살아 돌아온 어린 동생을 위해서.

하지만 그녀 스스로 기억을 지워 버렸다고 해서 당시의 공포마저 깨끗하게 잊혀진 것은 아니었다. 끔찍했던 기억이 단단히 봉인된 대신 공포는 무의식 깊숙이 똬리를 틀어 버렸다.

폭우, 천둥소리, 커다란 성인 남자의 스킨십 등 당시의 끔찍한 기억을 상기시킬 만한 요소들이 등장할 때면 기회를 놓치지 않고 불쑥 튀어나와 그녀를 삼켜 버렸다.

때문에 시우는 호정에게 섣불리 다가가지 않았다. 늘 조심스러웠다.

가끔은 그녀를 원하는 마음이 너무 커서 실수인 양, 우연인 양 다가가지만 호정의 몸이 본능적인 거부 반응을 보이는 순간 바로 물러났다.

그럴 때마다 시우는 두 배로 괴로웠다. 그녀를 위해 참고 물러서야 하는 마음도 괴롭지만, 그를 오해하고, 실망하고, 아파하는 호정 때문에 더욱 괴로웠다.

바보. 내가 누구 때문에 참고 조심하는 건데.

한때는 최면 치료 요법이든 약물이든 호정의 봉인된 기억을 끄집어내어 치료하는 것이 낫지 않을까, 하는 생각도 해 봤다. 하지만 결론은 항상 '그럴 수 없다'였다.

호정이 유년 시절의 끔찍했던 기억 때문에 이제 와서 또다시 고통받고 아파하는 것을 지켜볼 자신이 없다. 바보 같다는 것을 알지만 어쩔 수 없었다.

그는…… 두려웠다.

만에 하나 치료를 한답시고 그녀 안의 봉인된 기억을 끄집어냈다가 호정이 영영 그 고통 속에 갇혀 헤어 나오지 못하게 될까 봐. 웅크리고 있던 심연의 고통이 그녀를 완전히 삼켜 버릴까 봐.

그래서 시우는 매번 다짐하고 또 결심한다. 불완전하더라도 현재의 그녀가 평온하다면 그대로 내버려 두자고. 이대로 그녀를 안전하게 지켜 주자고.

그리고 기다린다.

저 심연의 공포가 봉인된 기억처럼 그녀 안에서 서서히 사라지기를. 그 시간이 앞으로 5년, 10년, 아니 그보다 더 많은 시간이 걸린다고 하더라도.

난 괜찮아. 얼마든지, 언제까지 기다릴 수 있어.

그는 반드시 참고 기다릴 것이다. 참고 인내하는 것이 점점 힘들어지고 있기는 하지만……. 다행히 그녀의 본능적 거부 반응이 1년 전보다는 확실히 옅어졌다.

시우는 이번에도 손만 뻗으면 안을 수 있는 호정을 놓아주고 천천히 몸을 일으켰다. 거리가 멀어질수록 바짝 굳어 있던 그녀의 긴장이 스르르 풀어지는 것이 느껴졌다. 다행이다 싶으면서도 시우의 심장 한편은 욱신거렸다.

호정의 뒷모습을 물끄러미 내려다보며 쓴웃음을 지었다. 안타까움을 혼자 속으로 되뇌며 풀어냈다.

저러고는 곧 어깨가 축 처지겠지. 그다음에는 깊은 숨을 들이마실 테고…….

호정은 축 처진 어깨로 깊은 숨을 들이마셨다.

지금쯤은 아랫입술을 깨물며 두 눈을 꼭 감았다가 뜨고 있겠지.

호정은 아랫입술을 질끈 깨물고 눈을 꾹 감았다가 떴다.

그러고는 아무렇지 않은 척 이런저런 말들을 하겠지. 날 향한 원망과 이젠 정말 그만하자는 낙담, 결심, 씁쓸함이 뒤범벅된 눈빛으로 날 쳐다보면서…….

호정이 그를 돌아보며 억지로 미소 지었다.

"본부에서 패스워드까지 아예 정해서 준 거야? 이거 '에페타 사건 자문 위원인 이시우 박사와 주호정'이라는 뜻이잖아. 후후, 너무 직접적이다. 센스가 없어도 너무 없어."

"내가 정한 거야."

"정말? 어쩐지 무미건조하고 센스가 떨어지는 게 딱 누구답다 했다, 내가."

호정은 다시 억지로 웃으며 프린터로 고개를 내렸다. 테스트 버튼을 누르려다 말고 아차, 하며 부산스레 몸을 일으켰다. 그러다가 머리 위에서 날아온 뜬금없는 말에 흠칫, 동작을 멈췄다.

"그렇게 웃지 마. 억지로 뭔가를 하려고도 하지 마. 누나 편한 대로, 마음 가는 대로 내버려 둬."

호정은 A4용지 박스로 걸어가며 어이없다는 듯 또 피식, 웃었다.

"그게 무슨 소리야, 뜬금없이."

"웃기지도 않은데 억지로 웃지 말라고. 멍청해 보여."

박스를 개봉한 호정은 그를 향해 손에 든 종이 뚜껑을 휙 던졌다.

"멍청해 보인다니, 누가…… 어!"

이런! 너무 힘껏 던졌나 보다. 중간에 떨어질 줄 알았던 뚜껑이 그를 향해 슝 날아가 버렸다. 당연히 피할 줄 알았던 시우도 웬일인지 피하질 않았다. 결국 종이 뚜껑은 시우의 얼굴을 정확히 맞히고 바닥에 툭 떨어졌다.

깜짝 놀란 호정이 벌어진 입을 손으로 가리고 작게 소리쳤다.

"으악…… 괜찮아?"

시우가 강타당한 콧잔등을 쓱 만지며 돌아섰다.

"겨우 그까짓 종이 뚜껑 따위로 뼈가 부러지겠어? 던지려면 다음부턴 좀 더 센 걸로 던져."

그는 아무렇지 않은 표정으로 의자에 앉아 노트북을 두드렸다.

"일단 들어온 순서대로 출력 보낼 테니까 누나가 거기서 인물별로 분류 좀 해 줘."

"어? 어, 그래. 아, 잠깐만."

호정은 재빨리 A4용지를 프린터에 집어넣었다. 잠시 후, 쓱쓱 소리를 내며 출력물이 인쇄되기 시작했다.

많은 양의 출력물이 인쇄되는 동안 시우는 의자에 앉아 명단을 확인했고, 호정은 바닥에 앉아 출력물들을 인물별로 클립으로 끼워 분류했다. 그러면서도 틈틈이 출력물을 읽고 검토했다. 잠시 후 명단 확인을 끝낸 시우도 그녀 옆에 털썩 주저앉아 같이 검토하기 시작했다.

호정이 팔꿈치로 시우를 툭 쳤다.

"시우야, 이거 봐봐. 와이어트한테 동생이 둘이나 있어.

여동생 한 명, 남동생 한 명. 여동생 이름은 엠마 브라헤고 남동생 이름은 더스틴 브라헤래."

시우는 와이어트의 조부에 대한 내용과 브라헤 가문을 위해 일했던 사람들과 현재 일하고 있는 사람들, 그리고 저택과 농원에서 일했거나 일하고 있는 사람들에 대한 문서를 읽고 있었다.

그가 그녀 쪽으로 고개를 돌리더니 호정의 손에 들려 있는 문서를 단숨에 읽었다.

"두 사람 모두 83년 당시에 롬폭고등학교 재학 중이었군. 엠마 브라헤는 12학년, 더스틴 브라헤는 9학년."

"그럼 엠마 브라헤는 마이클 쉬렉과 같은 학년이었다는 얘기네."

더욱 흥미로운 건 두 사람 모두 졸업 후 샌프란시스코에 있는 대학에 진학했다는 사실이었다. 엠마 브라헤는 스탠퍼드대학, 더스틴 브라헤는 샌프란시스코대학(USF). 두 사람, 아니 와이어트까지 남매들이 공부 하나는 다들 잘했나 보다.

그런데 대학 재학 당시의 두 사람 주소가 각기 달랐다. 주소로 보아 두 주소 모두 기숙사는 아닌 것 같은데.

호정의 고개가 갸웃거려졌다. 아무리 부자라지만 같은 지역에서 대학을 다녔는데 왜 굳이 따로 살았을까. 스탠퍼드대학과 샌프란시스코대학이 다소 떨어져 있기는 해도 남매가 따로 살아야 될 만큼 먼 거리는 아닌데.

자료를 보면 엠마 브라헤가 먼저 84년에 스탠퍼드에 입학하고 더스틴 브라헤는 3년 후에 샌프란시스코대학에 입

학했다. 잠깐! 3년 후라면, 1987년 가을에 입학했다는 말인
데…….

그렇다면 샌프란시스코에서 벌어진 에페타 킬러의 첫 번
째 범행과 년도가 일치한다. 그 사건은 1987년 12월 19일에
벌어졌으니까.

우연의 일치일까?

호정은 재빨리 시우를 쳐다보았다. 눈이 마주쳤지만 그도
같은 생각을 하고 있는지는 표정이나 눈빛만 보고는 알 수
없었다. 호정은 '넌 어떻게 생각해?' 라고 물어보려다가 생각
을 바꾸고 다시 문서로 시선을 내렸다.

엠마 브라헤는 스탠퍼드 법대를 거쳐 대학원까지 졸업한
후, 1991년에 뉴욕의 유명 로펌에 스카우트되어 뉴욕주로 이
주했다. 그 후 그녀는 로펌을 2~3년에 한 번씩 옮기며 계속
뉴욕에 살았다. 결혼도 하지 않고 미혼으로 혼자서. 그러다
가…… 9년 전, 자신의 사무실에서 투신자살했다.

호정의 고개가 다시 갸웃거렸다.

어쨌든 나름 실력을 인정받은 성공한 변호사가 왜 스스로
목숨을 끊었을까. 그것도 43세의 젊다면 젊은 나이에…….

이유가 궁금했지만 헨리 팀장이 보낸 조사서에는 그 이유
까지 상세하게 나와 있지 않았다. 다만, 당시 로펌 동료들의
증언으로 보아 일종의 고독사로 추정된다고만 쓰여 있었다.

생전의 그녀는 지독한 워커홀릭으로 친구는 물론 가깝게
지내는 지인조차 없었다고 한다. 생활 반경도 오직 집, 사무
실, 법원, 세 곳밖에 없었단다. 롬폭의 부모 형제와도 교류를

완전히 끊고 살았는지, 장례에 참석한 가족이라고 해 봐야 뉴욕에 거주하고 있는 남동생, 더스틴 브라헤가 유일했다.

다행히 더스틴 브라헤는 아직 생존해 있었다. 뉴욕 오프브로드웨이(Off Broadway)*에서 극작가로 활동하고 있었다. 샌프란시스코대학 경영학과를 졸업한 사람이 어쩌다 오프브로드웨이 극작가가 됐는지는 모르겠지만, 호평받은 작품이 두어 개 되는 걸 보면 실력은 괜찮은가 보다.

어쨌든 두 사람은 몇 가지의 공통점을 가지고 있었다.

첫째, 두 사람 모두 마이클 쉬렉과 제시 브라운이 살해될 당시 롬폭에 살았으며 그들과 같은 고등학교 학생이었다는 점.

둘째, 에페타 킬러가 연쇄 살인범으로 세상에 모습을 드러냈던 1987년 당시, 두 사람 모두 에페타 킬러의 주 무대였던 샌프란시스코에 거주하고 있었다는 점. 또한 시우의 분석대로 둘 다 자유로운 신분인 대학생 혹은 대학원생이었다는 점.

셋째, 에페타 킬러의 마지막 범행이 일어났던 1989년 9월 20일 이후 두 사람 모두 1년 혹은 3년 후 샌프란시스코를 떠나 뉴욕에 정착해서 살았다는 점. 참고로 더스틴 브라헤는 지금도 뉴욕에 살고 있다.

넷째, 두 사람 모두 롬폭의 브라헤 사람들과는 인연을 끊은 채 살았다는 점.

---

*Off Broadway:브로드웨이의 500석 미만의 작은 극장에서 공연되는 연극.

미간을 찌푸린 호정이 혼잣말처럼 중얼거렸다.

"확실하지는 않지만 뭔가 이상해, 이 두 사람. 우연치고는 에페타 킬러와 동선이 너무 많이 겹쳐."

"확인해 보면 알겠지."

호정이 그를 돌아보았다.

"너도 나랑 같은 생각이야?"

"응. 내일 헨리 팀장한테 이 두 사람에 대해서 좀 더 자세히 조사를 해 보라고 해야겠어. 뉴욕에 요원을 보내든가 지원을 요청하든가, 우리가 갈 때까지 더스틴 브라헤 신변도 확보해 놓으라고도 하고."

"뉴욕에 가서 직접 만나 볼 거야?"

"그래야지. 그 전에 여기 일부터 마무리 짓고."

시우가 호정에게 얇은 서류 뭉치 하나를 툭 건넸다. 호정이 얼른 서류를 살폈다.

"이건 시청에서 받아 온 명단이잖아."

"마이클 쉬렉과 제시 브라운 사건이 일어났을 때 브라헤 저택이나 농원에서 일했던 사람들과 아직까지 일하고 있는 사람들 명단이야."

"저 많은 명단에서 벌써 뽑아 낸 거야? 와……. 그런데 이름을 보면 거의 히스패닉 쪽 사람들인가 봐."

"상대적으로 인건비가 적게 드니까. 그중에는 몇 대에 걸쳐서 일하고 있는 사람들도 있어. 인디언 거주지에서 온 사람들도 꽤 되고. 거기서 가장 먼저 확인해 볼 사람은……."

시우는 손가락으로 명단을 하나하나 가리키며 헨리 팀장

이 보내온 조사와 크로스 체크한 내용들을 자세히 말해 주었다.

어두웠던 창밖은 어느새 희뿌옇게 밝아 오고 있었다. 두 사람은 피곤함도 잊은 채 침대 턱에 나란히 기대어 앉아 두런두런 이야기를 나누었다. 두 사람은 호정이 핑계 삼아 가지고 온 햄버거도 오붓하게 먹어 치웠다.

5년이나 한집에서 살며 3년 넘게 함께 일했던 두 사람이지만 한 방에서 밤을 지새운 것은 오늘이 처음이었다.

그래서였을까. 차갑게 식어 버린 햄버거가 이제껏 먹었던 그 어떤 햄버거보다 맛있게 느껴졌다.

한두 시간이라도 잠을 청하기 위해 자신의 방으로 건너온 호정은 어느 때보다 달고 깊게 잠들었다. 피곤함 때문일까, 아니면 시우와 처음으로 함께 지새운 밤의 여운 때문일까. 낯선 호텔 방도 더 이상 낯설게 느껴지지 않았다.

까만 밤을 하얗게 지새운 두 사람의 롬폭에서의 첫날 밤은 그렇게 지나갔다.

마치 폭풍 전의 고요처럼 예측 불허한 긴장감 속에서…….

10장

시우와 호정, 매기는 제시 브라운의 모친을 만나 보기 위해서 아침 일찍 그녀의 집으로 찾아갔다. 마침 그녀는 농원에 가기 위해서 집을 나서던 중이었다.

제시 브라운의 모친은 젊은 나이에 제대로 피어 보지도 못하고 생을 마감한 딸의 억울한 죽음을 풀어 주겠다고 온 세 사람을 경계하고 불신했다.

「이제 와서 새삼 우리 애에 대해서 캐묻는 이유가 뭐예요? 범인을 잡으려면 사람 죽이고 도망친 갱이나 쫓을 것이지, 왜 여기 와서 이 난리냔 말이에요. 다 잊고 사는 사람 속을 뒤집어 놔도 유분수지.」

간신히 달래 이것저것 물어봤지만, 그녀는 딸에 대해서 아는 것이 거의 없었다. 당연히 사건 발생 전, 딸의 행적에 대해서도 기억나지 않는다고 했다.

「특별한 게 있었어야 기억이 나든가 말든가 하지. 여기 생활이야 늘 똑같은데. 나보단 라일리가 제시에 대해서 더 많이 알 거예요. 제 아빠나 나는 일하느라 온종일 농원에 나가 있었거든요. 그럼 집에는 늘 둘이 같이 있었죠. 방도 같이 썼고.」

매기가 고개를 갸웃하고 물었다.

「그런데 당시 수사 보고서를 보면 동생인 라일리가 진술한 내용이 거의 없던데요?」

「그거야 당연하죠. 그때 라일리가 겨우…… 그래, 열다섯밖에 안 됐을 때인데. 제 언니 그렇게 죽은 거 알고 충격이 얼마나 컸는지, 처음에는 말도 안 되는 헛소리를 찍찍 해 대더니 나중에는 입 꾹 다물고 한동안 말을 안 했었어요.」

호정이 조심스럽게 끼어들었다.

「헛소리라면 어떤 거였나요?」

「뭔 저주 때문이라든가, 하여튼 말도 안 되는 헛소리였어요. 그러다가 갑자기 벙어리처럼 말을 안 하더라고.」

「그런 증상이 오래 갔나요?」

「꽤 오래 갔죠. 1, 2년쯤 그랬으니까. 그러다가 또 갑자기 나아지더라고요. 뭔 조화인지, 참나. 그러고는 졸업하자마자 여길 떴어요. 제 언니가 못 이룬 꿈을 제가 대신 이뤄 주겠다면서. 제시 꿈이 할리우드에서 배우가 되는 거였거든요.」

제시의 모친은 딸들이 자신을 닮아서 예쁘긴 하다며 제 자랑을 살짝 곁들였다.

「우리가 여기서나 알아주는 미모지, 할리우드 같은 데서

통하나. 예쁘다는 여자들은 죄다 거기로 모일 텐데. 그래서 인지 일이 영 뜻대로 안 되나 봐요. 거기 가고 나서 2, 3년은 연락이 오더니 그 후로는 연락이 뚝 끊겨 버렸어요. 휘유, 제 아빠 죽은 줄도 모르고 대체 어디서 뭘 하면서 사는 건지.」

무거운 한숨을 푹 내쉰 그녀는 투박한 손으로 호정의 손을 덥석 잡았다.

「여기서 이러지 말고 우리 라일리나 찾아봐 줘요. 재작년 에 누가 라스베이거스에서 라일리를 본 것 같다고 했거든요. 그래서 나도 한 번 가 봤는데, 난 못 찾겠더라고요. 하지만 당신들은 FBI니까 찾을 수 있을 거 아니에요.」

그녀는 시우와 매기를 돌아보며 간절하게 말했다.

「당신들이 궁금해하는 거, 어쩌면 라일리가 알고 있을지 도 몰라요. 그러니까 꼭 찾아서 당신들이 묻고 싶은 거 다 묻 고 걔 몰래 나한테 연락처 좀 알려 줘요, 네? 이번엔 꼭 좀 부탁합니다.」

이번엔? 아마 이전 재조사팀에게도 같은 부탁을 했었나 보다. 하지만 그때는 라일리 브라운의 신변과 거주지를 확보 하는 데 실패했었다. 아마 이번에도 라일리 브라운이 체포된 적이 없었다면, 그녀의 신변을 확보하지 못했을 것이다.

그러나 세 사람은 제시 브라운의 모친에게 라일리의 신변 을 이미 확보하고 있다는 얘기를 차마 할 수 없었다. 큰딸과 남편을 잃고 혼자 남아 늙어서도 고된 노동자로 살아가고 있 는 그녀에게 하나 남은 작은딸마저 떳떳치 못한 밑바닥 인생 을 살아가고 있다고는 차마 말할 수가 없었다. 안색을 보니 건강도 그다지 좋지 않은 것 같은데.

호정은 제 손을 잡고 있는 그녀의 투박하고 거친 손이 그녀의 지나온 삶을 대변하는 것 같아서 마음이 아팠다.

세 사람은 그녀를 뒤로하고 라스베이거스로 향했다. 도착한 시간은 정오 무렵. 아침까지 일했을 사람을 방문하기엔 너무 이른 시간이었지만 세 사람은 지체 없이 라일리 브라운의 집으로 향했다.

간밤에 사람들로 북적였을 다운타운은 화려한 밤을 위해 숨 고르기를 하는 듯 비교적 한산했다. 그럼에도 도박과 환락의 도시를 구경 온 관광객들은 제법 많이 눈에 띄었다.

그것도 다운타운이나 스트립 가에 한정된 얘기였다. 다운타운을 지나 변두리 뒷골목으로 빠지자 화려한 불빛 뒤에 가려진 어둡고 음침한 도시의 민낯이 드러났다.

퀴퀴한 시궁창 냄새까지 풍기는 좁은 골목을 지나자 낡고 오래된 건물이 나타났다. 매기는 그 앞에 차를 세웠다. 미국에서 범죄율이 가장 높은 지역의 범상치 않은 분위기의 뒷골목. 바짝 긴장한 매기가 주변을 경계하며 앞장을 섰다.

「조심해요. 이런 곳에선 어디서 무슨 일이 벌어질지 모르니까.」

시우는 속으로 낮은 욕설을 흘렸다.

젠장. 이렇게 위험한 곳인 줄 알았으면 호정을 데리고 오지 않았을 것이다. 시우는 뒤늦은 후회를 곱씹으며 제 옆에서 주변을 살펴보는 호정을 돌아보았다.

그녀에게만 들리게끔 작게 속삭였다.

"내 뒤에 바짝 붙어서 따라와."

시우는 삐걱거리는 계단을 올라가며 호정의 손을 강하게 그러잡았다.

먼저 도착한 매기가 몇 번이나 벨을 울렸지만 안에서는 기척 소리 하나 나지 않았다. 혹시 더 이상 여기에 살지 않는 건가? 아니면 아직 귀가하지 않은 건가? 변두리 스트립 클럽이 이 시간까지 영업을 하고 있을 리는 없는데. 술에 취해 곯아떨어져서 벨소리도 듣지 못하는 건가?

시우와 눈빛을 주고받은 매기는 주먹으로 문을 세게 두드렸다.

쾅쾅쾅!

「라일리 브라운 씨! 안에 있습니까? 라일리 브라운 씨!」

몇 번을 더 두드리자 드디어 안에서 무언가 쿠당탕 하는 소리가 들려왔다.

「꺼져!」

거친 욕설도 어렴풋이 들려왔다. 잠시 후 잠이든, 술이든 무언가에 잔뜩 취한 것이 분명한 거칠고 불분명한 발음의 음성이 들려왔다.

「누구야!」

「라일리 브라운 씨입니까?」

「라일…… . 누군데 그 이름을 찾아!」

「FBI입니다.」

「뭐, 누구?」

「FBI입니다. 문 좀 열어 주시죠.」

「빌어먹을. 나 이제 치킨 렌치* 안 한다니까요. 완전히 손 뗐다고!」

매기가 침착하게 다시 말했다.

「제시 브라운 씨에 대해서 물어볼 것이 있어서 왔습니다. 제시 브라운 씨가 언니 맞으시죠?」

문 안쪽에서는 한동안 적막감이 흘렀다. 기다리다 못한 매기가 다시 '라일리 브라운 씨!' 라고 부르며 문을 두드리려는 찰나, 문이 현관문 걸쇠가 잠긴 상태로 삐꺽거리더니 조금 열렸다.

속옷 차림의 여자가 문틈으로 모습을 드러냈다. 40대 후반이라기엔 풍파에 찌들고 늙어 보이는 여자였다.

라일리 브라운.

그녀는 경계와 의심 가득한 눈빛으로 세 사람을 쏘아보았다.

「갑자기 언니에 대해서 뭘 물어본다는 거죠? 일단 신분증 먼저 보여 줘 봐요.」

매기가 신분증을 보여 주었다.

「34년 전 사건을 재조사하고 있습니다.」

「왜요?」

「새로운 증거가 몇 가지 발견돼서요.」

「증거……?」

---

*치킨 렌치:네바다주와 애리조나주의 경계에서 컨테이너 박스 몇 개를 세워 놓고 하는 불법 매춘업.

「문을 좀 열어 주시죠. 아니면 근처 커피숍으로 가시던가요. 브라운 씨 편한 대로 하세요. 우리는 재조사 차원에서 동생 분의 얘기를 듣고 싶어서 온 것뿐이니까.」

매기가 '어떻게 하시겠어요?' 하고 한 걸음 뒤로 물러나자 잠시 갈등하던 라일리가 걸쇠를 풀고 문을 열어 주었다.

「들어와요. 커피가 당기긴 하지만 이 동네 커피숍에서 돈주고 사 먹느니 차라리 변기 물을 마시는 게 나으니까.」

세 사람은 라일리의 집으로 들어갔다. 그녀의 집은 폭탄이라도 맞은 듯 엉망이었다. 라일리는 바닥에 굴러다니는 쓰레기와 술병을 발로 차면서 앉을 자리는 각자 알아서 찾으라며 잠시 방으로 들어갔다.

라일리가 벗은 몸에 호피 무늬의 로브를 걸치고 나올 때까지 세 사람은 그 자리에 그대로 서 있었다. 아무리 둘러봐도 앉을 자리가 마땅치 않았기 때문이었다.

그녀가 담배에 불을 붙이며 말했다.

「왜 서 있어요? 아무데나 앉으라니까.」

호정이 먼저 움직였다. 자신의 손을 꽉 잡고 놔주지 않는 시우의 손등을 톡톡 두드려 풀어낸 뒤, 낡은 소파 위의 산처럼 쌓여 있는 잡동사니를 하나둘씩 바닥에 내려놓았다. 그모습이 답답했던지, 라일리가 '저리 비켜요' 하며 호정을 휙 밀쳤다.

어! 하고 떠밀리는 호정을 시우가 잽싸게 부축했다. 그 모습을 힐끗 돌아본 라일리가 마음에도 없는 사과를 했다.

「미안해요.」

그러고는 잡동사니를 두 손을 밀어 바닥에 우르르 쏟아 냈다. 반대편 소파에 쌓인 잡동사니도 똑같이 밀어낸 후 털썩 앉아 세 사람을 향해 턱을 까닥거렸다.

「앉아요.」

그제야 세 사람은 라일리 브라운과 마주 앉게 되었다. 활짝 벌어진 로브 사이로 깡마른 다리를 꼬고 앉은 라일리는 담배 연기를 후우, 내뿜으며 세 사람을 차례차례 쳐다보았다. 그러다 시우에게 시선을 고정했다. 가늘어진 눈매로 시우를 빤히 쳐다보았다.

「그쪽은 어째 낯이 익은데. 어디서 봤더라……. 어이, 섹시한 미남 오빠. 그쪽은 FBI 아니죠? TV 같은 데 나오지 않았어요?」

무표정한 얼굴로 시우가 차갑게 입을 열었다.

「이번 사건에서 자문 위원을 맡고 있는 이시우 박사라고 합니다.」

「박사? 이제 겨우 대학생 같아 보이는데 무슨. 진짜 박사예요? 무슨 박산데?」

「물리, 수학, 화학, 의학, 심리. 그 외에도 다수의 학위를 가지고 있습니다. 이번 사건에서는 프로파일링에 대한 자문을 맡고 있습니다.」

두 눈이 휘둥그레진 라일리가 이내 어이없다는 듯 웃으며 고개를 가로저었다.

「설마. 농담도 지나…….」

「라일리 브라운 씨, 크로닌 요원이 말한 대로 우리는 34년 전에 사망한 제시 브라운과 마이클 쉬렉의 피살 사건을 재조사 중입니다.」

킬킬거리던 라일리의 입가에서 웃음기가 완전히 사라졌다. 고개를 돌리고 담배 한 모금을 깊이 빨았다. 후우, 뿌연 연기를 내뿜으며 물었다.

「나 잡으러 온 거 아니라고 한 말, 사실이죠?」

「네.」

「나 진짜 매춘업에서는 완전히 손 뗐어요. 마약도 안 하고, 지금은 클럽 매니저로 스트립 하는 애들이나 관리하는 게 고작이라고요. 진짜예요.」

「난 라일리 브라운 씨가 어떤 일을 하고 있는지 전혀 관심이 없습니다. 내 관심사는 오직 언니 분인 제시 브라운에 대한 라일리 브라운 씨의 기억뿐입니다.」

라일리는 담배를 뻐끔뻐끔 피우며 마른침을 삼켰다.

「아까…… 새로운 증거를 찾았다고 했죠? 진짜예요?」

시우가 고개를 끄덕였다.

「그, 그게 뭔데요?」

「그 얘기를 하기 전에 라일리 브라운 씨의 얘기를 먼저 듣고 싶은데요.」

「뭐가 궁금한데요?」

「오전에 모친 되시는 분을 만나 뵙고 온 길입니다. 흥미로운 말씀을 하시더군요.」

모친 얘기에 라일리의 표정이 급격하게 굳었다. 담배를 쥔 손이 살짝 떨리기도 했다. 시우는 그녀의 표정 변화를 주의 깊게 관찰하며 말을 이었다.

「피살된 언니의 죽음에 충격이 컸다고 들었습니다. 때문에 한동안 실어증까지 앓으셨다고요. 그전에, 그러니까 사건 직후에 '저주'라는 말을 한 적이 있다고 하던데. 맞습니까?」

라일리는 꽁지만 남은 담배를 끄고 자리에서 벌떡 일어났다. 먹다 남은 피자가 나뒹구는 식탁에서 반쯤 남은 싸구려 양주를 들어 병째 입에 대고 꿀꺽꿀꺽 마셨다.

손등으로 거칠게 입가를 닦으며 시우를 노려보았다.

「엄마가 그 얘기를 했다고요? 하! 멀쩡한 날 미친년 취급할 때는 언제고. 당신들도 마찬가지야. 보안관들도 다 한통속이 돼서 날 미친년 취급했잖아. 그래 놓고 이제 와서 그 얘기는 왜 꺼내는 건데?」

버럭 화를 내며 소리치는 그녀의 성난 음성에 호정은 움찔 놀랐다. 시우의 미간이 미세하게 찌푸려졌다. 그는 라일리가 소리를 지르든 난리를 치든 상관없었다.

사실 그녀가 이성을 잃고 흥분하는 것이 자신이 원하는 진실을 끌어내는 데 수월할 거라는 생각도 어느 정도 하고 있었다.

하지만 그녀 때문에 호정이 겁을 먹는다면 얘기가 다르다. 흐음, 할 수 없지. 라일리 브라운이 흥분하지 않도록 진정시키며 대화를 이끌어 가는 수밖에.

시우는 그답지 않은 부드러운 음성으로 라일리를 달랬다.

「당시 보안관들은 그렇게 생각했을지 모르지만, 난 아닙니다. 나는 라일리 브라운 씨가 그런 말을 아무런 이유도 없이 했을 거라고 생각하지 않습니다. 틀림없이 그럴 만한 이유가 있었을 겁니다. 그렇지 않습니까?」

가슴을 들썩거리며 씨근덕거리던 라일리가 미심쩍은 눈초리로 시우를 노려보다가 고개를 한 번 끄덕였다.

「그리고 라일리 브라운 씨는 지금도 그 이유를 똑똑히 기억하고 있을 겁니다.」

라일리의 고개가 또 한 번 끄덕여졌다. 시우의 붉고 얇은 입가에 옅은 미소가 드리워졌다. 시우가 다시 한번 흔들리는 라일리의 눈동자에 시선을 맞추고 부드럽게 말했다.

「그 얘기를 듣고 싶은데, 말씀해 주시겠습니까?」

「…….」

「라일리 브라운 씨?」

시우가 눈짓으로 그녀가 앉아 있던 소파를 가리켰다. 머뭇거리던 라일리는 무언가에 홀리기라도 한 듯 주춤거리며 소파에 와 앉았다.

시우가 볼품없는 누런 탁자에 바짝 다가앉았다. 긴 팔을 이용해 그녀가 쥐고 있는 술병 끝을 가만히 만졌다. 뺏기지 않으려고 술병을 확 끌어안으려는 라일리의 눈을 깊숙이 응시하며 나지막이 말했다.

「나는 라일리 브라운 씨의 말을 모두 믿고 싶습니다. 그런데 술에 취한 사람의 말을 믿을 사람은 아무도 없어요. 라일리 브라운 씨, 내가 당신 말을 믿을 수 있도록, 그래서 다른 사람들에게도 당신의 말이 진실이라고 말하고 설득할 수 있도록 도와주시겠습니까?」

그러자 잠시 후 놀라운 일이 벌어졌다. 눈을 빠르게 깜박이던 라일리가 움켜쥐고 있던 술병을 그에게 건네준 것이다. 시우가 부드럽게 미소 지으며 고맙다고 하자 라일리는 수줍은 듯 피식, 웃기까지 했다.

「잘생긴 남자가 묘한 능력까지 있네요. 맙소사. 이런 기분은 또 오랜만이네. 후우.」

괜스레 그에게 눈을 흘기며 입술을 비죽거리기도 했다.

「그렇게 자꾸 홀리듯이 쳐다보지 말아요. FBI든, 언니 일이든 상관없이 확 덮쳐 버리고 싶어지니까.」

그녀는 두 손으로 얼굴을 가리고 키득거렸다.

「흐흐흐, 하긴 단물 다 빠지고 썩은 고물이 된 내가 덮쳐 봐야 서기나 하겠어. 큭큭. 하여튼 난 잘생긴 남자한테는 너무 약하다니까. 그래서 요 모양, 요 꼴이 됐으면서도. 큭큭.」

손가락 사이로 시우를 빤히 건너보았다.

「운 좋은 줄 알아요. 내가 10년만 젊었으면 당신, 절대로 걸어서 이 집 못 나갔어. 내 말, 무슨 뜻인지 알죠?」

시우는 그저 씨익, 웃기만 했다. 라일리는 언제 버럭 소리를 지르며 흥분했었냐는 듯 순한 양이 되어 양해까지 구했다.

「담배는 펴도 되죠?」

「네.」

그녀는 다시 담배 한 개비를 입에 물고 불을 붙였다. 후우, 연기를 내뿜으며 제시 브라운에 대한 이야기를 시작했다.

「언니는 진짜 예뻤어요. 마릴린 먼로가 따로 없었지. 눈부신 금발에, 섹시한 얼굴에, 풍만한 가슴, 거기다가 텅 빈 머리까지. 큭큭. 언니가 할리우드에 왔다면, 나처럼 되지 않고 진짜 마릴린처럼 성공한 섹시 스타가 됐을 수도 있었을 거예요. 그런데…… 그럴 수가 없었죠. 그 미친 망나니 개새끼 때문에.」

시우, 호정, 매기. 세 사람의 시선이 빠르게 교차했다. '그게 누군데요?' 하고 매기가 물으려는 순간, 시우가 재빨리 고개를 가로저었다. 세 사람은 라일리가 다시 입을 열 때까지 잠자코 기다렸다.

라일리는 두 눈을 질끈 감았다가 떴다.

「난 언니가 그 자식을 사귄다고 했을 때부터 마음에 안 들었어요. 불안했어. 그 자식은 진짜 개새끼였거든. 선생이나 돈 많고 힘센 애들 앞에선 꼼짝도 못 하고 만만한 애들한테만 분풀이를 하는 개새끼. 그런데 언니는 그 새끼가 졸업하면 할리우드에 데리고 가 준다고 약속했다면서 그때까지만 참으면 된다고 계속 그 새끼를 만났어요.」

그제야 시우가 나지막이 물었다.

「마이클 쉬렉을 말씀하시는 건가요?」

「네. 그런데 언젠가 그 새끼가 밤에 몰래 와서 언니를 불러냈어요. 난 가지 말라고 말렸는데, 언니는 괜찮다며 창문으로 빠져나갔죠. 부모님한테 들키면 큰일 나니까 조용하라고 신신당부하면서. 날 새기 전에 돌아올 거니까 걱정 말라고도 했어요. 하지만 난 언니가 걱정돼서 밤새 한숨도 못 잤어요. 언니가 돌아오기만을 기다렸죠.」

라일리는 다시 한번 담배 한 모금을 깊이 들이마셨다.

「언니는 약속한 대로 날이 새기 전에 돌아오기는 했어요. 그런데 완전 만신창이가 돼서 돌아왔죠. 그 개새끼가 아지트인 비치로 끌고 가서 밤새 때리면서 그 짓을 했대요. 다리 사이로 피가 계속 흘러내렸어. 닦아 주려고 보니까 거기가 완전히 다 헤어져서 빨간 피가 계속 흘러내리는데……. 개새끼. 그래도 얼굴은 안 때렸더라고. 덕분에 부모님이나 다른 사람들한테는 안 들킬 수 있었죠.」

그날부터 그런 일들이 몇 번이고 계속 반복됐었단다. 라일리는 언니가 죽을까 봐 무서웠다고 했다. 그래서 제발 부모님한테 말씀드리고 마이클과 헤어지라고 애원했단다. 그러나 제시는 그러면 마이클이 진짜 자신도, 라일리도 모두 죽일 거라면서 부모님이나 다른 어른들한테 말씀드리면 절대 안 된다고 했단다.

「언니는 진짜 그 새끼를 무서워했어요. 뭐, 실은 나도 엄청 무서웠고요. 그래서 우리 둘 다 부모님한테 말하지 못했죠. 그저 밤이 되면 그 새끼가 찾아오지 않길, 불러내지 않기만을 바랄 뿐. 그러던 어느 날 밤이었어요. 그 개새끼가 또 밤에 찾아온 거예요.」

라일리의 손이 바르르 떨렸다.

「그날, 언니는 다른 때보다 늦게 돌아왔어요. 그런데 다친 데 하나 없이 멀쩡히 돌아왔더라고요. 웬일인가 싶었죠. 근데 자세히 보니까 멀쩡한 게 아니었어요. 몸은 멀쩡한데 얼

굴은 완전히 사색이 되어서는 제정신이 아니었어요. 이불을
뒤집어쓰고 벌벌 떨면서 계속 같은 말을 중얼거렸죠.」

「뭐라고 말입니까?」

「내가 그런 게 아니야. 나도 어쩔 수 없었어. 진짜…… 죽
었으면 어떡하지?」

시우의 눈빛이 예리해졌다.

「그 외에 다른 말은 없었습니까? 이를테면 뭘 자신이 한
게 아니고, 무엇을 어쩔 수 없었다고 한 것인지, 누가 혹은
무엇이 진짜 죽었는지를 걱정하는 것인지에 대한 이야기 말
입니다.」

「대충 중얼거리긴 했어요. 그런데 하도 횡설수설해서 무
슨 말을 하는 건지는 잘 모르겠더라고요. 그래서 뭐가 어떻
게 된 건지는 잘 몰라요. 하지만 하나는 확실해요.」

「뭐가 말입니까?」

「그 개새끼가 추마시 인디언 여자애 한 명을 잡아다가 언
니한테 했던 짓을, 아니 그보다 더 심하게 밤새…… 그랬다
는 거요.」

인디언! 그렇다면 나무에 새겨져 있던 암호는 역시!

시우의 눈이 흠칫 커졌다가 작아졌다.

「그럼 그 인디언 여자는 어떻게 됐다고 하던가요? 죽었다
고 했습니까?」

두 눈이 흠칫 커진 라일리가 세차게 고개를 가로저었다.

「아니요! 죽지는 않았다고 했어요. 언니가 틀림없이 봤대
요. 그리고 의식은 없었지만 틀림없이 수, 숨은 쉬고 있었다

고 했어요. 그래서 도로변에 버리고 왔다고…….」

시우 자신도 모르게 목소리가 칼날처럼 날카로워졌다.

「죽기 직전까지 성폭행을 당한 여자를 도로변에 그냥 버리고 왔다는 말입니까?」

「그 새끼가 그러자고 해서!」

버럭 소리친 라일리가 입술을 꽉 깨물고 시우를 노려보았다.

「언니가 뭘 어쩔 수 있었겠어요! 녀석이 시키는 대로 하지 않았으면 언니가 그 짓을 당했을 텐데. 더구나 언니는 녀석한테 이미 여러 번 당했었단 말이에요. 방금 다 말했잖아요. 그러니까 얼마나 무서웠겠냐고요. 녀석이 시키는 대로 여자를 끌고 가서 지켜보는 것 외에는 할 수 있는 일이 없었던 게 당연한 거 아니에요?」

시우의 눈빛이 더욱 차갑게 번뜩였다.

「마이클 쉬렉이 여자를 납치해서 비치로 끌고 갈 때부터 그 여자가 밤새 성폭행 당하고 죽기 직전에 도로변에 버려질 때까지 제시 브라운도 그 옆에 같이 있으면서 여자가 당하는 모든 걸 지켜봤다는 말이군요. 그때가 언제였습니까. 제시 브라운이 피살된 날로부터 대략 며칠 전이었습니까.」

라일리는 다시 한번 언니는 어쩔 수 없었다고 항변하려다가 입을 꾹 다물고 고개를 휙 돌렸다. 더 이상은 언니를 위해 변명을 할 수 없었다. 부푼 꿈을 안고 할리우드에 도착한 후 얼마 지나지 않아 스카우터라고 사기 친 놈한테 끔찍하게 당했던 자신의 모습이 새삼 눈앞에 떠올랐기 때문이었다.

그 후로 그녀의 인생은 나락으로 굴러떨어졌다. 결국 라스베이거스까지 흘러와 스스로 몸을 팔고 마약에 중독되어 버렸었다. 나이가 들어 더 이상 몸도 팔 수 없게 되자 중간 포주가 되어 젊고 싱싱한 여자애들 몸을 팔아 돈을 챙겨 먹고 살았었다.

그러다가 결국엔 철창신세를 지고 싸구려 스트립 클럽에서 그 여자애들 뒤치다꺼리나 하며 근근이 살아가는 것이 그녀의 현재였다.

어쩌면 그녀는 언니에 대해 항변하며 스스로의 지난 삶을 변명하고 싶었는지도 모르겠다.

두려워서 어쩔 수 없었다. 먹고 살기 위해서 어쩔 수 없었다. 나도 숱하게 당했던 일이었다.

그러니 그까짓 게 뭐. 그까짓 게…….

질끈 감긴 라일리의 눈에서 눈물 한 줄기가 주르륵 흘러내렸다. 깊은 한숨을 통곡처럼 토해 낸 라일리가 갈라진 음성으로 시우의 질문에 뒤늦은 답을 내놓았다.

「대략 일주일쯤 전이었을 거예요.」

시우는 그녀가 회한에 오래 잠길 여지를 주지 않았다.

「제시 브라운이 피살된 후 저주 운운했던 이유는 무엇이었습니까.」

「언니는 그날 일이 발각될까 봐 며칠 동안 두려움에 떨며 살았어요. 그런데 아무 일도 일어나지 않자 용케 금방 잊어버리더군요. 그러곤 가끔 이런 말을 했어요. 도로변에 버린 인디언 여자애가 시체로도 발견되지 않은 게 너무 이상하다고요. 마술처럼 감쪽같이 사라져 버렸다고요.」

라일리는 무거운 표정으로 힘겹게 말을 이어 나갔다.

「언니는 그게 인디언들이 주술을 부렸기 때문일지도 모른
다고 했어요. 그들이 주술로 자신한테 저주를 내리면 어떡하
나, 엉뚱한 걱정을 하기도 했었고요. 얼마 전부터는 누가 자
신과 마이클을 숨어서 지켜보고 있는 것 같다는 말도 했었어
요. 그런데 돌아보면 주변에 아무도 없었다고 하더군요.」

그래서 라일리는 언니가 마이클과 바로 그 해변에서 피살
되었다는 얘기를 들었을 때, 가장 먼저 떠오른 것이 '인디언
주술, 저주, 보이지 않고 따라다니던 시선'이었단다.

「어른들은 갱단의 소행일 거라고 했지만 정작 발견된 증
거는 하나도 없었잖아요. 마치 진짜 누가 저주를 내린 것처
럼. 그런데 아무도 내 말을 믿어 주지 않았어요. 모두 나보고
충격 때문에 머리가 어떻게 됐다고만 했죠. 그런데…….」

그녀의 손이 다시 바르르 떨렸다. 라일리는 마른침을 꿀꺽
삼키고 말을 이었다.

「그날도 어른들한테 미친년 취급받고 혼자 울다 잠든 밤
이었어요. 그런데 갑자기 잠이 깨 버렸어요. 이유는 나도 모
르겠어요. 잠결에 무슨 소리를 들은 것 같기는 한데 정확하
지는 않았죠. 어쨌든 깨어나서 멍하니 창문을 바라보고 있는
데 무언가가 보였어요.」

라일리는 다 탄 담배를 비벼 끄고 한 대를 다시 입에 물었
다. 불을 켜는 그녀의 손은 조금 더 크게 떨리고 있었다.

「처음에는 뭔지 몰랐어요. 그냥 창문에 뭔가 있구나, 고양

이인가? 그런 생각만 막연히 들었었죠. 왜 다가갔는지도 모르겠어요. 그냥 나도 모르게 가까이 가 버렸죠. 그리고 봐 버렸어요.」

매기가 참지 못하고 불쑥 물었다.

「그게 뭐였는데요? 뭘 봤다는 거죠?」

「혀가…… 잘려진 채 죽어 있는 고양이. 그 옆에는 잘려진 혀까지 얌전히 놓여 있었어요.」

당시 라일리는 비명을 지르며 그대로 기절해 버렸다고 한다.

「깨어나 보니 아침이었어요. 엄마가 나를 걱정스럽게 내려다보고 있었죠. 엄마를 끌어안고 엉엉 울면서 말했어요. '엄마, 고양이 시체, 저기 창문, 혀, 혀' 하면서. 그런데 진짜 무서웠던 게 뭔지 알아요? 후후. 고양이 시체는 물론 혀, 피까지 모든 흔적이 감쪽같이 사라졌다는 거예요. 당연히 아무도 내 말을 믿지 않았죠.」

「그럼 그 충격으로 실어증에 걸리게 됐던 건가요?」

「실어증 아니었어요. 내가 너무……, 너무 무서워서 스스로 말을 안 했던 거지.」

시우가 평소의 시니컬한 어조로 말했다.

「그날 밤 일은 라일리 브라운 씨가 조용히 입 다물고 있지 않으면 고양이처럼 혀를 잘라 버리고 죽이겠다는 일종의 협박이었던 거군요. 라일리 브라운 씨는 그 협박을 인디언의 주술, 저주로 받아들였던 거고요.」

라일리는 천천히 고개를 주억거렸다.

「또 다른 협박이나 위협을 받은 적은 없습니까? 혹은 이전과 달리 주변에서 눈에 자주 띄거나 마주친 사람은요?」

「내가 알아서 입을 다물어 버려서 그런지 더 이상의 협박 같은 건 없었어요. 위협이나 자주 눈에 띈 사람은……. 글쎄요. 그건 잘 모르겠네요. 그땐 모두가 날 미친년 취급하며 멀리서 구경만 하던 때라서 마을 사람들이 전부 다 그랬던 것 같기도 하고, 아닌 것 같기도 하고…….」

「그 외에 더 기억나는 일은 없습니까?」

곰곰이 생각하던 라일리는 이내 고개를 가로저었다.

「없어요. 그 후로 나는 롬폭을 떠날 때까지 쥐 죽은 듯이 조용히 살았거든요.」

「그럼 지금부터는 내가 몇 가지만 물어보겠습니다.」

라일리가 천천히 고개를 돌려 시우를 쳐다보았다.

「제시 브라운이나 라일리 브라운 씨가 인디언이 두 사람한테 주술을 부리거나 저주를 내릴 거라고 생각했던 특별한 이유가 있었습니까? 아니면 그저 그때 피해자였던 여자가 인디언이었기 때문에 막연히 그런 생각을 했었던 겁니까.」

「음, 막연한 생각이었던 것 같아요. 사실 인디언 하면 가장 먼저 떠오르는 게 자기들끼리만 어울려 살면서 말도 거의 안 하고 비밀스런 주술이나 읊어 대는 사람들. 뭐 그런 거잖아요.」

「인디언에 대한 선입견이 조금 특이한 편이군요. 혹시 그렇게 생각하게 된 특별한 계기가 있습니까?」

「특별한 계기가 아니라 내가 봤던 인디언들이 진짜 거의 다 그랬어요. 그러니까 당연히 '인디언' 하면 그런 생각이 가장 먼저 들죠.」

「라일리 브라운 씨는 그런 '인디언'들을 어디서, 어떻게 봤습니까?」

「농원에서요. 주말이면 엄마, 아빠를 따라가서 농원에서 일할 때가 있었거든요. 거기 노동자들 중에 인디언들이 더러 있었어요. 그들은 다른 사람들하고는 절대 안 어울렸어요. 자기들끼리만 모여서 일하고, 얘기도 비밀 얘기하듯 소곤소곤 속삭이고.」

입술을 비죽이던 라일리가 아! 하며 눈을 반짝였다.

「한 번은 내가 농원에서 길을 잃고 헤맨 적이 있었는데요. 어쩌다 보니 농원 끝 경계 쪽까지 들어갔었죠. 그런데 거기에 웬 오두막이 하나 있더라고요? 남들 눈에 안 띄는 으슥한 곳에. 거기에 웬 인디언 여자가 한 명 살고 있었어요. 난 반가운 마음에 막 달려갔었죠. 아줌마, 나 길을 잃었어요. 입구로 나가는 길 좀 알려 주세요! 하면서. 그런데 고작 길 잃은 여자애가 뭐가 무섭다고, 날 보자마자 기겁해서는 막 도망치는 거예요. 기가 막혀서.」

「인디언 노동자들 중에 농원 안에 사는 사람들이 많았습니까?」

「아니요. 농원 안에는 아무도 안 살았어요. 브라헤 사람들이 미쳤어요? 집 지을 땅이 있으면 거기에 꽃씨를 뿌리지, 하찮은 노동자들을 위해 비싼 땅에 집을 지어 주고 거기서 살게 해 주게. 뭐, 뜨내기 노동자들을 위한 숙소가 있기는 했죠. 그런데 그건 농원 밖에 있었어요.」

「그런데 라일리 브라운 씨가 봤던 그 사람은 분명히 오두
막에 사는 사람이었다는 거죠? 그렇게 생각했던 이유가 있
었나요?」

「그럼요. 그 아줌마가 빨래를 널고 있었거든요.」

「아줌마?」

「오두막에서 본 인디언 여자 말이에요. 아줌마였거든요.」

「혹시 그 사람을 이전에도 농원에서 본 적이 있었나요?」

「아니요. 처음 보는 인디언이었어요. 그건 정말 확실해요.
인디언인데도 엄청나게 예뻤거든요, 내 생에 그렇게 예쁜 인
디언 여자를 본 건 그때가 처음이자 마지막이었어요.」

라일리는 솔직히 말하면, 자신이나 제시보다 인디언인 그
아줌마가 더 예뻤다고 했다.

「지금 생각해 보니까 옷도 되게 고급으로 잘 입고 있었
던 것 같아요. 그런데 사람들은 내 말을 믿어 주지 않았어요.
농원 끝에 그런 오두막이 어디 있느냐고. 있어도 사람이 살
리가 없다고 날 비웃었죠. 그러면서 나한테 헛것을 봤다고
막…… 훗, 그러고 보니 미친년 취급을 당했던 게 그때부터
였었네.」

「혹시 그 후에 그 사람을 또 본 적은 있습니까?」

「아니요. 한 번도 못 봤어요. 심지어 내가 너무 억울해서
언니를 데리고 몰래 오두막을 찾아갔었는데, 오두막은 있었
지만 내부는 텅 비어 있었어요. 어찌나 억울하고 황당하던
지. 진짜 무슨 요술에 홀린 것 같았다니까요.」

시우는 몇 가지를 더 물어봤지만, 그녀에게서 얻을 수 있는 소득은 더 이상 없었다. 세 사람은 자리를 털고 일어났다. 실례 많았다고 인사하고 돌아서는데, 호정이 문득 걸음을 멈추고 술병을 드는 라일리에게 다가갔다.

　라일리가 눈을 치켜떴다.

　「왜, 물어볼 게 더 남았어요?」

　「주제넘은 일이라는 것은 알지만 이 말만을 꼭 드리고 가야 할 것 같아서요.」

　호정이 라일리의 깡마른 손을 지그시 잡았다.

　「라일리 브라운 씨, 사람은 언제나 두 갈림길 앞에 서게 된대요. 그 앞에서 우리는 선택이라는 것을 하게 되고요. 그때 우리는 옳은 선택을 할 때도 있지만 그 반대의 선택을 할 경우가 훨씬 많다고 하네요. 그래서 사람은 누구나 실수를 하고 후회를 하게 되는 거라고 하더라고요. 그 횟수가 자꾸 반복되고 많아지면 절망과 좌절의 길로 접어들게 되는 거래요. 그럼 사람들은 이런 생각을 하게 된대요. 아, 나는 다시 돌아가기에는 너무 멀리 왔구나.」

　움찔한 라일리가 호정의 손을 쳐내며 버럭 소리쳤다.

　「뭐야, 너! FBI면 다야? 머리에 피도 안 마른 게 어디서 감히 건방지게 훈계 질을 하려고 들어. 네까짓 게 뭔데! 딱 봐도 부모 잘 만난 덕에 고생 없이 자란 공주님 같은데, 너 같은 년들이 인생을 알면 얼마나 안다고 건방을 떨고 지랄이야!」

　호정이 비틀거리며 뒤로 밀려나자 단박에 얼굴이 무섭게

굳은 시우가 성큼 다가왔다. 호정이 손을 뻗어 그를 제지했다. 호정은 다시 라일리에게 한 걸음 다가갔다. 두 손을 앞으로 모으고 정중하게 사과했다.

「건방지고 무례했다면 정말 죄송합니다.」

천천히 고개를 든 호정은 사나운 살쾡이처럼 씨근덕거리는 라일리를 따뜻한 시선을 바라보며 차분하게 말을 이었다.

「하지만 기왕 말씀드리기 시작한 거 조금만 더 할게요. 언짢으셔도 조금만 더 참고 들어주세요. 그런데 말이에요, 라일리 브라운 씨. 사람이 아무 멀리 갔어도 돌아갈 길은 언제나 가까이에 있대요. 다만 너무 먼 곳만 바라보거나 눈이 어두워져서 바로 옆에 있는 그 길을 보지 못할 뿐이래요.」

「이게 정말 보자 보자 하니까! 내가 FBI라고 봐줄 줄 알아!」

라일리의 오른손이 머리 위로 번쩍 들어 올려졌다. 당장이라도 호정의 뺨을 후려칠 기세였다. 그러나 호정은 뒤로 물러나기는커녕 눈을 깜박거리지도, 움츠리지도 않았다. 도리어 한 걸음 더 다가가 부들부들 떨리는 그녀의 왼손을 꼭 잡았다.

「라일리 브라운 씨, 어머니가 둘째 딸을 간절히 기다리고 계세요.」

라일리는 오른손을 허공에 번쩍 들어 올린 채 부들부들 떨기만 했다. 악 다문 잇새로 거친 호흡이 터져 나왔다.

「이, 이…….」

「어머니한테는 이제 남은 가족이라고는 라일리 브라운

씨, 당신밖에 없거든요. 라일리 브라운 씨에게도 마찬가지고
요.」

라일리의 눈이 부릅떠졌다.

「그, 그게 무슨 소리야. 아, 아빠는……?」

「6년 전에 지병으로 돌아가셨대요. 둘째 딸한테 아빠의 부
고 소식을 알려야 하는데 연락할 길이 없어서 결국 알리지
못하고 혼자 장례를 치르셨대요. 그리고 계속 둘째 딸을 찾
으셨대요. 재작년에는 누가 당신을 라스베이거스에서 봤다
는 말만 듣고 무작정 와서는 며칠 동안 헤매다 돌아가시기도
했었고요.」

「아, 아빠가 돌아가셨어?」

「어머니께서 우리한테 간절히 부탁하셨어요. 둘째 딸을
찾게 되면 당신한테 연락처만이라도 꼭 알려 달라고. 죽지
않고 살아 있다는 것만 확인해도, 당신 목소리를 한 번만이
라도 들을 수 있다면 지금 당장 죽어도 여한이 없다고 말이
에요. 그런데 안타깝게도 괜히 하시는 말씀 같지가 않았어
요. 연세가 많으셔서 그런지, 제가 볼 때 그다지 건강해 보이
지 않으셨거든요.」

「우, 우리 엄마…… 아파요?」

라일리의 부릅떠진 눈에서 뜨거운 눈물이 주르륵 흘러내
렸다. 눈물은 좀체 멈추지 않고 점점 더 굵게 흘러내렸다. 호
정이 가방에서 수첩과 펜을 꺼내 무언가를 재빨리 적었다.
그것을 북 찢어 라일리의 손에 꼭 쥐여 주었다.

「어머니 전화번호예요. 둘째 딸한테 언제 전화가 올지 몰

라서 예전 번호 그대로래요. 물론 라일리 브라운 씨도 기억하고 계시겠지만, 그래도 혹시 몰라서…….」

허공에 번쩍 들려 있던 라일리의 손이 아래로 툭 떨어졌다. 그녀는 손바닥 위의 메모지를 들어 떨리는 다른 손으로 몇 번이나 만지려고 하다가 차마 만지지 못하고 주저하다 마침내 두 손으로 그것을 꽉 움켜잡았다.

「엄마…….」

결국 라일리의 입에서 각혈하듯 거친 오열이 터져 나왔다. 호정은 그녀를 품에 꼭 안아 주었다. 바들바들 떨리는 마른 등을 쓸어내리며 다정하게 속삭였다.

「이번이 라일리 브라운 씨 스스로가 집으로 돌아갈 수 있는 길을 찾는 기회가 되었으면 좋겠네요.」

호정이 그녀를 천천히 놓아주고 걸음을 옮겼다. 시우와 눈이 마주쳤다. 감정 표현에 인색한 그답지 않게 차갑고 시리기만 하던 그의 눈동자가 벅찬 무언가와 함께 따스한 온기로 가득 차 있었다. 겸연쩍어진 호정은 어색하게 미소 지으며 시우를 지나쳤다. 문 앞에 먼저 가선 그를 돌아보며 빨리 가자고 눈짓을 보냈다.

세 사람이 문을 열고 나가려는 찰나, 격한 오열을 멈추지 못하던 라일리가 '잠깐만요' 하며 소리쳐 불렀다. 그녀의 벌겋게 달아오른 얼굴은 이미 눈물, 콧물 범벅이었다.

「언니를 죽인 범인…… 이번에는 꼭 잡아 줘요. 그리고 전해 줘요. 만약 언니를 죽인 이유가 그때 그 일 때문이었다면 정말 미안했다고. 내가, 아니 나라도 언니 대신 진심으로 용서를 구한다고요.」

호정이 아무 말 없이 고개만 끄덕였다.

「그, 그리고 고마워요. 미스…….」

「주호정이라고 합니다.」

「아깐 미안했어요. 정말 고마워요, 주호정 씨.」

세 사람은 라일리가 마음껏 울 수 있도록 조용히 집을 나가 주었다.

올라왔던 계단을 내려가는 길.

음침하고 불길하게 삐걱거리던 계단이 더 이상 음침하고 불길하게 느껴지지 않았다. 그럼에도 시우는 올라가던 때와 똑같이 등 뒤로 잡은 호정의 손을 꼭 잡고 놓지 않았다.

아니, 조금은 더 깊고 조금은 더 굳건하게 그녀의 손을 꼭 잡았다.

11장

롬폭으로 돌아온 세 사람은 이틀간 명단에 있는 인디언 노동자들 중 외지에 나갔다는 여덟 명을 제외하곤 모두 만나 보았다. 하지만 별다른 소득은 없었다.

브라헤 농원 근처에 작은 부락을 형성하고 모여 사는 그들은 몇십 명 안 되는 소수인 만큼 결속력이 무척 강했다. 그들 중 80% 이상이 메스티소였는데, 젊은 사람은 거의 없었다. 어린아이나 중년 이상의 노인들이 대부분이었다. 특이한 점은 남성보다 여성 비율이 압도적으로 높다는 점이었다.

그들은 낯선 이방인인 세 사람을 보고도 그다지 놀라거나 경계하지 않았다. 그저 물 흐르듯이 담담하고 무심하게 대할 뿐이었다.

하지만 정말 아는 것이 없어서인지 아니면 단체로 입 다물기로 결의라도 한 것인지, 그들은 이름, 나이 등 가장 기본적인 것 외에는 모두 모른다며 고개를 가로저었다.

「글쎄요, 모르겠는데요.」

「하도 오래전 일이라서 기억이 안 나요.」

「우린 시내에 안 나가요. 여기 살면서 농원 가서 일하는 게 전부예요. 정해진 몇 명만 장 볼 때 단체로 시내에 가끔 나갈 뿐이죠. 예전부터 그랬어요. 그러니 우리가 시내에서 무슨 일이 일어났는지 알 리가 있나요. 그저 바람결에 들려오는 소리로 대충 짐작만 할 뿐이죠.」

이틀 동안 그들에게 들은 얘기가 거의 이와 대동소이했다. 심지어 그들은 나무 표식을 보여 줘도 고개를 가로젓기만 했다.

「여기에 모여 살긴 하지만 우리도 이젠 모두 어엿한 미국 시민들이에요. 이제 이런 표식은 쓰지 않아요. 우리도 영어를 쓴다고요.」

「그냥 애들 장난인 것 같은데요? 동그라미 몇 개 쌓아 놓은 것뿐이잖아요. 이게 뭐가 어쨌다고요? 몰라요, 그런 거.」

결국 세 사람은 아무런 소득 없이 부락에서 철수해야만 했다. SUV를 주차해 놓은 큰길가로 터벅터벅 걸어가며 매기가 허탈한 표정으로 투덜댔다.

「여기 오면 뭔가 있을 줄 알았는데, 젠장. 이틀 동안 헛수고만 했네.」

「그러게요. 나도 허탈하네요. 결정적인 단서까지는 아니어도 실마리 정도는 풀 수 있을 줄 알았는데.」

호정도 한숨을 폭 내쉬며 주변으로 시선을 돌렸다. 차 한 대가 겨우 다닐 정도의 좁은 흙길. 양쪽으로는 적당한 크기로 자란 나무들이 군락을 이루고 있어 경관 하나는 그만이었다. 완만한 경사의 왼쪽 내리막 저편에는 폭이 꽤 넓은 개울도 흐르고 있었다.

앞에는 맑은 개울이 흐르고 뒤로는 숲을 병풍처럼 둘러싸고 있는 자그마한 분지라……. 어제 이곳을 처음 방문했을 때도 느낀 거지만, 자신들을 지키기 위해서 모여 사는 사람들에게는 이만한 장소도 없겠다 싶었다.

호정은 비록 결과는 실망스럽지만, 소박하고 평온한 길을 거닐며 잠시나마 고즈넉한 분위기를 만끽하는 것도 그리 나쁘진 않다고 생각했다.

하지만 매기는 그녀와 생각이 영 다른 모양이었다. 큰길까지 나 있는 제법 긴 길로 향하는 동안 마음에 들지 않는 듯 계속 투덜거렸다.

「길은 또 왜 이렇게 긴 거야. 그냥 안까지 차 끌고 갔으면 좋았잖아. 위압감 느낀다고 큰길에 세워 놓고 가자더니, 그럼 뭐해. 그래 봐야 결과는 이 모양인데.」

매기가 투덜대든 말든 시우는 들은 척도 하지 않았다. 호정은 혼자 큭, 웃으며 시선을 다시 주변으로 돌렸다.

어쨌든 좋다……. 응?

개울가로 시선을 돌린 호정은 시야에 들어온 작은 아이의 뒷모습에 잠시 걸음을 멈췄다. 예닐곱 살쯤 됐을까. 자그마한 체구의 아이는 개울 끄트머리 구석에 무릎을 꿇고 앉아 있었다. 자세히 보니 무언가를 간절히 빌고 있는 것 같았다. 주변에 다른 아이들이나 어른은 보이지 않았다.

외톨이일지도 모른다는 생각에 호정은 선뜻 걸음이 떨어지지 않았다. 작은 아이가 무엇을 저리 간절히 빌고 있을까, 궁금하기도 했다. 호정은 앞서가는 두 사람에게 '잠시만요' 하고 양해를 구하고 조심스레 내려갔다.

'왜, 뭐요!' 하고 미간을 찌푸리는 매기를 내버려 두고 시우도 호정을 따라 개울로 내려갔다. 호정은 기도를 방해하지 않기 위해서 발소리를 죽여 아이의 뒤쪽으로 다가갔다. 가까이 다가가자 기도하는 아이의 나지막한 목소리가 들렸다.

「마니투(신), 제발 우리 숀쇼어(산맥 위의 빛) 사쳄(추장)을 데려가지 마세요. 앞으론 할머니 말 진짜 잘 들을게요. 공부도 열심히 하고, 우리말도 잊지 않기 위해서 진짜, 진짜 열심히 공부할게요. 말썽도 안 부릴게요. 그러니까 제발 숀쇼어 사쳄을 데려가지 마세요.」

대충 들어 보니 누구를 데려가지 말라고 비는 것 같았다. 어쨌든 누군가를 위해 간절히 기도하는 아이의 마음이 기특하고 사랑스러워 절로 미소가 지어졌다.

"신에게 비는 거야. 숀쇼어는 무슨 뜻인지 모르겠지만 아마 이름일 거고. 저 사람들의 추장 이름이겠지. 사쳄이 추장이란 뜻이거든."

호정은 시우가 자신을 따라 내려온 것도 몰랐다. 불쑥 귓가에 속삭여지는 시우의 나지막한 음성에 깜짝 놀라 뒤를 돌아보았다.

"헉!"

또 바로 기겁하듯 놀랐다. 그가 너무 바짝 뒤에 붙어 서있어서 하마터면 입을 맞출 뻔했기 때문이다. 기겁하듯 놀란 것도 잠시, 호정의 얼굴이 목까지 금세 빨갛게 달아올랐다.

그녀와 부딪칠 뻔한 시우의 입술이 부드러운 호선을 그리며 살짝 말려 올라갔다. 하지만 내려다보는 눈빛만은 예리했다. 시우는 그녀에게서 감지될 본능적인 거부 반응을 예민하게 살폈다.

순간 가늘어진 그의 눈매가 흠칫 커졌다가 작아졌다. 심장이 제멋대로 두둥, 빠르게 뛰었다.

어른이 되어 만난 후로 처음이었다. 호정이 이토록 가까이 다가서 있는 자신에게 전신이 경직되는 반응을 보이지 않는 것이.

착각인 걸까?

아니, 착각일 리 없었다. 자신이 아무리 미세한 반응일지라도 호정의 반응을 캐치해 내지 못할 리가 없으니까. 심장이 다시 한번 두근두근 뛰어 댔다. 입안이 바싹 마르는 느낌이었다.

시우는 조심스럽게 그녀에게 조금 더 바짝 다가서 보았다. 빨간 사과처럼 물든 호정의 얼굴은 꼼짝도 하지 않았다. 커다래진 눈을 빠르게 깜박거리며 다가서는 그를 멍하니 바라보고만 있을 뿐이었다.

눈꺼풀이 빠르게 깜박일 때마다 그녀의 긴 속눈썹이 그의 심장처럼 파르르 떨리고 있었다. 시우는 망막 가득 자신의 얼굴을 담고 있는 까만 눈동자를 시선으로 얽어매고 천천히 고개를 숙였다.

그 순간만큼 시우는 다른 건 아무 것도 생각나지 않았다. 이곳이 어디인지, 저 위에서 매기가 씨근덕대며 자신들을 내려다보고 있다는 것도, 바로 앞에서 웬 인디언 꼬마 아이가 누군가를 위해 간절히 기도하고 있다는 것도 모두 잊어버렸다.

그저 확인하고 싶다는 생각만 간절했다. 거부 반응을 보이지 않는 호정이, 지금 이 순간이 제발 자신만의 착각이 아니기를…….

하필 그 순간, 남자아이의 깜찍한 음성이 끼어들었다.

「어! 누구세요?」

마법 같던 순간이 와장창 깨어졌다. 움찔. 호정의 전신이 여지없이 경직되는가 싶더니 그녀가 아이 쪽으로 고개를 휙 돌렸다.

「어머, 놀랐니? 미안해.」

빌어먹을.

시우는 속으로 낮은 욕설을 뇌까리며 그녀에게서 두어 걸음 뒤로 물러났다. 성마른 손길로 얼굴을 쓸어내리는데 등 뒤에서 호정의 다정한 음성이 들려왔다.

「우리는 저기에 볼일이 있어서 어른들 뵙고 가는 길이야.

가다가 웬 귀여운 꼬마가 혼자 앉아 있어서 잠깐 내려와 봤어. 꼬마야, 너도 저기에 사니?」

「네.」

고개를 끄덕인 꼬마가 눈을 반짝이며 물었다.

「진짜 FBI예요?」

「아, 나는 아니야. 이 아저씨도 아니고. 우리는…… 음, 쉽게 얘기하자면 임시야. 진짜 FBI는 저기 위에 있는 분. 그런데 FBI인지는 어떻게 알았어?」

「어제도 왔었잖아요. 나도 거기 있었는데. 어른들이랑 얘기하는 거 다 봤어요.」

호정이 빙그레 웃으며 상체를 숙여 아이와 눈높이를 맞췄다.

「그랬구나. 그런데 혼자 뭐 하고 있었어? 기도하고 있는 것 같던데, 혹시 우리가 방해했니? 그럼 미안해서 어쩌지?」

꼬마가 활짝 웃으며 고개를 가로저었다.

「괜찮아요. 또 하면 되죠, 뭐. 그런데 어디서 왔어요?」

「응?」

「백인 아니잖아요. 저 키 큰 아저씨는 백인인 것 같기도 하고, 아닌 것 같기도 하고 잘 모르겠다. 그런데 아줌마는 아닌 거 확실해. 우리랑도 다르게 생겼고. 우린 추마시 혈통의 미국 사람이에요. 아줌마는 동양인이죠? 나 책에서는 많이 봤는데 실제로는 처음 봐요.」

「맞아, 동양인. 한국이라는 나라에서 왔어. 혹시 한국이라고 알아?」

커다란 눈동자를 데굴데굴 굴리던 꼬마가 이내 고개를 가
로저었다.

「아니요. 근데 중국이랑 일본은 알아요.」

멀리서 봤을 때보다 훨씬 더 귀엽고 똑똑한 아이였다. 호
정이 아이의 머리를 다정하게 쓰다듬었다.

「한국은 중국이랑 일본 사이에 있는 나라야.」

「아, 그렇구나. 기억해 둘게요.」

「후후. 그래, 꼭 기억해 줘. 그런데 뭘 빌고 있었는지 물어
봐도 되니?」

아, 하며 꼬마가 몸을 일으켰다. 바닥을 돌아보며 대답했
다.

「우리 마을에 가장 나이 많고 현명하신 분이 있는데, 그분
이 우리 추장님이에요. 그런데 얼마 전에 쓰러졌어요. 많이
아프시대요. 그래서 어른들이 차타우쿠아로 모셔 갔어요. 곧
자연으로 돌아가실 거라고. 그래서…….」

꼬마의 목소리가 금세 울먹거리는 음성으로 변했다. 그러
다 씩씩하게 손등으로 눈가를 훔치며 울음을 꾹 삼켰다.

「그래서 마니투한테 기도한 거예요. 아직 데려가지 마시
라고. 난 우리 손쇼어 사쳄이 진짜 좋거든요. 손쇼어 사쳄은
우리 선생님이에요. 공부를 가르쳐 줄 땐 진짜 무서운데 그
래도 좋아요. 공부 시간이 끝나면 제일 다정하거든요. 신기
하고 재미있는 얘기도 많이 해 주고. 우리 손쇼어 사쳄은 모
르는 게 없어요. 세상에서 가장 똑똑하고 현명하고 다정한
사람이에요.」

자랑스럽게 얘기하던 꼬마의 어깨가 다시 축 처졌다.

「그런데 자연으로 돌아간다잖아요. 그럼 죽는다는 건데, 숀쇼어 사쳄을 두 번 다시는 볼 수 없게 된다는 거잖아요. 그건 너무 슬퍼요. 싫어. 그래서 마니투한테 데려가지 말고 우리한테 돌려 달라고 빈 거예요.」

다시 고개를 돌려 호정을 바라본 꼬마가 어? 하며 고개를 갸웃했다.

「표정이 왜 그래요?」

그러곤 호정의 시선을 따라 뒤쪽의 바닥을 돌아보았다.

호정이 떨리는 음성으로 시우를 불렀다.

"시우야……."

바지 주머니에 손을 찔러 넣고 먼 산을 바라보며 들썩거리는 속을 진정시키고 있던 시우가 그녀의 부름에 고개를 돌렸다. 이내 그의 눈도 부릅떠졌다. 시우는 황급히 꼬마의 옆으로 걸어갔다. 한쪽 무릎을 굽히고 바닥을 다시 한번 확인했다. 번쩍 고개를 들어 꼬마를 쳐다보았다.

「꼬마야, 이게 뭐니?」

「뭐가요?」

「왜 돌멩이 열 개를 이렇게 쌓아 놓은 거지?」

「아, 그거요. 숀쇼어 사쳄이 그렇게 하고 마니투한테 제를 올리거나 기도를 드리거든요. 그래서 나도 따라한 거예요.」

시우와 호정의 시선이 재빨리 교차했다. 마른침을 꿀꺽 삼킨 호정이 꼬마가 놀라지 않도록 최대한 침착한 목소리로 물었다.

「숀쇼어 사쳄이 정말 이렇게 하고 제를 올리거나 기도를 드렸니?」

「네.」

시우가 그녀의 말을 이어받아 물었다.

「혹시 다른 어른들도 돌을 이렇게 쌓아 놓고 제를 올리거나 기도를 드리니?」

「아니요. 사쳄만 그래요.」

「혹시 이게 무슨 의미인지는 알아?」

「아니요. 그건 얘기해 주지 않았어요.」

시우가 천천히 몸을 일으켰다. 꼬마를 내려다보며 물었다.

「그럼 숀쇼어 사쳄이 지금 어디 계시는지 아니?」

「그럼요. 어른들이 차타우쿠아로 모셔 갔다니까요.」

「거기가 어딘데?」

「저기요.」

꼬마가 저 멀리 손가락으로 가리키는 곳은 트랭퀼런 마운틴이었다.

❦

「트랭퀼런 마운틴이면 할라마 비치를 둘러싸고 있는 곳이잖아요.」

흥분한 매기가 소리쳤다. 투덜댈 때는 언제고, 세 사람 중에 가장 많이 흥분한 사람 역시 그녀였다.

그들은 지금 시우의 방에 모여 있었다. 마음 같아서는 당장 트랭퀼런 마운틴으로 가고 싶었지만 곧 해가 질 시간이었다. 어디에 있는지도 모르는 사람을 찾아 무작정 산을 오를 수 없었다. 넓은 산을 수색하기엔 인력도 턱없이 부족했다. 세 사람만으로는 말도 안 되는 일이었다.

헨리 팀장한테 보고를 하고, 수색 인력 지원을 요청하고, 부락 사람들이 죽어 가는 추장을 안전하게 모실 만한 장소가 어디일지를 추정해 내는 것이 급선무였다. 지난 이틀 동안 완벽할 만큼 철저하게 입 다물고 모르쇠로 일관하던 사람들이 이제 와서 친절하게 말해 줄 리는 없을 테니 말이다.

시우의 재빠른 기지로 꼬마와 어른들한테는 자신들과 만나 나눈 얘기를 비밀에 붙이기로 단단히 약속해 뒀지만, 그 약속만 믿고 안심할 수는 없었다. 어린아이들은 예기치 않은 순간에 비밀과 진실을 툭 말해 버리고는 하니까.

그럼 부락 사람들은 바로 추장을 다른 곳으로 옮기려고 할 터였다. 좀 더 은밀하고 깊은 곳, 아무도 찾을 수 없는 장소로. 그러니 그들이 움직이기 전에 자신들이 먼저 숀쇼어 사쳄을 찾아내야만 했다.

더욱이 연로해 죽음을 앞두고 있다고 하지 않았나. 힘들게 찾았는데 숨을 거둔 후라면 아무 의미가 없었다. 그전에 반드시 숀쇼어 사쳄을 찾아야 할 터였다. 여러모로 시간이 촉박했다.

이번에도 헨리는 즉시 국장한테 보고를 했고, 국장은 LA지부에 긴급 지원 요청을 했다. 헨리에게 보고한 지 얼마 지나지 않아 바로 연락이 왔다. LA지부에서 수색 인력을 내일

322

아침에 파견할 거라고 했다.

—9시, 늦어도 오전 10시까진 그곳에 도착할 겁니다.

헨리와 통화를 끝낸 시우는 그가 보내 준 트랭퀼런 마운틴의 위성 사진들을 출력했다. 모두 출력해서 맞춰 보니 제법 큰 위성 지도가 됐다. 지도에는 주변 진입로와 산책로, 산 곳곳에 있는 봉우리의 명칭까지 자세하게 나와 있었다.

세 사람은 열두 장의 위성 지도를 바닥에 펼쳐 놓고 주변에 모여 앉았다. 위성 지도를 살피는 시우의 눈빛이 평소보다 한층 더 예리하고 날카롭게 번뜩였다. 호정과 매기도 심각한 표정으로 지도를 유심히 내려다보았다.

매기가 혼잣말로 중얼거렸다.

「아무리 봐도 차타우푸아라는 곳은 없는데.」

시우가 지도에서 눈을 떼지 않은 채 말했다.

「차타우푸아는 지명이 아닙니다. '죽음의 장소'라는 의미의 인디언 언어죠.」

「아, 그렇구나. 흐음. 그런데 그건 정말 아니지 않아요? 아무리 죽으면 자연으로 돌아간다는 의미라지만, 죽음을 앞둔 노인을 죽기 전까지 혼자 산속에 데려다 놓는다는 거. 너무 잔인하고 비윤리적이야. 안 그래요, 호정 씨?」

「글쎄요. 우리 입장에서 보면 그렇지만 그들만의 오랜 전통이자 문화잖아요. 나는 우리와 다르다고 해서 그걸 무조건 잔인하고 비윤리적이라고 매도할 수는 없을 것 같은데요.」

「아무리 그래도 그렇지. 난 그런 전통이나 문화는 정말 이해가 안 가요. 그런데 왜 하필 트랭퀼런 마운틴일까요?」

매기가 시선만 들어 시우를 쳐다보았다.

「이 박사, 혹시 그것도 어떤 특별한 의미가 있는 거예요?」

「트랭퀄런 마운틴은 아주 오래전부터 추마시 인디언들이 신성시하던 곳이었습니다.」

아, 그런 의미가 있었구나. 고개를 끄덕인 매기는 새삼 감탄하며 시우를 힐끗 쳐다보았다. 하여튼 저 남자는 모르는 게 하나도 없다. 나중에 저 남자가 죽으면 뇌는 무조건 연구실로 보내서 심층 연구를 해 봐야만 한다. 인류의 무궁한 발전을 위해서라도 반드시!

지도만 유심히 쳐다보던 시우가 긴 중지 끝으로 지도의 한 부분을 가리켰다.

「아무래도 여기, 북쪽부터 수색하는 것이 좋을 것 같군요. 남쪽보다 해안은 짧지만 절벽으로 이루어진 작은 동굴들이 많고, 주변에는 좁고 긴 모래 언덕 등이 있어서 사람들이 접근하기가 쉽지 않으니까.」

「사람들 눈에 띄지 않고 장기간 은신하기에 그쪽이 더 안성맞춤일 것 같기는 하네요. 그런데 우리도 접근하기가 쉽지 않을 텐데, 그게 문제네요.」

매기에 이어 호정도 내내 마음속에 품고 있던 문제 하나를 넌지시 풀어놓았다.

「이미 사망했으면 어떡하지?」

시우가 단호하게 말했다.

「아니, 아직 살아 있어.」

「어떻게 그렇게 확신해?」

「어제 오늘 우리가 만나 본 사람들 중에 명단에는 있었지만 그곳에 없던 사람들이 총 여덟 명이야. 그들은 모두 외지에 나가서 더 이상 그곳에 살지 않는다고 했어. 하지만 전부가 그렇지는 않을 거야.」

「왜?」

「그중에 30대 세 명을 제외하면 50대가 다섯 명이야. 30대는 그들 말대로 그곳 생활을 청산하고 외지로 나갔을 확률이 높아. 하지만 그곳에서 50년 넘게 살아온 사람들이 갑자기 터전을 버리고 외지에 나가 처음부터 다시 시작할 확률이 과연 얼마나 될까. 물론 그런 사람도 나머지 다섯 명 중에 일부는 있겠지. 하지만 절대로 전부는 아니야.」

「그럼 네 말은 그중 일부는 숀쇼어 사쳄을 돌보고 있을 거라는 거야?」

시우는 고개를 끄덕였다.

「어. 그런데 그들은 아직 부락에 돌아오지 않았어. 왜? 숀쇼어 사쳄이 아직 숨을 거두지 않았으니까.」

호정을 돌아보는 시우의 눈빛이 예리하게 빛났다.

「숀쇼어 사쳄은 아직 살아 있어. 틀림없어.」

❖❖❖

다음 날 오전이 되어 LA지부의 지원팀이 도착하자 트랭퀼런 마운틴의 대대적인 수색이 시작됐다.

지원팀은 시우의 지휘 아래 은신처로 의심되는 동굴들을

아래서부터 포위해 가는 방법으로 모든 진입로들을 차단하며 거슬러 산을 올라갔다. 당연히 시우와 호정, 매기도 그들과 함께 산을 올랐다. 시우는 산 수색에 호정을 데려가고 싶지 않았다. 하지만 그녀 혼자 호텔에 두고 갈 수도 없었다. 시장부터 보안관까지 믿을 사람이 없는 곳에 남겨 두고 가기에는 너무 불안했다.

할 수 없이 시우는 호정을 제 옆에 단단히 붙여 두고 움직였다. 산은 제법 가파르고 험했다. 은신처로 의심되는 험준한 곳만 골라 오르기 때문일지도 몰랐다.

산이 아무리 험준해도 강한 체력과 운동으로 다져진 그나 요원들에게는 다소 힘들더라도 큰 지장은 없을 터였다. 그러나 호정은 아니지 않은가. 아직 초반이니 다른 사람들한테 피해를 주지 않기 위해서 힘든 내색 하나 없이 씩씩하게 잘 따라 오르고 있었지만, 중반쯤 가면 힘에 부칠 터였다.

시우는 그녀가 무리하다가 다칠까, 걱정스러웠다.

"괜찮아?"

일부러 요원들과 잠시 떨어져 뒤처진 시우가 물었다. 호정은 씩씩하게 대답했다.

"응."

"무리하지 말고 힘들면 바로 말해. 잠깐 쉬었다가 갈까?"

"아니. 난 진짜 하나도 안 힘들어. 왜, 너 힘드니?"

오히려 그에게 힘드냐고 반문한 호정이 혀를 쯧쯧, 찼다.

"뭐니, 이시우. 매일 칼같이 시간 재 놓고 운동하더니, 키랑 체격이 아깝다."

시우의 한쪽 눈썹이 휙, 치켜 올라갔다. 기가 막혀 하! 헛웃음을 터트렸다. 고개를 삐딱하게 기울이고 경고했다.

"난 분명히 말했다. 나중에 딴소리 하지 마."

"안 해. 너나 나중에 딴소리 하지 마."

슬쩍 눈을 흘긴 호정이 후후, 웃으며 그를 재촉했다.

"뭐해, 안 쉴 거면 빨리 가자. 요원들은 벌써 저기 위에 가 있네. 시우야, 우리는 어느 쪽으로 갈 거야? 이쪽? 저쪽?"

피식, 웃은 시우는 길이 아예 없는 쪽으로 간 요원들을 따라가려는 호정의 팔목을 냉큼 잡아 그나마 길이 나 있는 쪽으로 이끌었다.

한국에서 돌아온 후로 호정은 그를 자꾸 놀라게 한다. 저를 자극해서 사건을 맡게 하더니, 부모님 핑계를 대고 부득불 따라오지를 않나. 그와는 상의 한마디 없이 '환상의 드림팀'이라는 어머니의 말에 냉큼 '맞아요!' 하면서 덩달아 수사에 끼어들었다.

라일리 브라운을 만났을 때도 그랬다. 그녀 특유의 부드러움과 따스함, 그리고 사려 깊음으로 상처 입은 늙은 암사자처럼 사나웠던 라일리 브라운을 단박에 어린아이처럼 오열하게 만들었다.

그리고 어제.

호정이 아니었다면 에페타 킬러와 틀림없이 긴밀한 관계일 손쇼어 사쳄의 존재는 물론 그녀가 죽음을 앞두고 트랭퀼런 마운틴에 은신하고 있다는 사실조차 알아내지 못했을 것이다.

지금도 그녀는 중턱을 지났음에도 우려와는 달리 크게 힘들어 하지도 않았다. 자신이나 요원들에 비해 어쩔 수 없이 떨어지는 체력적 한계를 특유의 꼼꼼함과 성실함으로 보완하고 있었다. 굳이 살펴볼 필요도 없는 덤불까지 샅샅이 뒤지면서.

"후후."

시우는 낮게 웃으며 하늘을 올려다보았다. 몇 시간 후면 해가 질 터였다. 컴컴해지기 전에 내려갈 시간을 계산하면 이제 세 시간이 채 남지 않았다. LA지부에서 지원 나온 요원들까지 야간 산행 준비를 하고 올라왔으니 상관은 없을 테지만 그와 호정, 매기는 해가 지기 전에 내려가야만 했다. 칠흑처럼 어두워질 산속의 어둠 때문만은 아니었다.

오늘은 토요일. 와이어트에게 저녁 초대를 받은 날이었다.

이번 사건을 해결하기 위해선 숀쇼어 사쳄도 중요한 인물이지만 와이어트도 반드시 조사해야만 할 중요 인물이었다. 와이어트는 롬폭을 좌지우지할 만큼 부와 권력을 쥐고 있는 인물이었다. 때문에 만만하게 접근할 상대도 아니고 접근 자체가 쉽지 않았다. 저녁 초대에는 반드시 가야만 했다.

하지만 정상에는 아직 도달도 하지 못했고 매기나 다른 요원들로부터 숀쇼어 사쳄을 찾았다는 연락도 오지 않고 있었다. 예측대로라면 지금쯤 은신처로 보이는 동굴을 발견했다는 연락이 와야 하는데, 아직 감감무소식이었다.

뭐가 잘못된 걸까. 내가 뭘 놓친 거지?

이대로라면 오늘 중으로 숀쇼어 사쳄의 신변을 확보한 뒤에 와이어트의 저택을 방문하겠다는 계획을 변경해야 할지도 모르겠다. 조금씩 밀려오는 초조함에 시우는 미간을 찌푸리고 머릿속에 저장되어 있는 위성 사진을 꺼내 보았다. 두 눈을 지그시 감고 지도를 다시 샅샅이 살폈다.

한참 동안 집중해서 은신처를 찾던 시우의 고개가 천천히 가로저어졌다. 아무리 재차 확인해도 놓친 부분이 없었다. 틀림없이 이 부근 어딘가에…….

그때였다.

"꺄악!"

비명 소리에 시우의 고개가 번쩍 들렸다. 두 눈이 부릅떠졌다. 방금 전까지 저 앞의 수풀을 살피던 호정의 모습이 어디에서도 보이지 않았다.

"누나!"

시우는 방금 전까지 그녀가 서 있던 곳으로 달려가며 황급히 호정을 불렀다. 그러나 돌아오는 대답이 없었다. 시우는 전후좌우를 빠르게 돌아보았다. 어디에서도 그녀의 모습은 여전히 보이지 않았다.

척추를 타고 올라오는 불길한 느낌에 목청껏 호정을 불렀다.

"누나! 누나!"

그럼에도 여전히 돌아오는 건 스산한 바람 소리뿐이었다.

"젠장!"

거친 욕설이 터져 나왔다. 시우는 다급하게 수풀을 헤치고 나아가며 손목에 찬 마이크를 켰다. 호정이 끼고 있는 리시버에 주파를 맞췄다.

"누나, 무슨 일이야? 어디 있어? 대답해!"

리시버로 들려오는 대답 역시 없었다. 전신을 후려친 공포가 뒤통수를 가격했다. 시우는 비명이 들려왔던 곳을 향해 전력으로 달려갔다.

"헉헉!"

거친 숨을 몰아쉬며 주변을 살피던 시우의 전신이 순간, 번개라도 맞은 양 뻣뻣하게 굳었다. 저 앞에 호정이 들고 있던 스틱이 떨어져 있었다. 그 앞에는 싱크홀 같은 커다란 구멍이 뚫려 있었다. 끝이 보이지 않는 어두컴컴한 깊이만큼 그의 심장도 끝없이 곤두박질쳤다.

창백하게 질린 시우의 입술이 달싹거렸다.

"누나……."

공포에 짓눌린 음성은 제대로 새어 나오지도 않았다. 머릿속이 텅 빈 듯 한순간 아무 생각도 나지 않았다. 온몸에서 피가 빠져나가는 것 같았다.

공황과도 같던 공포, 충격.

그 시간은 결코 길지 않았다. 부릅떠진 채 미동도 하지 않던 눈동자가 꿈틀, 움직였다. 뻣뻣하게 굳었던 전신이 부들부들 떨리기 시작했다. 몸이 움직여지는 것과 동시에 작동을 멈췄던 머리도 빠르게 움직이기 시작했다. 작동을 시작한 뇌리에 떠오른 명제는 단 하나.

호정!

그녀를 구해야 한다는 것뿐이었다.

시우는 화급히 어깨에 메고 있던 배낭을 바닥에 내리고 무언가를 찾으면서 다급하게 주변을 살폈다.

"헉, 헉, 헉."

가쁜 숨을 몰아쉬며 배낭에서 찾은 밧줄을 들고 가장 굵고 단단해 보이는 나무로 달려갔다. 나무에 밧줄을 둘러 단단히 고정시킨 뒤 다시 구덩이 앞으로 달려갔다. 바닥의 돌멩이 하나를 구덩이 속으로 던졌다.

눈을 질끈 감았다. 숨을 참고 귀를 기울였다. 돌멩이가 경사를 구르는 소리가 들려오다가 어느 순간 끊겼다. 잠시 후 아주 미세하게나마 픽, 하는 소리가 들려왔다.

이상하다. 이건 돌멩이가 단단한 바닥을 칠 때 나는 소리가 아닌데. 밑에 뭐가 있나?

어쨌든 깊이가 보기보다 깊지 않은 것은 분명한 듯싶었다. 시우는 빠른 속도로 손으로 감지했던 돌멩이의 무게와 돌멩이가 굴러가던 경사, 그리고 소리가 났을 때까지의 초를 계산하여 대략적인 구덩이의 형태와 깊이를 가늠했다.

다행히 구덩이 아래는 싱크홀처럼 직각이 아니었다. 15도 정도의 경사로 이루어져 있고, 깊이는 대략…….

아, 밧줄이 짧다.

그래도 상관없었다.

내려간다.

시우는 마이크의 주파수를 매기에게 맞췄다.

「크로닌 요원.」

지직. 짧은 잡음 뒤에 매기의 음성이 들려왔다.

─네, 박사. 은신처를 찾았어요?

시우는 재빨리 자신이 달려온 방향을 돌아보며 좀 전에 서 있었던 방향을 가늠했다. 좌표를 불러 주기 위해 입을 떼려는데 기도가 타 버린 듯 말이 나오지 않았다. 시우는 억지로 침을 삼키고 목소리를 쥐어짰다.

「주호정 씨가 떨어졌습니다.」

─네?

「바닥에 싱크홀 같은 구덩이가 뚫려 있는데 여기로 떨어진 것 같습니다. 여기 위치는…….」

그에게 대략적인 좌표를 들은 매기가 다급하게 말했다.

─알았어요. 내가 그쪽 라인에 있는 요원들한테 연락하고 나도 바로 갈게요. 금방 도착할 거예요. 잠깐만 기다려요.

「기다릴 수 없습니다.」

─네?

「난 지금 내려갑니다.」

─그게 무슨……. 내려간다고요? 혼자서요? 싱크홀이라면서요! 미쳤어요?

시우가 이를 악물고 씹어 뱉듯이 말했다.

「누나가 지금 저 밑에 있습니다. 무조건 내려갈 겁니다.」

─안 돼요! 이 박사, 제발 진정하고 내 말 들어요. 깊이가 얼마일지도 모르고 밑에 뭐가 있을 지도 모르잖아요. 요원들이 금방 도착할 거예요. 기다려요, 제발.

「나한테도 밧줄은 있습니다. 다행히 구덩이는 15도 경사로 직각이 아닙니다. 그러니 바닥까지 굴러떨어졌어도 어쩌면 크게 다치진 않았을 지도 몰라요. 그러니까…….」

그렇게 말하면서도 시우의 뇌리에는 호정이 피를 흘리며 의식을 잃고 쓰러져 있는 최악의 상황이 그려졌다. 두 눈을 질끈 감았다 뜬 그가 악다문 잇새로 거친 음성을 내뱉었다.

「기다릴 시간이 없습니다. 요원들과 도착하는 대로 우리를 구조할 방법을 강구해 주십시오. 그럼 부탁합니다.」

—이봐요, 이시우 박사! 이 박사, 이 박사!

매기가 새된 음성으로 소리쳤지만 시우는 더 이상 대답하지 않았다. 밧줄을 구덩이 안으로 떨어트렸다. 역시 밧줄보다 바닥이 더 깊은지 바닥 치는 소리는 들려오지 않았다. 배낭을 다시 등에 짊어진 시우는 손목에 밧줄을 몇 번 감고는 장갑 낀 손으로 밧줄을 단단히 부여잡았다.

그대로 구덩이 속으로 몸을 던졌다. 경사면을 등진 그의 몸이 무서운 속도로 빨려 내려갔다. 그럴수록 시우의 표정은 더욱 차갑게 변해 갔다. 이 어둡고 축축한 구덩이 속으로 호정이 아무런 장비도 없이 굴러떨어졌을 것을 생각하니 피가 차갑게 식었다.

무서운 속도로 미끄러지는 순간에도 시우는 오직 한 가지만 생각했다.

누나, 조금만 기다려. 내가 가고 있으니까 조금만…….

"주호정!"

12장

턱!

구덩이 속을 무섭게 미끄러지던 시우의 몸이 어느 순간 허공으로 떨어지며 하강을 멈췄다.

더 이상 햇빛 따위는 닿지 않는 공간. 아래를 내려다봤지만 검은 장막을 깔아 놓은 듯 아무것도 보이지 않았다.

시우는 밧줄에 매달린 채 좀 전에 챙겨 두었던 돌멩이를 꺼내 밑으로 떨어트렸다.

퍽.

이번에도 탁이 아닌 퍽 소리가 메아리처럼 좁은 공간을 울렸다. 어쨌든 그의 계산이 맞는다면 바닥까지는 5미터 남짓. 그 정도면 충분히 뛰어내릴 수 있다. 시우는 팔뚝에 감고 있던 밧줄을 놓으며 아래로 뛰어내렸다.

풀썩!

발바닥이 바닥에 닿는 순간 단단하고 차가운 바닥의 감촉 대신 서걱거리는 축축한 감촉이 전해 왔다. 동시에 코 속으로 스며드는 냄새는…….

풀 냄새였다.

햇빛 한 점 들지 않는 이 어두운 구덩이 속에서 풀이 자란다?

설마, 말도 안 되는 일이었다. 그러나 바닥에 깔려 있는 것이 풀인 것만은 확실했다.

이상하다. 확인해 봐야겠다.

시우는 재빨리 몸을 바로 하고 배낭을 바닥에 내렸다. 사방의 어둠을 살피며 케미칼 라이트 스틱을 꺼냈다. 플라스틱 튜브를 구부려 유리관을 부러트렸다. 튜브 안의 유리관이 부서질수록 스틱은 푸르스름한 야광 빛을 발산했다.

비로소 주변의 어둠이 옅어지며 시야가 확보됐다. 좁고 긴 동굴이 모습을 드러냈다.

시우의 눈이 흠칫 커졌다. 그의 예상대로 바닥에 깔려 있는 것은 풀이 맞았다. 그러나 엄밀히 말하자면 풀은 아니었다. 특히 이곳에서 자생한 풀은 더더욱 아니었다.

바닥에 켜켜이 쌓여 있는 것은 나뭇잎들이었다. 누군가 일부러 잔뜩 쌓아 깔아 놓은 것이 분명한 나뭇잎 덤불.

뭐지?

대체 누가 왜, 어떤 목적으로 이곳에 나뭇잎 덤불을 쌓아 놓은 걸까. 아무리 시우라지만 그것까지는 섣불리 짐작할 수 없었다. 다만 이 나뭇잎 덤불 덕분에 호정이 크게 다치지 않

있으리라는 것만은 확실했다.

당장은 그것만이라도 천만다행이었다.

그런데 어찌된 일인지, 근방에 쓰러져 있어야 할 호정의 모습이 보이지 않았다. 시우는 황급히 케미칼 라이트로 주변을 비추며 호정을 찾았다.

"누나! 누나!"

좁고 길쭉한 동굴 어디에서도 호정의 모습은 보이지 않았다. 대신 그녀가 메고 있던 배낭만이 저쪽 구석에 덩그러니 나뒹굴고 있을 뿐이었다. 다행히 축축한 동굴 안에서는 비릿한 피 냄새도 맡아지지 않았다. 그렇다면 크게 다치지 않았다는 뜻일 터.

턱 끝까지 차올랐던 공포가 한 줄기 희망을 부여잡고 주춤, 고개를 숙였다.

"하아."

절로 안도의 한숨이 쉬어졌다.

그런데 누나는 대체 어디로 사라진 걸까.

다급하게 사방을 두리번거리던 시우는 통로처럼 전방의 좁고 길게 난 동굴 저편을 응시했다. 호정이 여기에 없다면 그녀가 향했을 곳은 저곳뿐이다.

시우는 거친 숨을 정돈하며 아가리를 벌리고 있는 어둠 속으로 걸음을 옮겼다. 동굴은 성인 두 명이 딱 붙어 가야 간신히 통과할 만큼 좁았다. 깊이 들어갈수록 높이는 높아지고 폭은 좁아 들었다.

끝은 보이지 않았다.

호정도 보이지 않았다.

"누나! 호정아!"

소리쳐 불러 보아도 돌아오는 것은 기괴한 메아리뿐이었
다. 그렇게 얼마나 들어갔을까. 좁은 동굴이 좌측으로 꺾어
졌다. 더욱 짙어진 어둠 속에 라이트 스틱의 형광 빛이 옅어
졌다. 시우는 재빨리 배낭에서 라이트 스틱을 하나 더 꺼내
어둠을 밝혔다.

모퉁이를 돌아 60여 미터쯤 가자 폭이 조금씩 넓어졌다.
혼자 통과하기에도 빡빡했던 공간은 이내 두세 명이 나란히
지나갈 만큼 다시 넓어졌다.

그러나 여전히 호정은 보이지 않았다. 잠시 주춤 고개를
숙였던 공포가 다시 얼굴을 바짝 처들고 혀를 날름거렸다.
차갑고 축축한 공기가 땀에 흠뻑 젖은 그의 뺨을 연신 핥으
며 목덜미에 달라붙었다.

시우는 걸음을 멈추지 않았다. 넓어진 공간의 좌우를 샅샅
이 살피며 애타게 그녀의 이름을 불렀다.

"주호정! 누나!"

얼마나 걸어갔을까. 저 앞에 희미한 불빛이 보이기 시작했
다.

혹시 동굴 끝?

아니, 자연 채광이라고 하기에는 동굴 끝에서 들이치는 불
빛이 너무 희미하다. 바람 또한 불지 않는다. 여전히 눅눅하
고 축축한 공기. 아직 동굴의 끝은 아니다.

그제야 비로소 희미하게 맡아지는 그녀만의 달콤한 초콜

릿 향!

호정이다!

시우는 희미한 불빛이 퍼져 나오는 곳을 향해 전속력으로 달려갔다. 좁은 동굴이 끝나고 갑작스레 나타난 넓고 커다란 공간 앞에서 시우는 순간적으로 우뚝 멈춰 섰다. 믿기 힘든 광경이 눈앞에 펼쳐져 있었다.

원형의 너른 공간 한가운데에 백발의 노파 한 명이 누워 있었다. 그 노인을 중심으로 동서남북, 사면의 벽 앞에 모닥불이 피워져 있었다. 네 개의 모닥불 중 한 곳에 세 명의 인디언 중년 여성들이 모여 앉아 있었다.

호정은 그들 사이에 의식을 잃은 채 쓰러져 있는 상태였다. 여기저기 상처 입고 찢어진 얼굴. 이마에 흐르는 검붉은 피.

부릅떠진 시우의 눈에서 불길이 일었다. 시우는 라이트 스틱을 던지고 그녀에게 달려갔다. 중년 여성들은 갑자기 뛰어들어온 그의 등장에 놀라지도 않았다. 담담한 표정으로 시우에게 자리를 내어 주고 뒤로 물러났다.

그녀는 나뭇잎으로 엮어 만든 들것 위에 누워 있었다. 시우는 호정을 끌어안고 싶었지만 그녀가 어떤 부상을 당했을지 몰라 그러지도 못했다. 가장 먼저 그녀의 코밑에 손가락을 대어 숨 쉬고 있는지부터 확인했다.

손끝에 닿는 여린 숨결.

하아, 다행이다.

시우는 떨리는 손으로 창백한 호정의 얼굴을 어루만졌다.

그의 목소리가 가느다랗게 흘러나왔다.

"누나, 정신 차려 봐. 누나……."

이마에서 흘러내린 피에 그의 손바닥도 금세 붉게 물들었다. 시우는 재킷 안주머니에서 황급히 손수건을 꺼내 찢어진 이마를 지혈했다. '누나, 누나' 하며 애타게 호정을 불렀다. 등 뒤에서 조용한 음성이 들려왔다.

「떨어질 때의 충격으로 의식을 잃은 것뿐이에요. 경사면을 구르며 얼굴 곳곳에 상처가 나기는 했지만 밑에 깔아 놓은 나뭇잎들 덕분에 크게 다치진 않았어요. 다 살펴봤는데 왼쪽 발목만 조금 꺾인 것 같아요.」

흠칫, 어깨를 굳힌 시우가 그녀의 다리로 고개를 돌렸다. 신발이 모두 벗겨져 있는 호정의 왼쪽 발목에는 나무 부목 두 개가 고정되어 있었다. 양옆에는 차가운 돌들이 발목 주변을 에워싸고 있었다.

머리 위에서 나긋한 음성이 또 들려왔다.

「걱정 말아요. 부러지진 않았으니.」

시우의 떨리는 시선이 천천히 뒤쪽으로 향했다. 그를 고요히 응시하고 있는 여섯 개의 까만 눈동자와 시선이 얽혔다. 그들은 이 모든 것을 예견하고 있었다는 듯 고요하고 담담했다.

시우는 고개를 돌려 중앙에 미동도 없이 누워 있는 백발의 노파를 바라보았다. 그의 입에서 갈라진 음성이 흘러나왔다.

「숀쇼어 사쳄…….」

세 명의 여인 중 한 명이 고개를 끄덕였다. 시우의 시선이 다시 재빨리 여인들에게로 향했다. 시우의 눈매가 파르르 떨리며 가늘어졌다.

「우리가 올 걸 미리 알고 있었군요.」

여인들이 고개를 끄덕였다.

「어떻게…….」

「숀쇼어 사쳄께서 말씀하셨습니다. 그분은 미래를 내다보는 예지의 눈을 가지고 계십니다. 여인을 살리고 그대를 맞이할 준비를 하라고 하셨습니다.」

예지의 눈? 의문을 가득 품은 시우의 시선이 숀쇼어 사쳄에게로 향했다. 여인들도 그를 따라 숀쇼어 사쳄을 돌아보았다. 여인 중 한 명이 구슬픈 음성으로 나지막이 말했다.

「곧 자연으로 돌아가실 겁니다.」

다시 천천히 시선을 돌려 시우를 바라보았다.

「그대와의 시간이 끝나면 곧…….」

여인이 숀쇼어 사쳄에게 다가갔다. 그녀 옆에 무릎을 꿇고 귓가에 속삭였다.

「숀쇼어 사쳄, 기다리시던 분이 오셨습니다.」

여인은 그녀의 귓가에 대고 몇 번 더 같은 말을 되뇌었다. 그제야 죽은 듯이 미동도 하지 않던 숀쇼어 사쳄이 힘겹게 눈꺼풀을 들어 올렸다. 여인이 시우를 향해 손짓했다.

하지만 시우는 섣불리 움직이지 못했다. 의식을 잃고 쓰러져 있는 호정의 곁을 떠날 수가 없었다. 지금은 무엇보다 그녀의 안위가 우선이었다.

시우는 재빨리 호정의 맥박을 확인하고 왼발 발목 외에 다른 부상은 없는지 꼼꼼히 살폈다. 다행히 여인들의 말처럼 다른 곳은 크게 다치지 않은 듯싶었다.

창백한 호정의 얼굴을 안타깝게 어루만지는 시우를 지켜보던 여인이 서글픈 미소를 지었다.

「여인은 무사하니 걱정 말고 이리 가까이 오세요. 어제부터 그대를 기다리셨습니다. 시간이 얼마 남지 않았습니다.」

시우의 떨리는 손이 다시 한번 호정의 얼굴을 어루만졌다. 그녀의 고른 숨결과 따스한 체온을 재차 확인한 후에야 시우가 천천히 몸을 일으켰다.

여인이 다가온 시우에게 자리를 양보하고 물러났다. 그는 여인이 앉아 있던 자리에 천천히 한쪽 무릎을 굽히고 앉았다.

시우와 숀쇼어 사쳄의 시선이 허공에서 부드럽게 얽혔다. 그를 고요히 올려다보는 숀쇼어 사쳄의 까만 눈동자는 죽음을 목전에 둔 노인의 눈빛이라고는 믿을 수 없을 만큼 깊고 맑았다. 삶을 꿰뚫어 보는 날카로운 통찰과 지혜가 깊고 맑은 눈동자 속에 고스란히 녹아 있었다.

숀쇼어 사쳄이 힘겹게 입술을 달싹였다.

「그대로군. 이 고통을 끝내 줄 신의 사자(使者)가. 후후, 역시 신은 아름다움을 너무 편애해. 하아, 어쨌든 다행이야. 그대가 너무 늦지 않게 와 줘서…….」

시우의 미간이 절로 미세하게 찌푸려졌다. 그는 신이라는 존재 자체를 믿지 않는다. 그런데 자신을 향해 신의 사자라니.

여인들은 숀쇼어 사쳄을 향해 깊숙이 절을 하며 예를 행했다. 그들 중 한 명이 손으로 입을 틀어막고 소리 없이 흐느꼈다. 다른 두 명의 여인이 흐느끼는 여자을 데리고 맞은편의 또 다른 동굴 통로로 모습을 감췄다.

그들의 모습이 숀쇼어 사쳄에 대한 마지막 예라는 것을 시우는 직감했다. 천천히 눈을 감았다 뜬 숀쇼어 사쳄이 옅은 미소를 머금었다.

「나에게는 이제 남은 시간이 얼마 없다오. 그러니…… 서둘러야 할 거요.」

「무엇을 말입니까.」

「그대가 찾는 진실. 그 진실에 대한 물음.」

시우의 목울대가 다시 한번 크게 오르내렸다.

「그럼 묻겠습니다. 34년 전, 이곳에서 두 사람의 목숨을 취하고 그 후 무고한 여덟 명의 생명을 빼앗은 사람이 누구인지 당신은 알고 있죠. 누구입니까?」

숀쇼어 사쳄이 두 눈을 힘겹게 감았다 떴다.

「신은 그 아이에게 생명을 허락하며 두 가지의 축복을 내렸다오. 아름다움과 명석함. 그 아이는 내가 본 어떤 사람보다도 아름답고 똑똑했어요. 하지만 신은 그와 동시에 가혹한 운명이란 저주도 함께 내렸다오.」

숀쇼어 사쳄은 아득한 시선으로 허공을 응시하며 과거를 더듬었다.

「긴 산고 끝에 태어난 그 아이를 내가 받았다오. 세상과 첫 인사를 나누던 움직임, 힘찬 울음소리가 지금도 생생하게 기억나요. 그리고 처음으로 눈뜬 눈동자 속에서 아이의 미래가 보였지. 끔찍하고 가엾은 미래가.」

「그 아이가 34년 전, 비치에서 마이클 쉬렉과 제시 브라운에게 당한 인디언 소녀입니까?」

숀쇼어 사쳄이 미약하게 고개를 끄덕였다.

「하지만 딸아이에게는 그 아이의 미래를 말해 줄 수가 없었다오. 조세핀은 남자아이이기를 간절히 바랐어요. 그런데 아이가 자신을 닮은 예쁜 여아라는 것을 알고서는 자신의 삶을 답습할까 봐 서럽게 울었지. 그런 딸아이에게 내 어찌 아이의 끔찍한 미래까지 말해 줄 수가 있었겠소.」

딸아이? 시우의 눈매가 가늘어졌다.

「그 인디언 소녀, 사쳄의 손녀였군요. 소녀의 이름은 무엇이었습니까?」

「지혜로운 달빛의 정령. 하지만 그들은 그 아이를 다이아나라고 불렀다오. 조세핀이 그 아이에게 다이아나라는 이름을 지어 줬거든. 그들 신화에 나오는 처녀 신으로 달과 사랑의 여신이라고 하더군요.」

숀쇼어 사쳄은 힘겹게 슬픈 미소를 지었다.

「조세핀은 그 아이만은 자신처럼 기구한 삶을 살지 않기를 바랐다오. 그 아이만은 부디 남자들의 더러운 욕망에 억압당하고 착취당하지 않기를, 어둠을 밝히는 달과 사랑의 여신처럼 살기를. 조세핀이 바란 것은 그것뿐이었다오.」

시우의 머리가 기민하게 움직였다. 라일리가 우연히 보았다는 브라헤 농원 구석의 오두막, 거기서 만난 아름다운 인디언 아줌마. 하지만 그녀의 존재에 대해서 아는 사람은 아무도 없었다고 했다. 얼마 후 제시와 함께 찾아갔을 때 오두막은 텅 비어 있었다고 했다.

어쩌면 라일리가 보았다는 그 아름다운 인디언 아줌마가 바로 조세핀이었을지도 모르겠다.

남자들의 더러운 욕망에 억압당하고 착취당했다라…….

그녀가 말하는 '남자들'이란 브라헤 가문의 남자들이었을 가능성이 크다. 브라헤 농원 구석에 아무도 모르게 아름다운 여인을 숨겨 두고, 또 아무도 모르게 다른 곳으로 옮길 수 있었던 사람은 농원주인 브라헤 가문 남자들밖에는 없었을 테니까.

34년 전이면 와이어트의 조부인 윌리엄 브라헤와 부친인 아더 브라헤 모두 생존해 있던 시기였다. 그리고 당시 시장은 조부인 윌리엄 브라헤였다.

그렇다면…….

시우의 눈빛이 예리하게 반짝였다.

「윌리엄 브라헤가 지혜로운 달빛의 정령, 즉 다이아나의 생부였군요. 사쳄의 딸인 조세핀은 그의 숨겨진 여자였고요.」

숀쇼어 사쳄의 주름진 눈이 흠칫 커졌다가 작아졌다.

「생각보다 많은 것을 알고 있군요. 그래요. 조세핀은 윌리엄 브라헤의 숨겨진 여자였다오. 하지만 그자가 아이의 생부는 아니라오. 죽는 순간까지도 다이아나가 자신의 핏줄인 줄로만 알았지만. 후후. 그자는 여인의 몸에 생명을 잉태시키기에는 너무 늙은 나이였다오. 불가능했지.」

손쇼어 사쳄의 입가에 비소가 어렸다. 그러고는 두 눈을 질끈 감았다.

「하지만 그의 아들은 가능했지.」

이번에는 시우의 눈이 흠칫 커졌다.

「아들이라면…… 아더 브라헤를 말씀하시는 겁니까?」

「백인들이 이 땅에서 인디언을 추방하고 억압해서 가축처럼 울타리에 가둔 이유가 무엇인지 그대는 아오?」

대답 대신 의외의 질문을 던진 사쳄은 시우의 대답을 기다리지 않았다.

「미개하다, 야만적이다, 잔혹하고 포악하다는 것이 그들이 내세운 이유였다오. 하지만 정작 미개하고 야만적인 건 그들이었지. 그들과 같은 신을 믿지 않는다는 이유로, 그들과 다른 말을 쓴다는 이유로, 그들의 문화와 다르다는 이유로 우리를 우리 땅에서 내쫓고 착취하고 말살시켰어요. 그 결과가 바로 지금의 우리라오. 인디언도 백인도 아닌, 어디에도 속하지 못하는 메스티소. 순수 인디언은 이제 얼마 남지도 않았어요.」

손쇼어 사쳄은 숨이 가쁜지 잠시 가쁜 숨을 몰아쉬었다.

「하아, 하아. 하, 하지만 우리 조상들은 적어도 아들이 아버지의 여자를 탐하는 패륜만은 절대로 범하지 않았다오. 그러나 그들은 최소한의 섭리조차 지키지 않았지. 그자는 아비의 눈을 피해 아비의 여자를 겁탈하고 탐하는 데 아무런 거리낌이 없었다오.」

깊은 성찰과 지혜로움이 부드럽게 녹아 있던 사쳄의 맑은 눈동자에 경멸의 빛이 일렁였다.

「더러운 욕망에 눈이 멀어 제 자식보다도 어린 여자아이를 탐하는 늙은 아비, 그리고 그 늙은 아비의 여자를 탐하는 아들. 모두 인간의 탈을 쓴 추한 짐승들일 뿐이었소.」

시우의 미간에도 몇 개의 주름이 졌다. 와이어트가 지키고자 하는 브라헤 가문의 비밀은 생각했던 것보다 훨씬 더 역겨웠다.

사쳄의 이야기는 계속되었다.

「그러나 그자는 죽는 순간까지도 아들의 패륜을 몰랐다오. 늙은이는 자만과 교만으로 눈이 어두웠고, 아들은 아비보다 교활하고 야비했거든.」

죽는 순간까지 지혜로운 달빛의 정령, 즉 다이아나를 자신의 딸이라고 믿었던 윌리엄은 육십 넘어 얻은 핏줄에 대한 애착이 무척 강했다고 했다. 엄마를 쏙 빼닮은 빼어난 미모와 명석한 두뇌도 아이에 대한 그의 애착에 큰 영향을 미쳤다고 했다.

「다이아나가 태어난 해에 그자의 집에서도 한 아이가 태어났다오. 오두막에서는 그자의 딸이, 거대한 저택에서는 손녀가 태어난 거지. 사실은 둘 다 손녀였지만 말이오, 하지만 그자는 사실을 몰랐지. 저택에서 태어난 아이도 여자아이였다오. 그리고 다이아나만큼 머리가 비상한 아이였지.」

그러나 다이아나에게는 비할 바가 아니었단다.

일순 시우의 눈매가 실낱처럼 가늘어졌다. 드디어 브라헤

가문 사람들 중 에페타 킬러와 동선이 겹치는 인물 중 한명이 등장했다. 숀쇼어 사쳄은 방금 그 아이를 분명히 여자아이라고 했다. 그렇다면 지금 그녀가 언급한 인물은 틀림없이 엠마 브라헤일 터였다.

같은 해에 태어난 다이아나와 엠마 브라헤는 배다른 자매인 동시에 모두 명석한 두뇌의 소유자였다. 그중 한 명은 잔인한 성폭행 피해자였고, 또 다른 한 명은 피해자 소녀를 성폭행한 가해자들을 응징하고 가해자들과 유사한 대상들만을 골라 살해한 에페타 킬러의 동선과 프로파일링이 공교롭게도 많은 부분들이 겹친다.

그것이 과연 우연일까?

아니, 그 같은 우연이 성립할 확률은 불가능에 가깝다. 거의 다 왔다. 이제 남은 것은 이 추론을 확증할 만한 물증을 확보하는 일뿐. 그러나 아직까지는 그 물증의 단서가 될 만한 이야기는 나오지 않았다. 아무래도 숀쇼어 사쳄의 이야기를 조금 더 들어 봐야겠다.

시우는 숀쇼어 사쳄의 이야기에 조용히 귀를 기울였다. 다행히 그녀는 가쁜 숨을 몰아쉬면서도 이야기를 멈추지 않았다. 시간에 쫓기듯 그녀의 말이 조금씩 빨라졌다.

「윌리엄은 산책을 빙자해 손녀를 오두막으로 데려와서는 두 아이한테 어려운 책들을 읽게 했지. 그리고 두 아이 중 누가 더 똑똑한지 경쟁시키는 것을 좋아했다오.」

그때마다 학교 근처에도 못 가 본 다이아나가 엠마를 늘 이겼다고 한다. 그럼 윌리엄은 우습게도 자신의 딸이 아들의 딸보다 훨씬 더 똑똑하다며 의기양양해했단다. 실은 둘 다 자신의 아들인 아더의 딸이었는데 말이다.

잠시 숨을 고른 숀쇼어 사쳄이 다시 말을 이었다.

「그러면서도 그자는 어린 손녀에게도 다이아나가 제 핏줄이라는 사실만은 철저하게 숨겼다오. 두 아이는 서로가 배다른 자매라는 사실을 모른 채 가장 친한 친구가 되어 갔지. 오두막을 몰래 찾아오는 사람은 그렇게 두 명에서 세 명으로 늘어났다오. 할아버지의 손을 잡고 오던 소녀가 다이아나를 만나기 위해서 스스로도 몰래 찾아오기 시작했거든.」

콜록콜록.

숀쇼어 사쳄이 각혈하듯 기침을 심하게 했다. 시우는 황급히 주변에 있는 가죽 물통을 들어 흔들어 보았다. 다행히 물이 들어 있었다. 시우는 재빨리 숀쇼어 사쳄을 부축해 물통의 물을 그녀의 입안으로 조금씩 흘려보내 주었다.

천천히 물을 받아 마신 그녀가 그만 됐다는 손짓을 했다. 시우는 그녀를 다시 자리에 조심스럽게 눕혀 주었다.

「고마워요.」

밭은 숨을 몇 번 더 내쉰 그녀가 다시 입을 열었다.

「총 쏘는 법은 내가 가르쳤다오.」

「네?」

「나에게는 예지의 능력이 있지만 모든 것을 미리 내다볼 수 있는 건 아니라오. 그것은 오직 마니투만이 결정하실 수 있는 일이지.」

그녀는 시우를 보며 씁쓸하게 미소 지었다.

「마니투는 내게 다이아나에게 닥칠 가혹한 운명은 보여 주셨지만 그게 언제인지, 누가 그 아이에게 그런 짓을 하는지까지는 보여 주시지 않았다오. 하아, 하아.」

가쁜 숨을 몰아쉰 그녀는 잠시 말을 멈추고 숨을 골랐다. 호흡이 진정되자 다시 이야기를 시작했다.

「마니투는 계시로서 우리에게 시련의 시기를 늦출 수 있는 기회는 주시지만 그 이상은 허락하지 않으신다오. 운명은…… 바꿀 수 있는 것이 아니기 때문이지. 인간의 힘으로 바꿀 수 있었다면 조세핀도 그렇게 살다가 자연으로 돌아가지는 않았을게요.」

하지만 그녀는 딸에 이어 손녀까지 가혹한 운명에 휩쓸리도록 가만히 두고 볼 수가 없었단다. 신이 정한 운명을 거스를 수 없다는 것을 알면서도 어떻게든 손녀딸이 그 운명에서 벗어날 수 있기를 간절히 바랐단다.

「가엾지만 들짐승에게 잡아먹히는 것이 어린 산양의 운명이자 자연의 이치라오. 어린 산양이 아무리 날쌔어도 들짐승의 힘을 이길 수가 없기 때문이지. 하지만 만약 어린 산양이 힘이 아닌 다른 무언가로 달려드는 들짐승을 막을 수만 있다면 그 순간만은 안전해질 수 있지 않겠소? 그 무언가로 들짐승이 죽는다고 할지라도 어린 산양만은…….」

그래서 다이아나에게 총 쏘는 법을 가르쳤노라고 말했다.

시우가 신중하게 질문했다.

「혹시 엠마에게도 총 쏘는 법을 가르치셨습니까?」

「이미 그 아이의 이름까지 알고 있군요. 흐음, 그래요. 내가 두 아이 모두에게 가르쳤다오. 두 아이는 늘 한 몸처럼 붙어 있었거든. 마치 서로를 끌어당기는 자석 같았지. 두 아이는 늘 함께 공부하고, 함께 습득했다오.」

그러나 앞서가는 것은 항상 다이아나였단다.

「두 아이는 배다른 자매이자 친구이고 사제지간이기도 했다오. 다이아나가 먼저 습득하고 깨달은 것을 그 아이에게 가르쳐 줬…… 으윽.」

그녀의 호흡이 다시 가빠라졌다. 고통이 밀려오는 듯 얼굴이 일그러졌다. 숀쇼어 사쳄은 이를 악물고 고통을 참았다. 전신이 부들부들 떨렸다.

시우가 다급하게 그녀를 불렀다. 동굴 안에 그의 외침이 메아리치듯이 울렸다.

「숀쇼어 사쳄!」

숀쇼어 사쳄이 시우의 손을 와락 움켜잡았다. 그녀의 일그러진 얼굴에서는 식은땀이 비 오듯이 흘러내리고 있었다. 그녀는 움켜쥔 손처럼 시우의 시선을 그러잡고 놓아주지 않았다. 이를 악물고 중얼거렸다.

「마니투여, 제발 조금만 시간을 허락해 주십시오. 아직은 안 됩니다. 제발, 제발…….」

그러나 그녀의 얼굴에 드리워진 죽음의 그림자는 점점 더 짙어질 뿐이었다. 가쁜 숨을 연거푸 내뱉은 그녀가 질끈 감고 있던 무거운 눈꺼풀을 힘겹게 들어 올렸다. 눈을 부릅뜨고 시우를 똑바로 올려다보았다. 버석하게 말라 버린 입술을 억지로 움직였다.

「그때부터였을 거요. 두 아이가 자신들만의 언어를 만들어 의사를 주고받은 것이.」

암호문! 시우의 눈이 흠칫 커지자 숀쇼어 사쳄이 고개를 미세하게 가로저었다.

「미안하지만 나는 그것이 무엇인지까지는 모른다오. 그 비밀을 풀어내는 것은 오직 그대의 몫…….」

하아, 하아. 거친 숨을 쉬는 그녀의 얼굴이 점점 창백하게 변해 갔다. 그녀는 마지막 힘을 끌어모아 아직 못 다한 이야기를 계속하려고 했다. 그러나 그녀의 목소리는 미약하기 그지없었다.

시우가 황급히 고개를 숙여 달싹거리는 입술에 귀를 바짝 갖다 댔다. 숀쇼어 사쳄은 그의 귓가에 마지막 비밀을 토해 냈다.

시우의 두 눈이 부릅떠졌다. 흡떠진 눈동자가 미세하게 흔들렸다. 차갑게 굳은 얼굴에 긴장감이 흘러내렸다.

삶의 마지막 끈을 악착같이 부여잡고 마지막 비밀을 토해 낸 숀쇼어 사쳄의 전신이 경련하듯 거세게 떨리기 시작했다.

「그러니까 그것을 찾아…… 허억! 헉!」

「숀쇼어 사쳄!」

그때였다. 통로 끝 저 멀리에서 육중한 무언가가 쿵, 떨어지는 소리들이 연달아 들려왔다. 미세하지만 다급하게 무언가를 지시하고 외치는 사람들의 긴장한 음성들도 들려왔다.

매기와 요원들이 동굴 안으로 진입한 모양이었다.

시우의 얼굴이 방금 전 자신이 달려왔던 통로 입구를 향해 번쩍 들렸다. 그러곤 이내 숀쇼어 사쳄에게로 황급히 다시 시선을 내렸다.

생의 마지막 순간까지 사력을 다해 버티는 검은 동공과 시선이 마주쳤다. 가쁘게 터져 나오는 숨결 사이로 그녀가 피를 토하듯이 애원했다.

「부, 부탁하오. 그, 그들의…… 그 아이들의 가여운 영혼을……. 하아, 하아. 다, 다이아나를 꼭 찾아서 지, 진실을 부, 부디……. 헉!」

순간 동굴 사면에 피워 놓은 불이 세차게 흔들리며 화르륵, 커졌다가 작아졌다. 그녀의 얼굴이 뒤로 휙 젖혀졌다. 부릅떠진 동공이 허공을 향해 활짝 열렸다. 활짝 벌어진 동공만큼이나 크게 벌어진 입에서는 더 이상의 말은 새어 나오지 않았다. 목구멍 깊은 곳에서부터 꺽꺽거리는 소리만이 터져 나올 뿐이었다.

시우는 숀쇼어 사쳄의 손을 있는 힘껏 움켜잡고 그녀의 귓가에 진심을 다해 속삭였다.

「반드시 진실을 밝히겠습니다. 약속드립니다.」

불길이 다시 거세게 일렁였다. 그러고는 이내 점차 잦아들었다. 불길과 함께 숀쇼어 사쳄의 떨림도 점차 잦아들었다. 벌어진 입에서는 더 이상 꺽꺽거리는 소리도 흘러나오지 않았다. 서로를 움켜잡은 손을 통해 그녀의 영혼이 육신을 떠나가는 것이 느껴졌다.

다다다다.

황급히 뛰어 들어오는 발자국 소리들이 동굴을 어지러이

울렸다. 그 위로 거친 숨결들이 사납게 흩어지며 매기의 새된 음성이 덧입혀졌다.

「이시우 박사!」

시우는 괜찮으냐고 물으며 달려오는 그녀를 손을 들어 막았다. 천천히 부릅떠져 있는 숀쇼어 사쳄의 눈을 감겨 주었다. 세 명의 여인들은 어느새 기척 없이 돌아와 있었다. 등 뒤에서 그녀들의 흐느낌이 나지막이 들려왔다.

시우는 조용히 숀쇼어 사쳄의 곁을 내어 주고 뒤로 물러났다. 여인들은 사쳄의 옆에 차례차례 무릎을 꿇고 앉았다. 그들은 사쳄을 향해 머리를 조아리며 떠나가는 사쳄의 넋을 위로하고 달래기 위해 진혼곡을 부르기 시작했다.

흐느낌과 함께 고요히 동굴에 울려 퍼지는 진혼곡은 장중하면서도 서글펐다.

시우는 호정의 곁으로 돌아갔다. 그녀는 아직 의식을 회복하지 못한 상태였다. 그러나 호흡은 한결 평온해져 있었다.

생각지도 못했던 상황과 광경에 놀라고 당황한 매기와 요원들은 서로 시선만 교환하며 머뭇거렸다. 그러다 가장자리를 빙 돌아 두 사람에게 서둘러 달려왔다.

진혼곡을 부르며 제를 지내는 여인들을 힐끔거리며 매기가 목소리를 낮춰 물었다.

「이제 보니 여기가 우리가 찾던 그곳이었네요. 호정 씨는 어때요? 기절한 건가요? 다친 곳은요? 박사는 괜찮아요?」

「괜찮습니다. 주호정 씨도 병원으로 이송시켜 정밀 검사를 해 봐야 자세히 알겠지만, 현재로선 왼쪽 발목의 부상 외에 다른 큰 부상은 없는 것 같습니다.」

「그래요? 후우, 천만다행이네요. 밑에 나뭇잎들이 잔뜩 깔려 있어서 잘하면 큰 부상은 입지 않았겠다, 싶기는 했는데 둘 다 무사하다니 정말 다행이에요.」

시우는 호정의 등과 무릎 뒤에 팔을 밀어 넣고 그녀를 조심스럽게 안아 올렸다. 그러다 여인들 중 한 명과 눈이 마주쳤다. 여인은 자신들이 방금 나갔다가 돌아온 통로를 시선만으로 가리켰다. 시우의 눈동자도 여인의 시선을 따라 통로로 향했다가 다시 그녀에게로 돌아갔다.

여인은 바닥에 다시 이마를 붙이고 다른 이들과 함께 진혼곡을 부르고 있었다. 시우는 걸음을 옮기기 전, 그들을 향해 깊이 고개 숙여 묵례를 취했다.

마음이 무거웠다. 머릿속의 여러 생각들이 무게를 이기지 못하고 밀려 내려와 마음을 무겁게 짓눌렀다.

시우는 호정을 품에 안고 통로로 걸어갔다. 긴 통로 끝에 드디어 입구가 보이기 시작했다. 어느새 해가 떨어지고 있는지 둥근 입구로 보이는 하늘은 온통 붉은빛이었다. 밖으로 나가자 길고 긴 백사장을 조금씩 뱉어 내는 바다가 붉은 노을을 야금야금 집어삼키고 있었다.

13장

호정은 병원으로 이송되는 차 안에서 정신을 차렸다.

"으음······."

실낱처럼 떠진 시야에 보이는 건 온통 뿌연 안개뿐이었다. 우웅, 하는 이명 사이로 누군가의 다급한 음성도 희미하게 들리는 것 같았다. 호정은 힘겹게 눈을 감았다 떴다.

그제야 뿌연 안개를 뚫고 누군가의 얼굴이 희미하게 보였다. 뿌연 안개만큼이나 하얀 얼굴 위로 부스스하게 헝클어져 있는 머리칼, 그 사이로 보이는 짙은 눈썹. 이지적이고 아름다운 옅은 갈색 눈동자.

저런 아름다운 눈동자를 가지고 있는 사람을 한 명 안다. 하지만 그 사람의 눈동자는 저렇게 겁먹은 듯 떨리는 법이 없었는데. 언제나 차갑고 서늘한데.

시우가······ 아닌가?

"호정아!"

100m 밖에서 들리는 것 같던 목소리가 갑자기 귀밑까지 가까워지면서 훅 커졌다. 호정의 입가에 미소가 지어졌다.

시우 맞구나.

그런데 왜 겁먹은 표정일까. 머리는 또 왜 저렇게 헝클어져 있고, 얼굴은 왜 저토록 지저분할까. 흙먼지 바닥을 마구 뒹군 사람처럼.

"호정아, 정신 들어? 주호정!"

소리 지르지 마. 가까이에서 그러면 머리가 다 울리잖아. 그런데 너 누가 함부로 이름 부르래. 제 마음도 아직 제대로 모르는 게. 이름 부르지 마. 누나라고 불러. 안 그럼 내 가슴이 또…….

호정은 열심히 말했지만, 정작 그녀의 입 밖으로 새어 나오는 소리는 옅은 신음뿐이었다.

"주호정!"

소리치지 말라니까. 이름 부르지 말…….

호정은 다시 까무룩 의식을 잃었다.

그녀가 다시 의식을 차린 건 그로부터 두어 시간이 더 흐른 후였다. 무거운 눈꺼풀을 힘겹게 들어 올리자 새하얀 천장이 트럭처럼 달려들었다.

해저 2만 리에 가라앉은 채 흠씬 두들겨 맞은 느낌이었다. 흐느적거리는 전신에 힘은 하나도 없었고, 묵직한 통증이 몽롱하게만 느껴졌다. 마치 의식이 두 개로 분리되어 바닷속을 떠다니는 것 같았다.

여기는 어디일까.

호정은 멍한 상태에서 느리게 눈을 깜박였다.

"누나?"

바로 옆에서 시우의 음성이 들려왔다. 그의 목소리도 바닷속에 깊게 가라앉은 듯했다. 천천히 시선을 옆으로 돌렸다. 시우의 얼굴이 흐릿하게 보였다. 그러다가 점점 또렷해졌다.

"시우……."

귓가에 울리는 자신의 목소리는 여러 갈래로 찢어져 잔뜩 쉬어 있었다. 제가 아닌 것 같았다.

"어, 나야. 정신이 좀 들어?"

그의 손가락이 부드럽게 이마에 닿는 것이 느껴졌다. 무척 조심스러운 느낌. 서늘한 체온이 시원했다. 호정의 입가에 절로 옅은 미소가 지어졌다. 시우도 화답하듯 굳은 입술 끝을 억지로 끌어 올렸다.

"괜찮아?"

"응. 그런데 나 왜……. 어떻게 된 거야?"

"기억 안 나?"

호정은 조금은 낯선 그의 얼굴을 멍하니 올려다보며 힘겹게 눈을 깜박였다. 그제야 블랙아웃이라도 된 것처럼 캄캄하기만 하던 기억 몇 개가 단편적으로 떠올랐다.

인디언 꼬마 아이, 숀쇼어 사쳄, 트랭퀄런 마운틴, 그리고…….

순간 뒷목에서부터 날카로운 통증이 찌릿, 치밀어 올랐다.

단박에 호정의 얼굴이 일그러졌다. 동시에 갑자기 발밑이 푹 꺼지면서 자신이 어딘가로 굴러떨어지던 장면이 그녀의 뇌리를 스쳤다.

땅속으로 정신없이 미끄러지다가 허우적거리는 손으로 무언가가 붙잡았던 것 같기는 한데 정확하지는 않았다. 기적적으로 추락이 멈췄다는 것을 인지할 새도 없이 금세 다시 미끄러지다가 컴컴한 어둠 속으로 떨어져 버렸었으니까.

그 다음은…… 기억나지 않는다.

"구덩이 같은 곳에 떨어진 것까지는 기억나. 그런데 그 다음은 모르겠어. 기억이 없어."

"거기까지 기억나는 거면 됐어."

"나 어떻게 된 거야?"

"떨어지면서 기절했었어. 여기는 병원이고. 검사해 봤는데 발목 염좌 외 다른 부상은 없대."

호정은 삐걱거리는 몸을 움직여 다리 쪽을 내려다보았다. 쿠션 위에 들려 있는 왼쪽 발목 부근은 단단한 압박 붕대에 칭칭 감겨 있었다.

발목 염좌면 접질렸다는 얘긴데. 구덩이 속으로 떨어졌는데 다친 게 고작 발목뿐이라니, 신기하다. 호정은 다른 사람 얘기하듯 멍하니 중얼거렸다.

"운이 좋았네."

천천히 시선을 들어 시우를 올려다보았다.

"그런데 나는 어떻게 찾았어? 손쇼어 사쳄은? 혹시 나 때문에 못 찾고 철수한 거야?"

그렇다면 민폐도 그런 민폐가 없었다. 도움이 되고 싶었는데……. 낙심한 호정의 표정이 흐려졌다.

시우가 그녀의 뺨에 붙어 있는 머리카락을 하나둘 조심스럽게 떼어 주며 다정하게 미소 지었다. 그 웃음 역시 속마음이 다 드러나 있는 그의 얼굴만큼이나 호정에게는 낯설었다.

시우가 다정하게 말했다.

"걱정 마. 숀쇼어 사쳄은 찾았으니까."

"어떻게?"

"누나 덕분에."

"나?"

시우가 그녀의 퀭한 눈가를 어루만졌다.

"좀 더 자. 푹 자고 일어나면 그때 다 말해 줄게."

호정이 그의 손목을 잡았다.

"안 졸려. 지금 얘기해 줘."

그녀를 가만히 내려다보던 시우가 못 말리겠다는 듯 피식 웃으며 고개를 가로저었다.

"하여튼 고집은."

그는 의자를 당겨 앉았다. 구덩이에 빠진 호정을 찾으러 갔다가 동굴에서 숀쇼어 사쳄을 만났던 일과 그녀와 나누었던 이야기들을 말해 주기 시작했다.

그날 밤.

잠든 호정을 지키는 시우의 등 뒤로 누군가가 발소리를 죽이며 다가왔다. 인기척을 느낀 시우가 스윽 뒤를 돌아보았다. 남자 못지않은 단단한 체격의 매기가 어둠을 등지고 서 있었다.

수면제를 먹고 깊이 잠든 호정의 안색을 살피며 매기가 작게 속삭였다.

"준비 다 됐어요."

고개를 끄덕인 시우가 잠든 호정을 안타깝게 바라보며 몸을 일으켰다. 그녀를 두고 잠시 자리를 비울 생각을 하니 벌써부터 마음이 무거웠다.

끝이 보이지 않는 어둠 속으로 떨어지던 기억 때문일까. 호정은 의식을 차린 후부터 잠깐씩 잠들 때마다 식은땀을 흘리며 뒤척였다. 악몽이라도 꾸는 듯 신음을 흘리기도 했다.

마지막 기억이 무의식 속에 잠재되어 있던 유년 시절의 끔찍했던 일을 불러들인 것은 아닐까 걱정스러웠다. 어둡고 축축한 지하에 두 달 동안이나 감금되어 있던 기억.

물론 그녀는 잠에서 깨어난 뒤에는 아무것도 기억하지 못했다. 자신이 어떤 악몽에 시달렸는지, 잠든 동안 자신이 식은땀을 흘리며 신음을 흘렸다는 사실조차 전혀 기억하지 못했다.

때문에 시우는 한편으로 마음을 쓸어내리며 안도했다. 그러나 여전히 마음은 놓을 수 없었다. 만에 하나라도 이번 일로 그녀가 유년 시절의 끔찍했던 일을 조금이라도 기억해 낸다면 어떡하나.

과연 호정은 그 충격을 이겨 낼 수 있을까?

아니, 과거의 기억이 되살아나는 순간 그녀는 무너질 것이다. 호정은 충격을 이겨 낼 만큼 강하지 못하다. 강했다면 그녀 스스로 기억을 봉인하지도 않았을 것이다.

처음부터 호정을 이곳으로 데려오는 것이 아니었다. 그녀가 뭐라고 하든, 또 그를 원망하며 오해하고 상처 입고 낙담하더라도 안전한 부모님 곁에 두고 왔어야만 했다.

이제라도 돌려보내야 돼.

시우는 아까 낮에 호정 몰래 부모님께 전화를 했었다. 그녀가 사고를 당했다는 사실을 알리고 데려가 달라고 부탁드렸다. 깜짝 놀란 부모님은 바로 준비해서 오시겠다고 했다.

빠르면 내일 오전, 늦어도 오후에는 도착하실 것이다. 그때까지 시우는 호정의 곁을 잠시라도 떠나고 싶지 않았다. 그러나 현실적으로 불가능했다.

롬폭의 모든 눈과 귀를 통해 자신들을 주시하고 있는 와이어트가 만에 하나라도 손쇼어 사쳄과의 일을 알아채고 먼저 움직이면 큰일이었다. 한시라도 빨리 그녀가 남긴 증거물을 확보해야만 했다. 지금도 너무 늦었다. 더 이상은 지체할 시간이 없었다.

최대한 빨리 갔다 올게. 그러니까 그때까지 악몽 따위 꾸지 말고 푹 자고 있어.

시우는 천천히 상체를 숙여 호정의 이마에 살포시 입을 맞췄다.

병실 밖에는 LA지부로 돌아가지 않은 요원 두 명이 그를 기다리고 있었다. 매기가 재킷을 걸치는 시우의 너른 등판을 향해 작게 말했다.

「저쪽은 어제 일로 안심했는지, 별다른 움직임이 없어요. 그래도 혹시 모르니까 조심해요.」

어제 저녁, 와이어트가 초대한 저녁 식사 자리에는 결국 가지 못했다. 병원으로 이송한 호정을 지키는 시우 대신 매기가 와이어트에게 사고가 생겨 초대에 응할 수 없게 되었다는 연락을 취했다. 겉으로는 무척 아쉬워하는 척했지만 그는 누가 어쩌다가 사고를 당했는지, 이미 다 알고 있는 눈치였다고 했다.

그러나 와이어트는 시우와 숀쇼어 사쳄이 만난 것까지는 아직 모르고 있었다. 그는 FBI가 호정의 사고로 수색을 중단하고 산을 내려온 것으로만 알고 있었다.

시우가 매기를 돌아보았다.

「주호정 씨를 잘 부탁합니다.」

「걱정 말아요. 박사가 돌아올 때까지 내가 꼼짝 않고 붙어 있을 테니까.」

호정의 수면 중 불안 증세가 단순히 이번 사고의 후유증으로만 알고 있는 매기의 눈에도 그녀의 상태는 꽤 염려스러워 보였다. 그간 함께 지내며 호정에 대한 인간적 호감이 깊어진 매기는 자신이 남아 곁을 지키겠노라 기꺼이 약속해 줬다.

고개를 끄덕여 감사의 마음을 전한 시우는 요원들과 함께 서둘러 병실을 나섰다.

깊은 밤, 어둠 속에 묻혀 있는 롬폭 외곽의 산길로 검은색 SUV 차량 한 대가 빠르게 지나갔다. 외부에서는 보이지도 않는 흙길을 거슬러 안으로 깊이 들어간 차량은 낡은 오두막들이 옹기종기 모여 있는 부락으로 들어갔다.

조용하고 어두운 깊은 밤, 난데없는 차 소리에 놀란 사람들이 밖으로 나와 볼 만도 한데 개미 새끼 한 마리 보이지 않았다. 미리 연락을 받고 그들을 기다리고 있던 노파 한 명만이 어둠 속에서 모습을 드러냈다.

차에서 장신의 남자 세 명이 내렸다. 그중 한 명과 노파의 시선이 어둠 속에서 조용히 마주쳤다. 말은 필요 없었다. 노파는 눈짓만으로 시우와 인사를 나눈 후 그들을 부락 가장 안쪽에 위치한 오두막으로 이끌었다.

숀쇼어 사쳄이 기거하던 오두막이었다.

노파는 그들을 그곳으로 안내만 해 준 뒤, 아무 일도 없었다는 듯 조용히 어둠 속으로 사라졌다.

끼이이익.

시우와 요원들은 낡은 오두막 안으로 들어갔다. 고래의 배 속처럼 깊고 무거운 어둠이 그들을 기다리고 있었다. 시우와 요원들은 재빨리 손전등을 켜 어둠을 밝혔다.

가재도구는 모두 낡고 오래된 것들이었다. 하지만 주인이 집을 비운 지 며칠이 지났음에도 하나같이 반질반질 윤이 나 있었다. 그릇이나 나무 의자 하나조차 흐트러진 게 없었다. 생전의 숀쇼어 사쳄이 어떤 삶을 살았는지 조금은 알 것 같았다.

놀라운 건 벽 한 면을 가득 채우고도 모자라 바닥에 한가득 쌓아 놓은 엄청난 양의 장서들이었다. 책들은 한눈에 봐도 수십 년 전에 출간된 것들이었다. 어린이용 동화부터 교과서들과 각종 신화집, 문학 서적, 역사서, 철학서 등까지 분야나 종류가 무척이나 다양했다.

윌리엄 브라헤가 출생 신고도 하지 않은 다이아나를 학교에 보내지 않는 대신 수시로 가져와 읽게 했다는 책들인 모양이었다. 그중에서 몇 가지 책들이 시우의 시선을 사로잡았다.

언어 철학과 기호학, 암호학에 대한 서적들.

시우는 일부를 꺼내 재빨리 살펴보았다. 중요한 문구에는 밑줄까지 쳐 가며 열심히 공부한 흔적들이 곳곳에 남아 있었다.

이 책들로 공부하면서 암호학의 기초를 다진 거군.

시우는 살펴본 책들을 제자리에 꽂아 두고 침상으로 걸어갔다. 요원들과 눈짓을 주고받은 그는 그들과 함께 침대를 옆으로 들어 옮겼다.

숀쇼어 사쳄이 숨을 거두기 직전, 그의 귓가에 속삭인 말대로 세 사람은 바닥에 깔아 놓은 러그를 치우고 침대가 놓여 있던 만큼의 나무 바닥을 모두 뜯어냈다. 그러자 단단한 흙바닥이 모습을 드러냈다.

요원 한 명이 준비해 온 삽으로 중앙 부근의 땅을 팠다. 얼마쯤 팠을까. 드디어 삽 끝에 무언가가 닿는 소리가 났다. 요원이 재빨리 그 부분의 흙을 재빨리 치워 냈다.

마침내 30년 넘게 땅속에 파묻혀 있는 비밀의 상자가 세상에 모습을 드러냈다.

요원이 비밀에 둘둘 싸여 있는 상자를 꺼내 시우에게 건네
주었다. 그는 그 자리에서 비닐을 모두 거둬 내고 자물쇠를
부순 후 뚜껑을 열었다. 내용물을 확인한 시우의 눈빛이 어
둠 속에서 예리하게 번뜩였다.

⚜

호정은 이른 아침이 되어서야 잠에서 깨어났다. 분명 어제
시우가 준 진통제를 먹고 깜박 잠들었을 땐 밤이었는데, 어
느새 창밖은 훤히 밝아져 있었다.

진통제에 수면제 성분이 많이 들어 있었나 보다. 세상모르
고 꽤 오래 잤다. 하지만 개운하지는 않고 머리가 묵직했다.

호정은 눈을 뜨자마자 시우를 가장 먼저 찾았다. 그런데
보이지 않는다. 보조 침대에도, 소파에도 그의 모습은 없었
다. 대신 매기가 창가에 서서 누군가와 통화를 하고 있었다.

화장실에 갔나?

주변을 두리번거리다 매기와 눈이 마주쳤다. '깼어요?' 라
는 표정으로 눈인사를 해 오는 매기에게 미소를 지어 보였
다. 상대방과 대화를 나누던 매기가 전화를 끊고 다가왔다.

「아직 7시도 안 됐는데 왜 이렇게 일찍 깼어요. 나 때문에
시끄러워서 깬 거예요? 조용히 한다고 한 건데. 미안해요.」

「아니에요. 다 잤어요. 시우…… 이 박사는요?」

「볼일 보러 잠깐 나갔어요.」

어딜, 하고 물어보려던 호정의 눈동자가 좌우로 움직였다.

「숀쇼어 사쳄이 남겼다는 증거물을 찾으러 갔군요?」

「어, 네.」

「그럼 혹시 지금 통화가……. 찾았대요?」

「방금 LA지부에 도착했다고 전화 왔었어요. 절차대로 그쪽 과학 수사팀하고 검증팀에 증거물들 다 넘기고 이 박사는 사진이랑 사본들 챙겨서 바로 돌아올 거예요. 그래야 나중에 재판 가서 제대로 된 증거물 효력을 인정받을 수 있으니까. 안 그러면 피의자들이 증거물이 훼손됐네, 어쩌네, 하면서 딴지를 걸 거든요.」

호정도 그 정도는 안다. 빙긋 미소 지은 그녀가 조심스럽게 물었다.

「불상사는 없었대요?」

「모두 순조로웠대요. 그런데 정말 흥분되지 않아요? 34년간 베일에 싸여 있던 콜드케이스, 그것도 에페타 킬러 범인이 누구였는지를 확정할 만한 확실한 물적 증거를 드디어 확보한 거잖아요. 이게 다 호정 씨 덕분이에요.」

「제가 뭘 했다고요. 이렇게 민폐만 끼치는데.」

「호정 씨 덕분에 숀쇼어 사쳄이 트랭퀄런 마운틴에 있다는 것도 알게 됐고, 동굴도 발견할 수 있었잖아요. 그 덕분에 박사가 숀쇼어 사쳄이 숨을 거두기 전에 만날 수 있었던 거고요. 호정 씨가 정말 큰일 한 거예요.」

호정은 쑥스러웠다. 일을 망칠 뻔하다가 요행으로 잘 풀렸을 뿐인데 과한 칭찬을 받는 것 같았다. 얼굴이 화끈거렸다.

그녀를 가만히 보고 있던 매기가 싱긋 미소 지었다.

「이시우 박사가 왜 호정 씨를 좋아하는지 알겠다.」

「네?」

「호정 씨는 참 아름다운 사람 같아요. 외모보다 내면이
더. 호정 씨를 보고 있으면 왠지 마음이 편해지고 따뜻해져
요. 여자인 내 눈에도 이렇게 예쁜데, 남자 눈에는 오죽하겠
어요. 어쨌든 두 사람 참 잘 어울려요. 서로에게 없어선 안
될 사람들 같아요.」

「아니에요, 그런 거.」

호정의 얼굴이 더욱 붉어졌다. 매기가 후후, 웃었다.

「아니긴. 그럼 사랑하는 사이도 아닌데 남자가 자기 목숨
걸고 여자를 구하러 가요?」

「네? 그건 무슨…….」

「이 박사 말이에요. 호정 씨 떨어졌을 때 거의 제정신이
아니었거든요. 리시버로 호정 씨가 어디쯤에 있는 구덩이로
떨어져서 자기도 바로 따라 내려간다고 하는데……. 우와,
나 완전 기겁했었잖아요.」

매기는 다시 생각해도 아찔하다는 듯 고개를 절레절레 가
로저었다.

「그땐 구덩이가 얼마나 깊고 밑에 뭐가 있는지도 모르는
상태였거든요. 그래서 위험하니까 안 된다고, 바로 갈 테니
까 기다리라고 말렸는데도 완전 막무가내였어요. 호정 씨가
밑에 떨어졌는데, 기다릴 시간이 없다면서 밧줄 하나 달고
혼자 휙 뛰어내려 버린 거 있죠.」

호정의 눈이 부릅떠졌다.

「요원들하고 같이 내려왔던 게 아니었어요?」

「그랬으면 살아 있는 숀쇼어 사쳄은 만나지도 못했겠죠. 우리가 구덩이의 깊이나 구조를 파악하고 안정 장비 갖춰서 내려갔을 때 그녀는 막 숨을 거둔 상태였으니까.」

처음 듣는 얘기였다. 시우는 그런 사정까지 자세하게 말해 주지 않았다. 그저 그녀가 떨어져서 나중에 구하러 내려왔더니 숀쇼어 사쳄이 거기에 있었다, 라고만 했을 뿐이었다.

그런데 맙소사! 하마터면 자신 때문에 시우까지 목숨이 위험할 뻔했다는 사실에 호정의 얼굴은 금세 창백해졌다. 불현듯 몸이 바들바들 떨리며 눈물이 차올랐다.

매기가 깜짝 놀라 물었다.

「왜 그래요, 호정 씨. 왜 울어요. 내가 괜한 말을 했나요?」

사색이 된 호정의 눈물에 당황한 매기는 어쩔 줄 몰라 쩔쩔맸다. 호정의 뜨거운 눈물은 한동안 멈출 줄 몰랐다.

시우가 병원으로 다시 돌아온 건 그날 정오 즈음이었다. 초조하게 그를 기다리던 호정은 커다란 박스를 들고 병실에 들어서는 시우를 보고 상체를 벌떡 일으켰다.

"시우야!"

지난 이틀 동안 잠 한숨 자지 못해 까칠해진 얼굴로도 시우는 그녀를 향해 씨익, 웃어 보였다. 그러다 호정의 벌건 눈자위를 보고는 금세 표정이 굳었다.

소파에 앉아 있던 매기도 그를 보고 벌떡 일어났다.

「수고했어요. 그게 증거물 사본이에요?」

시우는 매기에게 박스를 건네주고 호정에게 다가갔다. 침대를 짚고 그녀의 얼굴을 유심히 살폈다. 퉁퉁 부은 눈두덩에서부터 충혈된 흰자위, 발간 눈가와 콧잔등까지 훑어 내린 그의 눈빛이 대번에 날카로워졌다.

　얼마나 울었기에……. 혹시 또 그 망할 악몽에 시달린 건가? 젠장.

　절로 그의 목소리가 딱딱하게 흘러나왔다.

　"왜 그래, 무슨 일이야."

　"뭐가."

　"울었잖아."

　호정이 고개를 살살 가로저었다.

　"안 울었어."

　말은 그렇게 하면서도 그녀의 목소리는 울음을 참는 듯 바르르 떨리고 있었다. 그를 올려다보는 눈에도 눈물이 금세 차올랐다. 시우의 턱관절이 꿈틀거렸다.

　"말해."

　"아니라니……."

　호정은 더 이상 말을 잇지 못했다. 그저 시우의 허리를 확 끌어안고 단단한 가슴에 얼굴을 파묻어 버렸다. 칼날처럼 가늘어져 있던 시우의 눈이 흠칫 커졌다. 목울대가 크게 오르내렸다.

　"누나?"

　호정이 울먹이며 중얼거렸다.

　"이시우, 다시는 그러지 마. 두 번 다시 절대로……."

대체 뭘? 마른침을 삼킨 시우는 그녀의 어깨를 잡고 품에서 떼어 내리려고 했다. 하지만 호정은 고개를 가로저으며 그의 허리를 더욱 세게 끌어안았다.

"나 때문에 네가 다치는 건 싫어. 그러니까 앞으로는 그러지 마."

앞으로는 혼자 오해하고 상심하지 않을 거야.

널 혼자 두고 도망치지도 않을게.

이젠 다 알아 버렸으니까.

네 마음도 나와 다르지 않다는 걸.

호정의 바르르 떨리는 입술이 설레는 미소를 띠고 벌어졌다. 시우는 생각지도 못했던 호정의 갑작스런 포옹에 잠시 아무 생각도 할 수 없었다. 그녀를 마주 끌어안지도, 밀어내지도 못한 채 복잡한 시선으로 호정을 내려다보기만 했다.

허리를 감고 있는 가녀린 팔과 가슴팍을 적시는 뜨거운 눈물은 가슴을 떨리게 했지만, 자진해서 그를 안고도 굳어 버린 그녀의 어깨가 한편으로는 저리고 아프게 만들었다.

매기가 눈치껏 조용히 병실을 나가 주었다. 조용한 병실에는 그와 그녀, 단둘뿐이었다. 그럼에도 시우는 아무것도, 아무 말도 할 수 없었다.

그런 두 사람을 테이블에 덩그러니 놓여 있는 커다란 박스가 고요히 지켜보고 있었다.

14장

"호정아!"

정우와 시현이 병실로 들이닥쳤다.

호정은 아까 시우한테 두 분이 올 거라는 얘기를 듣고 얼마나 놀랐는지 모른다. 크게 다친 것도 아닌데 왜 쓸데없이 전화를 드려서 여기까지 오시게 하느냐고 한바탕 타박도 했었다. 그러면서도 오후 내내 두 사람을 기다렸다.

침대에서 벌떡 상체를 일으킨 호정은 반가우면서도 멋쩍은 얼굴로 부리나케 다가오는 두 사람을 맞았다.

"오셨어요? 걱정 끼쳐서 죄송해요."

"일어나지 마. 그 몸으로 어딜 일어나."

정우가 얼른 다가가 그녀를 도로 눕혔다. 그러다 호정의 얼굴 여기저기에 난 상처를 보고 한숨을 내쉬었다.

"어휴, 이게 뭐니. 예쁜 얼굴이 다 상했네. 몸은 어때? 다리는? 통증이 아직도 심하니?"

"아니요. 안 아파요. 뼈가 부러진 것도 아닌데요, 뭐."

호정은 얼른 얼굴 상처를 손등으로 가렸다.

"얼굴도 보기에만 그렇지, 심하지 않아요. 딱지 떨어지면 금방 아물 텐데요, 뭐."

"이 얼굴을 하고 그런 말이 나오니? 게다가 이마는 여섯 바늘이나 꿰맸다며."

속이 상할 대로 상한 정우가 한숨을 폭폭 내쉬었다. 그래도 호정의 안색이 밝은 걸 보니 조금 마음이 놓이기는 했다. 어제는 시우의 연락을 받고 어찌나 놀랐던지. 그나마 걱정했던 것보다는 나아 보여서 천만다행이었다. 정우는 호정을 품에 꼭 안아 주었다.

근심 가득하던 시현의 얼굴에도 안도의 빛이 어렸다. 정우의 품에 안긴 호정과 시선을 맞추고 손등을 쓰다듬었다.

"그나마 이 정도라서 천만다행이구나."

"죄송해요, 아저씨."

시현은 그런 소리 하지 말라며 다정히 미소 짓고는 시우를 돌아보았다. 쯧쯧, 절로 혀가 차졌다. 어째 아들의 몰골이 더욱 형편없었다. 뺨에 난 상처야 그렇다 치고 안색이 저게 뭔가. 도대체 잠을 며칠이나 못 잔 건지 가뜩이나 창백할 만큼 하얀 낯빛은 까칠했고, 깊은 눈매는 퀭하니 움푹 들어가 있었다.

그래도 눈빛만은 여전히 날카롭게 살아 있었다. 시현은 오셨어요, 하고 인사하는 아들의 어깨를 툭툭 두드렸다.

"힘들지?"

"아닙니다."

"수고했다."

"고맙습니다."

똑 닮은 얼굴만큼이나 굳이 긴말하지 않아도 서로의 마음을 잘 아는 부자는 서로를 향해 옅게 미소 지었다. 정우가 며칠 사이에 더 날카로워지고 퀭해져 안쓰러운 아들을 꼭 끌어안아 등을 두드려 주었다.

시우의 옅은 미소가 보다 깊어졌다. 그러다 문득 시선을 들어 몇 걸음 뒤에 서 있는 낯선 남자를 바라보았다.

5.8피트(약 178cm) 가량의 키에 약 165파운드(약 75kg)의 체중, 그리고 외모까지 평범함 그 자체인 남자는 30대 초중반쯤 되어 보이는 한국 사람이었다. 입고 있는 캐주얼한 옷도 단정하고 깔끔하긴 하지만, 무난한 디자인에 무채색 계열로 특색이 전혀 없었다.

저 남자가 방금 지나쳐 왔을 너스 스테이션에 가서 그의 사진을 보여 줘도 간호사들은 전혀 기억하지 못할 터였다. 그만큼 남자의 존재감은 평범함을 넘어 지나칠 정도로 희미했다.

하지만 시우의 눈에는 확실하게 보였다. 안경에 가려진 남자의 시선이 병실에 들어선 순간부터 어디를 향해 있는지. 남자의 시선은 호정에게 못 박힌 듯 고정되어 있었다.

그것은 단순히 그녀가 환자이기 때문만은 아니었다. 그녀를 처음 보는 사람의 눈빛도 아니었다. 분명 부상당한 호정을 몹시 걱정하는 눈빛이었고, 안도하는 눈빛이었으며, 오랫동안 그리워한 눈빛이었다.

그 점이 시우의 신경을 몹시 건드렸다. 시선을 느낀 남자도 시우를 쳐다보았다. 서로를 탐색하는 날카로운 시선의 균형은 정우의 목소리에 깨져 버렸다.

"차 팀장, 왜 거기 서 있어. 이리 가까이 와요."

정우의 한마디에 시우는 남자가 누구인지 바로 알아챘다.

청운복지재단의 국내 사업부 중 시설 복지팀을 맡고 있는 차민수 팀장. 롬폭으로 출발하기 전날 밤, 호석과 통화하며 호정이 '민수 씨'라고 언급했던 인물이기도 했다.

민수가 대답하며 다가오자 정우가 소개시켰다.

"차 팀장, 이쪽이 내 아들인 이시우라고 해요. 시우야, 이쪽은 재단에서 시설 복지팀을 맡고 있는 차민수 팀장이야."

시우가 먼저 악수를 청했다.

"처음 뵙겠습니다. 이시우라고 합니다."

"차민수라고 합니다. 박사님들하고 이사장님, 그리고 호정 씨로부터 말씀 많이 들었습니다. 유명하신 분이라서 전부터 알고 있기는 했지만요. 직접 뵙게 되다니 영광입니다."

정우가 가볍게 웃으며 살짝 눈살을 찌푸렸다.

"영광은 무슨. 동생처럼 편하게 대해요. 차 팀장보다 나이도 훨씬 밑인데, 뭐."

정우가 시우를 올려다보았다.

"차 팀장은 우리 재단에서 정말 꼭 필요한 인재야. 능력도 뛰어나지만 얼마나 성실하고 일에 대한 신념이 강한지, 주

이사장은 입만 열면 늘 차 팀장 칭찬이란다."

"그런데 여기까진 어떻게 같이 오셨어요?"

"아, 그건 어쩌다 보니 그렇게 됐어. 차 팀장이 지금 휴가 거든. 이번에 큰맘 먹고 1년치 휴가 다 몰아서 왔대."

주 이사장, 즉 호석이 버지니아에 잠시 들려 재단이 추진 중인 프로젝트 진행 상황을 정우에게 직접 설명 드려 달라고 부탁을 했다고 한다. 대신 3일은 휴가 외 출장으로 처리해 주겠다고 말이다.

그런데 하필 그가 도착한 날짜가 어제 아침. 시우한테 연락 오기 전이었단다. 그래서 부부가 현재 롬폭 상황에 대해서 보다 정확한 얘기를 듣기 위해서 헨리 팀장과 찰리를 만나는 자리에도 같이 갔다가 호정과도 아는 사이라서 이곳까지 같이 오게 됐다고 했다.

차민수 팀장, 그도 호정이 부상을 당했다는 얘기에 이만저만 놀라고 걱정한 게 아니었다고.

"제가 여러 가지로 민폐네요."

호정이 작게 한숨을 내쉬며 중얼거렸다. 민수가 두 사람한테 양해를 구하고 그녀에게 다가갔다.

"민폐라니요. 안 그래도 미국 온 김에 호정 씨 시간 되면 한 번 보러 가려고 했어요. 호정 씨가 그랬잖아요. 뉴욕이나 워싱턴에 오면 꼭 연락하라고. 하루 날 잡아서 보스턴 구경 시켜 준다고요."

"아, 제가 그랬죠. 흐음, 그런데 어떡하죠? 그 약속은 못 지킬 것 같은데. 보시다시피 제가 지금 이 모양이라서."

"그러게요. 그래도 이만하길 천만다행이에요."

정우 옆에 있다가 우연히 그녀가 산속 낭떠러지 같은 구덩이에 떨어졌다는 얘기를 처음 들었을 때는 심장이 멎는 것 같았다. 발목 부상 외에는 크게 다친 곳이 없다고 했지만 믿을 수 없었다. 자신의 눈으로 직접 호정의 상태를 확인해 봐야겠다는 것 외에는 아무 생각도 나지 않았다. 그래서 악착같이 정우와 시현에게 따라붙어 여기까지 온 민수였다.

민수는 굳어지려는 입가를 억지로 끌어 올렸다. 최대한 가벼운 어조로 말했다.

"그런데 지금 이시우 박사와 사건 조사 중이라면서요. 안 다쳤어도 나 휴가 끝날 때까지는 그 약속 못 지켰을 것 같은데요?"

호정이 후후, 웃었다.

"그러게요. 아마도 그랬을 것 같죠?"

"그래서 내가 박사님들 가신다고 해서 따라붙은 거예요. 이렇게라도 보지 못하면 휴가 끝날 때까지 못 보고 갈 것 같아서. 그러니까 신경 쓰지 마요. 내가 오고 싶어서 온 거니까."

그래 놓고 민수는 제풀에 찔려 얼른 말을 덧붙였다.

"호정 씨가 다쳤다는데 병문안도 안 가 보고 돌아왔다고 하면 이사장님이 가만두지 않을 것 같기도 했고요."

호정의 미간에 작은 홈이 파였다. 재빨리 시우를 쳐다보았다.

"오빠한테도 나 다쳤다고 전화했어?"

시우가 대답하려는데 시현이 끼어들었다.

"아직은 안 했다. 하지만 곧 해야 되지 않겠니?"

호정이 아랫입술을 지그시 깨물었다.

"오빠한테는 말씀하지 말아 주세요, 아저씨. 큰 부상도 아니고 곧 나을 텐데 괜히 걱정 끼치고 싶지 않아요."

"네 마음은 잘 안다. 그래도 호석이한테는……."

"나중에 제가 말할게요. 얼굴의 상처라도 좀 옅어지면 그때."

호정은 시현에서부터 정우, 시우 그리고 민수까지 차례차례 쳐다보았다.

"그때까지만 오빠한테는 비밀로 해 주세요. 부탁드려요."

입장이 곤란해진 네 명은 서로 눈짓을 교환했다. 결국 그녀의 뜻에 따라 호석에게는 당분간 비밀로 하기로 약속했다.

정우와 시현은 아직 붓기가 가라앉지 않은 호정의 왼쪽 발목을 자세히 살폈다. 발목은 아직 시퍼렇게 멍들어 부어 있었지만 인디언 여인들이 해 줬다는 응급조치 덕분인지, 걱정했던 것보다 그리 심하지는 않았다.

그래도 마음이 놓이지 않은 정우와 시현은 주치의를 만나보기 위해 서둘러 병실을 나갔다. 병실에는 시우와 호정, 민수만 남았다.

분위기가 묘하게 어색해졌다. 특히 민수는 자꾸 시우의 눈치가 보였다. 그가 딱히 무슨 말을 하거나 눈치를 주는 건 아니었다. 그런데도 전신에서 풍겨 나오는 서늘한 아우라와 속을 꿰뚫어 보는 것 같은 눈빛에 괜스레 위축되고 불편했다.

어쩌면 숨 쉬듯이 자연스럽게 느껴지는 두 사람만의 특별한 교감, 혹은 야릇한 긴장감 때문인지도 모르겠다.

민수는 바로 알아차렸다. 두 사람의 관계가 어렸을 때부터 한 가족처럼 지내 온 단순한 친한 누나, 동생 사이가 아니라는 것을. 물론 시우의 마음이 어떤 건지는 그가 알 턱이 없었다. 마음이나 감정 같은 것은 일체 없는, 차가운 지성으로만 똘똘 뭉쳐 있는 사람으로만 보일 뿐이니까.

하지만 호정은 아니었다. 그를 바라보는 눈빛, 표정, 심지어 목소리나 작은 손짓까지 다른 사람을 대할 때와는 모든 것이 달랐다.

그녀의 마음속에 있던 남자가 바로 이시우였구나.

호정에게 사랑하는 남자가 있다는 건 어렴풋이 알고 있었다. 그러나 그 사람이 누구인지는 몰랐었다. 그런데 오늘 분명하게 알게 됐다.

물론 알았다고 해서 달라질 것은 아무것도 없었다. 호정에게 사랑하는 남자가 없다고 해도 어차피 자신은 절대로 그녀의 남자가 될 수 없으니까.

그럼에도 가슴 한쪽이 욱신거려 왔다. 민수의 입가에 씁쓸한 미소가 지어졌다.

꽃❦꽃

시우와 민수는 정우와 시현에게 등 떠밀려 병원을 나섰다. 두 사람은 호텔로 돌아오자마자 각자의 방으로 흩어졌다.

시우는 숀쇼어 사쳄의 상자에 있던 글록17 총기 검사 결과를 확인하기 위해서 LA지부로 간 매기와 통화를 했다. 그녀는 가장 먼저 뉴욕지부 상황을 얘기해 주었다. 뉴욕지부에서는 생전의 엠마 브라헤 행적과 더스틴 브라헤의 주변을 조사하고 있었지만 진행 상황이 더뎠다.

그에 찰리가 자신이 직접 뉴욕으로 가서 뉴욕지부와 함께 수사를 하겠다고 자청을 했단다.

—세이린 요원이 원래 뉴욕지부 소속이잖아요. 엠마 브라헤가 죽기 전까지 살았던 뉴저지 버겐 카운티 출신이기도 하고요. 현 상황을 잘 알고 있는 세이린 요원이 합류하면 아무래도 진행 속도가 빨라질 거예요. 그럼 그쪽에서도 곧 뭔가 나오겠죠.

생각보다 조사가 지지부진한 뉴욕 상황을 고려하면 잘된 일인지도 모르겠다. 엠마 브라헤는 죽었지만 사건을 종결시키기 위해선 그녀가 에페타 킬러였다는 것을 반드시 증명해야만 했다.

무엇보다 다이아나의 행방이 묘연한 것이 문제였다. 샌프란시스코에서부터 뉴욕까지 엠마와 함께 이동했고 같이 살았을 텐데 다이아나의 존재를 알고 있는 사람들이 아무도 없었다. 심지어 숀쇼어 사쳄도 손녀와 연락이 끊어진 지 30년이 넘었다고 했었다.

숀쇼어 사쳄 말의 의하면, 다이아나는 당시 사건으로 척추가 심하게 손상되어 큰 수술을 받았다고 했다. 그럼에도 하반신 불구가 되었다고.

다이아나는 엠마 브라헤가 죽기 전까진 그녀의 도움으로 살았을 것이다. 그런데 9년 전, 엠마 브라헤가 죽었다.

그렇다면 다이아나는 지금 어디서 어떻게 살고 있는 걸까.

그녀는 누군가의 조력 없이는 생활은 물론, 거동조차 힘든 사람이다. 그런데 엠마 브라헤가 죽은 지 9년이나 흐른 지금까지 그녀의 행적은 묘연했다.

가능성은 단 두 가지뿐이었다. 다이아나도 사망했거나 엠마 브라헤처럼 그녀를 사람들 눈에 띄지 않는 곳에 안전하게 숨기고 보살펴 주는 제3의 인물이 있을 가능성.

시우는 후자 쪽의 가능성에 무게를 두고 있었다. 게다가 다이아나가 아직 살아 있다면, 그녀는 에페타 킬러 범행에 사용된 루거 9mm 권총을 틀림없이 보관하고 있을 것이다. 엠마 브라헤가 사망한 상황에서 그녀에게 남은 것은 할아버지의 유품으로 할머니한테 처음으로 사격을 배웠던 총이자 엠마와 함께 제사에 필요한 제물을 사냥했던 낡은 권총, 자신의 전부가 담겨 있는 것은 그 권총뿐일 테니까.

그는 매기와의 통화를 끝내고 잠시 잠을 청했다. 고작 세 시간밖에 자지 못했지만 이틀 만의 단잠이었다.

잠에서 깬 시우는 숀쇼어 사쳄이 남긴 유품 분석에 본격적으로 착수했다. 상자에 보관되어 있던 글록17이 마이클 쉬렉과 제시 브라운을 살해한 총기였다는 것은 지문 및 강선 검사 등을 통해 곧 밝혀질 것이다.

과학 검증은 FBI에게 맡기고 그는 숀쇼어 사쳄이 남긴 편지와 일기, 노트 등에 집중할 필요가 있었다. 그 속에 아직 풀지 못한 네 번째, 다섯 번째 암호문의 키가 반드시 숨겨져 있을 테니까. 어쩌면 다이아나의 행방을 좇을 단서가 숨겨져 있을 지도 모르겠다.

시우는 병원에서 일차적으로 읽어 보고 분리해 놓은 대로 상자 안의 사본들을 바닥에 쭈욱 깔았다. 오른쪽은 숀쇼어 사쳄의 일기와 편지, 왼쪽은 다이아나의 노트들. 12시 방향에는 엠마가 다이아나한테 보낸 쪽지와 편지들을 시기별로 깔았다.

시우는 그 가운데에 서서 문서들을 다시 한번 빠르게 체크해 나갔다. 그의 시선이 가장 먼저 닿은 것은 숀쇼어 사쳄이 남긴 편지였다.

편지의 첫 문구는 '신의 사자(使者)여'로 시작되어 있었다. 그녀는 30여년 전, 이것들을 땅속 깊이 묻을 때부터 자신의 죄와 고통을 끊어 내 줄 '신의 사자'가 오리라는 것을 알고 있었다고 했다. 다만 그것이 언제인지, 누구일지만을 몰랐을 뿐.

그녀의 편지는 주로 자신의 죄를 고하고 용서를 구하는 내용이었다. 딸과 손녀가 겪을 기구하고 가혹한 운명을 알고 있었음에도 미리 막아 내지 못한 죄. 그로 인해 잉태된 무고한 이들의 수많은 죽음, 그럼에도 진실에 입 다물고 침묵할 수밖에 없는 자신의 죄가 가장 크다며 스스로를 자책하고 있었다.

신을 원망하는 내용도 곳곳에 적혀 있었다. 왜 자신들에게만 이토록 가혹한가. 왜 자신들에게만 이토록 끝없는 고통을 주시는가.

　하지만 마니툭, 이 또한 모두 당신의 뜻이겠지요.

　그들을 단죄하고, 그 아이의 고통을, 영혼을 구할 수 있

는 길이 이 길뿐이라면,

　내 손으로 반드시 그날을 준비해야만 한다면……

　마니툭, 당신의 뜻을 따르겠습니다.

"숀쇼어 사쳄은 엠마 브라헤가 범인이라는 것을 처음부터

알고 있었어. 그 사실을 증명할 수 있는 유일한 증거가 글록

17이라는 것도. 그리고 윌리엄 브라헤와 아더 브라헤가 사건

을 은폐하리라는 것도 모두 예상하고 있었던 거야."

　때문에 그녀는 엠마가 마이클 쉬렉과 제시 브라운을 살해

하고 돌아왔을 때, 아무도 모르게 총을 빨리 처리해야 한다

고 엠마를 설득해서 글록17을 손에 넣었다. 윌리엄 브라헤가

자신의 총이 사건에 사용되었다는 것을 알게 되면 가장 먼저

글록17을 없애 버리려 할 것이 자명했기 때문이었다.

　숀쇼어 사쳄은 글록17을 바다 깊은 곳에 버렸다고 엠마를

속였고, 엠마는 숀쇼어 사쳄을 믿었다. 윌리엄 브라헤와 아

더 브라헤도 빈손으로 집으로 돌아온 엠마의 말을 믿었다.

　유일한 증거가 사라졌다고 믿은 윌리엄 브라헤는 자신의

힘과 영향력을 총동원해서 범인을 존재하지도 않았던 갱단

의 소행으로 몰아갔다. 표면적으로는 손녀인 엠마와 가문을

지키기 위해서였다지만 실상은 자신과 조세핀, 그리고 다이

아나의 관계가 드러날까 두려웠을 것이다.

월리엄 브라헤는 그전에 이미 아들을 시켜 다이아나를 아무도 모르게 샌프란시스코 외곽에 위치한 병원으로 옮겨 놓는 치밀함도 보였다. 그 역시 자신의 가문과 안위를 위해서 예뻐했다는 딸의 사고도 조용히 덮어 버릴 심산이었다는 것이 숀쇼어 사쳄의 생각이었다.

그날 밤, 윌리엄의 지시로 다이아나를 병원으로 옮긴 사람은 아더와 와이어트였다. 숀쇼어 사쳄은 아더와 함께 나타난 와이어트의 굳은 얼굴을 똑똑히 보았단다.

"언제쯤 등장할까 궁금했는데 드디어 등장했군, 와이어트 브라헤."

이로써 와이어트도 사건에 어떤 식으로든 개입되었다는 사실을 확인했다. 물론 와이어트가 동생이 저지른 살인 사건의 은폐 작업에 적극 개입했을 개연성은 크지 않았다. 하지만 최소한 인지는 하고 있었을 것이다.

그럼에도 조부와 부친의 지시대로 입을 다물어 버린 뒤, 30년이 지난 지금까지도 사건의 범인을 철저하게 미지의 갱단으로 몰아가고 있다는 것은……

"범인 은닉에 도주 원조, 증거 인멸, 허위 진술. 모두 사법 방해죄에 해당하지."

미국의 경우 사법 방해죄는 중대한 범죄 행위에 해당된다. 은밀하게 일을 처리하기 위해서 장남을 끌어들인 아더 브라헤가 고마울 지경이었다.

다행히 그 모든 내용은 숀쇼어 사쳄의 일기에 자세히 적혀 있었다. 그녀의 일기 내용을 입증할 만한 보강 수사를 통해 증거와 진술만 확보된다면 와이어트를 체포할 수 있다.

일기장에는 충격적인 이야기들도 다수 적혀 있었다.

물론 시우에게는 새롭거나 놀라운 이야기는 아니었다. 대부분은 이미 숀쇼어 사쳄에게 직접 들었던 이야기였다. 하나는 조세핀과 윌리엄과 아더 부자에 대한 이야기였고, 다른 하나는 그도 예상하고 있던 이야기였다.

시우의 차가운 시선이 바닥을 가득 채우고 있는 수많은 일기의 사본 중 한 장에 꽂혔다. 1982년 10월 7일자 일기였다.

"다이아나와 엠마가 연인처럼 진한 키스를 하고 있는 장면을 보고 말았다는 내용이었지."

당시 숀쇼어 사쳄은 상당한 충격을 받은 모양이었다. 하긴 두 사람은 어머니만 다른 이복 자매였으니 그 사실을 알고 있는 숀쇼어 사쳄으로서는 충격이 컸을 것이다.

더욱이 엠마는 진실을 알지 못했으나 다이아나는 자신의 생부가 누구인지 꼬마 때부터 알고 있었다고 했다. 그러니 숀쇼어 사쳄의 충격은 이루 말할 수 없을 만큼 컸을 것이다.

그 얘기를 듣고 조세핀도 큰 충격을 받았다고 한다. 두 사람이 다이아나에게 이복동생인 엠마와 도대체 무슨 생각으로 그런 거냐고 다그쳤다. 다이아나는 호기심이었을 뿐, 다른 이유는 없었다며 다시는 안 그러겠다고 약속을 했다.

"하지만 그건 거짓말이었지. 두 사람은 그 이전부터 이미 깊은 연인 관계였으니까."

이번에는 시우의 시선이 왼쪽 바닥으로 향했다. 다이아나가 공부할 때마다 사용했다는 노트들의 사본들이었다. 아쉽게도 모든 노트가 보관되어 있지는 않았다. 다이아나가 마이클 쉬렉과 제시 브라운한테 당하기 몇 달 전부터의 노트들이 보관되어 있을 뿐이었다.

하지만 그것만으로도 충분했다. 노트에는 두 사람만의 암호로 주고받던 메모들이 다수 적혀 있었다. 암호로 이야기를 주고받기 시작한 것은 숀쇼어 사쳄한테 키스하는 장면을 들킨 이후부터였다. 그 일이 계기가 됐던 모양이다.

시간이 지날수록 조악했던 암호 수준은 점차 발전하며 뚜렷한 체계를 갖춰 나가기 시작했다. 그러나 사람의 능력에 한계가 있는 듯, 점차 복잡하게 진화해 가던 체계가 어느 한 순간에 멈추어 버렸다.

바로 에페타 킬러의 첫 번째 암호문 수준에서.

두 사람의 비밀 대화가 첫 번째 암호 수준에서 멈춰 준 덕분에 시우는 그들의 대화에서 많은 것을 알아낼 수 있었다.

사건이 발생했던 1983년은 두 사람의 관계가 서로를 깊이 사랑하는 연인으로 발전한 지 2년째 되던 해였다.

두 사람의 암호는 어른들 몰래 어디서 만나자는 약속이나 사랑을 속삭이는 밀어가 대부분이었다. 그러던 어느 순간부터는 2주년을 기념해서 뭘 하고 싶은지 묻고 계획을 세우는 내용들로 바뀌어 있었다.

몇 개의 암호 문구를 찾은 시우의 머리가 빠르게 돌아갔다. 잠시 후, 그의 입에서 나지막한 음성이 흘러나왔다.

"두 사람이 서로의 마음을 처음으로 확인하고 연인으로

발전한 날짜는…… 1981년 7월 21일이었군."

두 사람은 1983년 7월 21일, 둘만의 1박 2일 여행을 계획하고 있었다. 하지만 그 계획은 이루어지지 못했다. 마이클 쉬렉과 제시 브라운이 살해당한 날로부터 일주일 전인 1983년 5월 28일에 다이아나가 사고를 당했기 때문이었다.

다이아나가 혼자 숲길을 걸어가고 있었던 이유도 이제 확실하게 밝혀졌다. 그날 밤에도 다이아나와 엠마는 어른들 몰래 만나 사랑을 나누기로 약속을 했다. 즉 다이아나는 엠마를 만나러 가다가 봉변을 당한 것이었다.

시우의 눈빛이 날카롭게 번득였다.

"그렇다면 두 사람에게 절대로 잊을 수 없는 날은 그날들이겠군. 처음으로 사랑을 나눴던 1981년 7월 21일과 다이아나가 사고를 당했던 1983년 5월 28일."

그렇다면 네 번째, 다섯 번째 암호문의 키는 그 두 날짜 중 하나 혹은 두 날짜 모두일 확률이 높았다.

시우는 서둘러 가지고 온 서류함에서 네 번째, 다섯 번째 암호문을 꺼내어 알아낸 두 개의 날짜를 치환해 대입하기 시작했다. 한동안 조용한 호텔 방에는 펜대 움직이는 소리만 어지러이 울려 퍼졌다.

빠르게 움직이던 펜 소리는 먼동이 떠오를 무렵이 되어서야 멈췄다. 그의 입가에 야릇한 미소가 피어났다.

"이거였어."

마침내 지난 30년간 미스터리로 남아 있던 나머지 두 개의 암호문을 해독하는 데에 성공했다.

네 번째 암호문의 내용은 기대했던 것과 달리 새로운 내용이 없어서 살짝 실망스러웠다. 기존의 암호문에서처럼 인간의 추하고 악한 본성을 이야기하며 살인에 대한 정당성을 피력하고, 공권력을 조롱하는 내용이 대부분이었다.

하지만 다섯 번째 암호문은 달랐다. 살짝 실망스러웠던 부분을 말끔히 해소시켜 줄 만한 흥미로운 문구로 가득 차 있었다.

일단 그들은 미쉘 테이튼 모녀 납치 미수 사건에 대해 몹시 분노했던 것으로 보인다. 앞서 발생했던 조쉬 홉킨스의 추종 범죄에서 보인 반응과는 확연하게 달랐다.

조쉬 홉킨스의 추종 범죄 직후 언론사에 보낸 세 번째 암호문은 추악한 인간성과 공권력에 대한 조롱 일색이었다면, 다섯 번째 암호문에서 보이는 반응은 분노와 저주 등으로 상당히 격앙되어 있었다.

감히 내 이름을 빌려 엄마와 어린 딸을 납치하려고 했다니!

그것들처럼 어린 딸 앞에서 엄마를 짓밟으며 더러운 욕망을 채울 속셈이었나! 그것들처럼 추악한 쾌락을 위해 죄 없는 여자를 짓밟고 짓이길 속셈이었나!

어떻게 그럴 수 있지?

어린 딸을 위해 비명도 내지르지 못하는 가엾은 어미를 어떻게 더러운 욕망의 배설구로 욕보일 수가 있나! 두려움에 떨며 숨죽여 우는 아이의 울음소리가 들리지 않는가. 살려 달라고 애원하는 비명 소리가 들리지 않는가!

아이는 눈을 감고 잠든 척해도 모든 진실을 알고 있다.

여자는 짓밟히고 버려져도 죽지 않는다.

절대로 용서하지 않을 것이다.

너희의 추악하고 타락한 본성을 저주하고 반드시 응징할 것이다.

그것이 내가 에페타, 신의 재판관이 된 이유.

너희는 나를 잡을 수 없다.

나는 존재하나 존재하지 않는 존재다.

그녀만이 나를 존재케 하지.

그녀 또한 나로 인해 존재한다.

때문에 너희는 그녀 또한 잡을 수 없다.

육신은 떨어져 있으나 우리는 하나, 합일의 영혼.

데비와 칼리.

존재하나 존재하지 않는 나로 인해 그녀 또한 존재하나 존재하지 않는 존재가 되었다.

지혜로운 달빛의 정령은 지혜로운 바람의 심판자가 되어 타락한 자들을 심판하고 영혼을 구원한다.

이로써 암호문을 쓴 사람은 다이아나였다는 것이 보다 명확해졌다. 스스로를 에페타 킬러라고 칭한 건장한 남자에게 납치되었다가 도망쳤다는 모녀의 속보를 접한 순간 다이아나는 상당히 분노했고, 바로 다섯 번째 암호문을 쓴 것이 틀림없었다.

암호문에 나오는 아이와 여자는 모두 다이아나, 그녀 자신

388

이었다. '어린 딸을 위해 비명도 내지르지 못하는 가엾은 어미'는 당연히 조세핀이고 말이다.

시우가 다음으로 주목한 대목은 두 군데였다.

절대로 용서하지 않을 것이다.
너희의 추악하고 타락한 본성을 저주하고 반드시 응징할 것이다.

그리고,

육신은 떨어져 있으나 우리는 하나, 합일의 영혼.
데비와 칼리.
존재하나 존재하지 않는 나로 인해 그녀 또한 존재하나 존재하지 않는 존재가 되었다.
지혜로운 달빛의 정령은 지혜로운 바람의 심판자가 되어 타락한 자들을 심판하고 영혼을 구원한다.

그중에서도 특히 '데비와 칼리'가 등장한 대목.

"숀쇼어 사쳄의 오두막에 각종 신화와 관련된 책들이 많더니, 힌두교 신화에도 심취했었나 보군."

데비와 칼리는 힌두교 신화에 등장하는 최고의 여신으로 성향은 선과 악처럼 전혀 다르나 아이러니하게도 불리는 이름만 다른 동일한 여신이다. 우주를 창조한 신의 여성적 측면이 바로 데비인데, 최고의 여신이며 평소의 모습은 차분하고 평화로우면서도 자애롭다.

하지만 데비에게는 난폭하고 무서운 측면도 있었다. 그때의 데비를 힌두교 인들은 칼리라고 불렀다. 일반적으로 칼리는 파괴적이고 잔인한 죽음의 여신으로 불리며 공포와 경외의 대상으로 숭배받는다.

다이아나가 암호문에 '데비와 칼리'를 언급한 의미는 엠마와 자신을 의미한 것이었다. 동시에 '합일의 영혼' 운운한 것은 엠마와 자신의 영혼은 이미 하나가 되었다는 의미일 터였다. 따라서 그녀와 자신 안에는 '데비와 칼리'가 모두 공존한다는 뜻이었다.

"이로써 다이아나가 단순히 암호문만 작성해 준 단순 공범자가 아니라는 증거는 확보된 셈이군."

시간을 확인한 시우는 헨리 팀장의 휴대폰으로 전화를 걸었다. 여기는 아직 6시도 안 된 새벽이지만 버지니아는 오전 8시가 훌쩍 넘은 아침이었다.

연결음이 몇 번 울린 뒤 헨리가 전화를 받았다.

―아, 이시우 박사, 무슨 일입니까. 그쪽은 아직 새벽일 텐데, 또 무슨 일이 터졌습니까?

「남은 두 개의 암호문 해독을 완료했습니다.」

―정말입니까? 어떤 내용입니까. 아, 이럴 게 아니라 국장님하고 같이 통화하죠. 텍사스지부에 가시면서 박사한테 연락 오면 바로 알려 달라고 하셨거든요. 잠깐만 기다려요.

전화가 잠시 끊어졌다가 다시 연결되었다. 휴대폰 너머에서 국장의 긴장된 음성이 들려왔다.

—나 국장이오. 남은 두 개의 암호문을 모두 해독했다는 것이 사실입니까?

「네. 헨리 팀장 앞으로 지금 해독문을 보냈습니다. 국장님도 보실 수 있습니까?」

국장이 헨리에게 말했다.

—블레이크 팀장, 내 계정으로 빨리 보내게.

—네, 잠시만요. ……보냈습니다.

타닥타닥 태블릿을 두드리는 소리가 들려왔다. 잠시 후 국장이 말했다.

—됐어요. 보고 있소.

시우는 청각을 곤두세우고 있을 국장과 헨리에게 해독문의 내용을 분석과 함께 설명하기 시작했다.

이윽고 긴 설명을 마친 시우가 말했다.

「따라서 미쉘 테이튼 모녀의 납치 미수로 에페타 킬러의 몽타주의 주인공이 되었던 이든 리 알랜의 죽음도 다시 조사해 봐야 합니다.」

—이든 리 알랜은 증거 불충분으로 풀려나기는 했으나 주변의 의심 어린 시선 때문에 대인 기피증과 우울증에 시달렸어요. 그러다가 2001년에 잭 스테인 교사가 두 번째 암호문을 해독했다는 언론 보도가 터지자 1차 재수사팀이 꾸려지기 직전에 자살했고요. 그런데 박사 생각은 자살이 아니었을 가능성이 있다는 거요?

「앞서 말했듯이 다이아나는 미쉘 테이튼을 납치하려던 자에게 매우 강한 분노를 가지고 있었습니다. 절대로 용서하지

391

않겠다, 반드시 응징하겠다는 것은 단순히 말로만 하는 분노의 표현이 아니었습니다. 그건 스스로에 대한 일종의 다짐이었습니다.」

헨리가 의문을 제기했다.

—박사의 분석에 의하면 에페타 킬러, 그러니까 다이아나와 엠마 브라헤의 범행 수법은 총기형이지, 리퍼형이 아니지 않습니까. 그런데 박사 말대로 만약 그들이 그때의 분노와 다짐을 잊지 않고 있다가 이든 리 알랜을 응징한 거라면 왜 갑자기 칼을 사용한 거죠? 그것도 자살을 가장해서?

「다이아나와 엠마 브라헤의 살인은 1989년 9월 20일, 택시 운전사인 폴 스미스를 우발적으로 살해한 그 시점부터 멈췄습니다. 그후 그들은 뉴욕주로 거주지까지 옮겨 버렸죠.」

—그랬죠.

「적어도 현재까지 파악된 바로는 그렇습니다. 그리고 9년 전 엠마 브라헤가 자살로 사망했습니다. 그런데 지금까지도 다이아나의 행방은 묘연합니다. 그녀는 누군가의 도움 없이는 거동이 불편한 하반신 불구자인데 말입니다.」

국장의 목소리가 끼어들었다.

—그러니까 박사 생각은 그녀가 살아 있다면 틀림없이 누군가의 조력을 받고 있을 거라는 거군요. 때문에 더스틴 브라헤의 주변까지 샅샅이 훑으라고 했던 거고요. 그런데 그가 다이아나와 관련이 있다는 단서는 아직 하나도 나오지 않고 있어요. 그렇지 않나, 블레이크 팀장?

헨리가 얼른 대답했다.

―네. 게다가 집도 맨해튼 시내의 맨션이고, 여성 편력이 심한 바람둥이라서 아무도 모르게 다이아나를 집에 숨겨 두고 있다는 것 자체가 불가능합니다. 그래서 그가 보유하고 있는 외곽의 별장이나 다른 주거지가 있는지도 조사해 봤습니다. 그런데 아주 재미있는 사실이 하나 나왔습니다.

―뭔가.

―엠마 브라헤가 살던 테너플라이의 저택을 더스틴 브라헤가 소유하고 있습니다.

「엠마 브라헤가 자살하면서 남동생에게 유산으로 남긴 건가요?」

―그건 아니에요. 싱글인 엠마가 사망하자 경찰은 와이어트 브라헤한테 가장 먼저 연락을 했어요. 그런데 와이어트 쪽은 그녀와 인연을 끊은 지 오래됐다며 그녀와 관련된 모든 법적 권리를 포기하겠다고 했대요. 그래서 시에 막 넘어갈 참이었는데 더스틴 브라헤가 뒤늦게 나타나서 소송을 건 거죠. 그래서 결국 승소해서 소유권을 가져간 거고요.

생각을 정리한 시우가 정확히 5초 뒤에 입을 열었다.

「팀장님, 일단 2001년 이든 리 알랜이 사망할 당시의 더스틴 브라헤의 행적을 모두 조사해 주십시오.」

―16년 전의 행적을요? 소득이 있을지 모르겠군요. 하지만 어쨌든 팔 수 있는 데까지 한번 파 보죠.

―블레이크 팀장, 최대한 빨리 그 저택도 수색해 보게.

시우의 미간이 미세하게 찌푸려졌다.

「미리 말씀드리지만 그곳에서 수사에 도움될 만한 증거나 다이아나는 발견되지 않을 겁니다.」

국장이 그건 또 왜 그렇게 생각하느냐고 물었다.

「현재까지의 조사로 보면, 더스틴 브라헤와 다이아나의 접점은 전혀 없었습니다. 또한 만약 그가 다이아나를 비밀리에 보호할 만큼 그녀들과 각별한 관계였다면, 엠마는 자살을 선택하기 전에 저택을 미리 더스틴에게 넘겼을 겁니다. 그렇게 하지 않았다는 것은 그가 그녀들과 특별한 비밀을 공유할 만큼 각별한 관계가 아니었다는 것을 반증합니다.」

─흠, 일리 있는 분석이군요.

「따라서 엠마 브라헤가 사망한 직후 그녀의 저택에서 다이아나를 몰래 빼내어 현재까지 보호하고 있는 인물, 그리고 이든 리 알랜을 자살로 위장해서 살해한 인물은 제3의 인물일 가능성이 높습니다.」

─제3의 인물이라…….

「엄밀히 말하면 엠마 브라헤는 다이아나의 살인 도구였습니다. 다이아나가 머리고 엠마 브라헤는 그녀의 손이자 다리 역할이었던 거죠. 엠마 브라헤는 데비이고, 다이아나는 칼리였습니다.」

시우는 잠시 말을 멈췄다가 이었다.

「그런데 엠마는 1889년 9월 20일의 마지막 범행 이후 다이아나의 분노와 살인욕을 더 이상 채워 주지 못했습니다. 그래서 다이아나는 엠마를 대신할 제3의 인물로 살인 도구를 바꾼 겁니다. 그 제3의 인물을 찾아내야만 합니다. 그에 대한 단서는 자살로 위장된 이든 리 알랜의 죽음으로부터 찾을 수 있을 겁니다.」

—그럼 다이아나가 뉴욕주에 없을 수도 있다는 거요?

「아니요. 그녀는 뉴욕주에 있을 겁니다. 제3의 인물은 그녀가 엠마 브라헤와 사는 동안 그곳에서 만나 절대적인 관계를 쌓게 된 인물일 테니까요.」

하지만 아무리 그가 엠마 브라헤 대신 자신의 살인욕을 충족시켜 주고 돌봐 준다고 해도 그녀에게 그는 결코 엠마 브라헤와 같은 특별한 존재가 되지는 못할 것이다.

「그녀와 엠마는 데비와 칼리, 즉 둘이자 하나입니다. 따라서 다이아나는 엠마와의 마지막 추억이 서려 있는 뉴욕주를 절대로 떠나지 못합니다.」

시우는 바닥의 사본들을 정리하며 말을 이었다.

「여기 일이 마무리되면 뉴욕으로 가서 합류하겠습니다.」

—거기 일은 언제 마무리될 것 같습니까?

"LA지부의 총기 검사 결과는 곧 나오겠지만, 샌프란시스코지부의 조사가 언제 완료되느냐가 문제입니다. 국장님, 언제까지 기다려야 합니까? 오래 지체할 수는 없습니다."

샌프란시스코지부는 과거의 엠마 브라헤에 대한 주변 조사와 34년 전에 아더와 와이어트가 다이아나를 이송해 수술시켰다는 병원을 찾고 있었다. 국장은 샌프란시스코지부의 조사 인력을 최대한 늘려 조속히 마무리 지을 수 있도록 하겠다고 약속했다.

시우는 통화를 끝내고 사본들을 정리해 상자에 차곡차곡 담았다. 그의 시야에 손쇼어 사쳄의 일기장 내용 중 일부가 들어왔다.

그들은 인간이 아니다. 인간의 탈을 쓴 사악한 짐승들일
뿐. 그들의 손아귀에 들어가 있는 이 땅에 남은 것은 거짓
과 술수, 비열함과 더러운 욕망에 짓밟힌 영혼들과 그들이
을격짖는 고통스런 신음뿐이다.
마니투여, 제발 그들의 죄를 벌하여 주십시오.
너무 고통받은 우리를……

시우의 눈매가 칼날처럼 가늘어졌다. 그의 붉은 입술에서
더없이 서늘한 음성이 흘러나왔다.
"브라헤, 당신들은 너무 많은 죄를 지었어."
죄악에는 반드시 대가가 따른다. 죽었다고 해서 끝나는 것
이 아니다. 하물며 그들은 죽음으로 용서를 빈 자들도 아니
다. 반성과 뉘우침을 모르는 죄악은 그대로 대물림되었다.
단죄 받지 못하고 대물림된 죄악은 폭압과 은폐, 고통과
절망, 증오와 분노로 퍼져 나갔다. 이젠 그 모든 죄악을 드러
내고 뿌리까지 뽑아내야만 할 때였다.
콜드케이스를 지적 유희로만 여기던 시우의 내면에서도
뜨거운 무언가가 꿈틀거리고 있었다.

15장

　—총기 검사 결과가 나왔어요.

이튿날 아침, 매기에게서 기다리던 연락이 왔다.

　—숀쇼어 사쳄이 보관하고 있던 글록17, 마이클 쉬렉과 제시 브라운을 살해한 총이 맞았어요. 강선이 당시 사건의 유일한 증거물인 탄두에 난 흔적과 일치해요. 총기 전체에서 엠마 브라헤의 지문도 나왔고요.

매기의 음성은 흥분한 듯 살짝 들떠 있었다. 하지만 대답하는 시우의 음성은 평소와 다름없이 무감하고 건조할 뿐이었다.

「네.」

'잘됐군요'도 아니고 그냥 '네'라니. 예상하고 있던 바라 새삼스러울 건 없었지만, 그래도 대답이 너무 짧고 무성의했다. 사람 무안하게. 매기는 속으로 혀를 쯧, 차고 얘기를 이어 나갔다. 그녀의 음성도 다소 차분해졌다.

─그리고 박사 말이 맞았어요. 총기 바디뿐만 아니라 탄창에서도 윌리엄 브라헤의 지문이 검출됐거든요. 몇 개는 엠마 브라헤의 지문 아래에 찍혀 있었어요. 엠마 브라헤보다 윌리엄 브라헤가 먼저 총을 만지고 탄창을 바꿔 낀 적이 있었다는 사실을 증명해 주는 증거죠.

시우는 셔츠의 소매 단추를 채우며 묵묵히 듣기만 했다. 잠시 숨을 고른 매기가 다시 말을 이었다.

─해당 총기는 어떤 기록에도 흔적이 없는 밀수입 거래된 불법 총기였어요. 그러니까 이번 조사 결과는 윌리엄 브라헤가 몰래 보관하고 있던 밀수입된 글록17로 엠마 브라헤가 두 사람을 쏴 죽였다는 박사의 추론을 확실하게 뒷받침하는 증거라고 할 수 있어요.

매기는 34년 전 사건 파일과 기사들만 보고서 모든 것을 제 눈으로 직접 다 본 것처럼 정확하게 추론한 시우의 능력이 마냥 놀랍기만 했다. 그녀가 검사 결과지를 보고 살짝 흥분한 이유는 바로 그 때문이었다.

그런데 정작 당사자는 너무 차분하고 무덤덤하다. 마치 지극히 당연해서 손톱만큼도 놀랍지 않다는 듯 그의 두 번째 대답 역시 매우 짧았다.

「그렇군요.」

감탄하던 매기는 다시 시우가 살짝 재수 없어지려고 했다. 그녀가 떨떠름한 어투로 물었다.

─샌프란시스코지부 상황은 어때요? 엠마 브라헤의 행적

이나 다이아나가 수술 받은 병원이 어디였는지 단서가 잡혔답니까?

시우는 새벽에 국장 헨리와 통화한 내용을 간단히 말해 주었다. 암호문 해독이 끝났다는 얘기에 매기가 깜짝 놀라 소리쳤다.

—남은 두 개의 암호문을 모두 해독했다고요?

「네.」

시우는 매기에게도 해독문을 분석한 내용을 간략하게 설명해 주었다. 그의 설명을 집중해서 들은 매기가 흐음, 낮은 한숨을 내쉬었다.

—데비, 칼리라. 이번엔 또 힌두교 신화예요? 거기다가 이젠 이든 리 알랜의 죽음까지 재조사해 봐야 한다는 거잖아요. 후우, 뭐가 이렇게 점점 더 어렵고 복잡해지냐. 어쨌든 알았어요. 자세한 얘기는 만나서 하죠.

그러고는 '이시우 박사' 하고 말끝을 늘이며 뜸을 들였다.

—나 원래 낯간지러워서 이런 말 잘 못 하는데……. 음, 당신 정말 대단한 사람이에요. 매번 놀라면서도 또 놀랍니다. 이 박사가 없었으면 여기까지 오지도 못했을 거예요. 박사 말대로 본격적인 수사는 이제부터 시작이지만, 당신 같은 사람하고 같이 일하게 돼서 정말 영광입니다.

그녀 딴에는 진심을 다한 최고의 찬사였다. 그런데 이 남자, 가타부타 아무 말이 없다. 겸양의 대답은 아니더라도 최소한 그 특유의 뉘앙스로 잘난 척하는 대답 정도는 돌아올 줄 알았는데. 왠지 그녀 쪽이 더 뻘쭘해졌다.

흠흠, 목을 가다듬은 매기는 얼른 화제를 바꿨다.

─샌프란시스코 쪽은 생각보다 성과가 너무 없네요, 그렇죠? 하긴 34년 전 일인데, 병원을 찾기가 쉽지는 않겠죠. 찾는다고 해도 당시 자료가 아직 남아 있을 가능성도 적고요. 그래도 인력 보강까지 해서 더 찾아본다고 하니까 박사 말대로 며칠만 더 기다려 봅시다. 그럼 난 지금 출발합니다.

「비치에서 채취해 간 나무에 대한 조사는 어떻게 됐습니까. 아직입니까?」

─아참, 안 그래도 그 얘기하려고 했는데 깜박했네요. 확인해 봤는데 그쪽은 아무래도 시간이 조금 더 걸릴 것 같대요. 그래도 3일 안에는 나올 거예요.

「알겠습니다. 그럼.」

평소 하던 대로 바로 전화를 끊으려던 시우가 잠시 멈칫했다가 휴대폰을 다시 귓가로 가져갔다.

「수고 많았습니다, 크로닌 요원. 조심해서 오십시오. 잠시 후에 봅시다.」

휴대폰 저편에서 몇 초간의 정적이 흘렀다. 잠시 후, 매기가 알았다는 듯 가벼운 어조로 말했다.

─아, 호정 씨랑 같이 있구나. 벌써 병원에 갔습니까?

「병원 아닙니다. 이따 뵙죠.」

미간을 찌푸린 시우는 얼른 전화를 끊어 버렸다. 수고했다는 말 하나 덧붙였다고 바로 호정의 이름이 나오다니. 떨떠름한 표정으로 휴대폰을 내려다보던 시우는 피식, 웃고 말았다.

정우가 병실에 들어서는 시우와 민수를 반기며 말했다.

"어머, 어떻게 두 사람이 같이 와? 차 팀장, 오전에 일찍 솔뱅 둘러보러 간다고 하지 않았어요?"

"가려고 나왔는데 마침 로비에서 이시우 박사와 마주쳤어요. 병원에 간다고 하기에 저도 잠깐 뵙고 가려고 같이 왔습니다. 편히들 주무셨어요?"

"응, 차 팀장도 잘 잤어요?"

"네."

담소를 나누는 세 사람을 뒤로하고 시우는 침대에 누워 있는 호정에게 다가갔다. '왔어?' 하고 싱긋 미소 짓는 그녀를 내려다보며 그도 살짝 미소 지었다.

"잘 잤어?"

"응."

"다리 통증은 괜찮았어?"

"이젠 괜찮다니까. 넌 잠 좀 잤어?"

시우가 고개를 끄덕이자 호정이 슬쩍 눈을 흘겼다.

"그래 봐야 두세 시간 잔 게 전부겠지. 밤새 숀쇼어 사첨이 남긴 일기장이랑 노트들 분석하느라고."

너무 빤한 일이라서 새삼 대답을 하거나 들을 필요도 없었다. 그를 올려다보는 호정의 표정이 진지해졌다.

"그래서?"

"해독했어."

"두 개 전부?"

시우가 고개를 끄덕였다.

"이따 자세히 설명해 줄게."

그의 시선이 뒤쪽 소파에 앉아 있는 민수에게 힐끗 향했다. 그에게는 미안하지만, 일반인이 있는 자리에서 사건에 대해 자세히 말할 수는 없었다. 시우를 따라 민수를 슬쩍 본 호정이 고개를 끄덕였다.

그때였다.

Rrrr. Rrrr.

어디선가 벨소리가 들렸다. 뒤를 돌아본 시우의 시야에 민수가 휴대폰을 꺼내는 모습이 들어왔다. 액정을 확인하는 순간, 표정이 굳으며 숨을 급하게 들이마시는 모습도.

이내 민수는 어색하게 웃으며 정우와 시현에게 양해를 구하고 서둘러 병실을 가로질렀다. 그를 따라 시우의 시선도 같이 움직였다.

민수는 남이 알면 안 되는 사람의 전화인 듯 당황하고 긴장한 기색이 역력했다. 그럼에도 벨이 울리는 휴대폰을 두 손으로 꽉 움켜쥐고 걸음을 서둘렀다. 끊어지기 전에 반드시 받아야만 되는 전화임이 분명했다.

잠시 후 병실로 돌아온 민수의 얼굴은 아무 일도 없는 듯 평소대로 돌아와 있었다. 하지만 예리한 시우의 눈을 속일 수는 없었다. 흥분한 듯 호흡은 아까보다 빨랐고 발갛게 달아올랐을 것이 분명한 귓불에는 아직 붉은 기가 남아 있었다. 눈동자는 미세하게 흔들렸고, 몇 초마다 한 번씩 마른침을 삼켰다.

딴에는 열심히 평정심을 가장하고 있지만 시우의 눈에는 번연히 다 보였다. 바짝 긴장한 채 초조해하고 있는 그의 속내가.

흠흠, 목소리를 가다듬은 민수가 말했다.

"저기, 박사님."

정우와 시현이 동시에 그를 쳐다보았다.

"저는 호정 씨 얼굴도 봤으니까 그만 가 봐야겠습니다."

"그래요. 솔뱅 관광 잘하고 이따 저녁에 봐요."

"아, 아니요. 그게 아니라 LA에 가려고요."

"LA? 갑자기 왜?"

"원래 미국 여행을 계획했을 때부터 모토가 웬만한 곳은 다 둘러보고 가자, 였거든요. 동부, 서부 다요. 그런데 서부에 먼저 왔으니까 LA에 한번 가 봐야죠. 여기서 가깝기도 하고 할리우드도 있는데. 마침 LA에 사는 동창 녀석한테 빨리 오라는 전화까지 와서 가 보려고요."

"아, 방금 그 전화?"

"네. 여기 오는 김에 시간 되면 만날까 해서 연락을 했었는데, 어제는 바빴는지 음성으로 넘어가더라고요. 그래서 메시지만 남겼었는데, 지금 연락이 왔지 뭐예요. 빨리 오면 저녁에 근사한 곳에 데려가 준다고요."

그러면서 하하하, 웃는데 그 역시 어색하기만 했다. 정우와 시현은 잘됐다며 흐뭇하게 웃었다.

"대학 때 많이 친했던 친구인가 봐요."

"네, 좀."

민수는 머리를 긁적이며 또 어색하게 웃었다. 그를 가만히 쳐다보던 시우가 자리를 털고 몸을 일으켰다.

"일단 호텔에 먼저 가실 거죠? 가시죠. 호텔까지 데려다 드리겠습니다."

"괜찮습니다. 신경 쓰지 마세요. 택시 타고 가면 됩니다."

두 손을 내저은 민수는 시우에게 악수를 청했다.

"만나서 반가웠습니다, 이시우 박사님. 사건 잘 해결하시기 바랍니다. 다음에 기회가 되면 또 봅시다."

민수는 정우와 시현에게도 이런저런 인사를 챙기고는 마지막으로 호정에게 인사했다.

"몸조리 잘해요, 호정 씨. 빨리 나아요."

"여기까지 와 줘서 너무 고마워요, 민수 씨. 다시 보게 되어서 너무 반가웠고요. 여행 잘 하세요. 즐겁고 재미난 추억 많이 쌓으시고요. 아, 그리고 서부 여행 다 하시고 동부로 넘어오시면 전화 꼭 주세요. 제가 진짜 근사한 저녁 식사 대접할게요."

"후후, 그럴게요."

인사를 끝낸 민수는 서둘러 병실을 나갔다. 문이 닫히고 얼마 뒤, 시우가 혼잣말로 중얼거렸다.

"보기보다 비밀이 훨씬 더 많은 사람이군."

정우가 한마디 했다.

"사람은 누구나 저마다의 비밀이 있기 마련이야. 너도 나도 우리 모두. 그러니까 이상하게만 보지 마. 그리고 이시우. 가족, 지인, 친구들 프로파일링하는 건 금물이라는 거 몰라?"

"프로파일링 안 했습니다. 굳이 할 필요도 없었고요. 어머니도 마찬가지였을 텐데요."

정우는 글쎄다, 하며 어깨를 으쓱였다. 그러더니 이내 눈을 반짝이며 시우에게 바짝 다가섰다.

"자, 그럼 이제 얘기해 봐. 숀쇼어 사쳄이 남겼다는 문서들 어젯밤에 분석 다했지? 암호문의 키는 찾았어?"

⚜

뉴저지주 북쪽의 버겐 카운티.

깊은 밤, 불도 켜지 않은 어두운 집 안을 누군가 초조하게 서성거렸다. 지금껏 살아오면서 이런 긴장감은 처음이었다. 눈에 보이지 않는 적군들이 사방에서 서서히 조여 오는 듯한 느낌. 간만에 심장이 쫄깃해지는 듯도 싶었다.

아, 물론 맥박이 펄떡거리는 목을 그을 때의 짜릿함과는 비교가 되지 않는다. 그 순간의 쾌감은 그야말로 세상의 어떤 섹스보다 황홀하니까. 지금이야 다소 심드렁해졌지만 처음에는 정말 끝내줬었다. 진짜 오르가즘을 느끼고 사정까지 해 버렸었다.

그런데 지금은……

아무리 신나고 재미있는 놀이도 계속하면 싫증 나고 질리

듯, 사랑에도 권태기가 있듯이 예전처럼 그다지 짜릿하지가 않았다. 가끔은 버둥거리는 심장에 칼을 꽂고 내키는 대로 아무렇게나 난자를 하면서도 지루해서 하품이 나올 때도 있었다.

모든 게 너무 쉬운 탓이다. 때문에 이전과는 완전히 다른, 새로운 자극이 필요한 시점이었다. 하지만 이따위 자극을 바란 것은 절대로 아니다.

엠마 브라헤, 다 그 여자 때문이다. 진작 해치워 버렸어야 했는데, 도대체 꼬리를 어디에 얼마나 흘리고 다녔던 걸까.

「이럴 줄 알았으면 쉽게 끝내는 게 아니었는데, 젠장!」

퍽! 쨍그랑!

벽에 던져진 유리잔이 깨지면서 피처럼 검붉은 액체가 벽면을 따라 주르르 흘러내렸다. 그가 뒤의 누군가를 노려보며 음산하게 소리쳤다.

「그러기에 내가 뭐라고 그랬어. 그 여자는 믿을 수 없다고 했잖아. 우리와 다르다고 했잖아!」

상대방은 아무 말도 하지 못했다. 그는 한동안 무섭게 노려보았다. 한참이 지난 후에야 그가 후우, 거친 숨을 몰아쉬며 성마르게 앞머리를 쓸어 올렸다. 아무 말도 못하고 있는 누군가에게 천천히 걸어갔다. 좀 전과는 확연히 달라진 다정한 목소리로 속삭였다.

「소리쳐서 미안해요. 화난 게 아니라 너무 답답해서…….」

사과를 했는데도 상대방은 아무 말이 없었다. 겁이라도 먹었나 보다. 그의 음성이 토라진 연인을 달래듯이 더욱 부드

러워졌다. 입을 꾹 다물고 있는 연인의 뺨을 다정하게 어루
만졌다.

「겁내지 말아요. 당신한테 화난 거 아니라니까. ……아니
야? 그럼 삐쳤어요?」

토라진 연인의 표정을 유심히 살핀 그가 큭, 낮은 웃음을
터트렸다.

「귀여워.」

다정한 그의 눈빛에 숭배에 가까운 빛이 드리어졌다.

「당신은 어떻게 나이가 들어도 이렇게 아름다울 수가 있
지? 당신이 내 여자라는 게, 당신이 날 선택했다는 게 아직
도 가끔 믿기지가 않아요. 꿈만 같아. 알죠? 내가 당신을 얼
마나 사랑하는지.」

「…….」

「진짜예요. 다른 건 다 변해도 당신에 대한 내 사랑만큼은
절대로 안 변해. 그러니까 날 믿어요. 난 절대로 당신 배신
안 해. 실망 안 시켜. 약속했잖아요. 내가 당신 영원히 지켜
주겠다고. 두 번 다신 어떤 새끼도 당신 몸에 손대지 못하게
하겠다고.」

그제야 토라진 연인이 '정말?' 이라고 속삭이며 흑요석처
럼 반짝이는 눈동자로 그를 바라봐 주었다. 그는 응, 하고 고
개를 크게 끄덕였다. 연인을 품에 꼭 끌어안고 세상 그 어느
누구보다 아름다운 연인의 입술에 입을 맞췄다.

「사랑해요.」

연인도 그의 귓가에 사랑한다고 속삭여 주었다.

하아, 이제야 온종일 바짝 긴장해서는 딱딱하게 뭉쳤던 근육들이 나른하게 풀어지는 느낌이었다. 그는 연인과의 달콤한 순간을 조금 더 만끽했다.

그러나 이젠 그만 나가 봐야 할 시간이었다. 손목시계로 시간을 확인한 그는 연인을 품에서 놓아주고 천천히 몸을 일으켰다.

「나 잠깐만 나갔다 올게요. 오래 안 걸려요. 금방 돌아올 거예요. 그래도 자정은 넘을 것 같으니까 기다리지 말고 먼저 자요. 알았죠?」

그는 연인에게 굿나잇 키스를 해 주고 방을 나왔다. 계단을 따라 걸음을 옮긴 그는 너른 거실을 가로질러 현관으로 향했다. 불빛 하나 없는 어두운 공간임에도 움직임이 물처럼 자유로웠다. 어디 한 군데 부딪히는 곳이 없었다.

현관 앞에 선 그는 문을 열기 전에 어두운 집 안을 예리한 눈빛으로 재빨리 훑었다. 모든 것이 제자리에 있음을 확인한 뒤에야 보안 시스템을 작동시키고 재빨리 집을 나섰다.

그는 정원 한쪽에 세워 둔 차로 곧장 가지 않고 집 뒤편에 있는 헛간으로 들어갔다. 잠시 후 슈트 차림의 그가 아닌, 점퍼 차림의 다른 남자가 헛간에서 나왔다.

검은 머리에 스냅백을 푹 눌러쓴 남자는 헛간 옆에 세워져 있는 차량의 덮개를 거둬 냈다. 정원에 있는 잘빠진 신형 세단과는 다른 질은 남색의 낡은 왜건이 모습을 드러냈다.

남자는 낮은 허밍을 흥얼거리며 운전석에 올라탔다. 룸미러로 자신의 모습을 꼼꼼히 체크하며 중얼거렸다.

「음, 역시 맘에 들어.」

훨씬 더 젊고 멍청해 보인다. 멍청한 년들이 호구라고 환장해서 달라붙겠다.

「자, 그럼 간만에 스트레스나 해소하러 가 볼까.」

음음음.

그는 연신 허밍을 흥얼거리며 차에 시동을 걸었다.

「오늘은 어디로 가 볼까. 퀸즈? 브롱스?」

아니다. 오늘은 맨해튼 웨스트 할렘으로 가 보자.

부르릉. 울창한 숲 한가운데의 너른 부지를 독차지하고 있는 근사한 이층집과는 어울리지 않는 낡은 왜건이 빠르게 정원을 빠져나갔다.

밤 10시가 훌쩍 넘은 시간. 짙은 남색의 낡은 왜건이 웨스트 할렘의 마틴 루터 킹 주니어 대로 125번가로 진입했다. 고층 건물과 온갖 상가들이 즐비한 할렘 최고의 번화가답게 늦은 시간에도 사람들이 꽤 많았다.

오늘도 아폴로 극장에선 괜찮은 공연이 있었는지, 그 주변은 사람들로 북적거렸다.

하지만 뒷골목으로 들어가면 분위기는 확 바뀌었다. 고층 건물은 사라지고 할렘을 대표적인 슬럼가로 만들었던 낡고 오래된 아파트들이 모습을 드러냈다.

거리를 걸어 다니는 사람들의 면면도 확연히 달라졌다. 관광객보다 가난한 노동자들과 불법 이민자들이 점점 늘어났다. 그중에는 당연히 그가 찾는 거리의 매춘부들도 있었다.

그들은 멀리서 봐도 딱 티가 난다. 아무리 멀리 있어도 시궁창 냄새가 진동하니까. 젊고 잘빠진 백인년들은 건드리지 않는 게 좋다. 십중팔구 뒤에 포주 새끼들이 있으니까.

때문에 그는 그런 년들은 절대로 고르지 않는다. 굳이 괜한 문젯거리는 만들 필요가 없다. 증인, 증거를 남기지 않는다는 것이 그의 철칙이었다.

일단 속도를 줄이지 않은 채 주변을 돌며 마땅한 대상을 물색했다. 한 바퀴를 다 돌 때쯤 그의 인상은 구겨져 있었다.

「뭐야. 종류만 많지, 쓸 만한 건 하나도 없잖아.」

그는 투덜거리며 좁은 도로변의 외진 구석에 차를 세웠다. 사냥할 때는 인내심도 필요하다. 차 시동을 끄고 맘에 드는 대상이 눈에 띌 때까지 기다려 보기로 했다.

이윽고 드디어 그것이 눈에 띄었다.

10여 미터 앞의 건물 뒤에 서 있는 한 남자. 남자는 180cm가 채 안 되어 보이는 신장에 검은색 스냅백을 눌러쓰고 검은색 점퍼와 짙은 색 청바지를 입고 있었다. 모자 밑으로 삐져나온 짧은 머리카락도 짙은 색이었다.

지금의 그와 매우 비슷한 모습이었다. 그래서 더욱 눈에 잘 들어왔지도 모르겠다.

그는 골목에 들어서던 순간부터 남자를 보았다. 건물 뒤에 숨어 여자들을 훔쳐보고 있어서 그땐 포주의 똘마니로 여자들을 감시하는 놈들 중 하나라고 생각했었다.

보통 똘마니들은 두세 명씩 짝을 지어 차에서 여자들을 감시한다. 그런데 남자 주변엔 차가 한 대도 없었다. 한 패로 보이는 다른 녀석들도 보이지 않았다. 더욱이 꼼짝 않고 긴장한 채 건물 뒤에 숨어 몸을 사리고 있는 꼴이라니.

확실히 포주 새끼의 똘마니는 아니었다.

「그럼 저 새끼는 대체 뭐지?」

혹시 저 새끼도?

그의 눈동자가 반짝 빛을 발했다.

「한 사냥터에 숨어서 먹잇감을 노리는 사냥꾼이 둘이라. 홋, 나름 재밌네.」

그는 남자를 조금 더 지켜보기로 했다.

그렇게 40분가량 흘러갔다. 여전히 남자는 건물 뒤에 숨어 여자들을 훔쳐보기만 했다. 슬슬 지겨워지기 시작했다. 아무래도 경험이 별로 없는 초짜인가 보다. 그는 기지개를 켜며 크게 하품을 했다.

「한심한 새끼. 하려면 빨리 하고 정 못 하겠으면 빨리 꺼져 버릴 것이지. 대체 언제까지 저러고 있을 거야?」

그가 처음 피 맛을 봤던 17살에도 저러지 않았다. 안 되겠다. 더 늦기 전에 다른 곳으로 장소를 옮겨야지. 색다른 재미 좀 구경해 보려다가 괜히 시간만 허비했다.

그가 차 키를 돌리려는 순간이었다.

한 매춘부가 비틀거리며 녀석이 숨어 있는 건물로 다가오는 것이 보였다. 마침 주변에는 아무도 없었고 그녀는 혼자였다. 사냥꾼에게는 절대 놓칠 수 없는 절호의 기회!

그의 아드레날린이 마구 솟구쳤다. 자세까지 바로 고치고 흥미진진하게 전방을 주시했다.

매춘부가 점점 더 가까이 다가오자 흠칫 놀란 녀석이 후다닥 뒷걸음질 쳐 벽에 딱 달라붙었다. 매춘부가 녀석이 숨어 있는 곳을 향해 모퉁이를 돌았다. 술에 잔뜩 취한 매춘부가 비틀거리며 한 걸음, 두 걸음 녀석 앞을 지나쳐 갔다.

그가 눈을 반짝이며 작게 소리쳤다.

「지금이야. 덮쳐!」

뒤에서 입을 막고 끌고 가면 그걸로 끝이었다. 놀라서 있는 힘껏 버둥거릴 테지만 그 정도는 남자 힘으로 충분히 제압할 수 있다. 게다가 매춘부는 고주망태로 취한 중년의 늙은 여자였다. 저 정도 먹잇감이라면 초짜라도 얼마든지 손쉽게……

어? 저게 무슨……!

어이없게도 제 발로 걸어 들어온 먹잇감이 눈앞에서 점점 멀어지고 있었다. 흥얼흥얼 신나게 노래까지 부르면서. 그러다 제풀에 중심을 잃고 바닥에 철퍼덕 엎어졌다.

그제야 건물 그림자에 숨어 있던 녀석이 주춤거리며 나왔다. 저 혼자 넘어져 놓고 허공을 향해 사납게 욕설을 퍼붓는 늙은 매춘부에게 주저하며 다가갔다.

자세히 보니 덮치기는커녕 중얼중얼, 뭐라고 말을 걸고 있었다. 늙은 매춘부가 녀석을 빤히 올려다보며 손을 뻗었다. 녀석이 망설이다가 늙은 매춘부의 손을 잡고 일으켜 세웠다. 중심을 못 잡고 다시 쓰러지려는 늙은 매춘부를 황급히 부축하기도 했다. 심지어 녀석은 친절하게도 바닥에 나뒹구는 작은 백을 주워 건네주었다.

기대했던 것과는 전혀 다른 황당한 광경에 그의 눈매가 와 그작 일그러졌다. 씨익, 말려 올라가 있던 입술 끝도 서서히 내려갔다. 기가 막혔다. 그가 낮은 음성으로 중얼거렸다.

「미친 새끼.」

그쯤 되자 늙은 매춘부가 오히려 녀석한테 적극적으로 엉켜 붙었다. 몸을 바짝 밀착시키고 녀석의 목을 끌어안았다. 다른 손으로는 푹 파인 티 위로 축 처진 큰 가슴을 꺼내 보이고, 어쩔 줄 몰라 하는 녀석의 손을 자신의 음부에 억지로 갖다 댔다. 차 안에 있는 그의 눈에도 속옷을 입지 않은 음부가 훤히 다 보였다.

소스라치게 놀란 녀석이 늙은 매춘부를 후다닥 떼어 냈다. 그녀가 녀석에게 화를 내며 욕을 퍼부었다. 달려들듯 녀석에게 바짝 다가가 모자를 거칠게 쳐 냈다. 엄지와 중지를 비비며 녀석의 눈앞에다 돈 달라는 제스처를 취했다.

더욱 황당한 건 그때부터였다. 당황해서 연신 건물 저편을 살피던 녀석이 점퍼 주머니에서 지갑을 꺼내 늙은 매춘부한테 진짜로 돈을 주는 것이었다.

「하!」

그의 입에서 절로 헛웃음이 터져 나왔다. 녀석 덕분에 목숨을 보존한 것으로도 모자라 돈까지 챙긴 매춘부는 기분이 좋아졌는지, 다시 흥얼흥얼 비틀거리며 제 갈 길을 갔다.

잘 가던 매춘부가 갑자기 멈춰 섰다. 상체를 옆으로 쭉 내

밀고 어두컴컴한 왼쪽 골목을 빤히 쳐다보았다. 그러더니 '오케이!' 하며 소리쳤다.

「한 잔 더!」

불분명한 발음으로 소리치는 매춘부의 음성이 그에게까지 들려왔다. 몇 푼 안 되는 돈이라도 수중에 들어오자 금세 또 술 생각이 간절해진 모양이었다. 늙은 매춘부는 휘청거리며 왼쪽 골목으로 들어갔다.

녀석은 한동안 멍청히 서서 아슬아슬해 보이는 늙은 매춘부가 완전히 사라질 때까지 지켜보기만 했다.

한숨을 내쉬는지, 녀석의 어깨가 한 차례 크게 오르내렸다. 녀석이 천천히 돌아섰다. 바닥에 굴러떨어진 스냅백을 줍기 위해서 그가 있는 방향으로 네다섯 걸음 걸어왔다.

덕분에 어둠에 가려져 있던 녀석의 얼굴이 보였다. 그의 고개가 갸웃거려졌다가 이내 두 눈이 흠칫 커졌다.

녀석이 바닥에 떨어져 있는 스냅백을 주워 다시 푹 눌러썼다. 그러고는 다시 몸을 숨기고 밖을 훔쳐보기 시작했다.

흠칫 커졌던 그의 눈매는 어느새 실날처럼 가늘어져 있었다. 그는 남자의 시선을 따라 거리에 서 있는 매춘부들을 주의 깊게 살폈다. 하지만 거리가 멀어서 녀석의 시선 끝에 닿아 있는 매춘부가 누구인지까지는 자세히 보이지 않았다.

딸깍.

그는 최대한 소리가 나지 않도록 조심해서 차에서 내렸다. 자세를 바짝 낮추고 어둠 속에 숨어 재빨리 움직여 녀석의 맞은편까지 금세 도달했다.

그제야 녀석의 시선이 향한 곳이 어디인지 대충 알 것 같았다. 녀석이 보고 있는 건 포주에게 속한 젊고 싱싱한 매춘부들이 아니라 그들의 눈치를 보며 구석이나 외진 길 끝으로 밀려난 중년의 매춘부들이었다.

그의 미간이 꿈틀거렸다.

도대체 왜? 아무래도 조금 더 지켜봐야겠다.

잠시 후, 낡은 픽업트럭 한 대가 길 끝에 섰다. 한물간 매춘부 서너 명이 트럭 가까이 다가갔다. 당연하다는 듯 녀석의 고개가 그들을 따라갔다.

픽업트럭 운전자가 뭐라고 하자 한 명만 남고 나머지는 제자리로 돌아갔다. 이번만큼은 녀석의 고개가 그들을 따라가지 않았다. 녀석의 시선은 픽업트럭 조수석 창문에 달라붙어 운전자와 흥정하고 있는 매춘부에게 못 박혀 있었다.

그의 눈매가 더욱 가늘어졌다. 안력을 돋워 픽업트럭 쪽을 주시했다.

흥정이 끝났는지, 매춘부가 상체를 세웠다. 순간 그는 매춘부의 얼굴을 똑똑히 보았다. 자그마한 체구의 닳고 닳은 동양인 매춘부. 그의 눈동자가 빠르게 움직였다.

동양인 매춘부가 얼른 조수석에 올라탔다. 픽업트럭은 근처의 한적한 골목을 찾아 달려갔다.

그의 시선이 재빨리 녀석에게 돌아갔다. 깊이 눌러쓴 스냅백 밑임에도 녀석의 하얗게 질려 가는 얼굴이 똑똑히 보였다. 녀석의 전신은 딱딱하게 굳어 있었다. 불끈 쥔 주먹은 부들부들 떨리고 있었다.

이내 녀석이 무너졌다. 벽을 타고 주르르 무너진 녀석은 바닥에 주저앉아 양손에 얼굴을 파묻었다. 녀석이 지금 느끼고 있을 감정이 손에 잡힐 듯이 느껴져 왔다.

고통, 절망, 분노. 그리고 슬픔.

그의 입술 끝이 씨익, 말려 올라갔다.

됐다. 저 정도면 볼 건 다 봤다.

그는 갔던 길을 거슬러 재빨리 차로 돌아왔다.

「후후, 이건 또 뜻밖의 수확인데?」

머릿속으로 좀 더 짜릿하고, 재미있을 새로운 계획을 수립하며 낄낄 웃었다.

「자, 그럼 빨리 출발해 볼까.」

지체할 시간이 없었다. 길거리 매춘부와의 값싼 카섹스는 금방 끝난다. 멀리는 안 갔을 거다. 매춘부들은 빨리 한탕 뛰고 돌아와 또 영업을 해야 하기 때문에 절대로 손님과 멀리 가지 않는다. 이 근처에서 그들이 손님을 데리고 가는 장소는 뻔하다. 그러니 금방 찾을 수 있을 것이다.

황급히 시동을 건 그는 픽업트럭이 사라진 방향을 향해 달려갔다.

프로파일러Ⅱ 에페타 2권에서 계속……